살인 플롯 짜는 노파

엘리 그리피스 장편소설

신승미 옮김

살인
플롯 짜는
노파

The Postscript
Murders

나무의
의자

레베카 카터에게 바친다.

차례

일러두기

1. 주석은 모두 옮긴이 주이다.
2. 본문의 고딕체는 원서에서 이탤릭체로 강조한 부분이다.
3. 단행본과 장편소설은 『 』, 단편소설, 시 등의 작품명은 「 」, 정기간행물은 《 》, 영화와 방송 프로그램, 노래는 〈 〉로 나타냈다.

"하느님과 내 운성이여, 찬양을 받을지어다.
아니, 여기 또 추신이 있구나."

윌리엄 셰익스피어, 『십이야』

"가슴에 불편한 열기가 느껴지시나요, 나리?
그리고 정수리에 불쾌한 지끈거림이 느껴지시나요?
[…] 나는 그것을 탐정 열병이라고 부릅니다."

윌키 콜린스, 『월장석』

프롤로그

두 남자가 그곳에 서 있은 지 18분이 지났다. 페기는 스톱워치로 시간을 재고 있다. 그들은 아까 베네딕트의 카페 바로 앞 해변 산책로에 차를 세웠다. 흰색 포드 피에스타. 짜증스럽게도 자동차 번호판이 잘 보이지 않지만 쌍안경으로 보니 길가 쪽 문에 움푹 찌그러진 자국이 있다. 그들이 빌린 차라면 나중에 렌트 회사가 따로 기록해둘 것이다. 페기도 기록해둔다. 그녀는 표지에 조개와 낚싯배가 감상적인 수채화로 그려진 '바닷가 숙녀의 일기'로 교묘하게 위장한 수사 수첩을 꺼낸다.

페기가 그 남자들을 수상쩍게 여기는 몇 가지 이유가 있다. 일단 그들은 쇼어햄바이시에 어울리지 않는다. 이따금 페기는 재미 삼아서 혹은 관찰력을 갈고닦으려고 그녀의 집 창문 앞을 지나다니는 사람들의 목록을 만든다.

2018년 9월 3일 월요일 오전 10~11시

연금 생활자×7: 커플 2, 싱글 3

롤러스케이트 탄 남자×1, 삼십 대(너무 늙음)

개랑 나온 싱글×4: 콜리 잡종×2, 퍼그×1, 푸들 잡종×1(주
　의: 사람들은 항상 개를 기억한다)

여자, 삼십 대, 세련된 차림, 통화 중

남자, 육십 대, 검은색 쓰레기봉투 듦, 아마 노숙자

자전거 타는 사람×4

조깅하는 남자×2: 한 사람은 튼튼해 보이고, 다른 한 사람은
　쓰러지기 직전

외바퀴 자전거 타는 사람×1(브라이턴에서 온 듯)

　페기의 집 창밖에 있는 두 남자는 이 패턴에 들어맞지 않는다.
그들은 자전거를 타거나 조깅을 하거나 개를 데리고 있지 않다.
그들은 연금을 받아 생계를 꾸려나가는 사람들이 아니다. 둘 다
삼십 대 중후반으로 보이고 짧은 머리에 청바지와 짧은 재킷 차
림이다. 한쪽은 파란색 재킷, 다른 한쪽은 회색 재킷이다. 젊은이
들이 그런 옷을 뭐라고 부르더라? 보머 재킷Bomber jackets? 폭격
기라니, 영 불길한 이름이다. 둘은 옷차림새 때문에 서로 닮아 보
이지만 페기가 생각하기에 친척은 아니다. 한쪽 남자는 다른 쪽
남자보다 피부가 훨씬 거무스름하고 체구도 달라서 작지만 다
부진 몸이다. 그들은 연인도 아닌 듯하다. 서로 만지거나 바라보
지 않는다. 소리 내서 웃거나 말다툼하지 않는다. 이 두 가지는

연인 사이를 알아차리기에 가장 좋은 잣대이다. 그들은 그냥 거기 서 있다. 뭔가를 기다리고 있는지도 모른다. 가끔 파란색 재킷을 입은 남자가 페기의 집이 있는 건물을 올려다보지만 그녀는 커튼 뒤에 몸을 감추고 있다. 그녀는 눈에 띄지 않게 있는 것에 아주 능숙하다. 모든 노인이 그렇다.

처음에 페기는 이 보머 재킷 차림의 남자들이 베네딕트의 카페에 들르려고 왔나 싶었는데 그들은 그 오두막으로 가지 않는다. 그들은 조심성 있게 경계하고 있는데 그 점이 가장 미심쩍다. 게다가 둘 다 바다를 등지고 서 있다. 누가 쇼어햄 해변에 와서 요트가 점점이 떠 있고 갈매기가 날아다니는 반짝이는 바다를, 하루 중 가장 멋진 이 경치를 쳐다보지도 않는단 말인가? 대신 아주 짧은 머리를 한 이인조는 도로와 시뷰 코트를 마주 보고 있다. 시뷰 코트는 페기가 사는 퇴직자용 공동 주택이고, 그녀는 지금 벽 밖으로 돌출된 내닫이창 옆에 숨어 남자들을 지켜보고 있다. 의심할 여지가 없다. 그들은 무엇인가를 기다리고 있다. 그런데 무엇을 기다리는 것일까?

정확히 11시 5분에 파란 재킷을 입은 남자가 전화기를 꺼내 누군가와 이야기한다. 회색 재킷을 입은 남자는 시계를 본다. 페기의 쌍안경으로도 분명히 보일 정도로 크고 두툼한 시계다. 두 남자는 잠시 서로 의논하다가 차로 돌아간다. 피에스타가 도로 쪽으로 나가자 페기는 차량 번호를 보려고 상체를 내민다.

GY로 시작한다. 가만, 저게 1자인가, 아니면 7자인가? 안경점에 가서 시력을 다시 재야겠다. 그때 자동차가 바로 그녀 집 창밖에 멈춘다. 페기는 얼른 상체를 뒤로 젖혀 성기게 짠 면 커튼 뒤로 숨는다. 성긴 올 사이로 밖이 내다보인다. 약간 흐릿하게 보이지만 두 남자 중 하나가 창밖으로 몸을 내밀고 사진을 찍고 있는 듯하다. 시뷰 코트의 사진을. 피에스타가 속도를 내더니 사라진다.

11시 7분.

1장
나탈카: 연결어

그녀는 뭔가 잘못됐음을 직감한다. 눈에 보이는 문제가 있는 것은 아니다. 우편물은 반달 모양 탁자 위에 깔끔하게 쌓여 있고, 밖에서 노략질하는 갈매기들 소리를 제외하면 집은 조용하다. 아르누보풍 시계는 고요하게 째깍거리고, 거실은 노을에 물들어 있다. 하지만 어쩐 일인지 그녀는 안다. 마치 분자들이 저절로 재배열한 것 같다.

"스미스 부인?"

스미스 부인이 그리 사근사근한 사람은 아니지만 이름으로도 불러본다.

"페기?"

대답이 없다. 나탈카는 거실 문을 열어젖힌다. 마치 기계 장치를 계속 켜놓은 듯 전류 같은 뭔가가 방에 가득 흐르는 느낌이 든다. 하지만 나탈카는 스미스 부인이 연속극 〈아처스〉를 들으려고 2시에 라디오를 켜고 15분이 지나면 바로 끈다는 것을 안다. 그녀는 곧이어 방송하는 〈애프터눈 드라마〉를 몹시 싫어한다. "자기중심적인 사람들이 잔뜩 나와 자기 삶에 대해 떠들어대. 아니면 시간 여행 이야기이거나." 지금은 6시. 고객들의 취침 준비를 돕기 위해 저녁 방문을 하는 시간이다. 물론 잠을 자기에는 모욕적일 정도로 이른 시간이지만, 나탈카가 방문해야 할 다른 고객이 다섯 명이나 더 있으니 어쩔 수 없는 노릇이다.

나탈카가 방으로 들어간다. 스미스 부인은 밖으로 돌출된 내닫이창 옆 안락의자에 앉아 있다. 그녀는 바다를 내다보기를 좋아하고 희귀한 새를 찾는 쌍안경까지 가지고 있는데 나탈카가 생각하기에 그 쌍안경으로 지나가는 배를 감시하는 듯하다. 하지만 오늘 그녀는 아무것도 바라보지 않고 있다. 스미스 부인이 죽었다. 나탈카는 맥박을 확인하거나 반쯤 벌어진 입과 부연 눈을 보기도 전에 알아차린다. 그녀는 노부인의 피부에 손을 댄다. 서늘하지만 차갑지는 않다. 나탈카는 허공에 성호를 긋는다.

"편히 잠드소서." 그녀는 케어포유에 전화를 걸면서 중얼거린다.

"퍼트리샤 크리브입니다." 사장이 바로 받는다. 기적이다.

"스미스 부인이 죽었어요." 나탈카는 쓸데없이 여러 말을 늘어놓는 것을 좋아하지 않는다.

"확실해?" 퍼트리샤도 마찬가지다.

"맥박 없어요." 나탈카는 위기 상황에 처하면 조사와 접속사를 자주 잊어버린다. 온갖 연결어를.

"내가 갈게." 퍼트리샤가 말한다. "하늘에서 고이 쉬시길."

나탈카는 퍼트리샤가 온다니 다행이라는 생각이 뒤늦게 든다. 긴 밤이 될 것이다.

나탈카는 소파에 앉아 퍼트리샤를 기다린다. 고객이 특별히 수다를 떨고 싶어 하지 않는 한 그녀는 절대 고객의 집에서 앉지 않고, 페기는 딱히 수다스러운 사람이 아니었다. 페기는 항상 예의 발랐지만 그녀는 나탈카가 할 일은 많고 일할 시간은 한정돼 있다는 것을 알았다. 이제 하는 일 없이 앉아서, 바다가 내다보이는 의자에 조용히 머물고 있는 사람의 모습을 마주 보고 있자니 기분이 묘하다. 나탈카는 일어나서 창가로 걸어간다. 넓고 푸른 바다에 하얀 파도가 오고 그 위의 옅은 청색 하늘에는 갈매기가 날아다닌다. 오른쪽에 있는 발전소와 러시아 이름을 단 저인망 어선들만 보지 않는다면 그림엽서에 나올 법한 경치다. 갑자기 나탈카는 뒤에 시신이 있다는 것을 깨닫는다. 또한 누군가 자신을 지켜보고 있다는 기이한 느낌도 든다. 그녀는 휙 몸을 돌려보지만 페기의 모습은 변함없이 그대로다. 당연히 움직였을 리 없지. 나탈카가 혼잣말을 한다. 페기는 죽었잖아. 그녀가 벌떡 일어나서 마주르카를 출 일은 없을 것이다. 한 층 아래에서 문을 여닫는 소리가 들린다. 곧이어 계단을 올라오는 무거운 발소리가 나다가 퍼트리샤가 방에 들어온다. 아까 나탈카는 현관문을 잠그지 않고 닫아만 놓았다.

나탈카가 손짓으로 의자를 가리키자 퍼트리샤가 다가간다. 그

17

녀는 직업적인 무심한 태도로 페기의 손을 잡지만 눈에 슬픔이
서려 있다.

"돌아가셨네." 퍼트리샤가 말한다.

돌아가셨다. 이 말은 나탈카가 결코 제대로 이해하지 못한 영
어 관용구이다. 가볍고 덧없는 느낌을 풍긴다. 반은 보이고 반은
잊히는 어떤 것. 구름이 하늘 너머로 흘러간다. 하지만 죽음은 영
원히 지속된다.

"구급차 불렀어?" 퍼트리샤가 말한다.

"아니요." 나탈카가 말한다. "그게, 딱 봐도 사망했더라고요.
원인이 무엇일까요? 심장 마비?"

"아마도. 페기가 몇 살이었지?"

"아흔 살이요." 나탈카가 말한다. "그 나이를 아주 자랑스럽게
여기셨어요. 우리가 베네딕트네 카페에서 조촐하게 파티를 열어
드렸어요."

"나이에 비해서 정정하셨네." 퍼트리샤가 말한다.

"의자 옆에 약이 있어요." 나탈카가 말한다. "어쩌면 약 먹는
것을 잊어버렸는지도 몰라요."

"그랬을지도 모르지만, 그냥 주무시다가 돌아가셨을 거야. 그
렇게 세상을 떠나는 것이 좋지." 퍼트리샤가 나탈카의 어깨를 다
정하게 토닥거리면서 덧붙인다.

"알아요." 나탈카가 말한다.

"내가 장의사한테 전화할게." 퍼트리샤가 말한다. "그쪽에서
사설 구급차를 보내줄 거야."

퍼트리샤는 단축 번호에 장의사의 전화번호를 저장해뒀다. 당연한 일이다. 퍼트리샤가 통화하는 동안 나탈카는 시신에, 페기에게, 다시 다가간다. 15분 정도밖에 지나지 않았지만 그녀는 그사이에 변했다. 그녀는 더 이상 페기가 아니다. 이제는 놀랍도록 실물과 똑같은 노부인 조각상이 의자에 앉아 있는 것 같다. 피부는 밀랍 같고 무릎 위에서 움켜쥔 두 손은 화가가 그린 것 같다. 기도하는 손을 그린 사람이 누구더라? 뒤러? 나탈카는 퍼트리샤가 페기의 눈을 감기자 안도한다.

"편히 잠드소서." 그녀가 다시 말한다.

"이제 집에 가는 것이 좋겠어, 나탈카." 퍼트리샤가 말한다. "아주 충격적인 일이었을 거야. 내일 오전에도 쉬도록 해."

이는 상당한 혜택이다. 케어포유에는 늘 간병인이 부족해서 평소에 나탈카는 추가 근무를 해달라는 부탁을 자주 받는다. 늦잠을 잘 수 있다고 생각하니 황홀해진다.

"페기의 가족에게 연락했어요?" 나탈카가 말한다. "아들이 하나 있을 거예요."

"내가 찾아볼게." 퍼트리샤는 반달 모양 탁자에서 페기의 파일을 집어 들어 훑어보고 있다. 모든 고객은 그 서류를 가지고 있고, 간병인은 방문할 때마다 날짜와 시간을 적어야 한다. **화장실 보조, 약 복용, 건강 상태.**

"여기 있다." 퍼트리샤가 말한다. "'최근친: 아들, 나이절 스미스.' 휴대폰 번호도 있고."

퍼트리샤가 전화를 거는 동안 나탈카는 페기를 돌아본다. 그녀는 평온해 보이고, 퍼트리샤는 나이절에게 그렇게 말할 것이다. 평온하게 돌아가셨다고. 페기의 의자 팔걸이에 펼쳐진 책이 있다. 덱스 챌로너의 『고층 건물 살인』. 페기의 쌍안경은 그녀 옆 탁자 위에 있다. 펜, 완성한 십자말풀이, 요일이 적힌 약 용기도 있다. 다른 것도 있다. 십자말풀이 밑으로 삐져나온 종이. 나탈카가 그것을 끄집어낸다. 전문적인 느낌을 풍기는 명함이고 검은색의 둥글둥글한 글씨체로 이렇게 적혀 있다.

M. 스미스 부인. 살인 컨설턴트.

2장
하빈더: 판다팝

하빈더 카우어 경사는 야근을 하고 있다. 그녀는 딱히 야근이 싫지 않다. 집에 간들 엄마는 인터넷 데이트에 대해 말하기 시작할 것이고("요즘 유행이래. 특별한 시크교도 왓츠업 그룹도 있단다.") 아빠는 정치에 대한 불평을 늘어놓을 것이다. 적어도 여기는 조용하다. 있지도 않은 빵부스러기를 책상에서 털어내고 체육관에서 운동하지 않는 순간은 1초라도 낭비인 양 짜증스럽게 이두박근 운동을 해대는 동료, 혹은 진저리가 나는 자칭 '회사 서방', 닐 윈스턴 경사는 없다. 일주일 치 장을 봐 와서 프링글스의 가격에 대해 투덜대는 상사, 도나 브라이스 경위도 없다. 아무도 없는 수사과 사무실은 질서 있고 감당할 만하게 느껴진다. 하빈더는 마지막 서류 정리 작업을 끝내고 머릿속으로 자신에게 금별을 상으로 준다. "웨스트서식스에서 최고의 동성애자 시크교도 형사'. 음, 따지고 보면, 정원이 딱 한 명인 분야에서 최고라

21

고 해야 하나. 그래도 금별은 금별이다. 이제 무엇을 해야 할까? 커피잔을 씻을까? 잎이 축 늘어진 무늬접란에 물을 줄까? 클레어에게 전화해서 이성애자의 최신 소문이나 들어볼까? 트위터에 들어가서 세상에 넌더리나 내볼까? 판다팝 게임이나 한두 판 할까? 확실히 이 마지막 것이 시간을 가장 잘 활용하는 방법이지 싶다. 전화기를 꺼내서 게임을 클릭하려는 참에 구내전화가 울린다.

"여기 경사님을 찾아온 여자가 있습니다. 신고할 것이 있다는데요."

"그래?" 흥미로운 일일 것 같다. "내가 내려갈게."

『월간 경찰』 과월호들이 널린 접수처에서 기다리고 있는 여자는 하빈더가 예상한 모습이 아니다. 우선 금발을 높이 올려 묶은 그녀는 젊다. 그녀가 말을 하자 영어가 모국어가 아님이 확실히 드러난다. 아주 유창하지만 색다른 억양이 약간 섞여 있다. 대체로 젊은 외국인 여자들은 쇼어햄바이시 경찰서에 잘 오지 않는다.

"저는 나탈카 콜리스니크예요." 여자가 말한다. "여기 오는 것이 맞는지 모르겠네요."

"제 사무실로 가시죠." 하빈더가 말한다. "가서 차분히 이야기해봅시다."

하빈더는 나탈카를 도나의 사무실로 데리고 간다. 그녀는 아주 어수선한 도나의 방을 보고 자기 사무실이라고 말한 것을 후회한다. 게다가 도나는 화분 속에 앉아 있는 아기들의 사진이 실린 지독히 깜찍한 달력을 가지고 있다. 나탈카는 손님용 의자에 앉아서 스물일곱 살이고 쇼어햄에 있는 케어포유라는 회사에서 간병인으로 일한다고 말한다. "영 시간 계약Zero hours*이에요." 그녀가 얼굴을 찌푸리며 말한다. "보험 혜택 없고, 통근 수당도 지급되지 않아요." 하빈더가 고개를 끄덕인다. 쇼어햄은 노인들 천지이고, 그들 중 많은 수가 집에서 간병을 받아야 한다. 돌봄 서비스를 제공하는 사람들이 푸대접을 받고 최저 임금을 받는 것은 놀라운 일이 아니다. 그렇지만 나탈카는 그리 가난해 보이지 않는다. 청바지와 흰색 티셔츠를 입은 단출한 차림이지만 운동화는 꽤 비싼 올버즈다. 하빈더는 항상 신발에 관심을 기울인다.

"시뷰 코트에 사는 스미스 부인이라는 고객이 있어요." 나탈카가 관심을 숨김없이 드러내며 사무실을 둘러보면서 말한다. 하빈더는 그녀가 화분 속 아기들을 알아채지 않기를 바란다. 하빈더는 시뷰 코트를 안다. 해변이 내려다보이는 해안 거리에 있는 노인 보호 주택이다.

"이름은 페기예요." 나탈카가 말한다. "페기 스미스. 그분이 이틀 전에 죽었어요. 아주 슬펐지만 놀라운 일은 아니었어요. 아흔 살이거든요. 언제든지 일어날 수 있는 일이었죠. 오늘 그 집 정리를 도왔어요. 페기의 아들이 내일 오는데 물건을 다 상자에 담아놓길 바라서요. 그는 집을 빨리 팔고 싶어 해요. 그는 그런 유형이죠."

하빈더는 다시 고개를 끄덕인다. 그녀도 그런 유형을 안다.

---

* 근로 시간이 정해져 있지 않고 고용주가 원하는 시간에 일하는 임시직 계약.

"페기의 아들이, 나이절이, 저한테 책을 먼저 정리해달라고 했어요. 스미스 부인은 아주아주 많은 책을 가지고 있었어요. 모두 살인에 관련된 책이에요."

"범죄 소설이요?"

"네. 있잖아요, 남자가 여자를 죽이고, 아니면 여자가 남자를 죽이고. 때로 순서가 바뀌고. 그렇게 자주는 아니지만요." 그녀가 희고 고른 멋진 이를 드러내며 웃는다. "그리고 형사나 탐정이 마지막 페이지에서 사건을 해결하죠."

"네, 현실에서도 그렇게 됩니다." 하빈더가 말한다. "항상."

"음, 나는 책을 상자에 넣기 시작했어요. 그러다가 지루해져서 몇 권을 훑어봤죠. 그때 뭘 발견했어요."

"그게 뭡니까?" 하빈더가 말한다. 분명히 나탈카가 이야기를 질질 끌려고 하고 있지만 하빈더는 마침 기분이 좋아서 너그럽게 다 받아준다.

"모두 그녀에게 썼어요. 스미스 부인이요."

"부인이 썼다고요?"

"아니요." 나탈카가 엄지손가락을 가운뎃손가락에 부딪쳐 소리를 내면서 알맞은 단어를 떠올리려고 애쓴다. "모두 그녀에게 썼다고요. 스미스 부인에게, 그녀가 없었다면…… 등등."

"그녀에게 헌정했다고요?"

"네! 그녀에게 헌정했어요. 그 모든 살인 책들이 그녀에게 헌정됐어요. 이상하지 않아요?"

"그런 것 같군요. 서로 다른 사람들이 쓴 책입니까?"

"네. 서로 다른 많은 사람들이요. 하지만 덱스 챌로너가 쓴 책이 많아요. 유명한 사람이에요. 내가 구글에서 그 사람을 검색해 봤어요."

하빈더는 덱스 챌로너에 대해 알고 있다. 그는 이 지역 작가이고 그의 여러 책들이 전국의 모든 서점에 높이 쌓여 있다. 그 책들의 주인공은 토드 프랜스라는 사설탐정으로 기억하는데, 하빈더가 현실에서 만난 어떤 사설탐정과도 비슷하지 않다.

"그리고 책들을 모두 스미스 부인에게 헌정했다고요?"

"일부는요. 일부는 그냥 뒤쪽 페이지에서 그녀를 언급해요. 그거 있잖아요."

"감사의 말이요?"

"네. 엄마와 아빠에게 감사합니다. 출판사에 감사합니다. 그리고 스미스 부인에게 감사합니다."

"이유가 뭔지 궁금하군요."

"나는 이유를 알아요." 나탈카가 이기는 패를 내놓는 분위기를 풍기며 말한다. "스미스 부인은 살인 컨설턴트예요. 내가 이걸 발견했어요. 의자 옆 탁자 위에 있었어요. 부인이 죽은 의자 옆이요." 그녀가 부적절하게 즐거운 기색으로 덧붙인다.

나탈카는 작은 흰색 명함을 하빈더 앞에 놓는다. 과연 작은 고딕체로 **M. 스미스 부인. 살인 컨설턴트**라고 적혀 있다.

"살인 컨설턴트?" 하빈더가 말한다. "무슨 뜻입니까?"

"모르겠어요." 나탈카가 말한다. "그렇지만 의심스럽잖아요, 안 그래요? 한 여성이 죽고 이어서 그 사람이 살인 컨설턴트임이

드러나요."

"의심스러운지 아닌지 판단하기 전에 그것이 무슨 뜻인지 알아내야 합니다." 하빈더가 말한다. "그리고 왜 M. 스미스라고 적혀 있습니까? 부인의 이름이 페기라고 했잖아요."

"페기는 때로 마거릿의 줄임말이에요." 나탈카가 말한다. "영국인 이름은 그렇게 이상하다니까요."

"나는 영국인이에요." 하빈더는 자신이 백인이 아니라는 이유만으로 나탈카가 달리 추측하게 둘 생각이 없다.

"나는 우크라이나인이에요." 나탈카가 말한다. "우리도 이상한 이름이 많아요."

하빈더가 우크라이나에 대해 생각하자 일련의 섬뜩한 이미지가 머릿속에서 주르륵 펼쳐진다. 체르노빌, 크림반도, 우크라이나 항공기 추락. 그녀는 나탈카도 비슷하게 골치 아픈 문젯거리가 될지 궁금해진다.

"페기 스미스는 어떻게 죽었습니까?" 하빈더가 묻는다.

"심장 마비요." 나탈카가 말한다. "의사가 그렇게 말했어요. 내가 페기를 발견했어요. 그분은 창가 의자에 앉아 있었어요."

"그러니까 의심스러운 기색은 없었다?"

"그때는 그렇게 생각했어요. 우리 사장도 그랬고요. 그런데 지금은 잘 모르겠어요. 내 말은, 뭐가 의심스럽고 뭐가 의심스럽지 않은지 어떻게 알죠?"

"좋은 질문입니다." 하빈더가 말한다.

그녀는 차를 몰고 집에 가는 길에 이 대화를 생각한다. 아흔 살인 할머니가 의자에 앉은 채 죽은 일이 겉보기에 딱히 의심스럽지는 않다. 하지만 신비한 나탈카(신비롭게 끌어당기는 나탈카)가 옳을지도 모른다. 표면 아래를 깊숙이 들여다봐야 할지도 모른다. 노부인이 그렇게 많은 책에 언급된 것은 확실히 이상하다. 그리고 '살인 컨설턴트'라는 말이 아주 불길한 느낌을 풍긴다. 하빈더는 전화기를 향해 클레어에게 전화하라고 말한다. 여전히 핸즈프리 제품이 신기하다니, 나이가 들긴 들었나 보다. 조카들은 그런 제품을 당연하게 여긴다.

"안녕, 하빈더." 클레어의 자신감 넘치고 약간 서두르는 목소리가 차 안을 가득 채운다. "잘 지내?"

"너에게 헌정된 책이 있었어?"

"뭐라고?"

"너는 책을 많이 읽잖아. 문예창작을 가르치고. 누군가 너에게 책을 헌정한 적 있어? 클레어에게, 그녀가 없었다면 이 책은 훨씬 빨리 완성될 수 있었을 것이다."

클레어가 소리 내어 웃는다. "아니, 나한테 헌정된 책은 한 권도 없어."

"헨리의 책도?" 클레어의 남자 친구는 케임브리지 대학교 교수다.

"새로 쓰는 책의 감사의 말에서 나를 언급할지도 모르지, 어쩌면."

"누군가에게, 그러니까 상당히 평범한 사람에게 많은 책이 헌정됐고 그 사람이 감사의 말에 여러 번 언급됐다면 이상한가?"

"그 사람이 교열자가 아니라면, 그렇지, 이상하지."

"교열자가 뭐야?"

"출판계에 입문할 생각이라도 있는 거야? 교열자는 원고에서 실수를 바로잡는 사람이야. 이름이나 연대 같은 것에 오류가 있으면 찾아서 고쳐. 그러고 나면 교정자가 다시 확인하고. 그런데 요즘에는 교정자를 예전처럼 많이 쓰지 않아."

페기 스미스가 교정자였을까? 하빈더는 가능성이 있는 일이라고 생각한다. 그런 직업은 퇴직자가 할 만한 일이다. 그런데 명함에는 '교정자'라고 적혀 있지 않았다. '살인 컨설턴트'라고 적혀 있었다.

"무슨 일 때문에 그러는데?" 클레어가 묻는다. "여기 들를 거야? 파스타를 만들었어. 엄청나게 많이 남았어."

"솔깃하네." 하빈더가 말한다. "그런데 집으로 가야 해. 다음에 보자. 조지랑 허버트에게 안부 전해줘."

하빈더가 부모님 집 근처 지하 주차장에 차를 세우고 보니 거의 10시다. 그녀는 거기 살면서도 여전히 그곳을 부모님 집이라고 생각한다. 때로 적절히 충격적인 말투로 혼잣말을 한다. "하빈더 카우어는 서른여섯 살에, 비혼이었고, 여전히 부모님이랑 살았대요." 그녀가 책에서 그런 글귀를 읽었다면 그 인물에게 오만 정이 떨어졌을 것이다. 뭐, 어쨌든, 하빈더는 그런 종류의 책을 읽지 않는다. 하지만 그녀는 다른 경찰 간부 후보생들과 아파트에서 잠깐 같이 산 때를 제외하면, 평생 가게 위층에 있는 그 집에서 살았다. 여러모로 편리하다. 사실 하빈더는 부모와 함께 사는 것이 좋고, 원래 요리해주고 보살펴주는 사람이 곁에 있으면 좋은 법이다. 하지만 단점도 있다. 우선 한 가지를 대자면 그녀의 부모는 딸이 동성애자라는 것을 모른다.

그녀는 집이 조용하기를 바랐다. 가게는 9시 30분에 닫는다. 엄마는 하빈더 몫의 맛있는 음식을 따뜻하게 오븐에 넣어두고 TV 앞에서 꾸벅꾸벅 졸고 있을 것이다. 아빠는 저녁 뉴스를 보면서 노발대발하고 있을 것이고, 게으른 독일 셰퍼드 술탄은 마지막 산책을 나가자고 귀찮게 졸라대고 있을 것이다. 그런데 계단을 올라가는 동안 펀자브어로 말하는 목소리가 들린다. 아, 이런, 부모님이 친구들을 불렀나 보다. 어떻게 두 분처럼 사교적인 사람들이 사람보다 판다팝을 더 좋아하는 이런 딸을 낳았을까?

"왔네요." 하빈더의 엄마 비비가 하빈더가 버라이어티 쇼의 마지막 공연자인 양 말한다. "마침내 하빈더가 등장합니다."

식탁 앞에 앉아 있는 두 여성은 더 흥미진진한 특별 초청 손님을 기대하고 있었나 보다. 하빈더는 어쩌다 한번 구드와라*에 갔을 때 그들을 본 기억이 희미하게 난다.

"안녕, 하빈더?" 그들 중 한 명이 말한다. 암리트였나? 아마리트? "아직도 경찰 일을 하니?"

아니요. 하빈더는 이렇게 말하고 싶다. 수갑은 그냥 멋으로 달고 다니는 거예요. "네." 그녀가 영어로 대답한다. "아직도 경찰

---

* 시크교의 사원.

일을 해요."

"하빈더는 경사랍니다." 하빈더의 아빠인 디팩이 말한다, "아주 열심히 일하지요." 디팩은 술탄과 문가에 서 있는데 아무래도 자신의 주방을 돌려받고 싶은 모양이다.

"남자 친구는 있고?" 다른 여성이 묻는다. 솔직히 그것이 노인들과 무슨 상관일까? 왜 노인들은 이런 질문을 멋대로 해도 된다고 생각할까?

"딱 맞는 사람을 기다리고 있어요." 하빈더가 이를 악물고 말한다.

"지금 몇 살이야?" 암리트가 뚫어지게 쳐다보면서 묻는다. "서른여덟? 서른아홉?"

"마흔여섯 살이에요." 하빈더가 실제 나이에 열 살을 더해서 말한다. "제가 나이에 비해 젊어 보이죠, 안 그래요?"

"아직 삼십 대랍니다." 비비가 급히 말한다. "배고프니, 히나? 너 주려고 음식을 남겨놨단다."

하빈더는 당장 쿵쾅대며 위층으로 올라가서 침대로 직진하고 싶지만 배가 많이 고프고 이미 엄마가 오븐에서 접시를 꺼내고 있다. 버터 치킨. 하빈더는 식탁 앞에 앉는다.

"내가 집까지 모셔다 드릴까요?" 디팩이 손님들에게 제안한다. 손님들이 마술이라도 보여주기를 기대하듯 하빈더를 빤히 쳐다보고 있다. 두 여성은 마지못해 자리에서 일어선다. 갑자기 하빈더는 이 노파들의 덕을 볼 기회구나 싶다.

"두 분 혹시 시뷰 코트라고 아세요?" 하빈더가 묻는다.

"아, 그럼." 암리트가 말한다. "해안가에 있지. 발제 싱이 거기 살았잖아. 죽을 때까지."

"백 살 때까지 산 노부인도 있었지." 암리트의 친구가 말한다. "그 노부인이 여왕한테 축전을 받았잖아."

모든 나이 든 아줌마들은 여왕을 사랑한다. 그들은 여왕이 아주 인도 사람이라고 생각한다.

"노인 보호 주택이죠?" 하빈더가 말한다.

"그래. 그런데 관리인이 그 건물에서 살지는 않아. 같이 살게 되면 입주자들이 돈을 더 내야 한다고 말한대."

"그럼 별로 안전하지 않겠네요?"

"응, 그렇지." 친구가 말한다. "출입구에서 비밀번호를 눌러야 하지만 사람들이 늘 드나들어. 간병인이니 뭐니 그런 사람들. 누구나 들어갈 수 있지. 나는 절대로 우리 어머니를 그런 데서 살게 하지 않을 거야."

'우리 어머니'라고? 그 어머니는 도대체 몇 살일까?

"왜 알고 싶은 거냐?" 디팩이 자동차 열쇠를 집어 들면서 묻는다.

"별 이유는 없어요." 하빈더는 다시 버터 치킨을 먹기 시작한다. 다행히도 두 손님이 눈치를 채고 나간다. 하빈더는 아빠가 왜 그들을 데려다주는지 모르겠다. 분명히 그들은 긴 빗자루를 타고 집까지 날아갈 수 있을 텐데.

3장
베네딕트: 전념해서 만든 카푸치노

베네딕트 콜은 전념해서 우유 거품을 내려고 노력하면서 미소를 짓는다. 나는 진짜 운이 좋아. 그가 혼잣말을 한다. 나는 해안가에 카페가 있고, 날마다 새로운 사람들을 만나고, 확 트인 바다와 하늘을 보지. 그리고 사람들이 좋아하는 음료를 만드는 것은 보람 있는 일이야. 그는 브라우니와 비스킷도 직접 만든다. 그는 정말로 축복을 받은 사람이다.

"형씨, 카푸치노를 하루 종일 만들고 있을 참입니까?"

베네딕트는 계속 미소를 짓고 있지만 때로 사람들을, 특히 일흔다섯 살도 안 됐으면서 깃을 올린 줄무늬 셔츠를 입고 납작한 플랫 캡을 쓴 사람들을 좋아하기란 쉽지 않다. 특히 이 남자는 서른두 살인 베네딕트 또래이고, '형씨'라고 말하기는 했지만 귀에 거슬리는 상류층 특유의 말투를 쓴다.

"거의 다 됐습니다." 베네딕트가 말한다.

"시간 없다고요." 줄무늬 셔츠가 말한다. 쇼어햄에서 수요일 오전에 그렇게 급한 일이 뭐가 있나 싶다. 사실 이 남자는 쇼어햄에서 보기 드문 유형이다. 쇼어햄은 브라이턴에 비해 노동자 계급이 많고 허세 부리는 사람이 적다. 아마 줄무늬 셔츠는 이 사실을 아직 모르는 사람들에게 해안가 아파트를 파는 부동산 중개인일 것이다.

베네딕트는 카푸치노를 선반에 올려놓는다. 전념해서 만든 예술 작품이다. 크림이 풍부하면서도 여전히 강하고, 섬세한 이파리가 거품을 수놓고 있다.

"브라우니도 같이 드시겠습니까?" 베네딕트가 묻는다.

"됐어요." 줄무늬 셔츠가 말한다. 그는 카드를 흔든다. "비접촉 결제 됩니까?"

베네딕트는 기계를 내밀면서, '비접촉'이 요즘 그의 삶을 한마디로 요약하는 말이라고 속으로 중얼거린다. 혹은 우울함의 강도를 더 높이고 싶다면, 사회를 한마디로 요약하는 말이라고 해도 되겠다. 수도원에서는 명백한 이유로 신체 접촉이 권장되지 않았지만 묵언 수행을 하는 기간이라도 지금 베네딕트가 바깥세상에서 일주일 동안 접하는 것보다 많은 소통이 있었다. 그리고 미사, 빵과 와인, 예수님의 몸과 피가 있었다. 생각해보면, 사실 평소에도 너무 자주 생각하지만, 가톨릭교는 아주 육체적이다.

"무슨 생각을 하고 있나?"

베네딕트의 표정이 즉시 밝아진다. 그가 좋아하는 고객, 비접촉을 원하지 않는 사람, 제대로 된 대화를 할 수 있는 사람이 온 까닭이다. 에드윈은 일흔다섯 살이 넘었지만 플랫 캡을 쓸 생각은 꿈에도 하지 않는다. 그는 여름에는 파나마모자를 쓰고 겨울에는 챙이 좁은 중절모를 쓰며 정말로 추운 날에는 가끔 털로 된 귀덮개가 달린 사냥 모자를 쓴다.

"에드윈!" 베네딕트가 말한다. "정말로 반가워요. 어제 못 봤네요."

그는 하루 오지 않았다고 손님에게 부담을 주는 것을 싫어하지만 특히 단골이 오지 않으면 알아챌 수밖에 없다. 그는 혹시 좋지 않은 일이 생겼을까 봐 걱정한다.

"사실," 에드윈이 모자를(오늘은 환절기용 중절모) 벗으며 말한다. "좋지 않은 소식이 있다네."

"아, 이런." 베네딕트가 말한다. 에드윈은 속상한 기색이 역력하다. 눈에 핏발이 서 있고 손이 떨린다. 가족이 죽었을까? 에드윈에게 살아 있는 가족이 있기는 할까?

"페기야." 에드윈이 말한다. "그녀가 죽었어."

마침 평소 한산한 시간대이고 손님이 올 기미가 없어서 베네딕트와 에드윈은 오두막집 카페 옆에 설치된 피크닉용 테이블에 앉는다. 해변은 거의 비어 있고 수 킬로미터 펼쳐진 갯배추 무더기들 사이사이로 얼룩덜룩한 조약돌들만 보인다. 지금은 9월이고 아이들은 방학이 끝나 학교에 갔다. 안타까운 일이다. 작은 파도가 오가는 청록색 바다가 수영하기에 완벽해 보이기 때문이다. 여름날의 따사로운 햇살도 아직 남아 있다.

베네딕트는 에드윈에게 브라우니를 권한다. "충격을 가라앉히기에 좋아요." 잠시 동안 그들은 아무 말도 하지 않고 앉아 있다. 베네딕트는 침묵이 편하지만(이 역시 수도원 생활에서 생긴 습성이다) 무슨 일이 벌어졌는지 어서 듣고 싶다.

"어떻게 돌아가셨어요?"

"아주 갑작스러운 일이었다네. 듣자 하니 심장 때문이라는군. 어제 나탈카를 봤어. 페기의 책을 정리하고 있더라고."

"페기는 책을 아주 좋아하셨죠. 아, 사랑스러운 페기."

"그랬지. 책에 대해 나누던 담소가 그리울 거야. 그녀의 모든 점이 그리울 거야, 정말로. 페기는 그곳에서 유일하게 좋은 점이었네."

에드윈도 시뷰 코트에 산다. 시뷰 코트는 충분히 쾌적한 곳이고 이름대로 멋진 바다 경치를 볼 수 있지만, 브라이턴에 있는 섭정 시대 양식의 우아한 저택에서 살다가 이사 온 에드윈은 시뷰 코트를 혐오한다. 그래도 페기는 시뷰 코트를 좋아했다. "어디에서 그런 경치를 보겠어?" 페기는 자주 말했다. "햄프턴에서는 못 보지. 아말피에서도 못 보고. 바이칼호에서조차 못 봐." 종종 페기는 이렇게 잘 알려지지 않은 장소들을 생각해냈다. 그녀는 그런 곳들을 어떻게 알았을까? 이제 물어보기에는 너무 늦었다.

"장례식이 언제예요?" 베네딕트가 묻는다. 그는 당연히 갈 것이다. 최근에 장례식에 몇 번 갔다. 장례식은 대체로 그의 교구

성당에서 금요일에 열리고, 그가 보기에 조문객이 별로 없을 것 같으면 일부러 참석한다. 그의 친구인 프랜시스는—지금은 프랜시스 신부—장례식 참석이 그의 취미가 될 위험이 있다고 말한다.

"나탈카도 모르더라고. 페기는 종교가 없었을 거야. 그저 그 끔찍한 화장장에서만 열리지 않으면 좋겠어." 에드윈은 가톨릭 교도이다. 이는 그와 베네딕트의 또 다른 공통점이다.

"페기에게 가족이 있나요?"

"나이젤이라는 아들이 하나 있지. 둘 사이가 가깝지 않았다네. 페기가 그를 **쿨라크**kulak라고 표현한 적이 있었어. 나는 무슨 말인지 찾아봐야 했지. 러시아어라네. 부농이라는 뜻이지. 지주에게 동조한 노동자 계층의 적. 딱 페기다운 말이었어."

베네딕트는 죽음에 대해 안다. 예수께서 이르시되 나는 부활이요 생명이니. 그는 신학교 시절과 최근의 장례식 참석을 통해서 장례식에 대해 안다. 하지만 여든 살인 에드윈이 죽음에 대해서라면 그보다 훨씬 잘 알 것이다. 저승사자는 늘 근처에 있고 언젠가는 반드시 찾아온다.

"어르신은 페기에게 좋은 친구였어요." 베네딕트가 말한다.

"고맙네." 에드윈이 울먹이는 목소리로 말한다. "정말로 그랬으면 좋겠어. 페기는 진짜로 나에게 좋은 친구였다네. 내 나이가 되면 새 친구를 사귀기가 쉽지 않아."

"어느 나이에나 어렵죠." 베네딕트가 말한다.

베네딕트는 애런강 옆에 자리 잡은 경치 좋은 마을인 애런델에서 자랐다. 정기적으로 큰 장이 서고 성과 대성당까지 있었다. 삼 남매 중 막내인 그는 사립 가톨릭 학교에 다녔고 대체로 학교에서 '휴고의 동생'으로 불렸다. 그가 한 것 중에 유일하게 기억할 만한 일은 열여덟 살 때 신부가 되고 싶다고 선언한 것이었다. 종교 개혁 내내 믿음을 고수한 저항적인 옛 영국 가족처럼 완고한 가톨릭교도인 그의 부모는 자식이 성직자가 되는 것까지는 절대 예상하지 못했다. 분명히 그들은 아들의 꿈이 당황스럽고 꽤 제멋대로라고 여겼다. 대개의 부모가 체조를 아주 좋아하는 딸이 서커스단에 들어가리라고 예상하지 못하는 것과 마찬가지다. "나는 아일랜드 사람들만 신부가 된다고 생각했어." 그의 어머니가 언젠가 말했다. 하지만 사실 아일랜드 사람들도 더 이상 신부가 되지 않는다. 베네딕트가 다닌 사립 가톨릭 학교에서는 예전에야 한 해에 두세 명 정도의 신부가 배출됐지만 그는 거의 10년 만에 나온 첫 신부 지망생이었다. 교사들조차 당황스러워했다. 게다가 나중에는 수사修士가 됐으니! 지역 사회에서 살면서 병으로 바깥출입을 못 하는 지역민들을 찾아가 성찬식을 해주는 근면한 교구 신부도 아니고. "하루 종일 뭘 할 거니?" 그의 어머니가 다시 물었다. "틀어박혀 성가나 읊조리고 있을 거야?"

하지만 베네딕트는 예전부터 싱가를 아주 좋아했고 수도원도 아주 좋아했다. 그가 수사였다고 말하면(보통 대화에서 자주 나오는 이야기는 아니다) 사람들은 그가 신앙심을 잃어서 수도원을 떠났다고 짐작한다. 사실 그의 신앙심은 변함없이 생생하고 강하다. 그는 신과의 사랑이 식었고 평범한 인간의 사랑을 하고 싶다는 것을 깨달았기 때문에 수도원을 떠났다. 사실 그는 결혼을 하고 싶었다. 웃기게도, 신학교는 육욕의 죄를 거부하고 결혼해서 아이를 낳을 기회를 단념해야 한다는 말을 너무 많이 강조한 나머지 오히려 이런 기쁨이 바깥세상에 지천으로 깔려 있다는 착각을 일으켰다. 그는 세인트 비드 수도원을 떠난 후 단칸 셋방에서 혼자 2년 동안 살면서 데이트 한 번 하지 못하고 다가오는 사람 하나 없는 신세가 되리라고는 상상도 못 했다. "인터넷에서 찾아." 누나는 그렇게 말하지만 그런 만남은 자연스럽지도 옳지도 않다. 해변을 걷다가 혹은 도서관에 책을 반납하러 갔다가 누군가를 만나는 식으로 이루어져야 한다. 어쩌면 조금 별나고, 약간 부스스한, 아름다운 여성이 이 카페에 나타날 것이고 두 사람은 바닐라 라테에 대해 귀여운 대화를 하다가 머지않아 영화관에 예술 영화를 보러 가고 빗속에서 해변을 달리게 될 것이다. 그는 퀄키 걸*을 만나는 꿈을 포기하고 싶지 않다. 쇼어햄에서 그녀와 조금이라도 비슷한 사람을 한 번도 본 적이 없지만 말이다. 그가 아는 유일한 젊은 여자는 나탈카이다.

나탈카는 정오에 온다. 여전히 파란색 간병인복을 입고 있는데 이상하게도 그녀가 입으면 최신 유행하는 옷처럼 멋져 보인다. 베네딕트는 나탈카를 상당히 잘 안다. 두 사람은 거의 매일 보고, 그는 분명히 그녀를 친구라고 부를 수 있다. 하지만 동시에

---

* 동명 영화의 여자 주인공.

그는 그녀에 대해 별로 모른다. 그녀는 우크라이나에서 왔고, 본머스에 있는 대학교에 다녔으며, 간병인으로 일한다. 그는 '누군가'를 만났냐고 종종 물어보는 어머니에게 이 이야기를 하는 상상을 한다. 어머니는 '간병인'이라는 말에 눈을 굴릴 것이다. 어머니는 그가 변호사나 회계사 혹은 초등학교 교사를 만나기를 바란다. 그녀가 여성에게 아주 적합하다고 여기는 직업이다. 베네딕트는 간병인이라는 직업에 아무 문제가 없다고 생각한다. 결국 수도원은 자비의 적극적인 실천을 가장 중요하게 여긴다. 하지만 그는 나탈카가 간병인을 직업으로 선택한 것이 이상하다. 대체로 사람들은 근무 시간이 유연해 보이기 때문에 혹은 돌봐야 할 어린 자녀나 늙은 부모가 있기 때문에 간병인이라는 직업을 선택한다. 그런데 그가 아는 한 나탈카에게는 가족이 없다. "그 외모면 배우나 모델을 해도 될 거야." 언젠가 에드윈이 말했다. 베네딕트는 맥 빠지는 성차별적인 말이라고 생각했지만, 마음속으로는 그 말에 동의했다.

"커피 줘요?" 그가 묻는다.

"카푸치노로 줘요. 샷 추가해서요."

"알아요."

베네딕트는 평소에 신경 써서 만드는 커피보다 훨씬 더 주의를 기울여서 나탈카의 커피를 만들고, 갑작스러운 충동이 일어 하트 모양 장식을 한다.

나탈카는 장식을 알아차리지 못하고 커피를 마신다. "폐기에 대해 들었어요?" 그녀가 묻는다.

"네. 에드윈이 오늘 아침에 말했어요. 그는 아주 속상해해요."

"가엾은 에드윈. 페기는 그의 하나뿐인 진짜 친구였을 거예요. 우리가 에드윈을 돌봐야 해요."

다른 손님이 없어서 베네딕트는 피크닉용 테이블에 나탈카와 함께 앉는다. "당연히 그래야죠." 그가 말한다. "나랑 같이 성당에 가자고 할게요."

"슬슬 해요. 너무 티 내지 말고." 나탈카가 말한다. 슬슬 하라니. 그녀는 영어를 정말로 잘한다. 비록 그를 놀리는 뜻으로 하는 말이지만.

"있잖아요." 나탈카가 말한다. "내가 페기를 발견했어요."

"몰랐어요. 많이 힘들었겠어요."

"네. 충격적이었어요." 그녀는 잠시 말을 멈췄다가 다시 시작한다. "처음에는 슬펐지만 어쩔 수 없는 일이잖아요. 페기는 협심증이 있어서 약을 먹었어요. 그녀가 죽었을 때 약이 의자 옆에 있었어요. 그런데 뭔가 이상하다는 생각이 들기 시작했어요."

"이상해요?"

"그래요. 바로 그날 아침에 페기를 봤는데 건강해 보였거든요. 그녀는 평소에 수영과 산책을 했어요. 집에 올라갈 때도 절대 승강기를 이용하지 않았어요."

"그렇지만 페기는 아흔 살이었어요."

"아흔 살인 사람은 살해당하지 않는다는 법이라도 있어요?"

"살해라고요?" 그 말이 너무 큰 소리로 나온다. 갈매기가 카페 지붕에서 그를 비웃는다.

"모르겠어요." 나탈카가 말한다. "내가 페기의 책을 정리하다가 이걸 발견했어요." 그녀는 그의 앞에 명함을 내민다.

"M. 스미스 부인.'" 그가 명함을 읽는다. "살인 컨설턴트.' 살인 컨설턴트? 이게 무슨 뜻이에요?"

"어제저녁에 경찰서에 갔어요." 나탈카는 그 일이 다반사라도 되는 듯 말한다. "아주 친절한 여자 경사랑 이야기를 했는데, 경사는 의심스럽다는 데 동의했어요."

"그녀가 그랬어요?"

"음, 그녀는 말을 별로 안 했지만 딱 보니까 내 말에 동의하는 것 같았어요. 나는 그녀에게 페기의 장례식에 와서 조사해봐야 한다고 말했어요. 어차피 아들이 첫 번째 용의자일 거예요."

"아들? 나이절이요? 그 **쿨라크**?"

"그 사람이요. 그는 멍청이예요. 나는 그런 유형을 잘 알아요. 그는 페기의 책을 싹 치워버리고 싶어 했어요. 이제 나는 그가 왜 그랬는지 알겠어요."

"왜 그랬는데요?" 베네딕트가 묻는다. 이게 꿈인가? 그는 속으로 묻는다. 하지만 그는 이렇게 흥미로운 꿈을 꾼 적이 없다.

"페기는 범죄 소설을 많이 가지고 있었어요."

"알아요." 이는 그와 페기의 공통점이었다. 그들은 피크닉용 테이블에서 애거사 크리스티, 루스 렌델, 그리고 페기가 좋아하는 절판된 황금기 작가인 실라 앳킨스에 대해 수없이 토론하면서 행복한 시간을 보냈다.

"내 말은 그 책들을 읽기만 했다는 것이 아니에요." 나탈카가

41

무시하는 투로 말한다. "폐기가 그 책들에 실제로 언급돼 있었어요. 어디냐면, 그걸 뭐라고 부르더라? 아, 감사의 말. 폐기에게 감사를 담아, 뭐 그런 거요. 한 책에는 '살인에 대해 감사한다'는 말까지 있어요."

"살인에 대해 감사한다고요?"

"네. 그리고 이제 그녀는 살해당했어요."

베네딕트는 예전에 소프 파크에서 롤러코스터를 탄 적이 있었다. 그는 좌석에 앉아 안전띠를 매자마자 그 놀이 기구를 탄 것이 아주 잘못된 생각이었음을 알았다. 하지만 너무 늦었다. 이미 롤러코스터가 빠른 속도로 하강하고 있었으며, 막을 도리가 없었고 너무 무서웠다. 지금 그때와 같은 느낌이 든다.

"그거야 확실치 않은 일이고……." 그가 말을 시작한다.

"의심스러운 점이 있어요." 나탈카가 일어서면서 말한다. "그러니까 우리가 수사해야 해요. 우리는 폐기의 친구였어요. 우리 말고 누가 있어요?"

"경찰이 있잖아요?"

"경찰한테는 말했다니까요." 나탈카가 참을성 있게 말한다. "이제는 우리에게 달려 있어요. 우리가 장례식에서 모든 사람들을 지켜봐야 해요."

"왜요?"

"살인자는 항상 장례식에 참석하니까요. 아, 정말, 베니, 당신은 아는 것이 있기는 해요?"

4장
에드윈: 프리뷰 코트

에드윈은 천천히 걸어서 시뷰 코트로 돌아간다. 그는 머릿속으로 가끔 그곳을 프리뷰 코트라고 부른다. 까딱 잘못해서 소리 내 말했다가는 걱정스러운 일이 벌어질 것이다. 자기가 사는 곳의 이름도 기억하지 못하는 사람으로 치부되는 사태가 생기면 안 된다. 문제는 지난 삶의 단편들이 너무 많이 머릿속에 떠올라서 가끔 무엇이 진짜이고 진짜가 아닌지 헷갈린다는 것이다. 마치 숲속에서 쓰러지는 나무 같다. 아무도 듣지 않는 소리라면 그것이 말일까? 그리고, 맙소사, 왜 하필 프리뷰람? 지휘자 앙드레 프레빈이 출연한 에릭 모어캄과 어니 와이즈*의 촌극에서 모어캄이 프레빈의 이름을 우습게도 프리뷰라고 잘못 부른 것과 문화적으로 연관성이 있을까? 아니면 이 노인 보호 주택이 사실은

---

* 영국의 유명한 코미디 듀오.

죽음의 프리뷰라는 피할 수 없는 진실을 인정하는 것일까?

앤드루 프리뷰. 뒤바뀐 순서의 올바른 음정. 에드윈은 나비넥타이와 긴 점심시간이 특징이던 옛 시절에 BBC에서 일했다. 그는 한 퀴즈 쇼의 조사원으로 일을 시작했는데 그 퀴즈 쇼의 규칙을 끝내 터득하지 못했다. 이어서 BBC 라디오3의 진행자로 발령 나서 좋아하는 클래식 음악을 마음껏 즐겼다. 종내 여러 종교 프로그램들과 고상한 다큐멘터리 한두 편을 제작하게 됐다. 평온한 나날이었다. 친구가 많았고 조심스러운 연애도 한두 번 했다. 에드윈이 젊었을 때는 동성애가 아직 불법이었지만 BBC는 안전한 피난처 혹은 거의 안전한 곳처럼 보였다. 밤늦게 셰퍼드 부시에서 고약한 일을 몇 번 당했지만 대체로 운 좋은 삶을 살았다. 그는 이제 연인들에 대해 생각한다. 제레미, 니키, 프랑수아. 니키와 프랑수아는 둘 다 1980년대에 에이즈에 걸려서 죽었고 제레미는 희한하게도 결혼해서 아버지가 되고 할아버지가 됐다. 그들은 수년 전에 연락이 끊겼다. 때로 에드윈은 살아남은 최후의 사람처럼 느껴진다. 페기가 죽었으니 이제 그는 프리뷰 코트에서 유일하게 멀쩡한 사람이다.

그는 계단을 올라가 2층으로 간다. 그와 페기는 승강기를 절대 사용하지 말자는 약속을 철저히 지켰다. 물론 페기는 아흔 살이었고 에드윈보다 열 살이나 많았으며 일단 여든 살이 넘으면 한 해 한 해가 고비다. 그래도 참 우습다. 에드윈은 항상 자신이 먼저 죽을 것이라고 예상했다. 누구나 알듯이 여성이 더 오래 살고 페기는 대단히 강한 노인이었다. 심장 마비. 나탈카는 그렇게 말했지만 페기는 심장이 약한 증상을 전혀 보이지 않았다. 창백한 기색이 없었으며 숨을 가빠한 적도 없었다. 그래서 계단으로 다녔고 날마다 해변을 산책했다. 그녀는 아주 최근까지 수영을 했다. 수영을 잠시 중단하긴 했지만 해양 보호 단체 때문이지 거친 바다에 대한 두려움 때문이 아니었다. 에드윈은 그의 집인 23호와 비스듬히 맞은편에 있는 페기의 집인 21호로 이어지는 복도를 따라 걷는다. 그의 집이 약간 더 크지만 그녀의 집에서는 바다가 보인다. 그는 페기의 집 문이 열린 것을 보고 놀라는데 이어서 안에서 목소리가 들린다. 들어가서 무슨 일인지 알아봐야 할까? 하지만 그는 참견하기 좋아하는 이웃이라는 고루한 역할을 하고 싶지 않다. 게다가 참견하기 좋아하는 늙은 이웃은 더 볼썽사납다. 페기의 집 안에 있는 남자는 그녀의 아들 나이절이다. 여자는 그의 아내인가 보다.

나이절은 에드윈을 알아보지만 이름이 생각나지 않는 것이 분명하다. 그는 덩치가 크고 붉은 얼굴에 화를 잘 내게 생겼다. 그가 푸른색 더블 재킷과 컬러풀한 베레모 차림의 아주 단정하고 근사한 페기의 가족이라는 사실이 믿기 힘들다.

"저분은 에드윈이에요, 맞죠?" 여자가 말한다. "어머님의 친구요." 그녀는 나이절에게 분수에 넘치는 사람이다. 흰색 셔츠와 청바지에 로퍼 차림인 그녀는 날씬하고 우아하다.

확실히 페기의 친구가 맞다고 딱딱하게 말하는 자기 목소리가 에드윈의 귀에 울린다.

"저는 샐리예요." 여자가 말한다. "페기의 며느리예요. 저는 어머니가 에드윈을 얼마나 좋아하셨는지 잘 알아요."

참담하게도 에드윈은 갑자기 눈물이 흘러내리는 것을 느낀다. 그는 손수건을 꺼내 꽃가루 알레르기 탓이라고 투덜거린다.

"장례식은 다음 주 수요일이에요." 샐리가 말한다. "화장장에서요. 오실 수 있으면 좋겠네요."

"시간 맞춰서 가도록 노력하지요." 에드윈은 이탈리아의 불가사의 사진이 실린 달력에 다음 주 일정과 그 후 몇 주의 일정이 완전히 비어 있음을 알면서도 그렇게 말한다.

"집을 치우는 중이에요." 나이절이 열쇠를 흔들면서 말한다. "간병인한테, 그 러시아 아가씨요, 물건을 다 상자에 담으라고 부탁했는데 반만 해놨네요."

"나탈카요?" 에드윈이 말한다. "내가 알기로 그녀는 우크라이나인입니다." 제대로 쏘아붙이지는 못했지만 그나마 그가 할 수 있는 최선이다.

"우리는 당장 집을 내놓고 싶어요." 나이절이 그의 말을 무시하고 말한다. "노인 보호 주택은 항상 수요가 있어요."

"그리고 경치가 정말로 좋으니까요." 샐리가 말한다.

"네. 페기는 바다를 바라보는 것을 아주 좋아했습니다." 에드윈이 말한다.

"어머니는 그러셨죠." 샐리가 실제로는 손을 대지 않으면서 그의 팔을 토닥거리는 시늉을 한다. "어르신에게 드리려고 몇 가지 남겨놨어요. 유품으로 간직하고 싶으실 것 같아서요."

"정말 친절하군요."

"책은 다 버릴 거예요." 나이절이 말한다. "왜 어머니는 이 모든 범죄 소설을 읽으셨죠? 제 말은, 어머니는 똑똑한 여성이었어요."

"똑똑한 여성은 범죄 소설을 읽지 않나요?" 에드윈이 반문하면서 『맥베스』부터 디킨스, 도스토옙스키, 샬럿 브론테, 윌키 콜린스를 포함한 살인사건 추리물의 목록을 머릿속으로 만든다. 그는 특히 윌키 콜린스의 『월장석』 팬이다.

나이절은 대답하지 않는다. "다음 주에 뵙죠." 그가 말한다. "장례식 후에 여기에서 연회를 열려고 합니다."

"안녕히 계세요, 에드윈." 샐리가 다시 허공에서 토닥거리면서 말한다.

에드윈은 그들이 가는 것을 지켜보면서 생각한다. 멍청이, 천박한 인간, **쿨라크**. 그러다가 궁금해진다. 왜 나이절은 책들을 다 없애버리려고 저리 안달하지?

5장

하빈더: 숲속 동물

"살인 컨설턴트?" 닐이 말한다. "무슨 뜻이야?"

하빈더는 다섯까지 센다. 닐을 대하는 그녀의 새로운 전술은 그를 교활하고 약간 어리석지만 본질적으로 사랑스러운 작은 숲속 동물로 상상하는 것이다.

"모르겠어." 그녀가 말한다. "이제 알아내야지."

"왜?" 야금야금 먹다가, 수염을 닦는다.

"한 여자가 죽고 그녀가 살인 컨설턴트라고 밝혀져. 조금이라도 호기심이 들지 않아?"

"호기심이나 채우라고 경찰서에서 봉급을 주지는 않잖아." 도토리를 살피다가, 꼬리를 씰룩거린다.

"원래 봉급을 많이 주지도 않잖아."

하빈더와 닐은 잠복근무 중이다. 가스 공장 밖에 앉아서 서로의 신경을 건드리고 있다는 뜻이다. 사실 수사과 일은 아니지만 쇼어햄 발전소가 공식적으로 테러 대상으로 분류돼서 사복 경찰관이 필요하게 됐다. 오늘 두 사람은 주차장에서 철조망과 벽돌로 지은 별관들을 마주 보고 있다. 건너편으로는 항구 너머의 멋진 경치가 보이지만 둘 다 자연의 기쁨을 즐길 기분이 아니다. 하빈더는 포테이토칩을 먹고 싶어 죽겠는데 닐은 자기 차에서 뭘 먹는 사람들을 병적으로 혐오한다.

"아무튼 페기 스미스의 장례식에 갈 생각이야." 하빈더가 휴대폰 화면을 한가로이 넘기면서 말한다. "좀 알아보려고."

"정말로 그녀의 죽음에 의심스러운 점이 있다고 생각해?"

"딱히 그렇지는 않아. 의사가 의심스럽지 않다고 하잖아. 그는 사인으로 심장 마비를 댔어."

"그럼 부검할 만한 근거가 없네?"

"응. 듣자 하니 아들이 최대한 빨리 그녀를 묻거나 화장하려고 조급하게 구나 봐. 그런데 간병인은 경찰서에 찾아올 정도로 걱정하더라고."

"간병인은 노부인이 살해당했다고 생각해?"

"간병인은 그녀의 죽음에 이상한 점이 있었다고 생각해. 스미스 부인은 누군가 자기를 감시하고 있다고 말했대. 간병인 나탈카는 그걸 편집증이라고, 어쩌면 알츠하이머병의 시작일지 모른다고까지 치부했는데, 바로 옆에 약을 두고 의자에 앉아서 죽어 있는 스미스 부인을 발견한 거야."

"누가 왜 그녀를 죽이겠어? 부자였나?"

"아닐걸. 노인 보호 주택에 돈이 다 들어갔을 거야. 그래도 계좌를 확인해보는 것이 좋겠어. 특이 사항이 있는지 보자고. 하나 있는 아들이 이미 상당히 부유한가 봐. 동기가 없지."

"그럼 왜 장례식에 가는데?"

"몰라. 그냥 분위기 좀 파악하려고. 누가 의심스럽게 행동하나 보는 거지."

"도나가 알아?"

"응." 하빈더는 거짓말을 하면서 판다팝 게임을 클릭한다.

"도나한테 말 안 할게." 닐이 말한다.

때로 그는 겉보기처럼 멍청하지 않다.

스미스 부인의 장례식이 특출하게 암울한지 아니면 기독교 장례식이 항상 이런지 모르겠다. 하빈더는 결혼식은 두어 번 끝까지 앉아서 봤지만 기독교 장례식은 가본 적이 없었다. 사실 장례식에 딱 한 번 갔는데 서른여섯 살 먹은 사람에게 그 정도면 나쁜 기록은 아니다. 그것은 완전한 장례 의식, 안탐 산스카르antam sanskaar였고 장례 후에 예배당에서 기도를 드렸다. 시크교도에게 죽음은 새 삶의 시작이고 애도는 엄숙하고 차분하다. 추도사가 없고 통곡이 없고 가슴을 치는 몸짓도 없다. 하지만 그 장례 의식에는 억누른 위엄이 있었다. 하빈더는 꽃, 국화, 열린 관을 기억한다. 그녀는 가까이 가지는 않았다. 누구의 장례식이었더라? 어떤 '숙모'나 '삼촌', 아마 혈족은 아니었을 것이다. 아빠는 인도에서는 시신을 탁 트인 곳에 쌓은 장작더미에서 화장한다고 그녀에게 말해주었다. 다행히 영국에서는 아쉬운 대로 화장장에서 화장해야 하고 가장 나이 많은 가족이 커튼을 닫는 버튼을 누른다.

여기도 화장장이다. 많은 목재 패널, 베이지색과 연보라색 같은 부드러운 색조, 스테인드글라스 창에 그려진 특정 종교와 관계없는 모호한 패턴. 시크교도 의식과 달리 장례식 참가자들은 너무나 조용하고, 하빈더는 검은 정장은 입은 남자들 중 누가 스미스 부인의 아들인지 알아내려고 살피는 중이다. 정문 근처에 말쑥하게 차려입은 남자가 있다. 저 사람이 아들일까? 아니야, 그는 약간 너무 도회풍이다. 그녀는 검은색 정장에 비해 몸집이 큰 혈색 좋은 남자를 발견한다. 저 남자가 아들인가 보다. 그래, 의식 진행자인 여성(목사? 교구 목사?)이 고개를 기울인 채 염려하는 표정으로 그와 상의하고 있다. 그와 함께 있는, 염가판 오드리 헵번처럼 검은 원피스에 진주를 두른 여자는 나이절의 부인이 틀림없다. 하빈더는 나탈카를 쉽게 발견한다. 그녀는 금발을 틀어 올리고 통이 좁은 검은색 바지에 흰색 셔츠 차림이다. 그녀는 한 줄로 늘어선 여자들 사이에 있는데 아무래도 모두 간병인들인 듯하다. 그 외에는 기다란 좌석을 독차지해야 한다는 듯이 혼자 앉아 있는 사람들이 몇 명 있다. 그런가 하면 기이한 한 쌍도 있다. 안경을 쓴 남자와 왠지 반항적으로 보이는 분홍색 나비넥타이를 맨 훨씬 나이 든 남자다. 둘 중 젊은 남자가 몸을 돌려 실내를 훑어보다가 하빈더와 눈이 마주치자 미소를 짓는다. 하빈더라면 절대 낯선 사람을 보고 미소 짓지 않을 것이다. 그녀가 너무 의심이 많은지도 모른다. 경찰 일을 10년 동안 하면 그렇게 된다. 그녀는 화답하는 미소를 짓지 않는다.

　의식은 다행히 짧다. 장의사 직원들이 꼭대기에 빨간 장미 화관이 있고 윤이 나는 소나무 관을 들고 온다. 이어서 자신을 '제니 파이퍼 목사'라고 소개한 성직자가 페기의 삶을 기리는 모호한 말을 한다. 다음은 낭독이다. 아들이 감정이 거의 없는 목소리로 "이중 가장 위대한 것은 사랑입니다"라고 선언한 다음 제니 목사가 고인이 걸어온 길을 간략하게 소개한다. 하빈더는 주의를 기울여서 듣는다. 페기 스미스는 노퍽 해안에 있는 크로머에서 태어났다. 기숙학교에 입학했고 전쟁 때 학교 전체가 도싯으로 피난했다. 졸업 후 공무원 시험에 합격해서 런던으로 갔고 그곳에서 남편인 피터 스미스를 만났다. 피터는 해군에 복무 중이었다. "가정의 행복이 뒤따랐습니다." 제니가 원고를 읽는다. 하빈더는 그 말을 페기가 일을 포기해야 했다는 의미로 받아들인다. 부부는 나이절이라는 아들 하나를 낳았고 피터가 1992년에 죽을 때까지 웨스트 런던에서 살았다. 그 후 페기는 남부로 이사했다. 처음에는 브라이턴으로 옮겼고 다음에는 쇼어햄으로 왔다. 페기는 바다를 사랑했고 최근까지 열심히 수영을 했다. 날마다《타임스》의 십자말풀이를 했고 열렬한 독서광이었다. 그녀는 "어리석은 사람들에게 관대하지 않았지만" (의무적인 웃음) 말년의 이웃 에드윈을 포함해서 아주 좋은 친구가 몇 명 있었다. 이 부분에서 안경을 낀 남자가 분홍색 나비넥타이를 맨 남자의 어깨를 토닥거린다. 또한 제니는 페기를 아주 잘 돌봐준 퍼트리샤 크리브와 케어포유의 모든 직원들에게 감사한다고 말한다.

하빈더는 나탈카의 이름이 언급됐어야 한다고 느끼지만 아무래도 퍼트리샤가 사장인가 보다 생각한다. 그러고 나서 주기도문에 이어서 전적으로 하나님에게 국한된 몇 마디를 한 후 제니는 페기의 가족이 "그녀를 위하여 건배하기 위해" 시뷰 코트에 있는 페기의 집으로 모든 조문객을 초대한다고 알린다. 마침내 제니가 버튼을 누른다. 연보라색 커튼이 닫히고 클래식 음악이 실내를 가득 채운다. 하빈더는 오페라에 대해 아무것도 모르지만 프로그램에 그 아리아의 제목이 〈별은 빛나건만〉이라고 나와 있다. 분명히 그 음악은 의식을 더욱 웅장하고 비극적인 분위기로 격상시킨다.

음악이 서서히 잦아들자 하빈더는 자기도 모르게 나탈카 옆의 통로로 걸어가고 있다.

"안녕하세요." 나탈카가 말한다. "와줘서 고마워요."

"오고 싶었어요." 하빈더가 말한다.

"다른 사람 없는 데서 이야기 좀 해요." 나탈카가 말한다. "새로운 소식이 있어요." 억양 때문인지 모르겠지만 나탈카가 하는 말은 스파이 영화의 대사 같다.

시뷰 코트는 화장장에서 가까워서 차로 금방 도착하지만 주차장은 다른 문제다. 모든 도로가 워터사이드, 리버사이드, 로프태클 같은 이름이고 거주자 주차 전용이다. 마침내 하빈더는 나무 몇 그루가 서 있는 울퉁불퉁한 도로에서 빈자리를 발견해 차를 세우고 시뷰 코트로 간다. 그곳은 제법 멋지고 현대적이며, 바다를 마주 보는 방향에 유리 발코니가 있다. 조경을 멋지게 하려고 시도한 흔적이 있는 정원들로 둘러싸여 있는데 웅크린 관목들이 해풍을 맞아 꺾여 있다. 하빈더가 인터폰을 누르지만 아무 응답이 없다. 분명히 그렇게 늦지는 않았는데? 모두 벌써 집에 갔을까? 그녀가 막 포기하려는 참에 문이 열리고 누군가 나온다. 교회에서 본 잘 차려입은 남자다. 가까이에서 보니 그의 정장은 더 비싸 보이고 매우 광이 나는 검은색 구두를 신고 있다.

"들어가십니까?" 그가 묻는다.

"네. 주차할 곳을 찾기가 힘들었어요."

"아주 힘들죠." 남자가 말한다. "그래도 브라이턴만큼 심하지는 않아요."

그 주제의 대화에 종지부를 찍는 말이다. 하빈더가 지나가는 동안 남자는 문이 닫히지 않게 잡고 있다가 건물에서 나간다. 그녀는 남자에게 고맙다고 말하고 계단을 올라가기 시작한다.

페기네 집 문은 열려 있다. 안에서 들려오는 커다란 소리로 보아 상당히 큰 파티가 열린 것 같은데 막상 거실에 들어가니 여덟 명 정도밖에 없다. 그럴 수밖에 없는 좁은 공간이다. 그래도 멋진 집이다. 하빈더의 부모는 물건을 버리는 법이 없기 때문에 집이 그녀의 방을 제외하고는 작은 탁자들과 도자기 그릇이 들어 있는 찬장들, 잊힌 인도 친척들의 무수한 사진들로 꽉 채워져 있다. 페기의 취향은 훨씬 깔끔하고 덜 감상적이다. 목재 바닥, 사진 액자 몇 개, 많은 책장. 지금은 다 비어 있다.

하빈더는 뒷짐을 지고 내닫이창 옆에 수사슴처럼 혼자 서 있는 아들을 본다. 그의 부인은 훨씬 사교적으로 제니 목사와 간병인처럼 보이는 두 여자와 이야기를 나누고 있다. 나탈카는 안경을 쓴 남자와 나비넥타이를 맨 남자와 옹기종기 모여 있다. 하빈더가 그들에게 다가가려는 참에 며느리가 그녀를 발견하고 서둘러 온다.

"어서 오세요! 여기까지 와주셔서 감사해요. 나는 샐리예요. 나이절의 아냅니다."

"나는 하빈더 카우어입니다. 페기의 친구예요."

하빈더는 자신이 아흔 살인 백인 여성의 친구처럼 보이지 않는다는 것을 안다. 습관적으로 자신이 장례식에서 유일한 유색인이라는 점을 의식한다. 그녀는 엄마가 시뷰 코트에 산다는 이야기를 미리 꾸며놨지만 그녀가 불쌍한 노인을 죽이지 않는 한 사실이 아니라는 것이 금방 드러날 터다. 물론 지나치게 잔인한 가정이지만.

하지만 샐리는 자세히 묻지 않는다. "어머님은 친구가 많으셨어요." 그녀가 고개를 한쪽으로 기울이면서 말한다. 하빈더는 이 몸짓을 '흑인 친구도요'라는 뜻으로 받아들인다.

"아주 좋은 분이었습니다." 하빈더가 말한다.

"그랬죠?" 샐리는 하빈더의 팔에 손을 대려다가 생각을 바꿨는지 멈춘다. "퍼트리샤와 마리아에게 소개해드릴게요. 퍼트리샤는 케어포유를 운영하고 마리아는 어머니의 고성 간병인들 중 하나였어요. 제니는 장례식에서 봤으니 잘 알죠?"

하빈더는 제니를 잘 안다고 느끼지 않는다. 또한 하빈더는 그 성직자가 자기 이름 뒤에 직함을 붙여주기를 바라는지 궁금하다. 그녀는 약간 차가워 보인다. 퍼트리샤는 키가 크고 팔다리가 길고, 집에서 검은색 원피스보다는 운동복을 입고 있는 유형 같다. 마리아는 체구가 작고 예쁘장하다. 그녀의 억양에서 동유럽인의 느낌이 묻어난다. 그녀도 나탈카처럼 우크라이나인일지 모른다. 하빈더는 나탈카가 거실 저편에서 그들을 바라보고 있는 것을 알아차린다.

"덱스 챌로너가 왔었어요." 샐리가 말한다. "아시죠, 그 작가요. 고맙게도 여기까지 와주다니."

"나는 그의 책을 다 읽었어요." 제니가 말한다. "나는 멋진 살인이 나오는 소설을 아주 좋아해요."

"멋진 정장을 입은 남자가 그 사람이었나요?" 하빈더가 말한다. "들어오면서 봤어요."

"네." 샐리가 말한다. "아주 매력이 넘치는 사람이에요."

"그의 어머니가 예전에 시뷰에 살았어요." 퍼트리샤가 말한다. "그녀는 우리 고객이었죠."

"내가 그분을 돌봤어요." 마리아가 말한다. "좀 까다로운 분이었어요."

하빈더는 엄마가 시뷰 코트에 산다는 핑계를 대려고 했는데 덱스 챌로너가 그 핑계를 이미 댔다는 점이 약간 흥미롭다. 물론 그 사람의 경우에는 그 핑계가 진실이다.

"뭐 좀 드시겠어요, 하빈더?" 샐리가 말한다. "차? 커피?"

하빈더는 옆 탁자에 있는 뚜껑이 열린 와인 병에 주목한다. 제니는 그득 채운 잔을 들고 있다. 분명히 샐리는 하빈더가 술을 입에도 대지 않을 것이라는 문화적 가정을 한 듯하다. 반면에 샐리는 하빈더의 이름은 제대로 알아듣고 제대로 부른다.

"괜찮습니다." 하빈더가 말한다. "그저 조의를 표하려고 왔습니다."

"우리는 페기가 그리울 거예요." 퍼트리샤가 말한다. "보기 드문 분이었어요."

"페기는 항상 내 가족에 관해 물었어요." 마리아가 말한다. "그녀는 폴란드에 대해 아주 많이 알았어요. 대부분의 영국인들과 다르게." 그녀가 음울하게 덧붙인다.

"그러게 말이에요." 샐리가 말한다. "나이절은 케임브리지에서 현대사를 공부했지만 나는 그 분야에 지독하게 무지해요."

하빈더의 친구 클레어의 말에 따르면 케임브리지 출신은 항상 대화를 시작하고 10분 안에 그 학교를 졸업했다고 언급한다. 샐리는 대신 말하고는 있지만 이 규칙에 충실하다.

"페기가 대학에 다녔나요?" 하빈더가 말한다. "페기는 나한테 그런 말을 한 적이 없어요." 이 말은 사실이다. 하빈더는 그녀를 만난 적이 없으니까.

"아니요." 샐리가 말한다. "어머니는 1929년생이에요. 그 시절에는 대학에 가는 여성이 많지 않았죠. 그렇지만 어머니는 정말로 똑똑하셨어요. 어머니는 아주 많은 책을 읽으셨죠."

그녀는 빈 책장을 가리킨다.

"책은 다 어디에 있어요?" 퍼트리샤가 묻는다.

이때 나이절이 양손에 병을 하나씩 들고 다가온다. "더 드실 분 있나요?"

하빈더가 레드와인 한 잔을 달라고 말하려는 찰나에 그녀의 귀에 목소리가 들린다. "갈 시간이에요."

하빈더가 고개를 돌리니 나탈카, 안경을 쓴 남자, 분홍색 나비넥타이를 맨 남자가 기대에 찬 눈으로 그녀를 바라보고 있다. "정상 회담이요." 나탈카가 설명한다. "오두막 카페에서. 5시에."

하빈더가 그곳에서 벗어나기까지 약 10분이 더 걸린다. 아무튼 그녀는 샐리와 나이절에게 적절한 조의의 말을 죄다 전한 다음에 해변으로 향한다. 나탈카는 오두막 카페라고 말했다. 그렇게 부를 만한 곳은 한 군데밖에 없다. 해변 바로 위 해안 도로에 있는 나무 오두막. 그곳은 시뷰 코트 정면에 있고 하빈더가 생각하기에 페기 스미스가 창밖을 내려다볼 때면 곧바로 눈에 들어왔을 것이다.

알고 보니 오두막 카페는 안경을 쓴 남자의 것이었고 그의 이름은 베네딕트다. 하빈더가 추측한 대로 분홍색 나비넥타이를 맨 남자는 페기의 친구인 에드윈이다. 그들은 피크닉용 테이블에 앉아 아주 맛있는 커피를 마시면서 파도 위로 급강하하는 갈매기들을 바라본다. 5시이고 마지막 햇빛을 즐기며 개를 산책시키는 사람들 몇 명을 제외하면 해변 산책로는 조용하다.

"하빈더는 형사예요." 나탈카가 말한다. "그녀는 우리가 페기의 살해범을 알아내도록 도울 거예요."

"페기가 살해당했다는 증거는 없습니다." 하빈더가 말한다.

"과도한 추측입니다." 그녀는 나탈카에게 이렇게 작은 부분들을 하나씩 짚어주는 것이 중요함을 직감한다.

"증거가 없다고요?" 나탈카가 말한다. 그녀는 피크닉용 테이블에 앉아 담배를 피우고 있는데 연기를 그들 쪽으로 불지 않으려는 성의를 별로 보이지 않는다. 베네딕트는 미안한 기색으로 손을 퍼덕거리지만 하빈더는 나탈카가 담배를 멋지게 피운다는 사실을 인정할 수밖에 없다. 수년 전 탈가스 고등학교를 다닐 때 체육관 뒤에서 담배를 피우던 여자아이들처럼.

"하빈더에게 말하세요, 에드윈." 나탈카가 말한다.

"샐리가 내게 유품을 챙겨도 된다고 하더군요." 에드윈이 말한다. 하빈더는 그의 목소리가 참 좋다고 생각한다. 상대를 깔보는 투 없이 우아하다. "그녀는 친절하게도 나에게 주려고 몇 가지를 골라냈어요. 장식품 몇 개랑 브라이턴 부두에서 찍은 페기의 사진이었죠. 나는 페기의 책을 한 권 간직하고 싶었답니다. 페기와 나는 항상 책에 대해 이야기를 나눴지요. 게다가 나는 나이절이 그저 버려도 되는 물건인 양 책을 상자에 담아놔서 약간 언짢았습니다. 그래서 상자 하나를 열어서 이 책을 꺼냈어요."

에드윈은 서류 가방과 남성용 가방 중간쯤으로 보이는 가죽 가방을 들고 있다. 그는 그 속에서 양장본 책을 한 권 꺼낸다. 표지에는 회색 고층 건물이 있고 궂은 하늘을 가로질러 금박 글자로 덱스 챌로너라고 박혀 있다. 제목은 더 작은 글자로 그 아래에 적혀 있다. '고층 건물 살인: 토드 프랜스 미스터리'

"나는 챌로너의 팬이 아니랍니다." 에드윈이 말한다. "하지만 폐기는 그의 책을 좋아했지요. 이 책은 최신판입니다. 신간 견본이에요."

"폐기가 죽을 때 읽고 있던 책이에요." 나탈카가 말한다. "그녀 옆의 탁자에 펼쳐져 있었어요."

"맞아." 에드윈이 말한다. "자네가 나한테 말했지. 부분적으로는 그래서 이 책을 선택했습니다. 폐기에게 조금 더 가까워지는 느낌이 들 것 같았거든요. 어쨌든 책을 펼치니 이게 떨어졌어요."

평범한 엽서이고, 거기에 이렇게 적혀 있다. **우리가 당신을 찾아간다.**

6장
나탈카: PS: PS에게

이렇게 둘러앉아서 커피를 마시고 있는 것도 참 좋아. 나탈카는 생각한다. 하지만 우리는 행동에 나서야 해. 그녀는 하빈더라는 형사 덕에 가속도가 붙을 것이라고 예상했는데 그녀는 베네딕트만큼이나 신중해 보인다. **과도한 추측입니다.** 그렇지만 나탈카는 하빈더가 마음에 든다. 하빈더는 말하기 전에 충분히 생각하는 듯 조심스럽고 빈정대는 면이 있다. 나탈카가 다른 사람들에게 부러워하는 점이지만 그녀는 먼저 생각하고 말하기가 힘들다.

"어디 출신이에요?" 나탈카는 그녀를 처음 만난 저녁에 이상한 아기 사진 달력이 있는 지저분한 사무실에 앉아 이야기를 나누면서 물었다.

"서식스요." 하빈더가 대답했다. 이어서 약간 누그러진 태도로 그녀의 부모는 인도 태생이라고 말했다. "나는 이민 2세대입니다. 완전히 동화되려고 기를 쓰는 세대죠."

"당신도 그래요?" 나탈카가 물었다. "기를 써요?"

하빈더가 어깨를 으쓱했다. "그 정도는 아니고요. 정작 나는 쇼어햄에서 나고 자랐는데 나더러 고향으로 돌아가라고 말하는 사람들한테는 조금 신물이 나긴 합니다."

나탈카는 본머스 대학교에서 경영학을 전공하려고 2013년에 영국에 왔다. 그녀가 아직 통계학과 영국의 성 관습을 받아들이려고 노력하던 때에(후자를 이해하기가 훨씬 힘들었다) 고향인 돈바스 지역에서 전쟁이 터졌다. 남동생인 드미트로는 소위 분리주의자들과 싸우는 우크라이나 군대에 들어갔다. 공식적으로 2014년에 휴전했는데도, 우크라이나 군인이 사흘에 한 명꼴로 죽는 싸움이 계속되고 있다. 나탈카는 2015년에 생일을 축하하는 문자를 받은 이후로 드미트로에게 연락을 받지 못했다. 공식적인 이야기에 따르면 드미트로는 전투 중에 실종됐다. 나탈카는 그의 전우 중 몇 명을 겨우 찾아내서 연락했지만, 모두들 그가 죽었다고 믿는다. 나탈카의 엄마는 이를 받아들이려 하지 않고 시간과 점점 바닥나는 자원을 온통 퍼부어 아들을 찾고 있다.

나탈카의 아빠는 그녀가 열두 살 때 집을 나갔고 그녀가 아는 한 그 역시 죽었을 것이다. 나탈카는 동생의 죽음으로 인한 깊은 슬픔과 동생이 아직 어딘가에서 살아 있으리라는 고집스러운 확신 사이를 오간다. 그녀는 엄마가 무척 그립지만 그 무엇도 그녀를 전쟁으로 파괴된 나라로 돌아가게 하지 못하리라. 나탈카는 대학을 졸업한 후에 한 대학생과 결혼해서 비자 문제를 해결하고 나서는 빠르게 이혼했다. 이제 그녀는 낮에는 간병인으로 일하고 밤에는 비트코인을 사고판다. 그녀가 버는 돈의 대부분은, 순간의 격렬한 기분으로 지은 이름인, '모국'이라는 명의의 펀드에 들어간다.

그녀는 어머니와 같은 존재를 찾고 있지 않다고 사람들에게 말한다. 완벽하게 좋은 엄마가 고향에서 그녀를 기다리고 있기 때문이다. 그녀의 아빠는 전혀 딴판이다. 그래도 그녀는 방문해서 돌보는 노인들 중 몇몇을 좋아한다. 그들의 강한 용기와 절제된 표현이 마음에 든다. 그들은 보행 보조기가 없이는 방에서조차 제대로 걷지 못하는 지경이어도 "다리가 조금 후들거린다"라고 말한다. 계단을 오른 후 심장 마비가 오기 직전이라도 "오래된 심장이 약간 부실하다"라고 말한다. 그에 반해서 나탈카의 세대는 늘 불평하고 자기중심적이다. 인스타그램에 올리는 점심 식사 사진들, 눈썹을 치켜 올리고 입술을 오므린 채 이상한 각도로 찍는 셀카들. #알게뭐야 같은 상태창 업데이트들. 나탈카는 눈에 띄지 않게 조용히 사는 것의 가치를 몸소 터득했다. 그래서 그녀는 페이스북이나 트위터를 하지 않는다. 노인들은 이를 이해한다. 스미스 부인은 모르는 사람에게 절대로 본명을 알려주지 않으려고 조심한다고 언젠가 말했다.

"페기 스미스가 본명 아니에요?" 나탈카가 그녀에게 물었다.

"누가 스미스 같은 이름을 지어내겠나?" 페기가 반문했다. 딱히 대답은 아니었다.

이제 그녀는 그저 바다를 바라보며 앉아서 그 책 속의 편지에 대해 추측하는 데서 벗어나 뭔가 하고 싶다. 그녀는 하빈더가 일하러 돌아가고 에드윈이 홀로 슬픔에 잠기려고 살며시 빠져나갈 때까지 기다린다. 그리고 본격적으로 베네딕트를 설득하기 시작한다. 그는 천성적으로 규칙을 잘 지키는 사람이지만 음모론자이기도 하고 항상 '그들'이 왠지 그에게 해코지를 하려고 한다고 선뜻 믿는다. 가톨릭교도이고 전 수사이기 때문이다. 나탈카는 베네딕트의 과거를 알게 됐을 때 별로 믿기지 않았다. 한편으로 이는 많은 점을(우선 하나만 들자면 그의 패션 감각) 설명해주지만, 다른 한편으로는 아직도 수도원에 틀어박혀서 보이지 않는 존재에게 기도하는 사람들이 있다는 사실을 믿기 어렵다. 나탈카의 가족은 동방 정교회도이지만 그녀는 히스로행 비행기를 탔을 때 그 모든 것을 과거지사로 묻었다.

"아, 진짜, 베니. 뭔가 이상하다니까요. 그들이 우리에게 뭘 숨기고 있다고요."

"누가요?" 베네딕트가 불안한 얼굴로 묻는다. "누가 우리에게 뭘 숨기고 있어요?"

"우선은, 나이절 스미스요. 왜 그는 페기의 책을 치워버리고 싶어서 그렇게 안달할까요? 그가 책 속에 편지가 있다는 것을 알았을까요? **우리가 당신을 찾아간다.** 의심스럽지 않다고는 못 하겠죠."

"페기는 편지에 관해서 나에게 아무 말도 하지 않았어요." 베네딕트가 말한다.

"뭔가 이상하다니까요." 나탈카가 다시 말한다. "왜 덱스 챌로너가 장례식에 왔죠? 우리를 감시하러 왔을까요? 그리고 왜 그렇게 빨리 갔을까요?"

"그냥 조문하러 왔을지도 모르죠."

"아마도요. 어쩌면 그는 자신의 책들 중 한 권에 메시지가 있다는 것을 알았을지도 몰라요. 그 메시지를 그가 보냈을지도 몰라요. 나이절이 다 팔아 치우기 전에 우리가 페기의 집에 들어가서 물건을 살펴봐야 해요."

"어떻게 들어가요?" 베네딕트가 묻는다. 나탈카는 이제 그가 넘어왔다는 것을 안다. 그는 윤리적인 우려가 아니라 실현 가능성을 이야기하고 있다.

"나한테 열쇠가 있어요." 그녀가 말한다. 그녀는 원래 가지고 있던 열쇠를 퍼트리샤에게 반납하기 전에 복사했다는 말을 굳이 덧붙일 필요가 없다고 생각한다.

"어두워질 때까지 기다릴까요?" 그가 묻는다.

"아니요. 그러면 너무 의심스러워 보일 거예요. 6시가 다 됐어요. 우리가 지금 가면 그냥 취침 준비를 도우려고 온 여느 간병인으로 보일 거예요. 시뷰 코트에는 간병인들이 득시글거리잖아요."

"좋아요." 베네딕트가 어깨를 쫙 편다. 사실 그는 못생기지는 않았다. 멋진 갈색 머리와 빛에 따라서 녹색으로 보이는 눈을 가진 그는 키가 크고 팔다리가 길다. 단지 고개를 푹 숙이고 팔을 축 늘어뜨린 채 걸어서 주눅이 들어 보일 뿐이다. 게다가 그는 옷을 지독히도 못 입는다. 나탈카는 언젠가 그를 데리고 가서 쇼핑을 할 것이다.

그들은 어려움 없이 건물로 들어간다. 녹색 카펫이 깔린 복도에는 아무도 없다. 그 장소 전체가 예전에 본 원양 여객선에 대한 영화를 떠올리게 한다. 사실 그 여객선은 지옥의 전초 기지였고, 끝없이 빙고 게임을 하고 무료 와인을 마시며 세 코스의 식사를 하는 지긋지긋한 사람들이 가득했다. 그녀는 앞에 늘어선 문들을 바라본다. 모두 획일적인 녹색으로 칠해져 있는데도 묘하게 카펫 색과 어울리지 않는다. 그녀는 각 문이 서로 다른 현실이라고 상상한다. 얼음이 뒤덮인 행성, 어둠의 왕국, 전부 도서관 책으로 만들어진 세상. 그녀가 감수성이 예민한 나이에 『마법사의 조카』를 읽었기 때문임이 틀림없다. 세계와 세계 사이에 있는 숲.

그들은 미끄럼 방지 고무가 붙은 계단을 올라가 페기의 집으로 들어간다. 누군가, 아마도 샐리가, 조문객들이 먹고 마신 흔적을 모두 치웠다. 어디에도 플라스틱 잔 하나 혹은 부스러기 하나 없다. 페기의 의자는 발코니 창 옆에서 바다를 향해 있다. 그렇지만 그녀의 쌍안경은 그곳에 없다. 사진도 벽에서 떼어져 있다. 모든 것이 '자선 단체'나 '보관'이라고 표시된 상자에 포장돼 있다. 그들은 상자 몇 개를 무작위로 연다. 나탈카는 '주방 기구'라는 이름표가 붙은 상자에서 발견한 칼을 사용하고 베네딕트는 손으로 조심스럽게 테이프를 벗긴다. 나이절은 양장본은 대부분 보관하고 다른 책은 자선 단체에 주기로 결정한 모양이다. 많은 양장본이 덱스 챌로너가 쓴 책이고 표지에는 사실적이면서도 신비한 도시의 전경을 배경으로 하늘에 떠 있는 사격 조준기처럼 덱스의 철자 중 X에 강조 표시가 되어 있다.

"그런데 초기 작품들은 달라요." 베네딕트가 말한다. "그 책들의 표지에는 사람이 나와요."

그의 말이 맞는다. 초창기 책에는 다부지게 잘생긴 남자가 나오고, 때로는 남자 옆에 금발 여자가 달라붙어 있다. 하지만 출판사가 10년 전쯤에 사람을 빼고 건물을 넣기로 결정했고 그 후로 열 권 정도의 표지가 달라졌다. 이 기간 동안 덱스의 이름이 갈수록 널리 알려졌고 X가 트레이드마크가 됐다. 나탈카가 눈보라 치는 조선소가 표지에 나온 『살인을 위한 항구』를 펼친다. 헌사에 이렇게 나와 있다. 페기에게, **그녀가 없었다면……**.

"그녀가 없었다면 어쨌다는 거죠?" 그녀가 묻는다.

"그녀가 없었다면 이 책을 쓸 수 없었을 거라고요." 베네딕트가 말한다. "그냥 일반적으로 하는 말이에요."

나탈카는 페기에게 헌정한 책을 몇 권 더 발견한다. 헌정 받는 사람이 다를 때조차 항상 페기의 이름이 감사의 말에 언급돼 있다. **매우 귀중한 도움을 준 페기 스미스에게 감사합니다. 언제나처럼 조언과 격려를 해준 페기에게 감사합니다. 특별히 그녀에게 감사하고, 이유는 그녀가 알 것입니다.**

"이건 멋지네요." 베네딕트가 고기를 매다는 갈고리와 스미스필드*의 광경이 표지에 나온 『살인 시장』을 보며 말한다. 그가 큰

---

* 육류 시장으로 유명한 런던의 재래시장.

소리로 읽는다. "'페기에게, 살인에 대한 감사를 담아.'"

"살인에 대한 감사." 나탈카가 말한다. "그 말이 내가 저번에 본 거예요. 영어의 관용구인가요? 다른 뜻을 가진 무슨 암호 같은 거예요?"

"나는 들어본 적 없는 말이에요." 베네딕트가 말한다. "더 있어요?"

"네." 나탈카가 말한다. "내가 책을 쌀 때 다른 작가들이 쓴 책도 봤어요. 자선 단체로 갈 상자들을 확인해봐요."

자선 단체 상자들에는 손때가 묻은 문고본이 들어 있는데, 대부분이 살인사건 추리물이며 태반이 페기를 언급한 헌사나 감사의 말을 담고 있다. "모든 도움에 감사합니다, 페기." "페기 스미스에게 특별히 감사합니다." "PS: PS에게." 이 마지막 구절은 『왜 나를 데려가지 않았나요?』라는 제목의 책에 나와 있다. 이 책은 본 기억이 있는 범죄 소설인데 덱스 챌로너의 책들과는 아주 다르다. J. D. 먼로라는 이름마저 둥그런 고리 모양이 많은 '여성스러운' 서체로 돼 있고 표지에는 깊고 푸른 수영장으로 사라지는 제목과 함께 토스카나의 농가가 나온다. 나탈카는 상자를 샅샅이 뒤져 같은 작가가 쓴 책을 세 권 더 찾아낸다. 『왜 나는 안 돼요?』, 『당신이었어요』, 『당신 때문에 저지른 짓이에요』.

"물음표가 많네요." 그녀가 투덜거린다. 그녀가 읽은 광고문에 따르면 'JD' 먼로는 토스카나와 브라이턴에서 돌아가면서 시간을 보낸다. 공평하시기도 해라. 나탈카는 생각한다. 세 권의 책에는 감사의 말에 똑같은 'PS' 구절이 있다.

"이 책은 라틴어로 돼 있네요." 베네딕트가 말한다. "페기 스미스, **사인 퀴버스**sine quibus."

"무슨 뜻이에요?"

"그분이 없었다면."

"누가 쓴 책이에요?"

"랜스 포스터요. 『라오콘Laocoön』이라는 책이고 《타임스》는 이 책이 문학의 걸작이라고 했어요."

"개소리예요."

베네딕트가 소리 내 웃자 나탈카가 약간 놀란다. "사실 맞아요."

"이게 다 무슨 의미일까요?" 나탈카가 말한다. "이 모든 책들이요. '그분이 없었다면'. '살인에 대한 감사'. 페기는 자신을 살인 컨설턴트라고 불렀어요. 페기가 이 작가들에게 사람을 죽이는 방법을 말해줬을까요?"

"하지만 페기가 사람을 죽이는 방법을 어떻게 알았겠어요? 그녀는 퇴직한 공무원이었어요."

"페기는 전쟁을 겪었어요. 틀림없이 스파이였을 거예요."

"페기는 1929년에 태어났어요. 전쟁 때 아이였어요."

"아이는 스파이가 될 수 없다고 생각해요?"

"아니요." 베네딕트가 말한다. 그러나 확신하지 못하는 어투다.

"우리나라는 전쟁 중이에요." 나탈카가 말한다. "제일 처음 배우는 것이 아무도 믿으면 안 된다는 거예요. 위층에 사는 다정한 노부인도, 오래 일한 베이비시터도, 아이도 믿으면 안 돼요. 그들은 모든 것을 봐요. 훌륭한 스파이감이죠."

"참 끔찍하겠군요." 베네딕트가 말한다.

"네." 나탈카는 그 주제에 대해 더 이상 말하고 싶지 않다. 그녀는 '자선 단체'라고 표시된 책 상자로 관심을 돌린다. 이 상자에 든 책들은 챌로너의 책들과 상당히 다르다. 대부분 문고본이고 (나탈카가 슈퍼마켓에서 본 문고본보다 작다) 일부 책의 표지는 단순한 녹색과 흰색이며 다른 책들의 표지는 피가 뚝뚝 떨어지는 칼과 연기 나는 총 같은 무시무시한 그림이다.

"고전 범죄 소설이에요." 베네딕트가 말한다. "페기는 이 작가들을 아주 좋아했어요. 나도 그렇고요. 마저리 앨링엄, 나이오 마시, 도로시 L. 세이어스, 애거사 크리스티. 실라 앳킨스."

"실라 앳킨스가 누구예요?"

"황금기 작가예요. 두 차례 세계 대전 사이 기간에 유명했어요. 요즘에는 아무도 그녀의 책을 읽지 않아요. 참 안타까운 일이죠. 이 책을 봐요."

베네딕트가 노출이 심한 드레스를 입고 초와 피 묻은 칼을 들고 있는 여자가 표지에 있는 책을 내민다. 『단검을 달라』라는 책이다.

"많은 책의 제목을 셰익스피어의 작품에서 따왔어요." 베네딕트가 말한다. "이 책의 제목은 『어둠의 왕자는 신사다』네요. 내 생각에 『리어 왕』의 대사에서 나온 제목 같아요. 이 대사가 어디에 나오냐면……."

"고마워요, 베니." 나탈카는 그가 줄거리를 줄줄 이야기할까 봐 겁나서 그의 말을 끊는다. "나도 셰익스피어에 대해 들어봤어요. 우크라이나 학생들은 그 사람에 대해 공부까지 한답니다.”

“미안해요.” 베네딕트가 말한다. “그저 표지가 내용을 제대로 보여주지 못한다고 말하려고 했어요. 대단히 절묘한 책들이에요. 거의 심리 스릴러죠.”

“이건 시간 낭비예요.” 나탈카가 말한다. “우리는 편지를 살펴봐야 해요. 다른 협박장이 있을지도 몰라요.”

베네딕트가 상처를 받은 듯하다. “당신이 책을 살펴보자고 말했잖아요.”

“음, 이제 나는 편지를 살펴보자고 말하고 있잖아요.”

나탈카는 페기의 책상 서랍을 연다. 그곳에 편지가 몇 통 있다. 나탈카는 편지를 읽을 시간이 있으면 얼마나 좋을까 싶다. 편지를 가지고 가야 할까? 그러면 안 될 것 같다. 그녀는 서랍 중 하나에서 커다란 은색 단추를 발견하고는 즉시 주머니에 넣는다. 행운이 오라고.

“여기에는 아무것도 없어요.” 챌로너의 모든 책을 펼쳐본 후 덮고 있던 베네딕트가 말한다.

“아무래도 우리…….” 나탈카가 말을 꺼내다가 멈춘다.

“무슨 일이에요?” 베네딕트가 말한다.

“무슨 소리 안 들려요? 발소리요.”

이제 발소리는 멈췄다. 정적이 흐른다. 무슨 이유에서인지 가장 무서운 순간이다.

“아무 소리도 안 들려요.” 베네딕트가 말한다.

“쉿.”

열쇠가 자물쇠에 꽂혀 돌아간다. 두 사람은 본능적으로 거실 한가운데로 함께 움직인다.

문이 열린다. 그리고 복면을 쓴 사람이 그들에게 총을 겨누며 들어온다.

7장
베네딕트: 반짝이는 구두

처음에 베네딕트는 총이나 복면을 알아차리지 못한다. 그는 온갖 엉뚱한 것에 집중한다. 가죽 재킷, 짙은 색 청바지, 반짝이는 구두……. 그러고 나서 목숨이 위태롭다는 사실을 깨닫는다. 그는 나탈카 앞으로 몸을 던지고 싶지만 꼼짝달싹할 수 없다. 이렇게 끝나는 것인가? 완벽한 마지막 참회의 기도를 해야 하나? "오, 주여, 제가 주님에게 죄를 지었습니다……."

그의 옆에서 나탈카가 거의 으르렁거리는 소리를 낸다. 그는 그녀와 몸이 닿지 않은 상태인데도 그녀가 대항하려고 바싹 긴장하고 있다는 것을 느낀다. 마치 그녀의 주변에 힘의 장이 형성돼 있는 것 같다. 베네딕트가 손을 뻗는다. 그녀를 안으려 하는지 저지하려 하는지 그도 알 수 없지만 그러는 동안 남자가 바닥에서 뭔가를 잡아채고는 뒤로 물러서 문을 열어놓은 채 나간다.

"쫓아가요." 나탈카가 말한다.

"미쳤어요?" 베네딕트가 말한다. "경찰에 신고해야 해요." 그는 벌써 전화기를 꺼내 든다.

"내가 카우어 경사에게 전화할게요." 나탈카가 말한다. "그게 더 빠를 거예요." 나탈카가 말하는 동안("총을 든…… 페기의 집에…… 방금 전에……") 베네딕트는 창가로 간다. 그는 도망가는 남자를 찾아보려고 하지만 페기네 거실은 해변을 내려다보고 있어서 보이는 것이라고는 애꿎은 푸른 바다뿐이다. 빨간색 돛을 단 보트가 수평선 쪽으로 순조롭게 항해하고 있다. 노을빛에 감싸인 빨간색 돛. 꼭 다른 세계에 속한 것처럼 보인다.

"경사가 온대요." 나탈카가 말한다. "아무것도 만지지 말래요. 그가 뭘 가지고 갔어요?"

"누구요?" 베네딕트가 여전히 보트를 바라보며 말한다.

"베니! 총을 든 남자요! 그 사람이 바다에서 뭘 집었어요?"

베네딕트는 정신을 차리려고 기를 쓴다. 대체로 그는 나탈카가 베니라고 부를 때가 좋지만 지금은 몹시 화가 난 말투다. 그는 그녀를 탓할 수 없다. 그는 위험에 처하면 반사 반응이 강렬해진다고 생각했지만 막상 닥치고 보니 마치 물속에 있는 느낌이다.

"책이요." 그가 수면으로 올라오려고 애쓰면서 말한다. "옛날 책들 중 하나요. 실라 앳킨스의 책 같아요."

"어떤 책인데요?"

베네딕트는 바닥에 널린 책들을 바라본다. 표지의 빛이 바랬지만 여전히 화려한 실라 앳킨스의 책 세 권 중 두 권이 있다. 그의 눈에 『단검을 달라』와 『어둠의 왕자는 신사이다』가 보인다.

바닥에 다른 것도 있다. 총을 든 남자가 책을 집어 들 때 떨어진 것이 분명한 책갈피. 성자의 그림이다. 상본*, 베네딕트의 외할머니라면 그렇게 불렀을 것이다. 온통 초록색 옷을 입은 성 패트릭.

"어떤 책이냐고요?" 나탈카의 목소리가 올라간다.

"『감사 단식』이었을 거예요." 베네딕트가 말한다. "그 책이 어디에도 안 보이네요." 그는 이 작은 돌파구를 찾아내서 기쁘다. "남자와 여자가 껴안고 있는 모습이 표지에 있었어요. 그 제목을 어디에서 따왔냐면…….."

"우리는 그 제목을 어디에서 따왔는지 알 필요 없어요." 나탈카가 말한다.

그녀 말이 맞을 것이다.

"에드윈이 챙긴 책이 뭐였죠?" 나탈카가 묻는다. "안에 편지가 들어 있던 책이요."

"『고층 건물 살인』이에요." 베네딕트가 말한다. "신간 견본이었어요. 아직 출간되지 않은."

"'우리가 당신을 찾아간다.'" 나탈카가 말한다. "그렇게 적혀 있었어요. 그게 책에서 딸려 나왔다고 생각해요?"

베네딕트가 대답하려고 입을 열다가 다시 닫는다. 사이렌 소리가 가까워진다. 아주 익숙하면서도 불길한 소리다. 그 소리가 실제로 그들을 향해 다가오고 있다니 믿어지지 않는다. 하지만

---

* 그리스도, 성모 마리아, 천사, 성인 등의 모습을 있는 그대로 담은 그림.

몇 분 후, 계단을 올라오는 더 많은 발소리가 들리고 카우어 경사가 짧게 깎은 머리에 근육질인 남자와 함께 나타난다. 그녀는 문가에서 멈춘다.

"두 사람 다 괜찮습니까?"

"물론이에요." 나탈카가 말한다.

"이쪽은 윈스턴 경사입니다. SOCO가 올 때까지 윈스턴이 거실을 지킬 겁니다. 이제 나오세요. 벽이나 문을 만지지 말고 오세요."

SOCO. 범죄 현장 조사를 담당하는 과학수사대, 베네딕트는 머릿속으로 해석한다. 그는 과학수사대를 TV 프로그램에서 봤다. 그는 찌르르 밀려오는 흥분을 억지로 누른다. 심각한 일이야. 그는 혼잣말을 한다. 하지만 그는 자일스 수사가 아침 예배에서 찬가를 깜빡한 이래로 이것이 그에게 일어난 가장 흥미로운 일이라는 점을 부정할 수 없다.

하빈더의 뒤로 문이 열리고 에드윈의 머리가 나타난다.

"무슨 일인가?" 그의 목소리가 떨리고 평소보다 훨씬 늙어 보인다.

"우리가 선생님 집을 좀 써도 될까요?" 카우어 경사가 말한다. "닐, 여기서 기다려."

닐 윈스턴은 명령을 받는 것이 익숙해 보인다. 그는 고개를 끄덕이고 문 옆에 자리를 잡는다. 카우어 경사가 나탈카와 베네딕트를 에드윈의 집으로 이끈다. 베네딕트가 에드윈을 안 지 2년 됐지만 그들의 관계는 친하기는 해도 주로 날씨 이야기와 커피

이야기가 전부다. 페기가 합류하면 대화의 폭이 훨씬 넓어졌고 종종 피크닉용 테이블로 옮겨서 이야기를 나눴으며 한번은 코드 파더에 가서 피시앤칩스를 점심으로 먹기도 했다. 하지만 베네딕트는 에드윈의 집 안까지 들어와본 적이 없고 이제 그는 이 같은 상황에도 불구하고 관심을 가지고 주변을 둘러본다. 에드윈의 집은 상당히 고상한 취향으로 꾸며져 있다. 크림색 소파, 목재 바닥, 동양 양탄자, 흰색으로 칠한 책장. CD 선반도 있고 수년 동안 수집가를 행복하게 하기에 충분했을 레코드판도 있다. 그렇지만 사진이나 개인적인 물건은 없다. 이 집은 페기의 집보다 어둡다. 부분적으로는 커튼이 절반쯤 쳐져 있기 때문이다. 물론 건물의 이쪽 방향에서는 바다가 보이지 않는다.

나탈카와 베네딕트는 소파 하나에 나란히 앉고, 카우어 경사는 안락의자에 앉는다. 에드윈은 "충격을 가라앉힐" 차를 끓이려고 서둘러 자리를 뜨고, 베네딕트는 순간적이지만 브랜디를 마시고 싶은 격심한 갈망에 흠칫 놀란다.

"그래서" 하고 카우어 경사가 말문을 연다. "무슨 일입니까?"

나탈카는 모든 것을 상세하게 말한다. 발소리, 복면을 한 남자, 총. 카우어 경사는 그녀를 집중해서 주시하다가 디지털 시대 이전의 수첩에 가끔 메모한다. 그녀의 태도는 사무적이고 능숙하지만 베네딕트는 이 형사가 마음만 먹으면 나탈카 못지않게 무서우리라고 생각한다. 그는 그녀의 옆모습을 유심히 살핀다. 하나로 묶은 검은 머리, 아름답게 곧게 뻗은 코, 기다란 속눈썹 아래 커다란 검은 눈, 단호한 입술, 그가 보기에는 화장기 없는 얼굴.

"그렇지 않아요, 베니?" 나탈카가 팔꿈치로 그를 쿡 찌른다. 상당히 거센 타격이다.

"뭐라고요? 아, 그래요."

"이 사람은 충격을 받았어요." 나탈카가 그를 쩨려보며 말한다.

"그 남자에 대해 자세히 설명해주시겠습니까?" 카우어 경사가 말한다.

"복면을 썼어요." 나탈카가 말한다.

"키가 크고요." 베네딕트가 말한다. "검정색 가죽 재킷, 허리 부분에 벨트가 달린 종류, 블랙 진, 아마 리바이스, 광이 나는 검은색 구두 차림이었어요."

나탈카는 그를 빤히 쳐다보고 하빈더는 그의 말을 반복한다. "광이 나는 검은색 구두."

"그냥 주의 깊게 봤어요." 베네딕트가 거의 사과조로 말한다. 으이그.

"나는 항상 신발을 주의 깊게 봅니다." 카우어 경사가 말한다. 그녀는 수첩에 메모한다. "그가 무슨 말을 했습니까?" 그녀가 묻는다.

"아니요." 나탈카가 말한다. "그저 우리에게 총을 겨누다가 바닥에서 책을 집어 들고 나갔어요."

"무슨 책이었습니까?"

"우리는 실라 앳킨스라는 작가의 『감사 단식』이었다고 생각해요." 베네딕트가 말한다.

"왜 그가 그 책을 가지고 갔을까요?"

"우리도 몰라요." 나탈카가 말한다. "그래서 우리가 페기의 집에 있었어요." 그녀가 약간 비난조로 덧붙인다. "단서를 찾으려고요."

"그래서 뭘 좀 찾았습니까?" 카우어 경사가 묻는다. 베네딕트는 어떤 기색도 드러내지 않는 그녀의 태도에 감탄한다. 그는 스트레스를 받거나 감정이 격해지면 목소리가 떨리는데 카우어는 시종일관 똑같이 가볍고 담담한 어조를 유지한다. 그녀에게는 그의 어머니가 '동남부 말투'라고 말할 억양이 약간 있다.

"많은 책이요." 나탈카가 말한다. "모두 페기에게 헌정됐어요."

"모두는 아니에요." 베네딕트가 말한다. "고전도 많이 있었어요. 앳킨스의 책처럼 일부는 절판됐어요. 하지만 페기를 언급한 현대 작품이 많이 있었어요. 덱스 챌로너의 모든 책과 J. D. 먼로라는 작가의 몇몇 작품이요."

에드윈이 차를 들고 온다. 에드윈이 미리 설탕을 넣어놨는데도 베네딕트는 감사하며 홀짝홀짝 마신다. 그러면서 연한 녹색 테두리의 흰색 도자기 컵을 넋을 잃고 본다. 그는 설거지거리가 두 배가 되지만 카페에서 항상 컵과 받침을 사용하고 절대 머그를 사용하지 않는다.

"믿을 수가 없군그래." 그들의 이야기를 듣고 있던 것이 분명한 에드윈이 말한다. "프리뷰 코트에 총을 든 남자가 나타나다니."

"시뷰요." 나탈카가 말한다.

"내 말이 그거라네."

"수사과에서 해결할 문제입니다." 카우어 경사가 말한다. "총기가 관여됐으니까요. 현장 감식을 해서 지문 같은 흔적이 있는지 찾아볼 겁니다. 그 남자가 장갑을 끼고 있었습니까?"

"네." 베네딕트가 말한다. "검은색 가죽 장갑입니다."

"변태네요." 나탈카가 말한다.

에드윈이 소리 내어 웃다가 기침하는 척한다.

"경보를 발령했습니다." 카우어 경사가 말한다. "그러나 자동차에 대한 단서가 없어서 쉽지 않습니다. 그나마 주차장과 로비에 CCTV가 있습니다. 내가 확인해보겠습니다."

"그가 다시 올 거라고 생각하나요?" 에드윈이 묻는다. 그는 불안하면서도 들떠 보이고, 베네딕트는 자신의 감정을 그가 고스란히 투영하고 있다고 생각한다. 두 사람은 자주 밖에 나가야 한다.

"그렇지는 않을 겁니다." 카우어가 말한다. "하지만 앞으로 24시간 동안 경찰이 이곳을 지키고 있을 겁니다. 걱정하시지 않아도 됩니다."

"나는 걱정 안 한다오." 에드윈이 단추를 만지작거리며 말한다. 그는 편안한 저녁을 보낼 평상복 차림이다. 가죽 슬리퍼를 신고 평소의 재킷 대신에 카디건을 입었다.

"걱정하셔야 해요." 나탈카가 말한다. "그들이 우리에게 해코지하려고 노리고 있어요."

"누가?" 에드윈이 말한다. "누가 우리에게 해코지하나?"

"페기를 죽인 사람들이요." 나탈카가 말한다.

"잠깐만요." 카우어 경사가 말한다. "페기가 살해당했는지 확실치 않습니다. 사망 진단서에 그녀가 심장 마비로 죽었다고 돼 있습니다."

"그럼 총을 든 남자는 어떻게 설명할 거예요?" 나탈카가 묻는다.

카우어는 다소 화난 눈으로 나탈카를 노려본다. 그녀가 대답하려는 참에 문을 두드리는 소리가 들린다. 에드윈이 가슴에 손을 얹고 베네딕트도 자신의 심장 박동이 빨라지는 것을 느낀다. 하빈더가 문으로 간다.

"무슨 일이죠?" 여자의 목소리가 들린다. "긴급 구조대에서 경보 알람이 왔어요."

"앨리슨." 에드윈이 말한다. "무슨 일이 벌어졌는지 상상도 못할 걸세."

이 사람이 시뷰 코트의 관리인인 앨리슨 슬로프스인가 보다. 그녀는 이곳에서 살지 않지만 1층에 사무실이 있고 비상시에 연락을 받아야 한다. 베네딕트는 페기의 장례식에서 앨리슨을 처음 봤다. 그녀는 상냥해 보이는 오십 대 초반의 여성이며 여전히 검은색 정장을 입고 있지만 지금은 분홍색 운동화를 신고 있다.

"총을 가진 남자에 대한 신고가 들어왔습니다." 카우어 경사가 앨리슨에게 말한다.

"무슨 소리예요?" 나탈카가 말한다. "신고가 들어왔다고요? 내가 그를 봤어요. 베니도 그를 봤어요. 그가 우리에게 총을 겨눴다고요."

"총?" 앨리슨이 에드윈의 크림색 소파에 풀썩 주저앉는다.

"우리는 페기네 집에 있었어요." 나탈카가 말한다. "어떤 남자가 들어와서 우리에게 총을 겨눴어요. 그러고 나서 책을 가지고 도망쳤어요."

"책을 가지고?" 앨리슨이 묻는다.

"아무도 들어본 적 없는 옛날 책이에요." 나탈카가 말한다.

"그럼 덱스 챌로너의 책이 아니야?" 앨리슨이 말한다. "나는 토드 프랜스가 나오는 시리즈를 정말 좋아해요. 신간이 나오면 항상 양장본을 나한테 선물한답니다. 덱스가 장례식에 왔지 뭐예요."

"압니다." 카우어 경사가 말한다. 북클럽 수다 같은 이야기에 약간 짜증이 난 기색이 엿보인다. "그리고 우리는 이 신고를……." 그녀가 나탈카를 흘끗 본다. "아주 심각하게 받아들입니다. 하지만 불안해할 필요는 없습니다. 우리가 24시간 동안 이 건물을 감시할 거라는 말을 에드윈에게 하던 참입니다."

"그럼 그가 다시 올 거라고 생각하나요?" 앨리슨이 조금 전에 에드윈이 한 말을 그대로 반복한다.

"그렇게 볼 이유가 없습니다." 카우어가 말한다. 하지만 베네딕트는 카우어가 상당히 걱정하는 것 같다고 느낀다.

베네딕트는 나탈카가 그럴 필요 없다는데도 집에 데려다주겠다고 고집을 부린다. 그녀는 교회 근처의 집에 방을 하나 세내서 산다. 그녀는 주인집 가족이 자꾸 같이 식사하자고 청한다며 불평하지만 베네딕트는 자신의 단칸 셋방보다 훨씬 다정한 분위기라고 여긴다. 그의 집에서는 라디오4에서 들리는 소리를 제외하면, 때로 오두막 카페가 문을 닫는 오후 5시부터 다음 날 아침 7시까지 사람의 목소리를 아예 듣지 못한다. 그는 라디오 소리를 사람의 목소리로 보지 않는다.

그는 자전거 여러 대와 가정생활의 각종 파편이 가득한 현관에서 그녀에게 작별 인사를 한다. 두 사람은 평소와 달리 끌어안으면서 인사하고 그 포옹의 온기가 시내 중심가를 지나 강으로 향하는 베네딕트에게 계속 남아 있다. 그의 단칸 셋방은 커다란 빅토리아시대 주택의 꼭대기 층에 있다. 넓고 바람이 잘 통하며 강어귀가 내다보이는 좋은 방이다. 내려다보면 보트의 돛대와 빠르게 흐르는 강물과 질벅한 진흙이 한눈에 들어온다. 그는 밤이면 항해 중인 배에 안개를 조심하라고 부는 고동 소리를 듣고 창 너머에서 깜박거리는 등대의 불빛을 바라본다. 그는 그 빛을 좋아한다. 그 빛은 그의 친구다. 이 집의 몇몇 거주자들은 그 빛 때문에 못 자겠다고 불평하고 암막 블라인드를 치지만 베네딕트는 늘 커튼을 걷어놓는다. 그래서 그가 매일 아침 아주 일찍 일어나는 것이리라.

베네딕트가 혼자 사는 것은 이번이 처음이다. 그는 학교를 졸업하고 바로 오너시에 있는 신학교에 진학했다. 그곳이 아주 마음에 들었고 그곳은 그에게 대학이었다. 그러다가 그는 로마로 보내졌다. 모두가 칭찬했다. 사람들은 가톨릭교회가 그에게 더 숭고한 사명을 부여한 증거라고 했다. 그는 그 도시를 아주 좋아했으나 그 일이 버겁다고 느꼈고 이탈리아어를 할 줄 몰라서 고전했다. 그래도 라틴어 A-레벨을 이수해서 도움이 됐다. 선배들의 조언과 달리 그에게 수사가 되라고 설득한 것은 로마 가톨릭교회였다. 그들은 성직의 계급 제도 때문에 그를 원했다. 그의 친구 프랜시스는 그것을 두고 마피아 같다고 말했다. 하지만 로마의 성당들에서 홀로 보낸 시간, 멀리서 울리는 종소리, 자신의 호흡에 섞인 한숨이 묵상적인 삶을 동경하게 만들었다. 그는 성직 지원자로 세인트 비드 수도원에 들어갔고, 아홉 달 후 수사 수련 기간을 시작했다. 삶에서 새로운 단계의 시작을 기념하는 의식은 그의 마음에 여전히 각인돼 있다. 그는 신학교에서 수년 동안 입은 아주 평범한 평상복 차림으로 수도원 회당에 들어가서 가대식 탁자에 놓인 수도회 의복을 발견한다. 튜닉, 벨트, 스카풀라, 후드. 베네딕트는 수사의 삶을 받아들인다는 의미로 양손을 그 의복에 올린 후 이내 갈아입었다. 그는 그 의복이 칙칙한 평상복에 비해서 얼마나 황홀하고 감격적이었는지 생생히 기억한다. 그 선택은 쉬웠다.

그러고 나서 6년 후, 그리고 성대서원盛大誓願*을 하고 1년 후, 베네딕트의 마음이 다시 바뀌었다. 이번 선택은 쉽지 않았다. 이전까지 너무 확신했기에 이번에는 자신의 의심을 다시 의심했다. 하지만 수련 수사 기간 동안 그의 스승이었고 줄곧 그의 고해

---

* 로마 가톨릭교회의 절대적이고 취소할 수 없는 공식 서원. 이 맹세를 하는 수도자는 재산 소유가 허용되지 않고 결혼은 교회법에 따라 무효가 된다.

성사를 들어준 신부는 그를 응원했다. 다미안 수사는 이전의 선택이 잘못이 아니었으며, 이제 하느님이 그를 위한 다른 계획을 가지고 계신 것이라고 말했다. 수년에 걸쳐 사제가 되기 위해 수련한 세월과 수도원 생활을 한 세월은 헛되지 않았다. 그 세월은 모두 더 넓은 운명의 일부였다. 베네딕트는 수도회를 떠난 정신적 충격을 겪는 내내 이 말에 매달렸고, 위안을 주는 성가 부르기(동틀 녘에 시작해서 하루에 여덟 번)와 육체노동과 기도로 벅찬 바깥세상을 견뎠다.

성직자가 되겠다는 선언에 충격을 받았던 그의 부모는 이제 그 소명을 버리겠다는 선언에 충격을 받았다. 하지만 그들은 그가 오두막을 사도록 도왔고 그는 카페에서 나오는 수익으로 항구가 내려다보이는 이 셋방을 얻었다. 세인트 비드 수도원에서의 마지막 몇 달 동안, 홀로 된다는 생각은 그를 겁먹게 하는 동시에 신나게 했다. 빈방에 울리는 자기 목소리, 하루 종일 파자마를 입거나 텔레비전을 보거나 침대에서 콘플레이크를 먹을 수 있는 자유. 하지만 그는 여전히 날마다 5시 30분에 일어나서 샤워를 하고 6시까지 옷을 갖춰 입는다. 그래서 오두막 카페에서 6시부터 5시까지 일하는데도 감당해야 할 시간이 많이 남는다. 처음에는 텔레비전을 볼 수 있어서 기뻤고 범죄 수사 드라마 전문 채널들을 발견하고 신났다. 그는 〈모스 경감〉, 〈베라〉, 〈미드소머 폴리스〉의 재방송을 봤다. 〈브라운 신부〉, 〈몽크〉(하!), 〈제시카의 추리 극장〉을 봤다. 그는 과학수사, 추적할 수 없는 독극물, 과감한 추측에 있어서 방구석 전문가가 됐다. 카페에서 페기를 만났을 때 그들의 대화는 자연스럽게 탐정 소설로 흘러갔고 누가 살인자이고 이유가 무엇인지 이야기를 나눴다. 에드윈은 피가 낭자한 소설에 대한 베네딕트와 페기의 애정에 공감하지 않았지만 종교 방송을 만든 경력이 있는지라 그와 베네딕트는 평성가*와 다성음악**에 대해서 흥미로운 담소를 나눴다. 이제 와서 생각하니, 그들은 따뜻한 햇살 아래 앉아서 미스 마플과 그레고리오 성가에 대해 이야기를 나누며 행복한 시간을 보냈다. 그는 당시에 그런 시간의 소중함을 깨닫고 기도를 드리듯 진심으로 감사하고 전념했더라면 얼마나 좋았을까 싶다.

그가 간접적으로 익힌 수사관의 기술을 지금 활용할 수 있을까? 베네딕트는 침실에 들어가서 종이 한 장을 챙겨 총을 든 남자에 대해 기억나는 모든 것을 적는다. 그가 보기에 카우어 경사는 구두를 주의 깊게 살핀 그에게 감탄했다. 냄새는 어땠더라? 베네딕트는 후각 능력을 자랑스러워한다. 그는 향만으로 수도원 정원의 모든 허브를 분간할 수 있었고 커피콩의 종류를 구분할 수 있다. 총을 든 남자한테 무슨 냄새가 났지? 베네딕트는 그 냄새를 되살리기 위해 눈을 감는다. "무슨 소리 안 들려요?" 열리는 문, 총, 나탈카 앞으로 몸을 던져 영웅이 되고 싶었지만 그럴 수 없었던 순간. 그곳에서 무슨 냄새가 났나? 레몬 향

---

* 중세 기독교의 종교 의식에서 반주 없이 부르던 단선율의 장엄한 음악.
** 독립된 선율을 가지는 둘 이상의 성부로 이루어진 음악.

이 나는 찬스라는 샤넬 향수를 뿌리고 있는 나탈카에 대한 생각이 떠오른다. 책 냄새도 난다. 새 책들의 수선화 줄기 같은 신선함과 폐기의 두꺼운 고전 책들의 곰팡내. 왜 총을 든 남자는 그 특정한 책, 『감사 단식』을 집어 들었을까? 그가 나탈카에게 알려주려고 했듯이, 그 제목은 『뜻대로 하세요』*의 내용에서 따온 것이다. **"무릎을 꿇고 단식이나 하면서 착한 남자의 사랑을 하느님께 감사해."** 그다지 페미니스트 정서는 아니다. 도대체 절판된 구식 책이 왜 그렇게 중요해서 반짝이는 구두를 신은 남자는 총을 들고 그 책을 가지러 왔을까? 베네딕트와 나탈카가 맞서서 싸웠다면 그가 그들에게 총을 쐈을까? 왠지 베네딕트는 그랬을 것이라고 생각한다.

그는 밖이 어두워질 때까지 책상 앞에 앉아 있다. 물에 비치는 항구의 불빛이 보인다. 먹을 것을 좀 만들어야 할까? 그의 방에는 가스레인지와 더불어 전자레인지와 작은 냉장고도 있지만 베네딕트는 배가 고프지 않다. 아무래도 총에 위협당하는 위험한 상황에 처하면 그렇게 되나 보다. 그는 우편물이 왔는지 보러 아래층에 내려가기로 한다. 그에게 오는 우편물은 많지 않아서 가끔 어머니가 보내는 엽서나 프랜시스가 예수회 수사의 손으로 조심스럽게 적은 편지 정도이다. 그래도 확인하는 것이 낫다. 그는 양말을 신은 채로 소리 나지 않게 내려가서 위태롭게 쌓인 광고 우편물을 꼼꼼하게 살펴 추려낸다. 포장 음식점 광고, 오래

---

* 셰익스피어의 5대 희극 중 하나.

된 정치 팸플릿, 새 신도를 찾는 사이언톨로지. 그러다가 그는 현관 깔개 옆 바닥에서 무엇인가를 본다. 표지에 고층 건물이 나온 책의 전단이다.

덱스 챌로너가 치체스터 워터스톤스에서
새 책 『고층 건물 살인』에 대해 이야기합니다.
9월 21일 금요일 7:30pm.
모두 환영합니다.
무료 와인 제공 포함 3유로.

8장
하빈더: 제목 속 살인

과학수사대가 페기의 집에서 작업을 끝내자 하빈더와 닐은 통풍이 잘 되는 거실로 들어간다. 하빈더가 바로 몇 시간 전에 제니 목사를 비롯한 사람들과 페기에 대해 담소를 나누던 방이다. 밖에는 해가 졌고 하늘이 거의 군청색이다. 하빈더는 불을 켜고 바닥에 쌓인 책 더미들을 살핀다.

"세상에." 닐이 말한다. "도대체 책을 왜 이렇게 많이 가지고 있었대?"

"페기는 독서를 좋아했어." 하빈더가 말한다. "살인사건 추리물을 좋아했지. 그녀는 약간 방구석 탐정이었나 봐."

상자에 들어 있는 책도 있고 바닥에 널린 책도 있다. 분명히 나탈카와 베네딕트는 한창 책을 분류하는 중이었던 모양이다. 접이식 판이 달린 책상이 펼쳐져 있고 편지 몇 통과 종이가 보인다. 왜 나이절은 이것을 가지고 가지 않았지?

"과학수사대에서 뭐 좀 발견했대?" 하빈더가 묻는다.

"그 사람들이 지문을 찾더라고."

"그 남자는 장갑을 끼고 있었어."

"아, 그래, 재채기나 뭐 그런 걸 했을 수 있으니까. DNA를 남겼을지도." 닐은 항상 과학수사에 대해 애매하게 말한다. 그는 형사가 범죄 현장을 구둣발로 사정없이 짓밟고 다니다가 멈춰서서 용의자를 마구 두들겨 패고 맥주를 들이켜는 구식 범죄 소설 속에 사는 것을 선호할 것이다.

"어떻게 된 거야?" 닐이 말한다. 코를 씰룩거리니 구레나룻이 나풀댄다. "아까 여기 있던 사람들은 누구야?"

"나탈카, 페기의 간병인들 중 하나." 하빈더가 말한다. "그리고 그녀의 친구 베네딕트. 해변에 있는 오두막 카페 주인이야."

"거기 알아." 닐이 말한다. "커피가 맛있지."

"나탈카는 페기에 대해 처음 경종을 울린 여자야." 하빈더가 말한다. "'살인 컨설턴트' 명함을 발견했지."

"나탈카." 닐이 말한다. "무슨 이름이 그래?"

하나, 둘, 셋, 넷, 다섯, 여섯…… "나탈카는 우크라이나 출신이야." 하빈더가 말한다. "분명히 그녀도 네 이름이 이상하다고 생각할 거야."

"닐은 이상하지 않아. 닐이라는 이름은 흔해."

"전 축구 선수들 사이에서나 그렇지. 핵심은 나탈카가 페기의 죽음에 의심스러운 점이 있다고 생각했고 이번 일로 그녀가 옳다는 것이 증명됐다는 거야. 총을 든 남자는 확실히 의심스럽지."

"정말로 총을 든 남자가 있었다면. 우리가 갖고 있는 거라곤 그 사람들, 그 간병인과 카페 주인의 말뿐이잖아."

하빈더는 이 말이 사실이라는 것을 알지만 왠지 그들을 믿는다. 구두 때문이야. 그녀는 생각한다. 베네딕트는 구두를 주의 깊게 봤다. 또한 그 남자를 상당히 자세히 묘사했다. "CCTV에 뭔가 찍혔을 거야." 그녀가 말한다. "주차장에 카메라가 있어."

"왜 총을 든 남자가 그들을 위협하겠어? 게다가 그러고 나서 아무 짓도 안 하고 사라진다고?" 이제 닐은 도토리를 뺏긴 다람쥐처럼 불만스러운 투로 말한다.

"듣자 하니 그가 책을 가져갔나 봐." 하빈더가 말하며 수첩을 확인한다. "실라 앳킨스라는 사람이 쓴 『감사 단식』이라는 책이래."

"책을 가져갔다고? 왜?"

"난들 알겠냐. 페기의 이웃인 에드윈 피츠제럴드라는 남자가 그녀의 다른 책에서 엽서를 발견했어. 거기에는 '우리가 당신을 찾아간다'라고 적혀 있어."

"이 모든 일들이 그 '살인 컨설턴트'인가 하는 것하고 얽혀 있다고 생각해? 결국 그 노부인이 살해당했다고?"

"모르겠어. 하지만 뭔가 있어. 덱스 챌로너, 이 책들의 작가……." 그녀가 제목에 살인이라는 말이 들어간 책 무더기를 가리킨다. "그가 장례식에 왔어. 아무래도 그 사람을 만나서 이야기해봐야 할 것 같아."

"덱스 챌로너." 닐이 말한다. "그 사람 유명해. 켈리가 북클럽에서 그 사람 책 중 하나를 읽었어."

"그 사람한테 전해줄게." 하빈더가 말한다. "분명히 좋아할 거야."

닐이 그녀의 말을 곧이곧대로 믿고는 만족스럽게 고개를 끄덕인다. 가끔 그는 너무 단순하다.

하빈더는 책상으로 간다. 작은 보관함에 펜, 펜슬, 종이 클립, 스테이플러, 한 묶음의 우표가 들어 있다. 페기는 분명히 체계적인 사람이다. 하빈더는 편지를 꺼내 살펴보려고 장갑을 낀다. 격식을 차려 작성한 편지는 모두 동일한 주소와 동일한 필체이고 수신인은 페기 스미스 부인이다. 하빈더는 나중에 읽으려고 편지를 증거물 봉투에 넣는다. 그사이에 엽서 한 장이 떨어진다. 엽서에는 다소 슬프게 웃고 있는 창백하고 수척한 남자 사진이 있다. 남자의 얼굴 옆에 이런 문구가 인쇄돼 있다. '부패한 정치인, 사기꾼, 도둑, 그리고 반역자를 뽑는 국민은 피해자가 아니라 공범이다.'* 하빈더가 엽서를 뒤집는다. **페기에게, 항상 사랑하고 감사합니다. M.** 이 엽서도 증거물 봉투에 들어간다. 글씨가 적힌 면이 위로 올라와 있는 종이는 원고 같다. 대화, 따옴표, '갑자기'와 '불길한' 같은 단어가 보인다.

"이것 좀 들어봐." 하빈더가 닐에게 말한다. 그녀는 감정을 신

---

* 조지 오웰의 말.

지 않은 목소리로 읽는다.

""아, 프랜스 씨. 당신을 기다리고 있었어요."

토드는 고도로 훈련된 경계 태세를 유지하며 몸을 홱 돌린다. 형체가 어둠 속에 묻혀 있지만 그는 목소리를 알아챈다. 너무도 잘. 어떻게 세르게이가 그를 이곳 런던 거킨 타워의 꼭대기까지 추적했을까? 하지만 그이니 괜찮다. 그는 그 혀 짧은 소리를 어디서나 알아챌 것이다.

"세르게이 바라노프."

"내가 죽은 줄 알았겠지. 아주 대단해. 내 죽음에 대한 기사는…… 그다음이 뭐지?"

"내 죽음에 대한 기사는 심히 과장되어 있다. 마크 트웨인이 한 말이지."

"토드 프랜스는 여전하군. 아주 유식해. 아주 영국인다워."

이 대화가 오가는 내내 토드는 수년 전에 히말라야의 고지대에서 스승이 그에게 가르친 대로 분자들을 재배열하면서 앞으로 나아가고 있다. 이제 그는 바라노프의 냄새를 맡을 정도로 가까워진다. 보드카와 담배와 싸구려 향수. 총도 보인다. 작정한 듯 챙겨 온 한정판〔나중에 채울 것〕. 그리고 그가 기억하기로 바라노프는 명사수이다.

"멈춰." 이제 총이 그를 겨누고 있다. 그리고 바라노프의 눈이 보인다. 차가운 녹색 눈동자와 왼쪽 눈 위를 비스듬히 가로지르는 기다란 흉터. 그 흉터는 토드 프랜스와 마지막으로 맞닥뜨렸을 때 생긴 것이다.

"더 이상 움직이지 마시지, 프랜스 씨."

"MI5*가 내가 여기에 있는 것을 알아." 토드는 과감히 허세를 부린다.

"아니, 그들은 몰라. 그쪽은 내가 처리했거든. 그리고 당신의 조수, 그 적극적인 토머스 양."

'오, 주여. 틸리는 안 돼요. 그가 틸리를 해치지 못하게 해주세요.'

"내가 지금 여기에서 당신을 죽이지 않아야 할 이유가 있을까, 프랜스 씨?'"

"거기서 멈추면 어떻게 하냐." 닐이 말한다. "완전히 재밌구면."

"이게 다야." 하빈더가 말한다. "하지만 그 아래에 손으로 쓴 쪽지가 있어." 그녀가 A4 용지를 닐에게 건넨다.

친애하는 페기, 제발 도와주세요! 잔혹한 바라노프가 토드를 죽이지 않고 넘어가야 할 이유가 도무지 생각나지 않아요. 토드가 가진 교묘한 술책이 있어야 하는데 마땅한 것이 도통 떠오르지 않네요. 느리게 작용하는 독? 우리가 이걸 전에 사용한 적이 있던가요? 어쩌면 아예 바라노프가 아니라면? 토드가 아니라면? 쌍둥이라면 너무 상투적일까요? 꼭 도와주세요. 다음 주에 마일스한테 초고를 넘겨야 해요.

---

* 영국 정보국.

"덱스 챌로너가 쓴 것이 분명해." 하빈더가 말한다. "토드 프랜스가 나오는 책이니까. 페기가 줄거리 짜는 것을 도왔나 봐."

"그는 도움이 필요 없을 텐데." 닐이 말한다. "그는 유명한 작가야."

"그에게 물어봐야겠어." 하빈더가 말한다.

닐이 반박하려는 기색을 보이는 찰나 다행히도 하빈더의 전화기가 울린다. 경찰서에 있는 올리비아다. 하빈더는 음성 메시지를 듣고 나서 닐을 돌아본다.

"총을 든 남자가 포착됐어." 그녀가 말한다. "주차장 CCTV에 그 사람이 찍혔어. 총이랑 다. 도나한테 가서 이야기해보자."

닐은 시계를 쳐다본다. 11시다. 하빈더는 그가 넷플릭스에서 영화를 보는 날 늦게까지 일하기를 싫어한다는 것을 안다.

9장
나탈카: 사고팔기

"당신이에요, 나탈카?" 집주인인 데비 하퍼가 주방에서 외친다.

"네." 계단 맨 아래 단에 발을 디딘 나탈카가 경계하며 대답한다.

"저녁 좀 먹을래요? 많이 만들었어요."

이는 데비의 두드러진 특징이다. 그녀는 남편이랑 세 자녀와 살면서도 항상 군부대를 다 먹일 만큼 음식을 많이 한다. 데비는 식량이 배급되는 나라에 살아봐야 해. 나탈카는 생각한다. 아니면 다음 끼니에 먹을 빵을 어디에서 구할지 알 수 없는 나라에서든. 하지만 이윽고 그녀는 이런 생각에 죄책감을 느낀다. 데비는 좋은 집주인이다. 게다가 나탈카는 배가 고프다.

나탈카는 커다란 식탁에 둘러앉아 있는 주인집 가족들과 합석한다. 라자냐를 접시에 덜어주고 있는 데비 옆에 그녀의 남편이자 교사인 리처드, 열다섯 살에서 여섯 살 사이인 아이들 루시,

앤드루, 소피가 있다. 웅성거리는 대화 소리가 들리고 사실 나탈카는 그 소리가 상당히 위로가 된다고 느낀다. 아빠가 집을 나가는 바람에 가족이 부루퉁한 두 십 대와 기진맥진한 엄마로 줄어들기 전인 먼 옛날 그 시절 고향 집을 떠올리게 한다.

"장례식은 어땠어요, 나탈카?" 데비가 말한다. "오후 내내 당신을 걱정했어요."

역시 그렇군. 그래서 같이 저녁을 먹자고 열심히 권했나 보다. 그녀는 오늘이 페기의 장례식 날이라는 것을 알았다. 정작 나탈카는 장례식이 거의 기억나지 않는다. 그 시간 이후로 너무 많은 일이 벌어졌다. 그녀는 '장례식은 괜찮았는데 그 후에 어떤 남자가 나를 죽이려고 했어요'라고 말할 생각이 없다. 그래서 그저 "잘 치렀어요. 손색없이 진행됐어요. 목사님이 좋은 분이었어요."라고 말한다.

"제니." 모르는 사람이 없는 데비가 말한다. "참 착한 분이에요. 병원에 입원한 많은 사람들을 방문하죠."

"당신의 나라 교회에도 여자 성직자가 있나요, 나탈카?" 항상 우크라이나에 대해 배우고 싶어 하는 리처드가 묻는다.

"그렇지는 않아요." 나탈카가 말한다. 그녀는 자신이 고향을 떠난 후 무엇이 변했든 이것은 변하지 않을 것이라고 상당히 확신한다. "그래도 결혼은 할 수 있어요."

"아, 나탈카." 데비가 말한다. "그러고 보니, 누가 당신을 찾아왔어요."

나탈카가 라자냐를 한가득 입에 가져가다가 일순 얼어붙는다.

"남자 둘이었어요." 데비가 말한다. "그들이 어제 집에 왔어요. 내가 보기에 우크라이나인 같더라고요."

"그 사람들이 무엇 때문에 왔는지 말했어요?" 나탈카가 묻는다.

"아니요." 데비가 말한다. "당신을 깜짝 놀라게 하고 싶다고 했어요. 착한 청년들 같아 보였어요."

놀랄 일도 아니다. 데비에게는 모든 사람이 착해 보인다. 하지만 나탈카가 이 미지의 방문자들에 대해 제대로 이해하고 있다면, 착하다는 것은 분명히 그들에게 해당하는 말이 아니다.

방에 들어온 나탈카는 컴퓨터를 켠다. 대체로 그녀가 하루 중 가장 좋아하는 시간이다. 그녀는 몇 시간 동안 노인들을 들어 올리고, 화장실 시중을 들고, 이야기를 나누고, 어디에도 손대고 싶지 않은 주방에서 음식을 준비한 후 깨끗이 정돈된 작은 방에 앉아 돈에 몰두할 수 있는 순간을 즐거운 마음으로 기다린다. 나탈카는 은행을 거치지 않고 통용되는 가상 화폐인 비트코인의 잠재력을 빠르게 알아챘다. 옛날에는 비트코인을 채굴해서 거래하고 블록체인이라는 것을 생성할 수 있었다. 가장 큰 거래 거점의 이름은 매직이었는데, 딱 적절한 명칭이었다. 비트코인의 핵심은 숫자와 알고리즘이었고 둘 다 나탈카의 강점이었다. 그녀는 예전에 대학에서 순수 수학을 공부했다. 그렇지만 요즘에는 비트코인으로 돈을 벌려면 숫자를 계속 쏟아내는 다수의 컴퓨터가 필요하다. 나탈카는 감각을 유지하기 위해 이따금 거래를 하지만, 대체로 모국이라고 이름 붙인 예금 계좌를 그저 빤히 쳐다보고만 있다. 그 계좌의 잔고는 이제 거의 50만 달러에 달한다. 문제는 모든 제국은 기반이 있어야 하는데 나탈카의 기반은 절도였다는 것이다.

아래층에서 초인종이 울린다. 나탈카는 문 앞으로 가서 귀를 기울인다. 십 대들의 목소리와 데비의 웃음소리가 들린다. 이어서 리처드가 "숙제를 다 끝내면"이라고 말한다. 다행이다. 그저 루시의 친구들 중 하나가 그녀를 데리러 왔나 보다. 하퍼가의 아이들은 부모처럼 사교적이다. 항상 아이들이 집에 북적거린다. 축구 연습을 끝내고 진흙투성이 축구화를 신고 집으로 몰려온 아이들, 바이올린 케이스와 운동 가방을 현관에 던져놓고 뛰어들어오는 아이들, 컴퓨터 게임을 하면서 과자를 먹는 아이들. 나탈카는 방해받지 않고 혼자 있을 수만 있다면 이런 소란에 신경 쓰지 않지만, 오늘 오후의 일들이 그녀를 초조하게 만들었다. 그녀는 사교적인 사람이었다. 학교에 다닐 때 인기 있었고, 친한 친구들인 다샤와 아나스타샤와 함께 셋이서 뭉쳐 다녀 삼총사라고 불렸다. 그들은 남학생들의 마음을 가지고 놀았고 그들의 우정이 최우선임을 알고 안심했다. "삼각형은 가장 강한 형태야." 수학 전공인 나탈카는 이렇게 말하곤 했다. 그녀는 지금 다샤와 아나스타샤가 어떻게 살고 있는지 전혀 모른다.

나탈카는 본머스에서 내학교에 다닐 때도 폭넓은 교우 관계를 유지했고 그들 중 몇몇과는 사귀기도 했다. 하지만 지금 그녀는 사람들과 어울릴 의욕을 잃어버린 듯하다. 그녀는 가끔 대학교 시절 친구들을 만나려고 런던에 가지만 주로 자기 방에 앉아서 돈을 세고 있다. 아마 쇼어햄에서 그녀와 가장 친한 친구는 베네딕트일 텐데 생각해보면 참 우울한 일이다.

나탈카가 창으로 가니 루시와 친구가 서로 밀치락달치락하고 소리 내어 웃으면서 걸어가는 모습이 보인다. 골반이 부딪칠 정도로 서로 딱 붙어서 걷던 다샤와 아나스타샤가 갑자기 기억난다. 그녀는 도네츠크*의 9월 저녁의 정확한 냄새를 떠올릴 수 있다. 잔디, 나무를 태운 연기, 휘발유 매연. 나탈카는 두 소녀가 교회 옆 차도를 건너서 시야에서 사라질 때까지 지켜본다. 그녀가 막 돌아서려는 찰나 건너편에 주차된 흰색 차가 눈에 띈다. 그곳은 보통 낡은 캠프용 밴이 서 있는 자리이다.

잘 보이지는 않지만 흰색 차 안에 두 사람이 있는 것 같다. 두 남자가 어제 집에 와서 그녀를 찾았다. 그들과 같은 사람들일까? 그들이 차 안에 숨어서 그녀를 기다리고 있고, 그녀를 깜짝 놀라게 하고 싶다던 그 착한 청년들일까? 물론 얼토당토않은 상상일지 모른다. 차 속에 있는 사람들은 스카우트 모임을 끝내고 오는 자녀를 기다리고 있는 부모일 수 있고, 각각의 배우자들에게 돌아가기 전에 간신히 몇 분 정도 짬을 내서 만나고 있는 불륜 커플일 수도 있다. 하지만 그 차는 뭔가 영 꺼림칙하다. 엔진이 꺼져 있고 타고 있는 사람들이 어둠에 묻혀 있다. 그녀는 총을 든 남자, 입술을 달싹이며 기도하던 베네딕트, 동생을 다시 만나게 생겼다고 생각하던 순간을 머리에 떠올린다. 나탈카는 컴퓨터 앞

---

* 우크라이나 동부의 공업 도시.

으로 돌아가서 10분 동안 화면을 응시하며 가만히 앉아 있다.

그녀가 창가로 다시 가니 그 차가 없다.

10장
하빈더: 백만장자로

남자가 CCTV에 분명히 찍혀 있다. 검은색 가죽 재킷, 검은색 털모자, 눈 밑까지 얼굴을 완전히 가린 복면 차림이다. 그리고 태연하게 왼손에 총을 들고 있다가 뒷좌석에 던진 후 차를 출발시킨다.

"왼손잡이군." 도나가 말한다.

"영 불길해sinister." 닐이 말한다. "왼쪽이 라틴어로 그런 뜻이잖아. 불길한."

"라틴어로 왼쪽은 '시니스트람sinistram'이야." 하빈더가 말한다. "신기하게도 미신이 무지한 사람들 사이에 엄청나게 퍼져 있다니까." 닐이 빤히 알고 있듯이, 그녀는 왼손잡이다.

"차량 수배했나?" 도나가 묻는다.

"네." 하빈더가 말한다. "오늘 오후 5시 30분쯤에 쇼어햄 하이 스트리트에서 도난당한 차였습니다. 차 주인은 테스코 메트로에

102

잠깐 들르면서 자동차 키를 두고 내렸는지 아닌지 기억을 못 합니다."

"멍청이." 닐이 말한다. 하지만 하빈더는 자신도 같은 실수를 몇 번 했다고 생각한다.

"그래도 우발적인 범죄임을 드러냅니다." 그녀가 말한다. "범인이 그 기회를 포착해서 차를 가져갔어요. 순간적인 충동으로 벌인 일일지 모른다는 뜻입니다."

"총은 어떤가?" 도나가 말한다. "대체로 총기 추적은 가능한데."

"총기반에 물어봤습니다." 하빈더가 말한다. "그런데 조회하기에는 화질이 그다지 좋지 않습니다. 총기반 말로는 모형일 수도 있답니다."

"총이 모형이라면." 닐이 말한다. "총을 든 남자는 사람들을 죽이려는 의도가 없었고 그저 겁을 주려는 것이었다는 말이네요."

"그런데 왜?" 도나는 범죄자들이 자기 예상대로 행동하지 않으면 늘 신경질을 낸다. "설사 모형이라고 해도, 왜 책을 훔치려고 총을 가지고 가지?"

"왜 그 특정한 책을 훔치려 할까요?" 하빈더가 말한다. "베네딕트 콜은 그 책이 실라 앳킨스라는 사람이 쓴 옛날 책 『감사 단식』이었다고 말합니다."

"한 번도 들어본 적 없는 책이야." 도나가 말한다.

닐은 자기 전화기를 들여다보고 있다. "아마존에는 절판됐다고 나오네요. 평을 보아하니 괜찮은 책인가 봐요."

"엽서는 또 뭐야?" 도나가 말한다. "책 속에 있던 것 말이야. 그 것도 같은 작가의 책이었나?"

"아닙니다." 하빈더가 말한다. "그 엽서는 『고층 건물 살인』이 라는 덱스 챌로너의 책 속에 있었습니다." 증거물 봉투에 담긴 엽서는 그들의 앞 탁자 위에 있다. 이제는 엽서에 적힌 글자가 사 실 고리 모양의 서체로 인쇄된 것임이 분명히 보인다. **우리가 당 신을 찾아간다.**

"페기의 이웃 중 하나가 이것을 발견했다고?" 도나가 흰색 카 드를 못마땅하게 보면서 말한다.

"네. 에드윈 피츠제럴드라는 사람입니다. 그는 페기의 집 건너 편에 삽니다."

"엽서에 주소는 없고?"

"네. 그러니까 봉투에 넣어서 보냈을 겁니다."

"이제 덱스와 이야기해봐야 할 것 같습니다." 하빈더가 말한 다. "그가 연관돼 있다면 미리 말을 맞추기 전에 만나는 것이 낫 습니다." 그녀는 페기와의 관계를 감안할 때 미리 말을 맞추는 것은 그의 특기가 아니라고 짐작한다.

"챌로너가 연관됐다고 볼 수 없어." 닐이 말한다. 하빈더는 닐 이 "그 사람은 유명해"라는 말을 다시 하겠구나 싶지만 닐은 그 녀와 시선이 마주치자 침묵한다.

"그가 어디에 사는지 아나?" 도나가 묻는다.

"그가 살 만한 곳은 한 군데밖에 없습니다." 하빈더가 말한다.

쇼어햄은 백만장자로路가 있을 만한 지역이 아니지만 그 이름의 도로가 한 곳 있다. 하빈더는 그곳을 잘 안다. 그녀는 호화로운 주택에 대해 상당한 전문가이다. 그녀는 집의 세부 양식을 구경하는 것을 아주 좋아한다. 비쌀수록 더 좋다. 그녀는 사실 부모님 집을 떠나기가 두려워서 일부러 형편이 되지 않는 집만 둘러보는 것이 아닌가 싶다. 그 생각은 다음에 하기로 한다.

하빈더는 덱스 챌로너가 이곳에 산다고 확신한다. 그녀는 미리 그의 트위터에 들어갔다가 속이 빤히 들여다보이는 자기 홍보("토드가 도크랜즈의 새집들을 어떻게 생각할지 궁금하다 #고층살인 #덱스챌로너책") 가운데에서 예술적으로 어수선한 책상의 사진(#작업중인작가. 위치: 쇼어햄)을 발견했다. 백만장자로에 있는 집이 틀림없다. 그녀는 웹사이트에서 자주 구경해서 그 집의 내부를 아주 잘 안다. 변화무쌍한 바다를 향해 문이 열려 있는 하얀 방들, 칵테일파티를 열어도 될 정도로 넓은 베란다, 아일랜드 식탁, L자형 소파, 현대 미술, 골동품 거울, 스웨덴식 조명, 간이 차고. 하지만 해안 도로에 주차하니 이 중 아무것도 보이지 않는다. 주택들의 뒷면은 장식이 없고 위협적이다. 철창이 달린 창문이 있는 높은 벽, 인터폰이 달린 보안 문. 이쪽에서는 바다도 보이지 않지만 어둠 속에서 속삭이는 바다의 소리가 들린다.

하빈더는 챌로너의 집이 어떤 것인지 알지 못한다. 그녀는 모든 인터폰 버튼을 누르면서 "경찰입니다"라고 외칠 준비가 돼있지만 즉시 그럴 필요가 없겠구나 싶다. 세 번째 집에 깃대가 세워져 있는데 사려 깊게 설치된 투광 조명을 받아 환히 빛나는 것은 하빈더가 많은 베스트셀러 책에서 본 사격 조준기 표지가 그려진 현수막이다. 대체 어떤 사람이 보안이 철저한 집에 살면서 로고가 그려진 깃발을 달지? 그녀는 이제 만나게 될 참이다.

스피커폰에서 남자의 목소리가 들리고 그녀가 마법의 말인 "경찰입니다"를 이야기하자마자 문을 여는 버튼을 누른다. 하빈더가 문을 통과하니 이중문이 저절로 열린다. 이어서 그녀는 (우와!) 조명이 켜진 현대적인 그림들이 줄지어 걸려 있는 현관으로 들어선다. 크롬과 유리로 된 계단이 그녀의 오른쪽으로 이어지고 어두운 바다를 비추는 거대한 창들이 저 멀리 보인다. 한 남자가 유리잔을 들고 계단 밑에 서 있다. 하빈더는 그가 『고층 건물 살인』의 작가임을 즉시 알아챈다.

"챌로너 씨? 웨스트서식스 경찰서 하빈더 카우어 경사입니다. 페기 스미스에 대해 몇 가지 질문을 드리고 싶습니다."

덱스 챌로너는 유리잔을 내려놓고 한 손으로 머리카락을 쓸어 넘긴다. "전에 뵙지 않았던가요? 페기의 장례식에서요?"

"맞습니다." 하빈더가 말한다. "이야기를 나눌 만한 곳이 있을까요?"

챌로너는 복도를 지나 창이 여러 개 있는 방으로 그녀를 안내한다. 물론 그곳에는 커다란 흰색 소파들과 유리 탁자들이 비치돼 있다. 창이 없는 세 면의 벽에는 책이 빽빽이 꽂혀 있다. 그래도 그의 가족이 이 방에서 많은 시간을 보내지는 않나 보다. 우선 한 가지 이유를 대자면 TV가 없다. 미리 위키피디아에서 검색했더니 챌로너는 미아 헤이스팅스라는 배우와 결혼했고 초등학생인 두 자녀 핀과 메이지가 있다.

"아내와 아이들은 주중에 런던에서 지냅니다." 하빈더의 질문에 텍스가 대답한다. "나는 글을 쓰기 위해서 혼자만의 시간이 필요해요."

하빈더는 글을 쓰기 위해서 평온과 고요가 필요할 것이라고 생각한다. 그렇지만 대부분의 작가에게 이는 침실 다섯 개짜리의 해변 주택(대략 340만 파운드)이 아니라 그저 침실에 있는 전용 컴퓨터를 의미할 것이다. 그녀는 글을 써서 그렇게 부자가 될 수 있는지 꿈에도 몰랐다. 그녀는 창작을 가르치는 친구인 클레어에 대해 생각한다. 그렇게 많은 사람이 그녀의 강좌에 거금을 쏟아붓는 것도 당연하다.

그들이 흰색 소파에 앉자 텍스는 차나 커피나 '조금 더 강한 것'을 권한다. 적어도 그는 그녀가 술을 입에도 대지 않는다고 지레 짐작하지 않는다. 하빈더는 차, 가능하면 허브 차를 달라고 말한다. 경찰 교범에 따르면 조사 대상이 주도권을 잡고 있다고 느끼게 하는 효과가 있으므로 음식과 음료를 제공하면 받아들이는 것이 좋다. 텍스는 토드 프랜스 머그에 페퍼민트 차를 담아 온다. 그는 자신의 잔에도 위스키로 보이는 것을 더 따른다.

하빈더는 페기를 어떻게 알았냐고 묻는다. 텍스는 그 질문에 놀란 듯 보이지만 그녀가 시뷰 코트에 살던 어머니의 친구였다고 여상하게 말한다.

"어머니의 성격이 그리 원만한 편은 아니었지만 어머니와 페기는 만나자마자 죽이 맞았습니다."

그는 부분적으로는 상류층 영국식이지만 부분적으로는 오스트레일리아식인 특이한 억양을 가지고 있다. 그는 청바지와 검은색 스웨터 차림이고 슬리퍼로도 쓰일 모카신을 신고 있다. 신발을 제외하면 그는 총을 든 남자와 비슷한 차림이고, 아마도 이는 그가 결백하다는 표시일 것이다. 분명히 자부심이 있는 범죄자라면 적어도 옷을 갈아입지 않았을까?

"어머니는 폴란드 출신이셨습니다." 덱스가 말한다. "그래서 어머니는 어리석은 사람들에게 관대하지 않았지요." 하빈더는 이와 똑같은 표현이 페기의 장례식에서 그녀를 언급할 때 나왔다는 것을 기억한다. 그녀는 어리석은 사람들에게 관대하지 않은 것과 폴란드인인 것이 무슨 관련이 있는지 모르겠다. 그렇다면 하빈더는 과도하게 관대한 인도의 기질에 폴란드의 피가 섞여 있나 보다.

"무슨 뜻인가요?" 그녀가 묻는다.

"어머니는 아주 예민하셨습니다." 덱스가 말한다. "항상 사람들이 예의 없고 어머니에게 돈을 뜯어내려 한다고 생각하셨습니다. 그래서 어머니와 물건 사러 가는 것이 상당한 시련이었지요." 그가 미소를 짓는다.

"어머니를 통해서 페기를 알게 됐습니까?" 하빈더가 묻는다.

"그렇습니다." 덱스가 말한다. "어느 날 노인네를 뵈려고 들렀는데 페기가 소파에 앉아 있었습니다. 두 분은 셰리주를 마시면서 스파이와 청부 살인자와 끔찍한 살인에 대해 이야기하고 있었어요."

흥미롭네. 하빈더는 상황에도 불구하고 텍스에게 호감이 생긴다. 그가 '노인네'라고 하는 말투에는 진짜 애정이 담겨 있었고 많은 성인 자녀들과 달리 적어도 그는 늙은 어머니를 보러 들렀다.

"페기가 살인에 관심이 있었습니까?" 하빈더가 말한다.

놀랍게도 텍스가 소리 내어 웃는다. "관심이 있었냐고요? 그분은 살인에 사로잡혀 있었어요. 모든 범죄 소설을 읽었고 실화 범죄물을 아주 좋아했지요. 팟캐스트까지요. 그분과 어머니는 〈미드소머 살인사건〉*을 함께 보셨고 페기는 항상 첫 번째 광고가 나오기도 전에 누가 살인했는지 추측했어요."

하빈더의 엄마도 〈미드소머 살인사건〉을 보지만 '멋진 옛날 집들' 때문이다. 엄마는 그런 집들의 대부분에 시체가 들어 있다는 것조차 알아차리지 못한다.

"당신은 많은 책에서 페기를 언급합니다." 하빈더가 말한다. "한 책에는 '살인에 대해 감사한다'는 말도 있고요."

텍스가 다시 소리 내어 웃는다. "진짜로 잔인하고 기발한 죽음의 방법을 생각해내는 데에는 페기만 한 사람이 없었지요. 구성을 탄탄하게 짜는 데도 뛰어났습니다. 페기가 내 책 중 몇 권에 아이디어를 줬어요. 처음에는 농담으로 시작했는데 점점 전통이 됐어요. 항상 페기에게 내 책의 초기 원고를 보내고 항상 감사의 말에서 그녀를 언급하는 거죠."

---

* 영국의 정통 수사 드라마.

"그럼 그녀가 당신을 도왔나요?"

덱스가 약간 발끈한다. "'도왔다'는 말은 적절하지 않겠군요. 그분은 좋은 아이디어를 가지고 있었습니다. 내가 늘 그 아이디어를 사용한 것은 아닙니다. 그저 페기를 즐겁게 하려는 것이었죠."

하빈더는 그 쪽지를 기억한다. **친애하는 페기, 제발 도와줘요!** 그 쪽지는 늙은 부인이 장난을 즐기게 하려던 것으로는 보이지 않는다. 오히려 덱스가 자신의 책에서 빠진 중요한 요소의 구상을 페기에게 의지하고 있던 것으로 보인다. **꼭 도와주세요. 다음 주에 마일스한테 초고를 넘겨야 해요.** 마일스는 덱스의 편집자였다. 하빈더는 그 이름을 감사의 말에서 봤다. 그의 에이전트는 젤리 워커톰슨이라는 사람이었다. 이게 진짜 이름일까? 하빈더는 그녀 앞의 정중한 인물보다 쪽지 속의 초조하고, 경솔하고, 애원하는 덱스가 더 마음에 든다.

"챌로너 씨." 그녀가 말한다. "오늘 간병인이 페기의 책을 상자에 담고 있을 때 한 남자가 집에 침입해서 총으로 그녀를 위협했습니다. 왜 이런 일이 일어났는지 아십니까?"

덱스가 그녀를 빤히 쳐다본다. "총으로 위협해요? 무슨 소리입니까?"

"한 남자가 페기의 집에 침입해서 간병인을 총으로 위협했습니다." 하빈더는 대체로 사람들이 이런 이야기를 두 번 들어야 이해한다는 것을 안다. "그러고 나서 그 남자가 『감사 단식』이라는 책을 가지고 갔습니다."

"『감사 단식』이요?"

"네. 그 책을 압니까?"

"아니요. 들어본 적 없는 책이에요."

"실라 앳킨스라는 작가의 책입니다. 1938년에 출간됐습니다."

"아, 음. 나는 황금기 책은 별로 읽지 않습니다." 덱스가 잔에 남은 술을 한입에 들이켠다. 하빈더는 그가 오른손으로 잔을 들고 있는 것에 주목한다.

"그러니까 그 책이 왜 그렇게 중요한지 모르신다는 말씀입니까?"

"네." 덱스가 잔을 커피 테이블에 내려놓으면서 말한다. "하지만 아까 말했듯이, 페기는 모든 종류를 읽었습니다. 그분은 진짜 범죄 중독이었습니다."

"오늘 저녁 6시에 어디에 있었습니까?"

덱스는 그녀가 그를 후려치기라도 한 듯 화들짝 놀란다. "설마…… 설마 나를 의심하는……."

"그저 수사 대상에서 제거하기 위해서입니다." 하빈더가 말한다.

덱스가 의식적으로 마음을 진정하기 위해서인 듯 깊게 숨을 들이마신다. "장례식에서 돌아와서 옷을 갈아입고 헬스클럽에 갔습니다. 매주 월요일, 수요일, 금요일에 빼먹지 않고 가려고 노력합니다."

"헬스클럽에 몇 시에 도착했습니까?"

"5시경입니다. 6시 30분에 그곳에서 나왔어요. 기록이 있을 겁니다. 들어가고 나올 때 사인을 해야 하거든요. 직접 확인하시죠."

하빈더는 당연히 확인할 것이다. "이곳에 몇 시에 돌아왔습니까?"

"7시쯤에요. 저녁을 만들었습니다. 치킨이랑 샐러드요. 그러고 나서 차분히 앉아서 일을 좀 했습니다. 나는 종종 밤에 글을 씁니다."

헬스클럽 방문, 치킨과 샐러드. 덱스 챌로너는 제대로 몸매 관리를 하려고 작정했나 보다. 그렇지만 공정하게 말하면 그는 상당히 늘씬하고 그 나이(위키피디아에 따르면 예순 살)로 보이지 않는다.

"혹시 총을 든 남자가 누군지 알겠습니까?"

"아니요. 물론 내가 그런 일에 대해 쓰기는 하지만…… 실제로 그런 일을 하는 사람은 모릅니다……."

그의 말에서 진짜 당황스러움이 묻어난다. 하빈더가 책을 쓸 때 어떻게 자료 조사를 하는지 물어보려는 참에 그녀의 전화기가 울린다. 처음에는 진동을 무시하려고 하지만 곧이어 도나일지 모른다는 생각이 든다.

하지만 아빠이다. 놀라운 일이다. 아빠는 평소에 절대로 문자를 보내지 않는다. 그는 "불쌍한 백발의 늙은 애비다. 나를 잊어버렸냐?"는 식의 빈정대는 음성 메시지만 남긴다.

문자는 간단명료하다.

엄마가 다쳤다. 집에 올 수 있냐?

하빈더는 차량 제한 속도를 어기고 달려 구급 대원들보다 먼저 도착한다. 집의 출입구는 가게 옆에 따로 있다. 하빈더가 문을 여니 비비가 계단 밑에 누워 있다.

"술탄한테 발이 걸려서 넘어졌단다." 그녀가 웃으려고 애쓰며 말한다.

"그 빌어먹을 개."

"술탄의 잘못이 아니야." 비비가 종종 말도 안 되게 '경비견'으로 불리는 독일셰퍼드를 재빨리 옹호한다. "그 아이는 그냥 맨 아래 계단에 누워서 집을 지키고 있었어." 하빈더는 틀림없이 그 녀석이 최대한 걸리적거리는 장소를 골라서 깊이 잠들어 있었다고 확신한다.

"다리가 부러진 것 같아." 평소답지 않게 어쩔 줄 모르면서 뒤에서 서성이고 있는 디팩이 말한다. 술탄도 걱정스러운 표정으로 그의 옆에 있다.

"그런 것 같네요." 하빈더가 말한다. 엄마의 다리는 하빈더의 속을 약간 울렁거리게 할 정도로 기이한 각도로 휘어져 있다. 그녀는 맨 아래 계단에 앉아서 한 팔로 비비를 안는다. 얇은 사리 아래 비비의 피부가 차갑다.

"쿠시는 어디 있어요?" 하빈더가 묻는다. 그녀의 큰오빠는 보통 가장 늦게까지 가게에서 근무한다. 아마 그가 강도보다 더 무섭게 생겼기 때문일 것이다.

"오늘 킥복싱하러 가는 날이야." 디팩이 말한다. "전화를 안 받아."

"여기 두 분만 남겨두고 나가면 안 되죠." 하빈더가 말한다.

"나 혼자서 할 수 있어." 디팩이 어깨를 쫙 펴며 말한다. 하지만 아빠는 이제 육십 대이고 쿠르티와 터번 아래 크고 위엄 있는 풍채를 가지고 있다지만 지포 라이터 기름과 인종 차별에 취한 십 대들에 상대가 되지 않을 것이다.

"엄마한테 담요 좀 갖다 주실래요?" 하빈더가 말한다. 하지만 디팩이 계단을 반도 올라가기 전에 구급차의 파란색 불빛이 현관의 이중 유리를 통해 반짝인다.

하빈더는 전문적으로 보이기를 바라며 구급 대원들에게 상황을 간단히 알린다. 그들은 활기차고 친절하다. "괜찮으세요, 부인?" 비비는 용감하게 아양을 떠는 투로 대답한다. "이렇게 잘생긴 구조원들이 오다니 행운이지 뭐예요." 그래도 그들이 들것에 올리는 동안 그녀는 고통스러워 울부짖는다. 하빈더는 그녀의 아빠가 무력하게 주먹을 움켜쥐는 것을 본다.

"엄마랑 같이 구급차 타고 가세요, 아빠." 그녀가 말한다. "나는 차로 따라갈게요."

11장
에드윈: 진토닉

에드윈은 치체스터 워터스톤즈에서 열리는 행사를 사뭇 고대하고 있는 자신에게 놀란다. 그는 별로 외출하지 않기 때문이라고 혼잣말을 한다. BBC에서 근무하던 시절에는 항상 저녁에 할 것이 있었다. 파티, 퇴근 후 술집에서 술 마시기, 한적한 이탈리아 레스토랑에서의 친밀한 저녁 식사. 1960년대에는 사람들이 오래된 영화관이나 빈 수영장 같은 공간에 모여서 마약을 복용하고 시타르 음악을 듣는 소위 '행사'라는 것이 있었다. 에드윈은 절대 마약을 좋아하지 않았지만 허울뿐인 유대감이라는 감정과 장벽을 무너뜨리는 것 같은 기분을 즐겼다. 그래도 그가 사람들 앞에서 연인에게 낭낭하게 키스할 정도로 장벽이 무너지지는 않았다. 하지만 지금은 다르다. 때로 에드윈은 서로 손을 잡고 해변을 거니는 남자들을 보면 행복하면서도 이런 단순한 기쁨을 즐길 수 없던 젊은 시절의 자신이 안쓰러워서 약간 슬퍼진다. 그러나 그는 동성애 혐오증이 여전히 존재한다는 것을 안다. 그는 여전히 '대담하다'거나 '충격적이다' 같은 완곡한 말로, 추측과 암시와 비방으로, 표현되는 동성애 혐오증을 사방에서 보고 듣는다. 아직 갈 길이 멀다.

에드윈은 LSD와 시타르가 워터스톤즈의 메뉴에 있을지 의문스럽지만 신중히 옷을 차려 입고 평범한 넥타이 대신에 실크 크라바트를 맨다. 9월 들어 밤에 갑자기 추워졌기 때문에 좋은 겨울 코트를 입는다. 챙이 좁은 중절모까지 곁들이자 근사해진 기분이 든다. 그는 21호의 문을 막 지나가려는 때에야 기억한다. 폐기가 죽었고 그들은 살인자를 잡으려 하고 있다.

나탈카가 차를 태워주겠다고 했다. 베네딕트는 아예 차가 없고 에드윈은 수십 년 동안 운전을 하지 않았다. 나탈카가 날렵한 빨간색 폭스바겐 골프를 몰고 나타날 때 그는 놀라지 않는다. 분명히 그녀는 신형 스포츠카가 어울리는 아가씨이다. 그렇지만 그녀가 간병인 봉급으로 그 돈을 어떻게 마련했는지 궁금하기는 하다. 그들은 주유소 앞에서 베네딕트를 태우고 쾌활한 축제 분위기 속에서 차를 타고 간다. 라디오에서 팝 음악이 나오고 에드윈은 가사를 알아들을 수 없고 음도 모르지만 자기도 모르게 리듬에 반응한다. 나는 친구들하고 외출하고 있어. 그 생각은 폭스바겐의 다소 당혹스러운 열선 내장 좌석보다 더 그를 따뜻하게 한다.

"카우어 경사가 오나요?" 베네딕트가 아이처럼 뒷좌석에서 몸을 쭉 내밀면서 묻는다.

"노력해본대요." 나탈카가 말한다. "월요일 밤에 어머니가 넘어져서 다리가 부러지는 바람에 일하랴 어머니 돌보랴 바쁘대요."

에드윈은 나탈카가 카우어 경사의 활동을 잘 알고 있는 데다가 그 무서운 여자 경찰이 부모와 살고 있고 부모를 돌보기까지한다는 점에 흥미롭게 주목한다.

"내가 하빈더에게 간병인을 고용하라고 말했어요. 몇 주라도." 나탈카가 말한다. "혼자 다 할 수는 없어요. 오빠가 두 명 있는데 둘 다 영 쓸모없나 봐요."

"늘 그렇죠." 베네딕트가 말한다. 하지만 그는 자기 형과 누나가 '무서울 정도로 강한 성취욕을 발휘하는 사람들'이라고 에드윈에게 말한 적이 있다.

에드윈은 행사장에 다소 실망한다. 그 서점이 멋지지 않다는말은 아니다. 위층에 마련된 행사 공간은 놀라울 정도로 넓고 아름다운 샹들리에까지 있다. 그저 그는 베스트셀러 작가가 원형경기장이나 사우스뱅크 센터에서 등장하는 장면을 기대했다. 어쨌든 이곳은 서점 위의 방일 뿐이다. 나탈카와 베네딕트는 이곳에서 단연 가장 어린 사람들이다. 에드윈은 순식간에 더 젊어진기분이 들기 시작하고 스테이닝에서 온 은퇴한 의사와 상당히흥미로운 대화에 빠져든다.

덱스 챌로너가 등장하자 작은 팡파르가 울린다. 그는 사실은 약간 높은 연단인 '무대'로 올라가 잔에 물을 따른다. 매니저가 간략한 소개를 하고 화재용 비상구가 어디에 있는지 설명하고 나자 덱스가 일어나서 자신의 책에 대해 40분 동안 이야기한다. 막힘이 없이 매끄럽게 진행한다. 에드윈은 덱스가 똑같은 강연을 여러 번 했을 것이라고 확신하지만 덱스는 몇 가지 시사성 있는 농담과 몇 번의 자연스러워 보이는 '음'과 '아' 소리를 넣어 마치 처음인 것처럼 진행한다. 에드윈은 자신의 예술 작품에 대해 제대로 말하지 못하는 예술가들을 접한 경험이 많았기에 이 작가에게 아주 감탄한다. "형편없는 페이지가 빈 페이지보다 낫다"와 같은 몇 가지 상투적인 문구는 있어도, 외롭지만 책을 좋아하던 어린 시절에 대한 이야기가 잘 전달되고 다른 작가들에 대해 관대하며 자신의 초창기 노력에 익살스러운 태도를 보인다. "크리켓 스텀프 살인'은 영원히 출간되지 않을 겁니다." 질문이 들어오면 덱스는 농담을 곁들여서 유창하게 대답하고, 어디에서 아이디어를 얻느냐는 질문을 받고도 눈알을 굴리지 않는다. 에드윈은 이야기가 끝나자 크게 박수를 친다.

매니저가 사인을 받고 싶으면 줄을 서라고 말한다. 에드윈은 『고층 건물 살인』 교정본을 들고 줄 끝에 선다. 그가 방을 둘러보니 카우어 경사가 도착했고 나탈카가 용케 와인 한 잔을 더 받아서 마시고 있다. 그는 그녀가 운전해야 한다는 것을 잊지 않기를 바란다.

에드윈은 덱스가 줄을 선 사람들을 상대하는 모습을 보면서 다시 한번 감탄한다. 덱스는 담소를 나누고 미소를 짓고 사진을 찍기 위해 포즈를 잡는다(에드윈은 그가 항상 사진에 책이 나오게 한다는 것을 알아차린다). 대화 소리가 토막토막 들린다. "정말 기쁩니다." "그렇게 말해주시니 감사합니다." "책을 쓰기에 참 좋은 아이디어입니다만 제가 아니라 선생님에게 적합하겠네요." "죄송하지만, 이게 더 마음에 드실 겁니다." 마침내 에드윈이 탁자 앞에 도착한다.

"또 다른 남성분이 와주셔서 좋네요." 덱스가 직업적인 미소를 지으며 말한다. 실제로 관객의 대부분이 여성이다. "남성의 연대에 감사합니다." 이어서 그는 책을 보고는 어리둥절한 표정으로 뒤집는다.

"교정본이네요." 마침내 그가 말한다.

"내 친구의 것이었습니다. 페기요."

"페기의 친구세요?" 덱스가 이제 그를 유심히 바라보면서 말한다. 그의 눈은 새의 눈처럼 반짝이는 짙은 갈색이다.

"네." 에드윈이 말한다. "나는 에드윈 피츠제럴드입니다. 같은 건물에 사는 이웃이었습니다." 그는 목소리가 떨릴까 봐서 일부러 페기의 이름을 말하지 않는다.

"그러고 보니 장례식에서 뵌 것 같군요." 덱스가 말한다. "페기가 이 책을 줬습니까?"

"어떻게 보면요." 에드윈이 말한다. "아들인 나이절이 간직할 유품을 고르라고 해서 이 책을 선택했습니다. 나는 그녀가 당신의 엄청난 팬이라는 것을 알았어요."

"그렇게 말씀해주시니 감사합니다." 덱스가 말한다. 그의 반짝이는 눈이 에드윈의 얼굴을 떠나지 않는다.

"그런데 이 책을 펼쳤을 때 이게 떨어졌어요."

에드윈이 엽서를 내민다. **우리가 당신을 찾아간다.**

덱스가 양손으로 엽서를 뒤집는다. "이게 무슨 뜻인가요?"

"나는 당신이 말해주기를 바랐답니다."

매니저가 안절부절못하기 시작한다. "9시에 끝내야 합니다." 그녀가 말한다. 덱스는 엽서를 돌려주고 에드윈의 책에 무엇인가를 휘갈겨 적는다. 어느새 에드윈은 자기도 모르게 일행에게 돌아가고 있다.

"그가 뭐라고 썼어요?" 베네딕트가 묻는다.

에드윈이 제목이 나온 속지를 보여준다. **에드윈에게, 모든 것이 밝혀질 것입니다. 덱스.**

"이게 무슨 뜻이에요?" 나탈카가 말한다.

"그와 이야기해봐야겠네요." 카우어 경사는 덱스가 잔뜩 흥분한 여자 두 명과 마지막 사진을 찍기 위해 포즈를 취하고 있는 탁자로 다가간다. 에드윈은 그 형사가 다가가서 작가에게 조용히 말하는 것을 지켜본다. 그녀는 몇 분 후 돌아온다.

"우리는 그를 만나서 술 한잔할 겁니다." 그녀가 말한다.

그들은 술집으로 가는 길에 조명이 환하게 비추는 아름다운 대성당을 지나간다. 에드윈은 1980년대에 그곳에서 자정 미사를 촬영한 때를 기억한다. 사실 종교 프로그램을 제작하는 것은 딱히 최신 TV 경향은 아니었지만 분명히 흥미진진한 순간이 몇 차례 있었고 대개 카메라가 촬영을 멈출 때였다. 이렇게 친구들과 다시 외출하니 아주 신난다. 덱스가 무엇을 마시겠냐고 묻자 에드윈은 거의 10년 동안 술을 입에 대지 않았으면서도 진토닉을 청한다. 카우어 경사는 오렌지 주스를 마시고, 에드윈은 나탈카가 콜라를 마시는 것을 보고 안심한다. 베네딕트와 덱스는 남자다워 보이는 1파인트* 맥주를 마신다.

술집은 아늑하고 옛날식이다. 그들은 창가의 빈 테이블을 발견하고 앉아 한동안 책과 행사에 대해 이야기를 나눈다. 덱스는 에드윈이 BBC에 근무한 경험에 상당히 관심을 갖는다. "저는 항상 토드가 텔레비전에 나오기를 바랍니다. 한두 번 성사될 뻔했지만 항상 막판에 일이 틀어지네요."

"방송 쪽은 늘 그렇죠." 에드윈은 드라마에 대해 아무것도 모르면서도 그렇게 말한다. 진토닉 때문에 그의 눈이 약간 촉촉해진다.

카우어 경사는 본격적으로 사건 이야기를 하고 싶은가 보다. 에드윈은 그녀가 딱히 편한 사람은 아니라고 생각한다. 그녀가 소파에 느긋하게 앉아서 옛날 영화를 보는 모습을 상상하기 힘들다. 그녀는 항상 어떤 식으로든 행동을 취할 태세를 갖추고 있는 것 같다.

"우리에게 페기에 대해 말해준다고 했죠?" 그녀가 말한다.

덱스는 생각에 잠겨 맥주를 한 모금 마신다. "음, 페기가 어머니의 친한 친구였다는 말씀은 드렸죠. 어머니는 까다로운 성격이셨습니다. 많은 사람들에게 정을 주지는 않으셨어요. 때로 나

---

* 568밀리리터.

와 어머니의 관계도 몹시 아슬아슬했어요. 어머니는 나를 겨우 여덟 살 때 기숙학교에 보내셨어요."

"나랑 같네요." 에드윈이 말한다. "사람들은 기숙학교가 인격 형성에 좋다고 말하지만 어떤 인격을 형성하기를 원하느냐에 따라 달라지죠."

"맞습니다." 덱스가 아주 따뜻한 미소를 지으면서 말한다. 미소가 어찌나 따뜻한지 에드윈은 자신의 얼굴이 붉어진다고 확신한다.

"나는 수년 동안 화가 풀리지 않았어요." 덱스가 말한다. "대학을 졸업한 후에 오스트레일리아에 가서 살았습니다. 부모님과 거의 연락을 하지 않고 지냈어요. 하지만 영국으로 돌아왔을 때 어머니와 가까워졌습니다. 아버지가 이미 돌아가셨고 나도 결혼을 한 후라 약간 유연해졌죠. 나는 어머니를 조금 더 이해하기 시작했습니다. 어머니는 상당히 충격적인 어린 시절을 보내셨습니다." 그가 몰래 엿듣는 사람이 있지 않은지 확인하려는 듯 주변을 둘러보지만 바에서 홀로 술을 마시는 사람을 제외하면 술집은 텅 비어 있다.

"어머니는 전쟁 때 십 대셨어요. 폴란드인들은 절망적인 시절을 보냈죠, 물론. 나는 어머니가 어떤 식으로든 레지스탕스에 가담했다는 것을 알았지만 그저 메시지를 전달하는 그런 일이려니 했죠. 그러다가 몇 년 전에 어머니가 암살자였다고 나에게 얘기하셨어요."

"맙소사." 베네딕트가 말한다.

"멋지네요." 나탈카가 말한다.

"어머니 말씀에 따르면 사람들이 어머니를 여학생 암살자라고 불렀대요. 어머니는 사람들을 죽이는 수백만 가지 방법을 아셨어요. 보아하니 어머니와 페기는 늘 그런 이야기를 나누셨더라고요. 다른 노부인도 한 명 있었는데, 이름은 기억이 안 나네요. 아무튼 그분들이 나눈 것이 그런 이야기예요!"

에드윈은 페기가 그런 이야기를 한 번도 언급하지 않아서 약간 상처를 받는다. 그는 덱스의 어머니인 베로니카를 만난 적이 없었다. 그녀는 그가 시뷰 코트로 이사 오기 전에 죽었다. 하지만 페기는 그녀에 대해 더 말해줬을 수도 있었다. 여학생 암살자. 그런 이야기가 한 번도 나오지 않았다니 믿을 수가 없다.

"어머니는 어떤 면에서 이상한 분이셨어요." 덱스가 말한다. "어머니는 아무런 감정 없이 이 이야기를 나에게 하셨어요. 자랑스러워하지 않았고 유감스러워하지도 않았어요. 그저 사실을 이야기하듯 담담하게 말씀하셨어요. 하지만 그러다가, 어머니가 돌아가시기 몇 주 전에, 무섭다고 얘기하셨어요."

그는 넋이 빠진 사람처럼 맥주잔을 바라본다. 결국 카우어 경사가 말을 잇는다. "무섭다고요?"

"어머니는 누군가에게 감시당하고 있다고 생각하셨어요. 어머니는 도둑질을 하는 사람들이 있다고 불평하셨어요. 어머니의 계좌에서 돈이 빠져나간다고 말하셨어요. 유별난 일도 아니었죠. 어머니는 종종 사람들이 자신을 감시하고 속인다고 생각하셨거든요. 나는 다 어머니의 어린 시절 탓이라고 여겼습니다. 그런데 이제는 궁금해지네요."

"그것이 사실이었는지 궁금하다는 건가요?" 에드윈이 말한다.

"어머니가 돌아가셨을 때 말입니다." 덱스가 말한다. "나는 자연사가 아니라는 생각을 전혀 하지 않았어요. 무슨 말이냐면, 어머니는 아흔다섯 살이셨어요. 그런데 이제 페기가 죽고 어르신이 책에서 그 엽서를 찾았다고 하니까요. 총을 든 남자에 대한 이야기도 그렇고."

"그냥 이야기가 아니었어요." 나탈카가 말한다. "우리는 죽을 수도 있었다고요."

"음, 궁금해지는군요. 미친 소리 같겠지만, 어머니가 살해당하셨을까요? 페기가 살해당하셨을까요?"

"그렇다고 봅니다. 네." 나탈카가 말한다.

덱스는 카우어 경사를 바라본다. 분명히 그녀가 그 말을 일축하리라고 예상한 모양이다. 하지만 하빈더는 이렇게만 말한다. "어머님이 자신의 우려에 대해 다른 사람에게 말한 적이 있나요?"

우려라. 대단히 공식적으로 들리는 단어이다. 앨리슨이 주간 회보의 말미에 쓰는 말이다. '우려하는 점이 있다면 나에게 알려주세요.' 하지만 베로니카는 우려하지 않았다. 오히려 그녀는 두려워한 듯하다.

"아니요." 덱스가 말한다. "어머니는 관청을 믿지 않으셨어요."

"페기도 마찬가지였어요." 에드윈이 말한다. "페기는 경찰을

'코사크cossacks'라고 불렀어요. 이 말은 동네 제야 예배에서 상당한 논란을 일으켰답니다." 그는 카우어 경사가 그 자리에 있다는 것을 갑자기 기억하고 말을 멈춘다.

"신경 쓰지 마세요. 더 심한 말도 들어봤습니다." 그녀가 말한다. "페기가 걱정된다는 말을 했나요?"

에드윈은 기억을 떠올리려고 애쓴다. "그녀는 딱히 걱정된다고 말하지는 않았어요. 하지만 아주 최근에 두 남자가 차에서 그녀를 지켜보고 있는 것 같다고 말하기는 했어요."

나탈카가 갑자기 움직이면서 음료수 잔이 넘어진다. 평소의 그녀답지 않다. 대체로 그녀는 고양이처럼 날렵하고 깔끔하다. 에드윈은 그녀가 혹시라도 취하지 않기를 바란다.

"두 남자가 차에서요?" 나탈카가 말한다. 베네딕트가 냅킨을 가지러 간다. "페기가 언제 그들을 봤대요? 그들이 어떻게 생겼대요? 몇 살이래요? 어떤 차를 운전했대요?"

"기억나지 않네." 에드윈이 말한다. "하지만 내가 아는 페기라면 적어놨을 걸세. 그녀는 모든 것을 수사 수첩에 적었으니까."

"우리가 그녀의 편지를 다 살펴봤습니다." 카우어 경사가 말한다. "그런 것은 발견되지 않았습니다. 그렇지만 페기에게 온 쪽지를 하나 발견하기는 했습니다." 그녀가 텍스에게 말한다. "러시아 스파이에 대해 도움을 요청하는 내용이었습니다."

에드윈은 텍스가 다소 쑥스러워한다고 생각한다. "약간 농담 같은 겁니다." 텍스가 말한다. "페기는 유머 감각이 뛰어났습니다."

에드윈도 이 점을 기억한다. 페기는 농담을 좋아했다. 그녀는 잡지 《사설탐정》을 읽었고 라디오에서 〈더 나우 쇼〉를 들었다. 그녀는 '캐리 온'* 스타일의 상스러운 유머에 사족을 못 쓰기도 했다. "악명! 악명! 모두들 죄다 내 탓이라고 하지."**

에드윈은 베네딕트가 그에게 말하고 있는 것을 깨닫는다. "한 잔 더 드시겠어요, 에드윈?"

멋진 저녁이다. 에드윈은 자제력을 잃고 진토닉을 한 잔 더 마시지만 그가 세 번째 잔을 사겠다고 하자 렉스는 집에 가야 한다고 말한다. 그는 쇼어햄까지 데려다줄 기사가 있고, 베네딕트는 그 말에 대단히 감탄한다. "당신도 기사가 있잖아요." 나탈카가 말한다. "나요!" 집으로 돌아가는 길에 에드윈은 눈 덮인 숲, 책 가방에 숨겨진 폭탄, 고층 건물과 폐허가 된 교회, '여학생 암살자', 페기의 얼굴, 분홍색 베레모 아래 빛나는 그녀의 눈을 생각한다. 그는 프리뷰 코트의 창가에 앉아 살인에 대해 이야기하는 페기와 베로니카를 생각한다. 그의 상상 속에서 얼굴들이 어슴푸레해지고 갈수록 사악해진다.

그는 차가 멈추자 잠에서 퍼뜩 깬다. 그사이에 잠들었나 보다.

"집에 도착했어요, 에드윈." 나탈카가 말한다.

그러나 사실 프리뷰 코트는 진짜 집이 아니다. 특히 페기가 없

---

* 31편으로 구성된 영국의 코미디 영화 시리즈.
** '캐리 온' 시리즈 중 〈캐리 온 클레오〉에서 율리우스 카이사르 역할을 한 케네스 윌리엄스가 한 말.

는 지금은 더욱 그렇다.

"태워다 줘서 고맙네." 그가 나탈카에게 말한다. 에드윈이 모자를 들어 올려 인사하지만 나탈카는 이미 후진해서 진입로에서 빠져나가고 있다. 베네딕트가 조수석에서 손을 흔든다.

에드윈은 잠을 잔 덕에 술이 깼다고 생각하지만 정문의 비밀번호가 기억나지 않아서 세 번이나 다시 눌러야 한다. 천천히 계단을 올라간 후 집 문의 자물쇠에 열쇠를 꽂으면서도 비슷한 문제에 봉착한다. 집에 들어가자 밤중에 깨서 화장실을 들락날락해야 한다는 것을 알면서도 물을 한 잔 따른다. 물을 마시면서 창밖을 내다본다. 부동산 중개인이 '비스듬히'라고 말한 경치 외에는 그의 집에선 바다가 보이지 않는다. 대신에 주방에서 주차장이 보이는데, 지금은 유황 같은 보안등이 켜져 있다. 에드윈이 지켜보는 동안 검은색 고양이가 서서히 벽을 따라 걷는다. 고양이는 행운의 상징일까, 아니면 불행의 상징일까? 나라마다 다른 듯하다. 에드윈은 예전에 바브라라는 아름다운 샴고양이를 키웠다. 그는 다시 애완동물을 키우고 싶지만 여기에는 고양이를 내놓고 키울 공간이 없다. 아무래도 웨스트 하일랜드 화이트 테리어나 푸들 같은 작은 개를 한 마리 키워야겠다. 그러면 산책을 시켜야 하니 밖에 나갈 이유가 생길 것이다. 페기는 개를 산책시키는 사람을 한 시간 동안 35명이나 센 적이 있었다. 그가 아까 말했듯이, 페기는 모든 것을 적었고 이름과 날짜와 시간의 목록을 만들었다. 소중한 페기. 그는 아직도 그녀가 죽었다는 것이 믿어지지 않는다.

에드윈은 그 고양이가 벽을 순회하는 것을 멈추고 어둠 속으로 민첩하게 뛰어드는 것을 지켜본다. 아니야, 개는 너무 의존적이야. 니키가 예전에 그에게 뭐라고 말했더라? "사람들은 고양이나 개 중 하나야. 나는 개과야. 열렬하고 애정이 넘치지. 당신은 완전히 고양이과야, 에드윈." 하지만 니키는 이제 죽고 없다. 명단에 올릴 사람이 하나 더 늘었다.

씻고 양치질을 하고 파자마로 갈아입는 데 시간이 오래 걸린다. 마침내 침대에 눕자 약간 어지러운데, 당황스럽기는 하지만 사실 불쾌하지는 않다. 그는 곤히 잠들고, 유명한 작가 덱스 챌로너가 밤에 갑자기 사망했다는 라디오4 소리에 잠에서 깬다.

12장

베네딕트: 동기와 수단

베네딕트는 에드윈이 9시에 오두막 커피에 올 때까지 그 소식을 듣지 못한다. 토요일 아침은 항상 바쁘고 베네딕트는 에드윈도 어제 마신 술이 덜 깼으리라고 짐작한다. 1파인트 맥주 두 잔과 화이트와인 한 잔으로 숙취가 생긴단 말이야? 럭비를 하는 그의 형이라면 이렇게 비웃었겠지만 베네딕트가 음주 운전에 해당할 정도로 술에 취한 것은 수년 만이었다. 어젯밤 남자다움을 과시하는 기분 좋은 동지애 같은 분위기가 흘렀다.

"당신은 뭐 마실래요, 베네딕트?" 텍스가 물었다. "1파인트들이 맥주?"

"네, 그럴게요." 베네딕트는 대답했고, 그가 주문할 차례가 됐을 때 차마 0.5파인트로 줄여서 마시겠다고 할 수 없었다. 지금 그는 약간 머리가 아프고 카푸치노를 만드는 작업에 평소처럼 전념할 수 없다.

베네딕트는 에드윈도 제정신이 아님을 단번에 알아차린다. 우선 한 가지 이유만 대자면 그는 면도를 하지 않았는데 그의 흰 수염은 상당히 충격이었다. 그는 평소의 셔츠와 넥타이가 아니라 스웨터를 입었고 재킷 단추가 잘못 잠겨 있다.

"무슨 일이에요?" 베네딕트가 말하면서 포장용 라테의 뚜껑을 덮는다("아주 뜨겁게 해주세요." 손님이 주문하면서 단호하게 한 말이다).

에드윈은 그 여자 손님이 화산처럼 뜨거운 라테를 가지고 갈 때까지 기다린다. 그러고 나서 몸을 앞으로 구부린다. 눈언저리가 벌겋다. 베네딕트는 그가 아프지 않기를 바란다.

"덱스 챌로너가 죽었네."

"뭐라고요?"

"내가 방금 뉴스에서 들었다네. '해변 자택에서 죽은 채 발견됐다.' 뉴스에서 그렇게 말했어."

"예수님, 마리아님, 요셉님." 이건 욕설이 아니라 기도야. 그가 속으로 말한다.

"그러게 말일세." 에드윈이 말한다. 이제 충격을 다른 사람에게 넘긴 그가 조금 더 차분해 보인다.

"어떻게 죽었는지는 나오지 않았나요?"

"안 나왔다네. 하지만 그는 어젯밤 11시에 완벽하게 건강한 상태였지."

"나탈카에게 전화하셨어요? 아니면 카우어 경사한테는요?"

"안 했어." 에드윈이 말한다. "바로 자네에게 왔다네."

베네딕트는 이 말을 듣고 우쭐한 기분이 드는 것을 어쩔 수 없다. 그는 나탈카에게 전화하고, 그녀가 전화를 받지 않자 메시지를 남긴다. 이어서 그는 에드윈에게 설탕을 한 스푼 더 넣은 플랫화이트를 만들어준다. 요즘에 이런 일이 상당히 잦다. 에드윈이 그에게 우아한 컵에 담긴 달콤한 커피를 준 지 얼마나 됐지?

에드윈은 피크닉용 테이블에 앉아서 커피를 마신다. 베네딕트는 그의 앞에 브라우니 한 개를 놓고, 마침내 손님이 뜸해지자 카우어 경사에게 전화를 건다.

"지금은 전화를 받을 수 없습니다." 이제는 익숙해진 간단명료한 말투가 들린다. 베네딕트가 그녀의 명함에 있는 다른 번호로 전화하자 목소리가 들린다.

"닐 윈스턴 경사입니다." 그 동료가 분명하다. 카우어가 과학수사대를 기다리라고 페기의 집에 남겨놓은 그 경찰관이다.

"카우어 경사님 있습니까?"

"지금은 통화할 수 없는데요. 누구세요?"

"베네딕트 콜입니다. 페기 스미스의 친구요."

잠시 침묵이 흐른 후 닐이 말한다. "전화하라고 꼭 전할게요."

"카우어 경사님이 덱스 챌로너의 죽음을 수사하고 있나요?" 베네딕트가 묻는다.

"죄송하지만 그 정보는 알려드릴 수 없어요." 닐이 말한다. "누군가 이따 전화드릴 겁니다."

전화가 끊어지자마자, 나탈카가 전화한다. "한 시간 후에 정상회담이요." 그녀가 말한다. "내가 아침 방문을 마치자마자요. 아무래도 연쇄 살인범이 있는 모양이에요."

목소리를 들으니 그 가능성 때문에 아주 신난 모양이다.

나탈카는 손에 만져질 듯 생동감과 에너지를 풍기며 10시에 오두막 카페에 나타난다. 그녀는 스웨트 셔츠와 레깅스 차림이고 노인들이 샤워하고 옷 입는 것을 돕고 온 것이 아니라 헬스클럽에서 비싼 강습을 받고 온 것 같다.

"진짜로 일이 벌어지고 있어요." 그녀가 베네딕트에게 말한다. "그가 다시 살인하기 전에 우리가 행동을 취해야 해요."

"우리가 뭘 해야 하는데요?" 베네딕트가 늘 나탈카가 마시는 샷을 추가한 카푸치노를 만들면서 묻는다. 나탈카가 그에게 최면을 걸어서 이제 그들이 범죄에 맞서 싸우는 전담반이라고 생각하게 만들었나 보다. 그는 거품 위에 조심스럽게 하트 모양을 그린다.

"우리가 생각해봐야죠." 나탈카가 말하고 나서 또다시 장식을 알아차리지 못한 채 커피를 마신다. "에드윈은 어디 있어요?"

"면도하려고 집에 갔어요. 집에서 만나자고 했어요. 한 시간 동안 카페를 닫아도 돼요."

그들은 커피와 약간 부서진 브라우니를 들고 해안 도로를 건넌다. 베네딕트는 어디로 가고 있는지 하빈더에게 알리는 메시지를 남기지만 그녀가 그들에게 연락할 시간이 있을지 모르겠다. 그는 범죄 현장에 있는 그녀를 상상한다. 시신의 윤곽을 따라 바닥에 붙인 테이프, 흰색 옷을 입은 사람들, 노란색과 검은색이 섞인 통제선, "지문/살해 무기/DNA를 찾았습니다"라는 외침.

하지만 지금까지 진짜 수사는 TV 드라마와 달리 실망스러웠다.

에드윈은 평소의 모습으로 조금 더 돌아와 문을 연다. 그는 면도를 했고 셔츠와 넥타이와 카디건에 잘 다린 바지와 슬리퍼 차림이다. 그들은 커피와 브라우니를 들고 가서 창가에 있는 둥근 탁자 주변에 앉는다. 기분 좋게 사무적인 느낌이 감돌고(에드윈이 종이와 펜을 제공했다) 사람이 죽었다는 것이 좀처럼 실감 나지 않는다.

"안녕히 가세요, 텍스." 베네딕트는 어젯밤에 텍스가 기사가 딸린 차에 올라탈 때 차도와 인도 사이의 연석 위에서 손을 흔들면서 말했다. "책이 잘 되길 바랄게요."

"잘 가게, 벤." 텍스는 대답하면서 친밀감의 표시로 그의 이름을 줄여서 불렀다. "나중에 또 보자고." 하지만 아무도 다시는 텍스를 보지 못할 것이다.

"이 일을 논리적으로 살펴봐요." 나탈카가 종이에 선을 그리면서 말한다. 그녀의 글씨는 대담하고 비스듬하게 기울어 있다. 베네딕트는 외국어 같다고 생각한다.

9월 10일 월요일 페기 사망.
9월 17일 월요일 장례식. 총을 든 남자가 N과 B 위협.
9월 21일 금요일 치체스터 행사.
9월 22일 토요일 덱스 챌로너 시체로 발견.

"그의 죽음이 자연사일 수도 있어요." 베네딕트가 그저 형식상 말한다. 이렇게 쭉 적혀 있는 사건들을 보니 상당히 흥분된다. **총을 든 남자가 N과 B 위협.** 그는 당시에 그가 얼마나 무서웠는지 이미 잊어버렸다.

"정말요?" 나탈카가 말한다. "어떤 남자가 총을 겨누고 책을 훔쳐 가고, 일주일 후에 작가가 죽어요. 당신은 이게 우연의 일치처럼 들려요?"

"'그날과 그때는 아무도 모르나니.' 베네딕트는 나탈카를 짜증스럽게 할 줄 알면서도 이 구절을 인용한다. "하늘의 천사들도, 아들도 모르니라.'"

"마태오복음 24장." 에드윈이 말한다.

"하느님에 대해서는 당신보다 내가 더 많이 알아요." 나탈카가 특유의 무시무시하고 반박할 수 없는 어투로 말한다. "문제는 이거예요. 덱스가 총을 든 남자였을까요? 그의 체격이 딱 비슷해요."

"그리고 그는 광이 나는 구두를 신어요." 베네딕트가 말한다. "내가 어제 봤어요."

"하지만 그가 왜 그랬을까?" 에드윈이 말한다. "나는 도무지 이해가 되지 않는군." 그가 신경질적으로 브라우니를 약간 베어문다.

"답은 그 책 속에 있을 거예요." 베네딕트가 말한다. "어제 『고층 건물 살인』을 샀어요. 실라 앳킨스의 책 『감사 단식』을 구할 수 있는지 알아볼게요."

"독서는 도움이 안 돼요." 나탈카가 말한다. "우리는 행동해야 해요. 다른 작가들은요? 페기에게 책을 헌정한 사람들이요. 그들도 위험에 처했을 수 있어요."

"그 말은 페기가 이 모든 일의 중심에 있다고 가정하는군." 에드윈이 말한다. "텍스의 어머니는? 그녀는 살인자였어. 여학생 암살자. 어쩌면 복수하려고 텍스와 그의 어머니를 둘 다 죽였을지도 모르네."

"그런데 왜 페기까지 죽였죠?" 나탈카가 말한다. "왜 그녀의 집에 침입해서 그 책을 훔쳐 갔죠?"

"아들인 나이절이 한 짓일까?" 에드윈이 말한다. "그는 책들을 상자에 담아 치워버리고 싶어서 안달하는 것 같았네. 그리고 그는 육군 사관후보생이었다고 장례식에서 나에게 말했다네. 그 말은 그가 총을 가지고 있다는 뜻일 수도 있지."

베네딕트는 사관학교에서 개인 소유의 총을 소지하게 두리라고 생각하지 않는다. 하지만 그는 항상 군대와 관련된 것을 모두 피해왔다. 스카우트조차 가입하지 않았다. 그의 형인 휴고는 정반대였다. 그는 대학교에서 경제학을 전공하고 도시에서 엄청난 돈을 벌기 전 학창 시절에 사관후보생 교육단Combined Cadet Force*에서 활동했다. 그의 누나인 에밀리조차 그보다 훨씬 더 씩씩했다. 그녀는 하키를 했고 지금은 사립학교의 체육 교사이다.

"듣고 있어요, 베니?" 나탈카가 말한다.

---

* 영국 국방부가 후원하며 영국 전역의 400개 이상 중등학교에서 시행하는 청소년 조직. 학생들이 책임, 자립, 지략, 인내, 용기를 키우는 다양한 훈련을 통해 지도력을 높이는 것을 목적으로 하며 육해공군 교육이 포함된다.

"우리는 누가 덱스의 죽음에서 이득을 보는지 생각해야 해요." 베네딕트가 말한다. "그리고 페기의 죽음에서 이득을 보는 사람도요. 동기와 수단 말이죠."

나탈카와 에드윈이 흐뭇하게 감탄하는 듯하다. 베네딕트는 이 방법론이 〈제시카의 추리 극장〉의 주인공 제시카 플레처에게서 나온 것이라고 그들에게 말하지 않는다.

"누가 덱스의 돈을 상속받죠?" 나탈카가 말한다. "분명히 덱스는 부자였을 거예요."

"책을 쓴다고 해서 꼭 부자가 되지는 않아요." 베네딕트가 성령에 대한 두꺼운 책을 여러 권 쓴 프랜시스를 생각하면서 말한다.

나탈카는 전화기를 보고 있다. 그녀는 십 대처럼 엄지손가락 두 개를 다 사용해서 화면을 움직인다. "그는 결혼했어요." 그녀가 말한다. "부인은 미아예요. 배우네요. 그녀는 TV에서 그 의사 드라마에 나와요."

"〈파라다이스 종합병원〉." 에드윈이 낮에 텔레비전을 본다는 것을 무심코 드러낸다. "그녀는 닥터 디아즈 역이라네."

"그럼 짐작건대 그녀도 돈이 많겠네요." 베네딕트가 말한다. "페기는요? 누가 그녀의 죽음으로 이득을 보죠?"

"나이절." 나탈카와 에드윈이 함께 말한다.

"그렇지만 왜 나이절이 그 책을 훔치겠어요?" 베네딕트가 말한다. "어쨌든 책들은 다 그 사람의 것이 됐잖아요?"

"그가 스파이일지도 모르지." 에드윈이 말한다. "그는 케임브리지에서 현대어를 읽었어. 그것이 항상 징조라네."

"우크라이나에서는요." 나탈카가 말한다. "종종 성직자가 스파이예요. 그럼 당신이네요, 베니."

"단, 나는 이제 성직자가 아니에요." '베니'라는 호칭에도 불구하고 마음에 상처를 입은 베네딕트가 말한다. "나는 가게에서 커피를 팔아요."

"스파이가 활동을 숨기기에 완벽한 위장이죠." 나탈카가 말한다.

베네딕트가 대답하려는데 갑자기 문을 두드리는 소리가 난다. 그들은 서로 바라본다.

"누구세요?" 에드윈이 다소 불퉁하게 외친다.

"카우어 경사입니다." 대답이 들린다.

그들은 모두 펄쩍 일어나서 문을 열러 간다. 나탈카가 먼저 문 앞에 도착한다.

카우어 경사는 관리 같은 분위기가 풍기는 검은색 재킷을 입고 있고 평소보다 훨씬 더 경찰관 같아 보인다. 에드윈은 부산하게 커피를 더 준비하고 베네딕트는 브라우니를 그녀 쪽으로 민다.

"고맙습니다." 카우어 경사가 말하고는 한 입 베어 문다. "뱃가죽이 등에 붙었습니다. 아침을 먹을 시간이 없었어요."

"어떻게 된 거예요?" 나탈카가 말한다. "살인이에요?"

카우어는 정보를 그들과 어느 정도나 공유해야 할지 고민하는 듯 망설이지만 곧 입을 연다. "살인사건이 맞습니다. 그는 머리에 총을 맞았습니다."

에드윈이 문 옆에서 헉 소리를 낸다. 베네딕트는 자기도 모르게 어느새 성호를 긋다가 나탈카와 카우어 경사가 쳐다보는 것을 보고 멈춘다.

"언제 그렇게 됐어요?" 나탈카가 묻는다.

"청소부가 오늘 아침에 일하러 왔다가 그를 발견했습니다." 카우어 경사가 말한다. "그는 어젯밤에 집에 도착했을 때 총에 맞은 것 같습니다. 밖에서 입던 옷을 그대로 입고 있었거든요. 우리가 보기에 도난당한 물건은 없는 것 같습니다만, 나는 책을 주의 깊게 살펴보려고 합니다."

에드윈이 카페티에르*와 우아해 보이는 비스킷을 가지고 온다. 카우어 경사는 식기를 기다리지도 않고 블랙커피를 들이켠다.

"고맙습니다, 에드윈. 기자들이 벌써 현장에 득시글거려서 아주 골치 아픕니다. 누군가 일찌감치 누설했습니다."

"나는 〈투데이〉 프로그램에서 그 소식을 들었어요." 에드윈이 말한다.

"음, 라디오4의 구미에 딱 맞는 살인이긴 합니다." 카우어가 말한다. "범죄 소설 작가가 총에 맞아 죽었으니까요."

"단서는 있어요?" 베네딕트는 자신이 〈제시카의 추리 극장〉에 나오는 질문을 하고 있다는 것을 믿을 수가 없다. 찌르르 밀려오는 흥분을 억누를 수 없다.

"단서를 공유할 수는 없습니다." 카우어 경사가 말한다. "사실

---

* 굵게 간 커피에 뜨거운 물을 부어 금속 필터에 걸러 마시는 기구.

이미 너무 많이 말했습니다. 만일 그가 총에 맞았다는 것이 알려지면 나는 여러분을 모두 죽여야 할 겁니다."

그녀는 진심으로 그렇게 하겠다는 기색을 보인다.

"그저 조심하시라는 말을 하려고 들렀습니다, 에드윈." 카우어가 이번에는 달라진 투로 말한다. "우리는 이 건물에 사복 경찰을 배치해서 감시하고 있습니다. 나는 총을 든 남자가 다시 오지 않을 것이라고 확신하지만 각별히 경계하는 것이 현명합니다. 신분증을 제시하지 않는 한 아무도 집에 들이지 마십시오. 당신들도 마찬가지입니다. 나탈카, 베네딕트. 내가 지역 경찰에 두 사람의 집도 지켜보라고 요청해봤습니다."

"며칠 전에 두 남자가 나를 찾으러 왔어요." 나탈카가 말한다.

베네딕트와 에드윈이 고개를 홱 돌려 그녀를 바라본다. 베네딕트는 나탈카가 아주 심각해 보여서 놀란다. 그녀는 항상 새끼손가락에 끼고 있는 은반지를 비틀고 있다. 그녀는 완전히 두려움에 빠진 것 같다.

카우어 경사도 두려움을 감지했는지 부드럽게 말한다. "당신을 찾으러 왔다니, 무슨 뜻이에요?"

"집주인인 데비가 말하기를 두 남자가 집에 와서 나에 대해 묻더래요." 나탈카가 말한다. "집주인은 그들이 우크라이나인 같대요. 그들이 나를 깜짝 놀라게 하고 싶다고 했대요."

"당신은 그들이 누구일지 전혀 모르겠다는 말인가요?" 카우어 경사가 묻는다.

"네." 나탈카가 여전히 은반지를 비틀면서 말한다. 갑자기 베네딕트는 그녀가 거짓말을 하고 있다고 확신한다.

에드윈이 말한다. "페기는 두 남자가 그녀를 감시하고 있다고 생각했다네. 베네딕트의 카페 옆, 그녀의 집 창밖에 주차된 차 안에서 두 남자가."

"페기가 나한테도 그렇게 말했어요." 베네딕트가 말한다. "하지만 페기는…… 극적으로 표현하는 것을 좋아했잖아요."

"그런데 지금 그녀가 죽었어요." 나탈카가 말한다. "그 정도면 충분히 극적이에요, 안 그래요?"

"페기가 살해당했는지는 불확실합니다." 카우어 경사가 말한다. "그렇지만 그 집에 침입한 총을 든 남자가 의심스럽다는 점은 인정합니다. 특히 덱스가 어떻게 죽었는지 감안하면요."

이 말은 모든 사람을 침묵에 빠뜨리는 효력을 발휘한다. 베네딕트는 "머리에 총을 맞았습니다"라는 카우어의 말을 생각한다. 그는 클루도* 중 '권총으로 도서관에서' 시나리오와 반대로 이 일의 현실성을 상상하려고 노력한다.

"덱스의 아내와 이야기해봤어요?" 나탈카가 묻는다. 어쩌면 하빈더도 그녀와 같은 생각을 하고 있을지 모른다. "대체로 범인은 남편이나 아내예요, 안 그래요? 덱스의 아내는 어젯밤에 어디에 있었어요?"

"런던 집에 있었다고 합니다." 카우어 경사가 말한다.

"정말 끔찍한 일이에요." 베네딕트가 말한다. "그들에게 자녀

---

* 가상 살인사건의 범인과 흉기와 장소 등을 찾는 추리 놀이.

는 있었나요?"

"두 명이요." 카우어가 말한다. "열 살과 열세 살입니다."

"그렇게 어린 나이에 아빠를 잃다니." 베네딕트가 말한다.

"나는 열두 살 때 이후로 아빠를 본 적이 없어요." 나탈카가 말한다. "없어도 아쉬울 것 없어요." 그녀는 머리카락을 뒤로 넘기고 카우어 경사 쪽으로 고개를 돌린다. "이제 어떻게 할 거예요, 하빈더?" 베네딕트는 나탈카가 이 형사를 이름으로 불러서 깜짝 놀란다. 물론 그녀가 어젯밤에 성 말고 이름을 부르라고 그들에게 말했지만.

"팀 회의가 있어서 서로 들어갈 겁니다." 카우어 경사가 하품을 참으며 말한다. "그런 다음에 수사하고, 수사하고, 더 수사해야죠. 그러고 나면 집에 가서 엄마가 괜찮은지 보고 엄마를 더 도우라고 오빠들을 닦달해야죠."

"어머님은 좀 어떠세요?" 베네딕트가 묻는다.

"괜찮으세요." 카우어가 말한다. "병원을 몹시 좋아하시더라고요. 누가 보면 하루 온천에 놀러 간 줄 알았을 거예요. 모든 간호사들에게 주려고 인도 과자를 만드셨어요. 하나하나 다 리본으로 묶으셨고요. 내가 아주 미치겠어요."

13장

하빈더: 완전히 딴 세상

사실 하빈더는 덱스 챌로너의 아내를 조사하러 가는 길이다. 그녀는 왜 새 친구들에게 이 말을 하지 않았는지 잘 모르겠다. 부분적으로는 그들이 민간인이며 이것이 경찰의 일이기 때문이고 부분적으로는 그들이 이 사건에 지나치게 관심을 가지는 듯해서이다. 특히 나탈카가 그렇다. 총을 든 남자 때문에 그들이 얽혔지만, 그들과 적당한 거리를 두는 것이 최선이다.

그녀가 백만장자로에 도착하니 닐이 덱스의 집 인터폰 옆에서 그녀를 기다리고 있다. 하빈더는 사격 조준기 깃발이 곧 조기처럼 한 폭만큼 내려서 달린 채 휘날릴지 궁금하다.

"부인이 방금 도착했어." 닐이 말한다. "런던 경찰청에서 그녀를 여기까지 데려다줬어."

"우리가 이야기하고 싶어 한다는 것을 그녀가 알아?"

"글쎄. 분명히 그녀도 예상하고 있겠지?"

하지만 미아 헤이스팅스는 거창한 이름의 웨스트서식스 수사과에서 방문하리라고 예상하지 못했나 보다. 하빈더와 닐이 바다가 내다보이고 책장들이 들어찬 방에 들어설 때 그녀는 자못 놀란 표정이다. 그녀의 옆에 앉아 있는 여자도 마치 그들이 무단 침입이라도 한 양 노려본다. 그녀는 자신이 런던 경찰청 가족 연락 담당자 헬렌 마크스라고 소개한다.

"이렇게 와주셔서 정말 다행입니다, 헬렌." 하빈더는 이렇게 말하면서도 이 건은 우리 가족 연락 담당자의 소관이라고 속으로 중얼거린다. "우리가 미아와 이야기하는 동안 여기 계시겠습니까?"

항상 '이야기'가 '조사'보다 듣기 좋은 말이다.

"여기 있겠어요." 헬렌이 위협조로 말한다.

하빈더는 미아 헤이스팅스가 낯설지 않다. 엄마가 대단히 좋아하는 의학 드라마에 그녀가 출연하기 때문이다. 사실 미아가 최근에 살기등등한 예전 환자의 스토킹과 약물 중독을 견뎌낸 닥터 디아즈가 아니라는 것을 명심하려고 애써야 할 지경이다. 하빈더는 당신의 남편이 살해당했다는 결정적인 대사를 날리고 싶어서 좀이 쑤신다. 하지만 미아는 짧은 갈색 머리를 하고 빽빽한 속눈썹 아래 눈이 커다란 고작 사십 대 정도의 배우이다. 그녀는 너무 큰 스웨터를 입고 있고 약간 몸을 떨고 있다.

"춥지 않으신가요?" 하빈더가 말한다. "여기 상당히 썰렁한데요."

밝은 낮이지만 햇빛이 실내를 그다지 데우지 못했다. 헬렌 마크스는 여전히 코트를 입은 채이다.

"덱스는 낮에 절대 난방을 하지 않아요." 미아가 말한다. "그이는 혈액 순환이 아주 잘 되거든요." 그녀의 눈에 눈물이 가득 고인다.

"죄송합니다." 하빈더가 그녀의 옆에 앉는다. "몇 가지 질문에 답변하실 수 있겠습니까?"

미아가 창백한 얼굴에 커다란 눈으로 그녀를 바라본다. "덱스가 살해당했나요? 믿을 수가 없어요."

"우리는 아직 사건 경위를 모릅니다." 하빈더가 말한다. "그래서 초동 수사가 매우 중요합니다. 그림을 끼워 맞춰야 합니다."

"직소 퍼즐처럼요." 닐이 말한다. 야금야금, 꼬리를 획 움직인다.

"그이를 볼 수 있을까요? 덱스요." 미아가 헬렌에게 질문한다.

"제가 모시고 가겠습니다." 하빈더가 대답한다. "우리가 잠깐 이야기를 나누고 나서 즉시요." 청소부인 레이나가 덱스의 시신이라고 확인해줬지만 가족의 확인도 받아야 한다. 하빈더는 영안실에서 그를 조금 깔끔하게 단장해놨기를 바란다. "언제 덱스에게 마지막으로 연락을 받았습니까?" 그녀가 묻는다.

"어젯밤 9시 30분이요." 미아가 말한다. "그이가 문자를 보냈어요. 강연이 잘 끝났고 친구들하고 술 한잔하러 간다고 했어요."

닐이 비난하듯 하빈더를 쳐다보지만 그녀는 덱스의 술친구 중하나가 자신이었다고 밝히기에 적당한 때가 아니라고 생각한다.

"그 후로는 연락이 없었고요?" 검시관은 텍스가 죽은 지 다섯 시간에서 일곱 시간이 됐다고 추정했다. 레이나는 7시에 집에 도착했을 때 시신을 발견했다. 하빈더는 어젯밤 11시에 치체스터에서 차를 타고 떠나는 텍스를 봤다. 그는 30분 뒤에 집에 도착했을 것이다. 그렇다면 그가 자정부터 새벽 2시 사이에 살해당했다는 뜻이다. 그녀는 그다지 늦지 않은 시각이었을 것이라고 추측한다. 텍스가 옷을 완전히 갖추어 입고 있었고 탁자 위의 위스키 잔에 넉넉하게 따른 술이 여전히 담겨 있었기 때문이다.

"네." 미아가 말한다. "텍스는 내가 혼자 있을 때는 일찍 잔다는 것을 알아요. 보통 그는 금요일에 집에 오지만 그 행사가 있었고……." 그녀는 말을 멈추고 눈을 비빈다. 헬렌이 그녀의 어깨를 쓰다듬는다.

"어제 몇 시에 자러 갔습니까?" 하빈더가 묻는다.

"10시쯤이요." 미아가 말한다. "아이들도 같은 시간에 자러 갔었어요. 나는 금요일과 토요일에는 아이들이 평소보다 늦게 자도 그냥 둬요. 나는 잠시 동안 아이패드로 영화를 보다가 잠들었어요. 11시쯤일 거예요."

하빈더는 아이들이 침대에서 잠들어 있는 동안 미아가 쇼어햄까지 차를 몰고 와서 남편을 죽인 다음에 돌아갔을 가능성이 있다고 생각한다. 가능성은 있지만 확실하지는 않다.

"지금 아이들은 어디에 있습니까?" 그녀가 묻는다.

"친정엄마랑 있어요." 미아가 말한다. "아이들을 데려올 수 없었어요. 아이들이 너무 충격을 받을 테니까요."

"덱스와 이야기할 때 그는 어때 보였나요?"

"괜찮았어요. 기분이 좋았죠. 그는 『고층 건물 살인』이 한 주 더 1위에 머무르기를 기대했어요. 화요일에 결과가 나올 텐데 그는 여기 없겠네요." 그녀의 얼굴이 다시 일그러진다.

"미아." 하빈더가 몸을 앞으로 구부리고 최대한 부드러운 투로 말하려고 애쓴다. "덱스가 페기 스미스라는 여성에 대해 당신에게 말한 적이 있었나요?"

하빈더는 부정하는 대답이 나올 것이라고 예상하지만 미아는 이렇게 대답한다. "그 건물에 사는 노부인이요? 네. 남편이랑 시어머니를 뵈러 갔을 때 그분을 한두 번 만났어요."

"페기가 덱스의 책 집필을 도왔죠, 안 그래요?"

미아가 약간 발끈한다. "도왔다고 할 수는 없죠. 덱스는 그분이 살인 방법을 구상하는 재주가 좋다고 자주 말했어요." 그녀는 하빈더를 바라본다. "페기가 최근에 죽었지 않나요? 설마…… 어떤 식으로든 관련이 있나요?"

"말씀드린 대로, 우리는 아직 그림을 끼워 맞추고 있습니다." 하빈더가 말한다. "하지만 최근에 약간 이상한 일이 몇 가지 있었습니다. 누군가 페기의 집에 침입해서 『감사 단식』이라는 책을 훔쳐 갔습니다. 오래된 범죄 소설입니다. 들어봤습니까?"

"아니요." 미아가 말한다. "그런데 나는 범죄 소설을 별로 읽지 않아요. 물론 덱스의 책을 제외하고는요."

"우리는 페기가 가진 덱스의 책 중 한 권에서 다소 이상한 편지도 발견했습니다. 덱스가 팬에게 협박 편지를 받은 적이 있습니까? 뭔가 비정상적으로 보이는 것은요?"

"우리도 별의별 미치광이들한테 편지를 받아요." 닐이 말한다. 그가 미아에게 미소를 짓자 떨리는 입술로 씰룩거리는 반응이 돌아온다. 그는 때로 상당히 쓸모가 있다. 그의 수북한 구레나룻에 감사를.

"덱스가 팬들에게 이메일을 많이 받기는 해요." 미아가 말한다. "하지만 그이의 개인 비서가 책에 관련된 이메일과 토드 프랜스 페이스북에 올라온 메시지에 답장을 써요."

"그의 비서가 누구입니까?" 하빈더가 질문한다.

"캐시 존슨이요." 미아가 대답하지만 연락처를 말하지는 않는다. 하빈더가 나중에 알아봐야 할 것이다.

"트위터는요?" 하빈더가 또 묻는다. "그의 트윗을 몇 개 봤습니다만."

"주로 캐시가 담당해요. 그이는 트윗을 가끔 올려요."

하빈더는 그의 트위터에 본 어수선한 책상의 사진(#작업중인 작가)을 기억한다. 덱스가 그 사진을 올린 장본인이 아니라면, 그 트윗이 주소까지 드러냈다는 것을 알았을까?

"출판사 사람들도 압니까?" 그녀가 묻는다. 그녀는 '살인에 대해서'라는 말을 덧붙이고 싶지 않다.

"내가 젤리에게 말했어요." 미아가 말한다. "덱스의 에이전트요. 젤리는 엄청나게 충격을 받았어요. 그녀가 출판사 사람들에게 말할 거예요."

"젤리라고요?" 하빈더가 말한다. 그녀는 그 이름을 기억하지만 진짜 이름일 리 없지 않은가?

"안젤리카를 줄인 이름이에요." 미아가 말한다.

하빈더는 그것을 적는다. 그녀는 이 색다른 사람들과도 곧 이야기를 나눠야 할 것이다.

"끝났나요?" 헬렌이 말한다. "챌로너 부인이 남편의 시신을 보고 싶어 합니다."

미아가 고통스러운 듯 몸을 웅크리고 흐느끼기 시작한다. 헬렌은 사실상 본인 잘못이면서도 힐난조로 하빈더를 쳐다본다.

"물론입니다." 하빈더가 말한다. "이제 부인을 모시고 가겠습니다. 우리 쪽 가족 연락 담당자에게 그쪽에서 만나자고 요청할게요."

"그럼 부인은 혐의를 벗은 건가?" 도나가 묻는다.

그들은 5시가 돼서야 회의를 한다. 도나는 4시에 전화로 피자를 주문했고 기름투성이의 상자가 여전히 탁자 위에 있다. 닐이 나머지 피자를 먹어치우고 싶어서 안달하는 낌새가 빤히 보인다.

"그런 것 같습니다." 하빈더가 말한다. "물론 엄밀히 따지만 그녀가 한 짓일 가능성도 있지만 왠지 아닌 것 같습니다."

"당연히 그녀가 한 짓이 아니지." 닐이 말한다. "그녀는 완전히 슬픔에 빠져 있었어."

닐은 항상 예쁜 얼굴에 약했지만 실제로 미아 헤이스팅스는 남편의 죽음에 엄청난 충격을 받은 듯했다. 그녀는 영안실에서 시신 위로 몸을 던졌다. 하빈더가 영화에서만 보던 모습이었다.

가족 연락 담당자인 매기가 그녀를 영안실에서 데리고 나가는 데 거의 10분이나 걸렸다.

"자네가 전날 밤에 그를 봤다면서." 도나가 말한다. "어때 보였나?"

"괜찮았습니다." 하빈더가 말한다. "그는 강연을 하고 책에 사인을 해준 다음에 우리와 술을 마시러 갔습니다."

"완전히 딴 세상이네." 닐이 마치 술집에 한 번도 안 가본 사람처럼 말한다.

"관객 중에 수상해 보이는 사람은 없었고?" 도나가 묻는다.

하빈더는 늦게 도착해서 회색 머리의 물결을 훑어보던 때를 머리에 떠올린다. "확실히 없었습니다." 그녀가 말한다.

도나는 피자 껍질 부스러기를 발견하고 즉시 입에 넣어 씹는다. 하빈더가 말한다. "덱스가 어젯밤에 어머니에 대해서 말했습니다. 그녀의 이름은 베로니카였고 듣자 하니 전쟁 때 스파이였답니다. 여학생 암살자라고 불렸답니다. 그것이 관련이 있을지도 모르겠습니다. 그의 어머니도 페기 스미스를 알았어요."

"좀 얼토당토않은 소리인데." 도나가 말한다. "그래도 관련 정보를 알아보자고. 기록 같은 것이 있겠지."

하지만 하빈더는 이 절망적이고 음울한 시절에 대한 기록이 과연 있을까 싶다. 그녀는 할아버지와 할머니가 들려준 인도의 분할 이야기, 가족들이 헤어져서 다시 만나지 못한 이야기, 미궁에 빠진 살인사건들과 지도에서 사라진 장소들에 대한 이야기를 생각한다. 이때는 전쟁 직후인 1947년이었다. 폴란드의 레지스탕스를 기억하는 사람이 있을까? 베로니카가 자유의 전사의 마지막 일원이었을까?

"과학수사대에서 소식이 있었나?" 도나가 화제를 현재로 돌리면서 안도의 한숨을 내쉬는 듯하다.

"그는 머리에 총을 맞았습니다." 닐이 말한다. "한 발로 명중했으니 전문가 소행일 수 있습니다. 무기는 발견되지 않았습니다만 상처를 보면 반자동 권총 같습니다. 강제로 침입한 흔적은 없습니다."

"그럼 텍스가 범인과 아는 사이였겠군." 도나가 말한다.

"그랬거나 무슨 사연이 있을 수도 있죠." 하빈더가 말한다. "그 동네 집들의 보안이 상당히 철저합니다."

"CCTV는?" 도나가 묻는다.

"카메라가 많습니다." 하빈더가 말한다. "하지만 텍스의 현관에 있는 카메라를 포함해서 대부분 작동하지 않는 것 같습니다. 계속 알아보는 중입니다. 이웃의 카메라에 뭔가 잡혔을지도 모릅니다. 그들은 지금 여행 중이에요."

"텍스는 소파에 앉아 있다가 총에 맞았습니다." 닐이 말한다. "그리고 총알이 쿠션에 박혔어요. 그가 앉아 있었다는 것은 위협을 느끼지 않았다는 뜻입니다."

"아니면 범인이 앉으라고 명령했거나." 도나가 말한다. "듣자하니 거의 처벌 살해 같군."

하빈더도 그런 생각을 했지만 자신이 여학생 암살자 이야기에 너무 사로잡힌 것이 아닌가 싶다.

"전화기가 그의 옆에 있었습니다." 그녀가 말한다. "그가 막 전화를 했거나 문자를 보냈다는 뜻일 수 있습니다."

"아니면 판다팝 게임을 했거나." 닐이 말한다. "통신사에 연락했지만 전화기가 아이폰이고 애플은 대체로 비밀번호를 넘겨주는 것을 거부합니다."

"부인이 알 수도 있지." 도나가 말한다. "보통 아이 생일 같은 걸로 정하잖아. 내일은 뭐하나?"

하빈더가 이름을 적은 명단을 바라본다. "덱스의 편집자와 홍보 담당자를 만날 예정입니다." 그녀가 말한다. "그의 에이전트도요."

"그들이 뭔가 유용한 말을 할 것이라고 생각하나?"

"글쎄요." 하빈더가 말한다. "하지만 이 사건의 너무 많은 부분이 책으로 귀착하는 것 같습니다. 그것이 페기와 덱스 사이의 관련성입니다. 그리고 덱스의 어머니와 페기의 우정도요."

"총을 든 남자가 가져간 책은 어떻게 된 건가?" 도나가 말한다. "그 제목이 이상한 책 말이네."

"『감사 단식』입니다. 덱스는 그 책을 읽지 않았다고 말했습니다."

"자네는 읽었나?"

"아니요." 하빈더가 말한다. "제 어머니 사고와 이런저런 사건 때문에 책을 읽을 시간이 없었어요."

"다른 작가들은?" 도나가 말한다. "책에서 페기를 언급한 작가들 말이야. 그 사람들한테 연락해봤나?"

"제 '해야 할 일' 목록에 적어놨습니다." 하빈더가 말한다.

하빈더는 책상으로 돌아와서 목록을 본다. 나탈카와 베네딕트의 말에 따르면, 감사의 말에 페기 스미스를 언급한 작가는 세 명이다. J. D. 먼로, 랜스 포스터, 엘리자 베닝턴. 알파벳 순서로 먼저 베닝턴의 출판사에 연락하니 그 이름이 필명이라고 한다. 그 작가는 세이지 맥개넌이라는 남성이고 현재 프랑스 남부에서 작품을 위해 칩거 중이다. 작가가 될 수만 있다면 참 좋은 직업이네. 하빈더가 생각한다. 그녀는 다음으로 랜스 포스터에게 연락하지만 그의 출판사인 캐서웨리는 더 이상 존재하지 않는 듯하다. J. D. 먼로의 경우는 운이 좋았다. 그녀의 웹사이트에 이메일 주소가 있었기 때문이다. 하빈더가 전화번호를 적은 메시지를 보내고 10분이 지나자 전화가 온다.

"카우어 경사님? 저는 줄리 먼로예요." 하빈더의 예상보다 젊고 숨소리가 많이 섞인 목소리이다.

"아, 안녕하세요. 전화해주셔서 감사합니다. 저는 덱스 챌로너의 사망을 수사하고 있는 형사입니다."

"세상에." 줄리 먼로가 말한다. "정말 끔찍한 일이에요. 믿을 수 없어요."

"덱스를 알았습니까?"

"조금요. 축제나 행사에서 그를 봤어요. 그는 항상 아주 친절하고, 아주 다정했어요. 그가…… 세상을 떠났다니 도저히 믿어지지 않아요."

세상을 떠났다는 말은 죽음의 다른 표현이다.

"먼로 씨." 하빈더가 말한다. "당신도 페기 스미스를 알았나 봅니다."

"페기요?" 이제 정말로 놀란 기색이 역력하다. "네. 그녀를 알았어요. 왜 물어보세요?"

"당신이 책에서 그녀에게 감사를 표했더군요. PS: PS에게라고."

"맞아요. 나한테 조언을 주셨어요. 그 문구는 우리 사이의 농담이었어요."

"페기가 최근에 사망했다는 것을 알았나요?"

"네. 페기의 장례식에 갔어요. 오래 못 있고 바로 돌아와야 했지만요."

"음, 우리는 페기의 물건에서 편지를 발견했습니다. 정확히 말하면 엽서입니다. 거기에 '우리가 당신을 찾아간다'라고 적혀 있었습니다. 당신도 비슷한 것을 받았는지 궁금해서요."

긴 침묵이 흐른 후 J. D. 먼로가 말한다. "받은 것 같아요."

"받은 것 '같다'고요?"

"어, 저기, 나는 온갖 우편물을 받거든요. 리뷰할 책들, 신간 전단들. 그렇게 적힌 엽서가 있었지 싶어요."

"그 엽서를 찾을 수 있겠습니까? 내일 집으로 경찰관을 보내겠습니다."

"문제는요." 줄리가 말한다. "내가 문학 축제 참석차 내일 애버딘에 가거든요."

하빈더는 문학 축제가 무엇을 하는 것인지 전혀 모르지만 직접 물어볼 생각은 없다. 그녀는 엽서를 수거할 현지 경찰관을 집으로 보내겠다고 말하고 빨간 버튼을 눌러 통화를 끝낸다. 그녀는 좌절감을 느낀다. 한 남자가 총에 맞아 죽었는데 단서라고는 빈약하고 실체가 없는 것들뿐이다. 말 그대로 종이처럼 얄팍하다. 그리고 곧 그녀는 집에 가서 저녁밥을 짓고 청소를 한 후 잠자리에 들 준비를 하는 엄마를 도와야 한다. 나탈카가 도움을 줄 간병인을 구하라고 하면서 뭐라고 했더라? 그녀는 N 항목이 나올 때까지 전화기의 연락처를 손가락으로 올린다. 나탈카가 직접 전화번호를 입력했다. 당황스러울 정도로 관능적인 셀카 사진까지 뜬다.

"여보세요?" 그 억양이 다시 들린다.

"카우어 경사입니다. 하빈더예요. 간병인에 대해서 물어보려고 전화했습니다. 엄마 때문에요. 당신이 전에 부업으로 일할 사람을 알고 있다고 해서요."

"네." 나탈카가 말한다. "마리아요. 아주 유능해요. 대신 케어 포유에는 아무 말도 하지 말아요. 퍼트리샤는 우리가 따로 일하는 것을 싫어해요. 하지만 그렇게 하지 않으면 입에 풀칠하기도 어려워요."

입에 풀칠한다라니. 나탈카는 영어를 정말로 잘한다. 하빈더는 그녀가 언제 우크라이나를 떠났는지 궁금하다. 정확히 언제 러시아와 전쟁이 끝났지? 또 다른 절망적이고 음울한 분쟁.

"고맙습니다." 하빈더가 말한다.

"수사는 어떻게 돼가고 있어요?" 나탈카가 묻는다. "누가 덱스를 죽였는지 알아냈나요?"

"말씀드릴 수 없습니다." 하빈더가 말한다. "아주 초기 단계입니다."

하빈더는 나탈카가 이의를 제기하리라고 예상하지만 대신에 그녀는 잠시 침묵한 후 입을 연다. "내가 우리 집 앞에 있던 두 남자에 대해 전에 이야기했잖아요?"

"네."

"음, 그들이 내가 사는 집을 지켜보면서 나를 기다리고 있는 것 같다는 말은 하지 않았는데요. 어젯밤에 그들이 다시 왔어요. 흰색 포드 피에스타요. 내가 자동차 번호판을 봤어요." 하빈더는 때로 그녀가 미국식 어휘를 사용한다고 생각한다. 지금처럼 자동차 번호판이라는 뜻으로 넘버 플레이트 대신에 라이선스 플레이트라고 말할 때.

"내가 확인해보겠습니다." 하빈더가 말한다. "왜 이 남자들이 당신을 감시하고 있는지 압니까?"

놀랍게도, 나탈카는 이렇게 말한다. "네. 직접 얼굴을 보고 말하고 싶어요. 내일 밤 어때요?"

하빈더는 자기도 모르게 부모님 집 근처의 술집에서 만나자는 제안을 받아들이고 있다.

14장

나탈카: 차와 비스킷

나탈카는 주차장에서 기다리고 있다. 그녀는 잠복하고 있는 기분이 든다. 마치 인질을 교환하려고 기다리고 있거나 은박지에 싼 사악한 꾸러미를 넘기려고 대기하고 있는 것 같다. 포드 피에스타에 탄 미지의 남자들에 대해 생각하고 있어서일 것이다. 하지만 동시에 우크라이나에서의 비밀스러운 만남, 암호와 일회용 휴대폰, 흥분인지 두려움인지 모를 감정에 대한 기억을 불러일으킨다. 그러나 이제 그녀는 그 모든 기억을 과거사로 묻었다. 오늘 밤 그녀는 카우어 경사에게 모두 다 이야기할 것이다. 혹은 거의 모두. 하지만 당장은 해리엇 하팅턴의 취침 준비를 도와야 한다. 해리엇이 몸을 못 가누고 누워 있어야만 하는 신세라서 이 일을 하려면 사람을 들고 내리는 기계와 간병인 두 명이 있어야 한다. 그래서 나탈카는 동료를 기다리면서 케어포유에서 누구를 보낼지 궁금해하고 있다. 그녀는 마리아의 차가 다가와 서는 것을 보면서 안심한다. 마리아는 유능하고 믿을 만하다. 그녀는 그다지 상냥하지 않지만, 일부 간병인들은 지나치게 상냥해서 자기 아이들과 애완동물들과 의지할 수 없는 남편들에 대해서 수다를 떨어댄다. 마리아는 수다쟁이가 아니다. 나탈카는 마리아가 아이들이 있는 유부녀라는 것을 알지만 그녀는 직접 질문을 받지 않는 한 아이들에 대해서 이야기하지 않는다. 그녀는 전문가이다. 나탈카는 그녀가 하빈더의 어머니에게 안성맞춤이라고 생각한다.

그녀는 해리엇의 집 계단을 올라가면서 잠재적인 일거리에 대해 마리아에게 말한다. 하팅턴 가족은 시뷰 코트가 들어서기 전까지만 해도 바다가 훤히 내다보이던 하버 맨션에 산다. 이제 하버 맨션은 다른 건물의 뒷면을 마주 보고 있다. 이곳은 제대로 걷지 못하는 노부부에게 적당하지 않은 장소이지만 해리엇도 그녀의 남편인 더글러스도 그것에 대해 불평하지 않는다. 사실 그들은 어떤 불평도 하지 않는다. 더글러스는 항상 차와 킷캣으로 그들을 대접한다. 그는 아내를 혼자서 들지 못하는 작고 허약한 남자이다. 그는 이 때문에 속을 태우고 나탈카와 마리아처럼 자신보다 어린 여자들이 그런 힘든 일을 해야 하는 것에 조바심친다. 한편 마리아는 더글러스의 혈당 수치를 걱정한다. 그가 찰스 왕세자와 다이애나 왕세자비의 결혼식 모습이 담긴 양철통에서 초콜릿 바를 끊임없이 꺼내 먹나 보다. 나탈카는 킷캣만 먹는다.

"잘 지내셨어요, 해리엇?" 나탈카가 이제는 병원 침대가 자리를 다 차지하고 있는 거실로 들어가면서 말한다. 모든 고객의 방이 그렇듯이 이 방에서도 방향제, 소변, 반조리 식품의 냄새가 난다.

"별일 없어." 해리엇이 말한다. 그리고 그녀의 경우에는 이 말이 진심이다. "오늘 뭐 했는지 말해줘." 해리엇은 5년 동안 집에서 한 걸음도 나가지 못해서 항상 그들의 소식을 몹시 듣고 싶어 한다. 나탈카는 여학생 암살자와 책에 감춰진 알 수 없는 단서가 관련된 진짜 살인사건이나 덱스 챌로너에 대해서 이야기할 수 있으면 얼마나 좋을까 싶다. 하지만 그녀는 너무 과한 흥분이 이 노부인을 죽일지 모른다고 생각한다.

"어젯밤에 몇몇 친구들이랑 술 마시러 갔어요." 그녀가 이야기를 꺼내놓는다.

"베네딕트랑?" 해리엇이 말한다. 어쩌다 보니 나탈카가 전에 베네딕트를 언급한 적이 있는데 이제 해리엇과 더글러스는 온통 그에게 사로잡혀 있다. "나탈카처럼 예쁜 아가씨한테는 남자 친구가 있어야지"가 늘 해리엇이 하는 말이다.

"그 사람도 있었어요." 나탈카가 말한다. "그리고 다른 친구들도요. 치체스터에서요."

"우리도 전에 치체스터에 갔어." 해리엇이 말한다. "피시앤칩스를 먹었지."

나탈카와 마리아는 기계를 이용해서 해리엇을 들어 올려 목욕을 시킨다. 이어서 두 사람은 환자용 변기를 밀어 넣고(더글러스는 이때가 되면 방에서 나간다), 시트를 바꾸고, 해리엇을 내려서 편한 자세로 눕힌다. 그들에게 주어진 한 시간은 그리 충분하지 않지만, 이는 지방 정부가 정한 시간이다. 그 후에 그들은 몇 분 동안 머물며 대화를 한다. 퍼트리샤는 이를 엄격하게 금지하지만 이야말로 더글러스가 하루 중 가장 좋아하는 시간이다. 그는 초콜릿을 더 가져오고 다 함께 해리엇의 침대에 둘러앉아 〈코로네이션 스트리트〉에 대해 이야기한다. 나탈카도 마리아도 그 드라마를 보지 않지만. 나탈카는 텔레비전이 없고 매번 주인집 가족이 같이 텔레비전을 보자고 권해도 거절한다. 마리아는 아이가 셋이고 그렇게 하찮은 것에 허비할 시간이 없다.

"미셸의 가슴이 찢어지게 생겼네요." 해리엇이 최근의 웨더필드 스캔들을 이야기하자 나탈카가 말한다. 그녀는 한 번도 그 드라마를 본 적이 없지만 이제는 등장인물들을 다 안다.

"아니야. 그녀는 강해." 해리엇이 마즈 초콜릿을 절반 베어 물면서 말한다. 이제 가야 할 시간이다. 그들은 일지를 적는다. "목욕, 용변, 침대 정리. 약 복용. 다 됐어요." 그리고 계단을 내려간다. 그들은 문 앞에서 잠시 멈춰 전화기를 확인한다. 둘 다 저녁에 해야 할 저녁 방문 작업이 몇 건 더 있다.

"하빈더에게 전화할 거야?" 나탈카가 묻는다.

"응." 마리아가 답한다. "돈이 필요해요." 모든 간병인들은 돈을 벌려고 고투한다. 그들은 최저 임금을 받고 아무리 시간 외 근무를 해도 다섯 식구를 먹여 살리기에 부족하나.

"하빈더는 좋은 사람이야." 나탈카가 말한다. "분명히 가족도 다 좋을 거야."

"돈이 필요할 뿐이야." 마리아가 같은 말을 다시 한다. 그녀는 몇 초 동안 전화기를 만지작거리다가 말한다. "덱스 챌로너가 죽은 거 알아?"

"응." 나탈카가 말한다. "트위터에 올라왔더라."

"내가 예전에 그의 어머니 베로니카를 돌본 것 알지?"

"그래?" 나탈카가 말한다. 그녀의 모든 감각이 바짝 경계 태세를 취한다.

"베로니카는 까다로운 분이었지만 우리는 사이좋게 지냈어. 우리는 폴란드어로 말하곤 했어. 그런데 언젠가 페기가 베로니카에 대해 이상한 소리를 했어."

"뭔데?"

"베로니카가 죽은 후였어. 내가 너무 슬프다고 하니까 페기가 베로니카의 죽음이 의심스럽다고 말했어. 그 이상은 말하지 않으려고 하더라고. 그냥 의심일 뿐이고 증거를 찾을 때까지 더 말할 수 없다고 했어. 나중에 내가 다시 물어보니까 페기가 답은 책 속에 있다고 했어."

"어떤 책?" 나탈카가 너무 다급하게 묻는 바람에 마리아가 움찔 한발 물러선다.

"오래된 책 중 하나야." 마리아가 말한다. "제목은 기억나지 않지만 껴안고 있는 두 사람이 표지에 나왔던 것 같아."

"『감사 단식』?"

"바로 그거야. 내가 보기로는 감사하고는 별로 상관없더라."

나탈카가 방문해야 할 고객이 네 명 더 있다. 그녀는 마침내 마지막 고객을 침대에 눕히고 나자 하퍼 씨네 집 밖에 차를 세우고 혹시 흰색 피에스타가 있을까 봐서 사방을 경계하면서 술집으로 걸어간다. 그곳은 진짜 술꾼들의 술집이고 당구 경기가 나오는 대형 TV가 걸려 있다. 하빈더가 벌써 와서 레드와인을 마시면서 책을 읽고 있다. 그녀는 나탈카를 보고 책을 치운다.

"술 더 마실래요?" 나탈카가 묻는다.

"이거면 됐어요, 고마워요."

나탈카는 레드와인을 큰 잔으로 사와 하빈더 옆의 약간 끈적거리는 자리에 앉는다. 지금 보니 이 경찰의 눈이 참 예쁘고, 잠을 충분히 자지 못한 듯 눈 밑이 조금 어둡다.

"어머니는 어떠세요?" 그녀가 말한다.

"아프다는 말을 절대 안 하세요." 하빈더가 말한다. "하지만 가끔 엄청난 통증을 느끼시는 것 같아요. 아무래도 평소처럼 집안일을 못 하시니 내가 할 일이 늘었습니다. 적어도 내가 그 빌어먹을 개를 산책 시킬 필요는 없어요. 아빠가 산책시키세요."

"오빠들은요? 그들이 돕나요?"

"아니요. 둘 다 이기적인 놈들입니다." 하빈더는 와인을 벌컥 들이켠다. "좀 불공평해요. 둘 다 결혼해서 가정이 있습니다. 쿠시는 아빠 가게에서 일하고 아비드는 전기 기술자라 상당히 바빠요. 둘 다 요리랑 청소 같은 집안일은 당연히 엄마나 내 몫이라고 여기는 것이 문제예요. 나는 그런 일에 능숙하지 못해요. 나는 형사 일을 잘합니다."

"방금 마리아하고 이야기했어요." 나탈카가 말한다. "마리아가 당신을 돕겠대요. 나도 집안일에 능숙하지 못해요. 내 남동생이 항상 나보다 요리를 잘했어요."

"당신한테 남동생이 있는지 몰랐습니다."

"죽었어요." 구구절절 설명하는 것보다 그냥 그렇게 말하는 것이 편하다.

"미안합니다."

"괜찮아요. 이미 지나간 일이에요."

"영어를 아주 잘하네요." 하빈더가 말한다. "학교에서 배웠습니까?"

"네." 나탈카가 말한다. "우리 모두 영어를 배워야 했어요. 하지만 사실 여기에서 대학교에 다녔어요. 본머스에서요."

"본머스." 하빈더가 말한다. "전에 그곳에 가봤습니다. 모래사장이 멋지죠."

"아름다운 곳이에요." 나탈카가 말한다. "나는 그곳에서 3년 동안 즐거웠어요. 나는 학교 친구들도 좋아했어요. 너무 좋아해서 그중 한 명과 결혼할 정도였어요." 그녀가 하빈더의 충격받은 얼굴을 보고 소리 내어 웃는다.

"결혼했어요?" 하빈더가 갑자기 형사 특유의 낮은 목소리에서 벗어난 소리를 낸다. 그녀의 목소리가 오랫동안 연락이 끊긴 나타샤의 친구, 다샤와 아나스타샤처럼 거의 십 대 소녀 같다.

"그냥 영국 여권을 받으려고 한 결혼이었어요." 나탈카가 말한다. "결혼한 적 있어요?"

하빈더가 다시 소리 내어 웃는다. "아니요. 나는 동성애자입니다."

"그래도 결혼할 수 있지 않아요? 어쨌든 영국에서는요."

"먼저 결혼할 사람을 찾아야 한다는 작은 문제가 있으니까요." 하빈더가 말한다.

"하지만 데이트 주선 회사가 있잖아요, 안 그래요? 온라인 카페. 앱."

나탈카는 당장 전화기를 누르고 싶어서 손가락이 근질근질하다. 그녀는 항상 중매하는 것을 좋아했다.

"내 걱정은 하지 않아도 됩니다." 하빈더가 말한다. "나에게 할 말이 있는 줄 알았는데요."

"맞아요." 나탈카가 말한다. "하지만 그 이야기를 하려면 한 잔 더 마셔야겠어요. 그리고 전에 할 말이 있어요. 마리아가 아까 이상한 소리를 했어요. 페기가 베로니카의 죽음이 의심스럽다고 생각했대요. 있잖아요, 덱스의 어머니요. 그 이상은 말하지 않으려고 했지만 답은 책 속에 있다고 말했대요. 총을 든 남자가 가지고 간 그 책이요."

"『감사 단식』이요?"

"바로 그 책이에요. 그 책을 읽은 사람을 알아요?"

"아니요." 하빈더가 말한다. "베네딕트는 그 책이 절판됐다고 했습니다."

"범죄 소설 읽는 거 좋아해요?"

"가끔요. 그래도 공포물이 더 내 취향입니다." 그녀는 피투성이의 커다란 이빨을 드러낸 쥐가 표지에 나온 문고본을 가리킨다. "특히 스트레스를 받을 때는요."

"베니가 그 책을 찾아보겠다고 했어요." 나탈카가 말한다. "그는 항상 책을 읽어요. 그가 수사였기 때문이에요. 읽고 기도하는 것 외에는 할 일이 없거든요."

"베네딕트가 수사였습니까?"

"네. 몰랐어요? 그는 몇 년 전에 수사를 그만두고 쇼어햄으로 와서 오두막 카페를 샀어요. 가족이 상당히 부자인가 봐요."

"그가 수도원에 있었다니 상상이 되지 않는군요." 하빈더가 말한다. "사실 그는 다른 세상에서 온 사람 같기는 합니다."

"그래도 그는 살인에 대해서 많이 알아요." 나탈카가 말한다. "늘 범죄 소설을 읽고 오래된 TV 드라마를 본 덕분이죠." 그녀는 단숨에 와인 잔을 비운다. "한 잔 더?" 그녀가 묻는다.

"그만 마셔야 하는데." 하빈더가 잠시 갈등하다가 입을 연다. "아, 좋아요. 레드와인 작은 잔으로요. 고맙습니다."

나탈카는 큰 잔으로 두 잔을 산다. 그녀가 탁자로 돌아오자 하빈더는 기대에 찬 표정으로 그녀를 바라본다. "자, 나에게 하고 싶은 말이 뭡니까? 당신을 감시하고 있는 남자들에 대한 이야기입니까? 차에 탄 남자들이요?"

"번호판을 추적했나요?"

"우리 정보 팀에 맡겼습니다."

나탈카는 하빈더가 그녀를 지켜보면서 기다리고 있는 것을 안다. 그녀는 하빈더가 속이기 힘든 사람이라는 것을 감지한다. 카우어 경사가 부모와 함께 산다고는 하지만 그녀에게는 나탈카가 존경하는 특유의 강단이 있다. 결국 그녀는 하루 종일 살인사건을 수사하고 나서 살인 쥐에 대한 책을 읽으면서 쉬는 사람이다.

"예전에 우크라이나에서요." 마침내 나탈카가 입을 연다. "영국에 오기 전에 키예프에 있는 대학교에서 수학을 공부했어요. 나는 알고리즘과 코딩을 잘했고, 돈이 부족했어요. 그래서 어떤 일에 엮였는데……"

그녀가 어느 정도나 말해야 할지 알 수 없어서 말을 멈춘다. 결국 하빈더가 그녀를 재촉한다. "어떤 일에 엮였습니까?"

"가상 화폐요." 나탈카가 답한다. "비트코인 같은 거요. 나는 친구 두 명이랑 그 일을 시작했어요. 불법이 아니었고 처음에 돈을 많이 벌었어요. 그러다가 전쟁이 터졌고 나는 그곳에서 벗어나고 싶었어요. 그래서 돈을 챙겨서 영국으로 탈출했어요."

"돈을 챙겨요?"

"그냥 조금이요." 나탈카가 말한다. "대략 10퍼센트 정도. 영국 대학교에 다니는 데 필요한 만큼. 나는 인증 코드와, 저기, API 토큰을 가지고 있었어요." 그녀는 하빈더가 이해하지 못한다는 것을 단박에 알아차린다. "사실상 해킹이에요. 당신은 그 일로 나를 체포할 수 있을 거예요."

"그럴 수야 있겠지만 내 상사는 다른 나라의 가상 화폐 사기에 휘말리기 싫어할 것입니다. 그 두 친구에 대해서 말해봐요. 당신을 감시하고 있는 사람들이 그들이라고 생각하나요?"

"아니요." 나탈카가 말한다. "다른 관계자들이 있어요. 나쁜 사람들이에요. 마피아처럼. 전쟁이 일어나면 그렇게 돼요. 전쟁은 나쁜 사람들이 더 많은 돈을 벌게 해요. 음, 그들 중 일부는 우리 가상 화폐에 관련돼 있었어요. 내 생각에 그들이 나를 쫓아서 영국에 온 것 같아요."

하빈더는 약간 어리둥절해 보이지만 적어도 의심하는 기색은 아니다. "왜 그들이 그렇게 오래 기다렸을까요?" 그녀가 말한다. "당신은 영국에서 오래 살았습니다. 대학교에 다녔습니다. 결혼 했습니다." 그녀는 믿기 힘들다는 투로 말한다.

"모르겠어요." 나탈카가 말한다. "하지만 페기는 그녀의 집 밖에서 기다리고 있는 두 남자를 봤다고 말했어요. 그러고 나서 나는 내 셋방 밖에 있는 그들을 봤어요. 우연일 리 없어요."

"그들이 페기의 죽음과 관련돼 있다고 생각합니까? 덱스의 죽음과도?"

"몰라요. 하지만 덱스가 살해된 방식이…… 당신이 그가 머리에 총을 맞았다고 말했잖아요. 전문가의 짓처럼 들렸어요. 딱 그들의 소행 같아요."

"이름을 압니까?"

"아니요." 나탈카가 말한다. "이런 사람들의 이름은 알 수가 없어요."

사실이다. 그들의 회사에 투자한 사람들은 가명을 사용했다. 농담 같은 이름들. 그렇지만 우스꽝스러우면서도 불길한 이름들. 그리고 나탈카가 그들의 진짜 이름을 알았더라도 카우어 경사에게 말했을까? 그녀는 호의적으로 보이지만 아무래도 난처

한 질문을 쏟아내는 상사가 있는 것 같다. 그리고 질문이라고 하니까 하는 말인데, 그녀야말로 몇 가지 질문을 해야 한다.

"누가 덱스를 죽였다고 생각해요?" 그녀가 묻는다. "단서를 좀 찾았나요?"

"알다시피 그런 이야기는 할 수 없습니다."

"폐기 문제로 당신을 찾아간 사람이 나였어요. 이 사건을 당신에게 알린 사람이 바로 나였다고요."

하빈더가 소리 내어 웃는다. "내가 당신에게 고마워해야 한다는 말처럼 들리는군요." 그녀가 잠시 말을 멈추고 반쯤 감긴 눈으로 와인을 바라본다. "한 가지는 당신에게 말해도 되겠군요. 줄리 먼로, J. D. 먼로에게 전화를 받았습니다. 그녀는 감사의 말에서 폐기를 언급한 작가들 중 하나입니다."

"기억나요." 나탈카가 말한다. "PS: PS에게.'"

"맞아요. 음, 어제 줄리가 서명이 없는 엽서를 받았습니다. 그 엽서에는 '우리가 당신을 찾아간다'라고 적혀 있습니다."

"세상에." 나탈카가 말한다. "그녀가 다음 희생자예요."

"그렇지 않기를 바랍니다." 하빈더가 말한다. "어쨌든 나는 그녀와 이야기를 해봐야 합니다. 유일한 문제는 그녀가 내일 애버딘에서 열리는 문학 축제에 간다는 것입니다."

"그녀를 조사하러 애버딘에 갈 건가요?" 나탈카가 묻는다.

"가고 싶습니다." 하빈더가 말한다. "작년에 스코틀랜드에 갔는데 아름답더군요. 그런데 여기에서 해야 할 일이 많아요."

"애버딘은 멀리 떨어져 있어요." 나탈카가 말한다.

그녀는 흰색 포드 피에스타가 쫓아오기에는 너무 먼 곳이 아닌지 궁금해진다.

15장
베네딕트: 양초 두 자루

"우리는 애버딘에 못 가요." 베네딕트가 말한다.

"왜요?" 나탈카가 말한다.

"그저 용의자들과 면담하자고 전국을 질주할 수는 없어요. 게다가 수백 킬로미터나 되는 거리예요."

"내 생각에는 재미있을 것 같네." 에드윈이 말한다.

베네딕트와 나탈카는 서로 눈짓을 한다. 두 사람은 에드윈도 가고 싶어 하리라고는 예상하지 못했다. 에드윈이 지금 두 사람과 함께 있는 것은 순전히 그가 폐기를 위해 초를 밝히려고 미사에 가겠다고 아침에 갑자기 결정했기 때문이다. 베네딕트는 시뷰 코트에서 그를 만나 함께 성당까지 걸어갔다. 그들은 나중에 밖에서 그들을 기다리고 있는 나탈카를 발견하고 놀랐다.

베네딕트는 2년 전에 쇼어햄으로 이사한 이래로 이 성당에 다녔다. 성당은 그가 가톨릭교를 좋아하는 이유 중 하나이다. 베네

169

딕트는 매주 일요일에 성당에 다녔고, 나이 든 아일랜드인 신부가 항상 미소를 지으면서 인사하지만 아무도 베네딕트를 교구 활동에 참가시키려고 노력하지 않았다. 한때 교구 목사 생활을 한 그의 친구 리처드는 영국 국교회는 '아멘'이라고 말하려면 먼저 주일 학교를 위해 꽃꽂이와 자원 봉사를 해야 한다고 말한다. 베네딕트가 미사 후 교구 회관에 커피를 마시러 간다면 사람들이 상냥하게 맞아주고 분명히 누군가 로마 가톨릭교회 바자회 표를 팔려고 하겠지만, 교구민들은 그가 혼자 있고 싶어 한다는 것을 이해하는 듯하다. 우습게도 평소 그는 혼자 있는 것을 그리 즐기지 않지만 늘 미사에는 혼자 참석하는 것이 좋았다. 그는 십 대일 때조차 또래들이 술집과 나이트클럽에 슬쩍 드나드는 것처럼, 집에서 몰래 빠져나가서 토요일 저녁 미사에 참석했다. 어머니는 몰래 미사에 가는 그의 습관을 발견하고는 정신과 의사에게 데리고 가겠다고 위협했다.

에드윈과 함께 성당에 가는 것은 아주 달랐다. 우선 에드윈은 걸어가느라고 피곤해서 성당 밖 벤치에 5분 동안 앉아 있어야 했다. 그러고 있으니 몇몇 선의를 가진 사람들이 그들에게 다가와서 괜찮은지 묻고 도와주겠다고 했다. 그러다가 그들이 마침내 성당 안에 들어갔을 때 에드윈은 말소리가 잘 들리는 앞자리에 앉고 싶어 했다. 베네딕트가 평소에 앉는 자리는 출구와 성수반* 근처인 뒷줄이다. 주요 일정이 끝나갈 때는 더 유명인이 된

---

* 성당 입구에 성수를 담아두는 그릇.

기분이 들었다. 그들 앞의 수녀 두 명이 돌아보면서 인사를 했다. 한 가족이 그들의 뒤에 앉았고 어쩌다 보니 베네딕트는 떨어진 장난감들과 아이들의 기도서들을 주워서 돌려주고 있었다. 종이 울릴 때가 되자 그는 그 가족 전체와 웃음을 주고받는 사이가 됐다. 에드윈과 루크레치아 수녀는 아주 사이좋게 이야기를 주고받고 있었다.

미사가 끝나자 그들은 폐기를 위해 양초 두 자루에 불을 붙였다. 베네딕트는 1파운드짜리 동전을 '헌금'이라고 적힌 구멍에 넣고 기도를 하려고 했다. "주님, 그녀에게 영원한 안식을 주소서. 그녀에게 영원한 빛을 비추소서……." 하지만 폐기가 그와 기도문 사이에 계속 끼어들었다. 그녀의 꺾이지 않는 쾌활함, 뜨거운 우유를 옆에 둔 더블 에스프레소, 분홍색 베레모, 이탈리아식으로 첫 음절을 강조해서 그의 이름을 말하는 방식. 그녀가 지금 그들을 보고 있다면 무슨 말을 할까? '종교는 인민의 아편이다', 아마도. 하지만 그녀는 그들이 그녀에 대해 생각하고 있다는 것에 기뻐할 것이다. 그의 옆에서 에드윈이 눈을 감고 입술을 달싹거리고 있다.

베네딕트는 덱스를 위해서도 기도했다. 그는 "잘 가게, 벤. 나중에 또 보자고"라고 말하던 자신만만하고 굵직한 저음을 기억한다. **그날과 그때는 아무도 모르나니 하늘의 천사들도, 아들도 모르니라.**

어떤 면에서는 덱스가 몰라서 다행이었다. 덱스가 술집에서 유쾌한 저녁을 보낸 후 평화로운 밤과 또 다른 아침을 맞을 예상을 하며 집에 돌아가서 다행이었다. 그러나 만약 덱스가 알았더라면 자기를 보호할 수 있었을 것이다. 성경에도 "깨어 있어라"와 "준비해라"라고 나와 있지 않은가?

"갈까?" 에드윈이 말했다.

현관에서 브렌던 신부가 친목을 도모하려고 그들에게 다가왔다.

"이분이 아버님이신가요?" 그가 에드윈과 악수하면서 말했다.

"아니요. 그냥 친구예요." 베네딕트가 말했다.

"그렇군요. 우정은 매우 소중하지요."

베네딕트는 바로 이 순간에 담에 앉아 맹렬히 전자 담배를 피우고 있는 나탈카를 발견했다. 그녀는 담배를 끊으려고 노력하는 중이다.

그들은 함께 걸어서 돌아오는 길에 바다를 보기 위해서, 그리고 에드윈이 숨을 고를 시간을 주기 위해서 잠시 멈췄다. 아름다운 아침이었고 산책로가 북적였다. 유모차를 미는 가족들, 롤러스케이트를 타는 아이들, 쌀쌀한 가을 날씨에 대비해 옷을 단단히 챙겨 입은 노부부들, 다양한 주인들과 나온 다양한 개들. 베네딕트는 개를 한 마리 키우고 싶지만 그의 셋방은 애완동물이 금지돼 있다. 에드윈은 다정하면서도 약간 슬픈 미소를 지으며 그 광경을 지켜봤다. 바로 이때 나탈카가 애버딘 여행을 제안했다.

"일은 어떻게 하고요?" 베네딕트가 말한다.

"나는 영 시간 계약을 했어요." 나탈카가 말한다. "휴가를 내면 돼요."

"나는요?"

"카페를 닫으면 되잖아요."

"나는 절대 카페를 닫지 않아요."

"오늘은 닫았잖아요, 안 그래요?"

베네딕트는 이 말에 할 말이 없다. 그는 자신이 일요일이 안식일이라고 믿는 거의 유일한 사람이라는 것을 안다.

"꽤 먼 거리를 운전해야 한다네." 에드윈이 말한다. "하지만 노섬벌랜드에서 하룻밤 쉬어 가면 되겠지. 나는 국경 지역을 아주 좋아해."

"상관없어요." 나탈카가 말한다. "나는 운전을 좋아해요."

"당신이 줄리 먼로를 만나러 갈 작정이라고 하빈더에게 말했어요?" 베네딕트가 묻는다. 그는 에드윈이 이것을 너무 빠르게 장거리 자동차 여행으로 바꾸어놓아서 걱정스럽다.

"이미 한 이야기잖아요." 나탈카가 얼버무리며 넘긴다. "그녀는 직접 가고 싶지만 덱스 챌로너 사건 때문에 너무 바쁘대요."

"마리아가 덱스의 어머니에 대해 한 이야기를 하빈더에게 말했어요?"

"말했어요." 나탈카가 말한다. "그녀는 그것이 중요한 단서라고 생각했어요. 우리는 당신이 그 책을 읽고 그 중대성이 무엇인지 알아내야 한다는 데 동의했어요."

"아주 고맙네요." 베네딕트가 말한다. 그는 두 여자가 책을 좋아하는 전 수사인 베네딕트를 비웃는 모습을 상상한다. 잠시 그는 앞뒤 재지 않고, 용기 있는 무모한 행동으로 두 사람을 감동시

173

키고 싶다는 열망이 치솟아서 놀란다. 문제는 그가 그런 행동이 무엇인지 상상조차 못 한다는 것이다……

"자네는 규칙적으로 휴식을 취해야 하네, 나탈카." 에드윈은 여전히 자동차 여행에 대해 생각하고 있다. "우리는 자주 휴게소에 멈춰야 해. 요즘에는 휴게소에서도 상당히 좋은 커피를 판다네."

"내가 번갈아가면서 운전할게요." 베네딕트는 수년 동안 운전을 하지 않았으면서도 이렇게 말한다. 어쨌든 이는 피할 수 없는 것을 받아들이는 그 나름의 방식이다.

베네딕트는 다 같이 점심을 먹고 싶지만, 바다 공기 덕에 기운이 난 에드윈이 애버딘에 가는 경로를 검색하겠다고 시뷰 코트로 돌아간다(그는 '대단하신 인터넷'이라고 비꼬아 말하지만 인터넷을 즐기는 노인으로서 가진 기술을 자랑스러워한다). 나탈카는 번화가까지 베네딕트와 같이 가지만 불특정한 '친구들'을 만나기로 했다면서 축 처져서 걸어간다. 베네딕트는 한 카페에 가서 버섯 리소토를 전념해서 먹으려고 노력한다. 한 입을 씹는데 20초씩 걸리는데도 다 먹고 나니 1시 30분밖에 안 됐다. 그는 천천히 걸어서 셋방으로 돌아가면서 도중에 있는 가게들을 들여다본다. 오두막 카페와 달리 대부분의 가게가 여전히 열려 있다. 그는 책을 찾기 위해 많은 중고품 가게 중 한 곳으로 어슬렁어슬렁 들어간다. 그는 책들이 표지의 색깔별로 배치돼 있는 것을 보고 짜증이 난다. 책은 단지 앞표지의 여성이 붉은 드레스를 입고 있다는 이유 때문이 아니라 크기나 작가나 장르에 따라 정리돼야 한다. 이윽고 그는 더 자세히 훑어본다. 한 빨간 책의 등에 검은 글자가 있고 '천국Heaven'이라는 단어가 보인다(그는 자신이 우주의 언어를 감지하는 특별한 안테나를 가지고 있다고 생각한다). 그 책은 실라 앳킨스가 쓴 『감사 단식Thank Heaven Fasting』이다.

그는 방으로 돌아와서 커피를 만들고 창가 책상 앞에 앉아 공책을 편다. 그는 이 책을 폐기처럼 체계적인 방식으로 읽으려 한다. 그래도 아버지가 "성인 남자가 일요일에 책이나 읽고 있는 것은 말이 안 되지"라고 말하는 모습이 눈에 선하다. 항상 베네딕트의 아버지는 시험에 합격하기 위한 수단이 아니라 독서 자체를 위해 독서하는 것을 인정하지 않았다. 베네딕트의 형인 휴고는 시험에서 좋은 점수를 받았지만(베네딕트보다 우월했다) 나중에는 절대로 사람들 앞에서 책을 펼치지 않았다. 지금 휴고 형은 무엇을 하고 있을까? 아마 온갖 음식을 곁들인 로스트비프를 먹으러 집에 가기 전에 삼십 대의 군살을 제거하기 위해 럭비를 하고 있을 것이다. "셀리아는 항상 일요일 점심을 제대로 차린단다." 예전에 베네딕트의 어머니가 만족스럽게 말했고, 베네딕트는 그의 형수가 네 달 전에 아들을 낳았다는 사실이 요리를 잘하는 가사의 여왕이라는 지위에 영향을 미치지 않으리라고 예상한다.

『감사 단식』은 이상한 책이다. 이 책은 프랑스 남부에서 휠체어 신세를 지는 귀족을 시중드는 에이드리엔이라는 여성에 대한 이야기이다. 여러 장면에서 리비에라를 상당히 멋지게 묘사하고 있어서 베네딕트는 한 번도 간 적 없는 휴가가 그리워질 지경이다. 레이디 피츠로이(그녀의 이름은 끝까지 나오지 않는다)라는 그 귀족은 방탕한 조카 자일스와 에이드리엔을 결혼시키려고 작정한 듯하다. 에이드리엔은 그 뜻을 따라 마지못해 결혼하지만 자일스가 살해되고 그녀가 유력한 용의자로 몰린다. 베네딕트는 다음 페이지들을 속독하다가 이야기의 반전을 발견한다. 처음부터 레이디 피츠로이와 에이드리엔의 계획이었다. 에이드리엔이 자일스의 돈을 상속받고 레이디 피츠로이가 혐오스러운 친척에게서 벗어날(그녀가 자일스를 왜 그렇게 미워하는지 분명히 설명하지 않는다) 의도로 꾸민 일이었다. 알고 보니 살인자는 레이디 피츠로이였고, 사실 그녀는 완벽하게 걸을 수 있다는 점(에이드리엔만 알고 있는 사실)을 이용했다. 이 책은 에이드리엔이 미국으로 이민을 가고 레이디 피츠로이가 해변으로 걸어가면서 끝난다. 레이디 피츠로이가 수영을 하러 가는지 물에 빠져 죽으려고 가는지는 알 수 없다.

그가 책을 다 읽고 나니 날이 이미 저물어 있고 등대의 빛줄기가 항구를 천천히 스치며 지나간다. 베네딕트는 메모한 공책을 내려다보다가 '프랑스?'라는 한 단어만 적은 것을 깨닫는다. 분명히 그 외에 뭔가 있을 텐데. 이 책이 왜 그렇게 중요해서 총까지 겨누면서 훔쳐 갔을까? 왜 베로니카에 대한 폐기의 단서가 이 책 속에 있다는 것일까? 베네딕트는 생각을 정리해서 논리적으로 접근하려고 노력한다. 한편으로 이 책은 1930년대에 독신 여성들이 부딪친 난관을 이야기한다. 베네딕트는 그래서 그 인용

구로 제목을 지었다고 짐작한다. 『뜻대로 하세요』에서 남장을 한 로잘린드는 여자 양치기인 피비에게 실비우스의 사랑을 감사하게 여기라고 말한다. "무릎을 꿇고 단식이나 하면서 착한 남자의 사랑을 하느님께 감사해." 자일스는 착한 남자가 아니지만 사람들은 당연히 에이드리엔이 그와 결혼하는 기회를 영원히 감사해야 한다고 여긴다. 결혼을 하고 이내 과부가 되자 에이드리엔은 그토록 열망하던 신분이 된다. 레이디 피츠로이는 부유한 과부이지만 혼자 사는 노인인 그녀의 신세 역시 사면초가이다. 베네딕트는 이것이 휠체어로 상징된다고 본다. 두 여자는 한 남자를 살해해서 자유를 얻는다. 다른 한편으로 이 책은 신뢰할 수 없는 대단히 현대적인 화자가 등장하는 살인사건 추리물이다. 그렇지만 실라 앳킨스는 화자가 독자에게 사건의 전말을 숨기는 전개를 비롯해서 여러 면에서 범죄 소설 작법의 규칙을 깬다. 누가 범인인지 추리하는 측면에서 보면 이 책은 실패작이다. 이 책은 심리 스릴러로서 더 흥미롭다.

베네딕트는 이 책이 정말로 특이하다고 생각한다. 1938년에 출간됐다는 것을 감안하면 아주 비범하다. 메시지가 무엇일까? 페기가 레이디 피츠로이일까? 덱스가 자일스일까? 그렇다면 누가 에이드리엔일까? 그는 노트북을 열고 실라 앳킨스를 검색한다. 실라 메이 앳킨스, 1912년 4월 7일 출생, 2012년 10월 10일 사망. 맙소사, 그녀는 백 살에 죽었다. 위키피디아에 나온 개인 이력은 아주 짧다. 서리 길퍼드 출신, 범죄 소설 열 권 집필. 제목은 다음과 같다.

『단검을 달라』 1935

『어린 시절의 눈』 1936

『채색된 악마』 1937

『감사 단식』 1938

『지금 그대의 빛은 어디에 있는가?』 1950

『어둠의 왕자는 신사이다』 1952

『창백한 헤카테의 제물』 1955

『빛나는 왕좌』 1960

『상전벽해』 1970

『잠으로 둘러싸여 있다』 1972

모든 책이 이제는 절판됐지만, 몇몇 책은 베네딕트가 내용과 전혀 상관없으리라고 확신하는 야한 이미지를 담은 표지로 바뀌어 예전에 재판됐다. 『감사 단식』의 표지에는 콧수염을 기른 야회복 재킷 차림의 청년을 안고 있는 빨간 이브닝드레스 차림의 금발 여성(에이드리엔은 짙은 색 머리로 묘사돼 있다)이 나온다. 베네딕트가 기억하기로 그 책에는 그런 포옹 장면이 없었다. 자일스의 청혼은 "한쪽 뺨에 하는 냉랭한 입맞춤"으로 마무리됐다. 제목에 단서가 있을까? 첫 번째 단어나 마지막 글자에? 베네딕트는 몇 분 동안 글자를 끄적거리지만 그가 찾아낼 수 있는 조합은 '채색된 악마의 눈을 달라' 정도이다. 페기는 십자말풀이, 철자 바꾸기, 단어 퍼즐을 좋아하는 사람이었다. 그녀라면 몇 분 만에 이 수수께끼를 풀었을 것이다. 물론 그녀가 이곳에 있었다면 단숨에 정답을 그에게 알려줬을 것이다. "아, 페기." 그가 소리 내어 말한다. "당신은 왜 그렇게 똑똑했어요?"

실라는 젊은 나이에 집필을 시작했고 단 스물세 살 때 첫 번째 책을 출간했다. 그러고 나서 1년에 한 권씩 몇 권이 연달아 나오다가 전쟁이 일어난 몇 년 동안 공백이 이어진다. 이후 1950년대에 세 권, 1960년대에 한 권, 1970년대에 두 권이 나왔다. 그것 말고는 없었다. 실라 앳킨스는 그 후로 30여 년을 더 살았지만 다른 책을 쓰거나 출간하지 않았다. 마지막 두 권의 제목에 무슨 의미가 있을까? 두 제목이 어떤 변화를 의미할까? 둘 다 셰익스피어의 마지막 희곡인 『템페스트』에서 따온 제목이고, 둘 중 마지막 제목은 프로스페로의 맺음말에서 따온 것이다. 그 장면은 흔히 셰익스피어가 관객에게 전하는 작별 인사이자 절필 선언으로 해석된다.

이제 여흥은 끝났어. 아까도 말했지만,
우리가 본 배우들은 모두 정령인데
이젠 공기 속으로, 흔적도 없이 사라져버렸어:
그리고 이 환상에서 보인 가공의 현상처럼,
구름 덮인 탑도, 찬란한 궁전도,
장엄한 사원도, 위대한 대지 그 자체도,
그래, 지상의 온갖 것이 서서히 희미해져서
이 허망한 야외극처럼 사라지고
흔적조차 남기지 않아. 우리는

우리 꿈이 만든 산물이고, 우리 하찮은 삶은
잠으로 둘러싸여 있구나.

정말로 아름다워. 베네딕트는 생각한다. 교사들의 바람대로,
어쩌면 그는 사제가 되는 것이 아니라 영문학을 전공해야 했을
지도 모르겠다. 그는 성적이 좋았고 충분히 대학에 들어갈 수 있
었다. 혹시 이제라도 들어갈 수 있지 않을까? 하지만 지금은 셰
익스피어의 서정성에 대해 생각하고 있을 때가 아니라, 살인자
를 잡아야 할 때이다. 그는 전 베네딕트 수사인 자신이 그런 내면
의 대화를 할 수 있다는 생각 자체에 솟아오르는 흥분의 전율을
부정할 수 없다.

페기가 실라 앳킨스를 알았을까? 실라가 적어도 스물다섯 살
이 많지만 가능성 있는 추측이다. 페기가 공무원으로 재직하던
시절에 두 사람이 서로 알게 됐을까? 하지만 실라가 직장에 다
녔다는 기록은 없다. 남편이나 아이에 대한 기록도 없다. 물론
그렇다고 해서 그녀에게 남편이나 아이가 없었다고 단정할 수
는 없다.

베네딕트는 '페기 스미스'를 검색한다. 그가 〈페기 수 결혼하
다〉*와 페기 리Peggy Lee** 관련 결과를 제외하자, 대부분 특정한
나이대의 페기에 대한 검색 결과가 몇 개 남는다. 그가 찾는 페기

---

* 미국의 코미디 영화.
** 미국의 가수이자 영화배우.

는 아니다. 그녀는 소셜 미디어의 발자취가 없는 드문 사람이다. 탁자 주위에 모여 있는 여성들의 흐릿한 사진이 딱 한 컷 있다. 사진 설명에 '2008년 시뷰 코트 크리스마스 점심'이라고 적혀 있고 시뷰 코트의 페이스북 페이지에 게재돼 있다. 그 페이지는 2009년 이래로 활동을 중단한 듯하고 더 이상 사진이 없다. 베네딕트는 분홍색 종이 모자를 쓰고 있는 페기의 모습을 가만히 응시한다. 그녀의 옆에는 딱 봐도 크리스마스 모자를 절대 안 쓰게 생긴 백발의 노인이 있다. 그 노인이 베로니카일까? 그녀가 레지스탕스 투사로 활동하는 모습이 베네딕트의 머릿속에 훤히 그려진다.

그가 베로니카 챌로너를 검색하자 같은 사진이 나온다. 베로니카가 랜싱 여성 협회에서 '전시 폴란드의 삶'을 주제로 연설했다는 사실을 제외하고는 아무것도 없다. 베네딕트는 그때 그녀가 여학생 암살자로 활동하던 이야기를 빼놓고 연설했던 모양이라고 추측하면서, 그의 어머니가 여성 협회와 관련해서 한 이야기가 있는지 기억을 더듬어보지만 없는 것 같다. 베로니카와 페기가 실라 앳킨스를 알았을까? 왜 페기는 베로니카가 죽으면 기뻐할 사람을 안다고 말했을까? 이 절판된 이상한 책들 속에 감춰진 단서가 무엇일까?

그는 포기하고 애버딘에 있는 저렴한 호텔을 찾기 시작한다.

16장

하빈더: 읽어야 할 책

"내가 기대한 것과는 다르네." 닐이 말한다.

"뭘 기대했는데?" 하빈더가 묻는다. "순금으로 만든 책? 토가를 입고 너한테 시를 읊어주는 사람들?"

"아니." 닐이 점잔을 빼면서 말한다. "나는 그냥 출판사는 더…… 뭐랄까, 학구적일 줄 알았지. 도서관처럼."

"마지막으로 도서관에 간 때가 언제야?" 하빈더가 말한다. "요즘 도서관은 정보 중심지야." 그렇지만 그녀는 닐의 말이 무슨 뜻인지 이해한다. 작은 출판사이던 세븐스 실은 훨씬 큰 대기업에 매각돼서 지금은 그 회사의 자회사로 운영되고 있다. 이 출판사의 사무실들은 기존 기업들처럼 특징이 없고 삭막하다. 그들은 마치 위험한 파충류라도 되는 듯 책을 한 권씩 넣어 진열한 유리 상자들과 낮은 소파들로 둘러싸인 접수처에서 기다린다. 닐은 긴장해서 다리를 까닥거리면서 핸드폰을 만지작거리고 있다.

하빈더는 그에게서 멀어지려고 책을 보러 간다. 표지판에 '신간'이라고 적혀 있다. 『고층 건물 살인』이 그곳에 있다. 그들이 이 책을 치울까? 그녀는 궁금하다. 어쩌면 성당에서 하듯이 검은 천을 두를지도 모른다. 그러다가 그녀는 그 옆에 있는 책을 본다.

"닐!"

"무슨 일이야?"

그가 작은 숲속 동물이 아니라 한 마리 곰처럼 느릿느릿 다가온다.

그녀는 밖을 향해 전시된 책을 가리킨다. J. D. 먼로의 『당신이었어요』이다. 이 작가의 다른 책과 마찬가지로 둥그런 고리 모양이 많은 서체의 글자와 흐릿한 토스카나의 풍경이 표지에 있다.

"J. D. 먼로야." 하빈더가 말한다. "줄리 먼로. 그녀도 협박 엽서를 받았어."

"실례합니다." 부드러운 목소리가 들린다. "저는 마일스의 비서 탐신이에요. 안내할게요. 이쪽으로 가실까요?"

그들은 공항 보안 검색대를 방불케 하는 보안 장치를 갖춘 출구를 지나 유리로 된 승강기를 타고 순식간에 위로 올라간다. 이어서 탐신은 목에 맨 출입증을 찍고 나서 벽이 없이 탁 트인 사무 공간으로 그들을 들여보낸다. 그곳은 컴퓨터 화면을 주시하고 있는 사람들로 꽉 차 있다. 웨스트서식스 수사과 사무실의 확대 버전이라고 할 만하다. 탐신은 그들을 유리벽으로 된 회의실로 안내한다. 안경을 쓴 남자가 그들을 기다리고 있다.

마일스가 자리에서 일어나 악수를 하고 탐신이 음료를 권한다. 하빈더와 닐은 커피를 마시겠다고 하고 마일스는 허브 차를 달라고 한다. 하빈더는 닐이 평소처럼 설탕 두 개를 넣어달라는 말도 하지 못할 정도로 주눅이 들어 있는 것을 눈치챈다.

마일스 테일러는 부드럽게 휘날리는 금발의 만년 남학생 같은 사람이지만 아마 삼십 대 초반일 것이다. 그의 목소리는 하빈더의 신경을 거스를 정도로 상류층의 우아함이 흐르지만 "지독하게 끔찍한 일입니다. 우리 모두 엄청나게 충격을 받았습니다"라고 말하는 그는 진심으로 비통해하는 것 같다. 하빈더는 조용하게 자판을 두드리고 있는 사람들에 대해 생각한다. 비극적인 일을 당해 동요하고 있는 곳처럼 보이지는 않지만 어쨌든 산 사람은 살아야 하는 법이다. 책을 읽고, 오타를 수정하고, 뭐든 출판사에서 하는 일을 하고.

"시간을 내주셔서 감사합니다." 하빈더가 말한다. "요즘 많이 힘드시겠습니다. 덱스와 가까우셨습니까?"

"어떤 면에서는 그렇습니다." 마일스가 머리카락을 넘기면서 말한다. "내가 그를 담당하지 않은 지 꽤 됐습니다. 그래도 나는 그의 팬이었어요. 세븐스 실에 입사한 것도 그런 이유가 약간 있었습니다. 덱스와 작업하려고요."

"당신 전에는 누가 그의 편집자였습니까?"

"베티 챔피언입니다. 그녀는 출판계의 전설이었습니다. 대단한 사람이었어요. 그녀는 시작부터 덱스와 작업했습니다. 그는 처음에 단독으로 글을 써서 출판했습니다. 토드 프랜스 시리즈의 아이디어를 낸 사람이 바로 베티였고 그 후의 이야기는 누구나 다 아는 대로입니다. 그녀와 덱스는 아주 가까웠습니다."

"베티는 계속 근무하나요?"

"아니요. 안타깝게도 그녀는 2년 전에 죽었습니다. 모두에게 진짜로 충격적인 일이었어요. 나는 베티의 조수였다가 승진해서 마지막 책 세 권을 담당했습니다."

"당신은 덱스와 사이가 좋았습니까?" 하빈더가 묻는다.

"네. 아주 좋았습니다. 덱스는 같이 일하기 수월한 사람이었습니다. 그는 절대 마감일을 어기지 않았고 편집되는 것을 오히려 즐기는 듯했습니다. 일부 작가들과는 다른 점이죠." 그는 빙그레 웃지만 하빈더는 '편집된다'는 것이 무슨 뜻인지 잘 모르겠다. 그녀는 그 말의 어감이 마음에 드는지도 잘 모르겠다.

"언제 덱스를 마지막으로 봤습니까?" 닐이 묻는다.

"그가 지난주에 사무실에 들렀어요. 『고층 건물 살인』의 1위 등극을 축하하는 자리가 있었거든요. 그는 건강해 보였어요."

"덱스가 페기 스미스라는 이름을 당신에게 말한 적이 있습니까?"

"책 작업을 돕던 그 노부인이요?"

"네. 그녀를 만나봤습니까?"

"딱 한 번이요. 덱스가 그녀를 만날 때 나를 데려갔어요. 우리는 해변 산책로에 있는 작고 멋진 곳에서 커피를 마셨습니다. 그녀는 아주 좋은 분이었습니다."

"그녀를 만난 것은 그때 한 번뿐이었습니까?"

"네. 하지만 우리는 서신을 주고받았습니다. 내가 엽서와 그녀가 좋아할 만한 책의 교정본을 보냈습니다."

"당신이 이것을 보냈습니까?" 하빈더가 페기의 책상에서 발견한 엽서를 보여준다.

"네." 마일스가 말한다. "페기는 조지 오웰의 열렬한 팬이었어요."

"뒷면에 '페기에게, 항상 사랑하고 감사합니다. M.'이라고 적혀 있네요."

"음, 나는 그녀에게 고마워했어요." 그저 하빈더의 착각일까, 아니면 마일스가 진짜로 약간 방어적인 태도를 보이는 것일까? "그녀는 덱스에게 큰 힘이 됐습니다."

"페기가 당신에게 편지를 보냈습니까?" 책상에서 발견한 편지는 모두 '조앤'이라는 사람이 보낸 것이었다. 글씨가 작고 해독하기가 거의 불가능하다. 하빈더는 그 편지를 필적학자에게 보냈다.

"가끔요." 마일스가 말한다. "그녀는 내가 아직 읽지 않았을 만한 범죄 소설을 추천했습니다. 주로 황금기 고전이었습니다."

황금기라. 그 말을 들으니 생각난다. 덱스의 목소리, "나는 황금기 책은 별로 읽지 않습니다."

"페기가 실라 앳킨스의 책을 추천한 적이 있습니까?" 하빈더가 묻는다.

이제 마일스는 놀란 기색을 보인다. 그는 다시 머리를 문지른다. "네. 어떻게 아시죠? 페기는 마지막 서신 중 하나에서 실라 앳킨스를 언급했어요."

"『감사 단식』이라는 책이었습니까?"

"네." 이제 마일스의 머리카락이 새의 볏처럼 서 있다. "그랬던 것 같네요."

"페기가 보낸 것이 편지였습니까, 이메일이었습니까?"

"편지였습니다. 그녀는 좀 구식이었어요." 하빈더는 깔끔하게 정돈된 보관함이 달린 페기의 책상을 떠올리면서 그의 말을 수긍한다.

"아직도 그 편지를 가지고 있습니까?" 그녀가 묻는다.

"아니, 죄송하지만 아닙니다. 나는 모두 재활용합니다."

"편지 내용이 기억납니까?"

"그냥 평소와 같았어요. 안부 인사 등등이요. 그리고 나서 그녀는 그 책을 읽었냐고 물었습니다. 『감사 단식』이요."

"읽었습니까?"

"아니요. 유감스럽지만 안 읽었습니다. 사람들은 항상 편집자가 모든 책을 읽을 것이라고 기대하지만 나는 여러 면에서 몹시 무지합니다. 분명히 페기가 나보다 훨씬 많이 알았어요."

마일스는 '몹시 무지하다'는 소리를 사실은 자신이 대단히 똑똑하다고 여기는 사람들이 애용하는 방식으로 말한다. 하빈더는 앳킨스의 책이 지닌 중요성을 아직은 그에게 말하고 싶지 않다. 그녀가 이런 속내를 닐에게 슬며시 비추자 닐은 고개를 끄덕이고 나서 주제를 바꾼다.

"페기는 덱스의 어머니 친구였습니다." 닐이 말한다. "덱스의 어머니를 만난 적이 있습니까?"

"아니요." 마일스가 말한다. "안타깝게도, 그분은 내가 덱스를 담당하기 전에 죽었습니다."

"페기가 덱스가 살인 방법을 구상하는 데 도움을 줬다고 들었습니다." 닐이 말한다. "사실인가요?"

마일스가 빙긋이 웃는다. "그가 사람들을 죽이는 새로운 방법을 찾기가 어렵다는 말을 한 적이 있습니다."

또다시, 하빈더는 손으로 쓴 쪽지를 머리에 떠올린다. **꼭 도와주세요. 다음 주에 마일스한테 초고를 넘겨야 해요.** 덱스는 페기가 얼마나 많이 관여했는지를 그의 편집자에게 숨기려고 했을까?

"페기가 최근에 죽었습니다." 하빈더가 말한다. "덱스의 죽음과 연관됐을 가능성이 있습니다."

웃음이 사라진다. "맙소사." 마일스가 말한다. 허브 차를 마시는 그의 손이 떨린다.

하빈더가 계속 압박한다. "덱스가 협박 메시지를 받은 적이 있었습니까?" 그녀가 말한다. "팬들이 보낸 약간 이상한 이메일이라든가?"

"그의 비서가 알 거예요." 마일스가 말한다. "하지만 내가 아는 한 덱스의 팬들은 그를 사랑했어요. 책 커뮤니티가 엄청난 슬픔에 잠길 겁니다."

마일스는 마치 '책 커뮤니티'가 실제 장소인 것처럼 말한다. 사람들이 책을 아주 엄청나게 좋아한 나머지 작가들에게 편지를 쓰고 그들을 친구로 여기는 세상이 정말로 존재할까? 하빈더는 금요일에 치체스터에서 본 관객들, 덱스의 사인을 받으려고 줄을 서 있을 때 그들의 표정을 생각한다. 그 독자들은 분명히 오늘 슬퍼할 것이다.

"당신이 J. D. 먼로의 책을 담당합니까?" 하빈더가 묻는다.

"줄리요?" 마일스의 얼굴이 밝아진다. "네. 정말로 상냥한 사람이에요. 『당신 때문에 저지른 짓이에요』로 엄청난 히트를 쳤어요."

"다른 책들은 어때요? 그만큼 성공하지 않았나요?"

마일스는 약간 거북한 기색을 드러낸다. "때로, 작가가 데뷔작으로 어마어마하게 히트를 치면 다른 책으로 다시 같은 성공을 거두기가 힘들어요."

"J. D. 먼로도 페기 스미스를 알았던 것 같습니다." 하빈더가 말한다. "그녀는 감사의 말에서 그녀를 언급합니다. 'PS: PS에게.'"

"정말로요?" 마일스가 말한다. "덱스가 그들을 소개시켰나 보네요."

"페기가 J. D. 먼로에게 어떤 도움을 줬는지 압니까?"

"비슷한 도움이었겠죠. 살인에 대한 아이디어를 짜서 제안하는 것이요." 마일스가 소리 내어 웃다가 죄책감이 어린 표정을 짓는다. "줄리는 사랑스러운 여성이에요. 그녀는 등장인물을 죽이기가 쉽지 않을 거예요."

"랜스 포스터는요?" 닐이 말한다. "그 사람도 당신이 담당하는 작가인가요?"

이제 마일스는 진짜로 놀란 표정을 짓는다. 그는 의자에 몸을 기댄다.

"랜스요? 그는 원래 캐서웨리에서 책을 냈는데 세븐스 실이 그 출판사를 인수했습니다. 그런 다음에 세븐스 실도 인수됐습니다. 출판계가 가끔 그렇습니다. 작은 물고기를 먹은 큰 물고기가 다시 고래한테 잡아먹히죠."

마일스는 농담이라는 뜻으로 빙긋이 웃지만 하빈더는 그가 이 먹이 사슬에서 어디에 위치하는지 궁금하다. 그가 큰 웅덩이 속의 작은 물고기일까?

"그럼, 랜스 포스터와 함께 작업한 적이 있습니까?" 그녀가 묻는다.

"아니요." 마일스가 말한다. "엄밀히 따지면 그는 내가 담당하는 작가이지만 그와 작업한 적이 없습니다. 그가 쓴 책은 단 한 권이에요."

하빈더가 수첩을 내려다본다. "『라오콘』." 그녀는 책 제목을 어떻게 발음해야 할지 잘 모르겠다.

"네. 아주 문학적인 책이죠. 모든 사람의 취향에 맞는 책은 아니지만 무척 좋은 평을 받았어요. 부커상 최종 후보에 올랐죠." 마일스가 의자를 뒤로 밀면서 쿵 소리가 난다. "랜스도 폐기를 알았나요?"

"음, 그가 책에서 그녀에게 감사를 전합니다. 라틴어로 된 말입니다."

"딱 랜스답네요." 하빈더는 그의 말에서, 줄리와 달리 랜스는 정말로 상냥한 사람이 아니라는 느낌을 받는다.

"고맙습니다." 하빈더가 말한다. "이제 덱스의 홍보 담당자와 이야기를 나눠도 될까요?"

피파 싱클레어-루이스는 의외의 인물이다. 하빈더는 이름을 듣고 그녀가 바람머리를 한 이십 대의 아름다운 부잣집 딸일 것이라고 상상했다. 하지만 피파는 바싹 자른 흰머리에 실용적인 신발을 신은 육십 대 중반의 여성이다. 그녀는 그들의 건너편에 앉아, 울어서 벌건 눈자위를 완전히 감추지 못하는 금테 안경 너머로 엄격한 시선을 던진다.

"나는 덱스와 15년 동안 일했어요." 그녀가 말한다. "그래서 이 일이 좀 충격적이네요."

"유감입니다." 하빈더가 말한다. "아주 힘드시겠군요."

"사람들이 그가 살해당했다고 하던데요." 피파가 말한다. "그것이 사실인가요?"

"의심스러운 정황이 몇 가지 있습니다." 하빈더가 말한다. "우리가 할 수 있는 말은 여기까지입니다." 머리에 총을 맞았어요. 그녀가 생각한다. 누군가의 책이 의심스러워요. 특히 덱스 챌로너가 쓴 책이.

하빈더가 치체스터 행사에 대해 묻자 피파는 새 책을 알리는 순회 홍보의 일환이었다고 말한다. "그다지 큰 장소는 아니었지만 집에서 가까웠고 덱스가 그 행사를 하고 싶어 했어요. 그는 강연을 아주 잘해요. 내 말은, 잘했어요……. 맙소사, 도저히 이해가 가지 않아요. 어떻게 이런 일이."

"나도 거기에 있었습니다." 하빈더가 말한다. "그는 강연을 아주 잘하더군요. 매우 흥미로웠습니다."

"거기에 있었다고요?" 피파가 다소 무례하다 싶을 정도로 놀란 투로 말한다. "왜요?"

"나는 근처에 삽니다." 하빈더가 말한다. "그리고 범죄 소설을 좋아합니다." 뭐, 그녀는 공포 소설을 좋아하고, 따지고 보면 둘은 거의 같다.

"덱스의 책을 읽어봤나요?" 피파가 묻는다.

"아니요." 하빈더가 말한다. "하지만 읽어보고 싶습니다."

"첫 번째 책을 우편으로 보낼게요." 피파가 말한다. 그 홍보 담당자가 말을 덧붙여서 망쳐놓기 전까지만 해도 이는 아주 너그러운 호의로 보인다. "얼마 전에 새 표지로 재판을 찍었는데 구판이 너무 많이 남았어요."

"며칠 전에 덱스와 이야기를 나눴습니다." 하빈더가 말한다. "우리는 또 다른 의심스러운 죽음을 수사 중이었습니다. 덱스가 상당히 잘 알던 사람입니다. 페기 스미스라는 여성에 대해 들어봤습니까?"

그녀는 피파가 성급하게 고개를 저을 것이라고 예상했지만, 이 홍보 담당자는 빙그레 웃는다. 그녀의 표정이 완전히 바뀐다. "살인 컨설턴트요? 네. 그녀를 알아요. 그녀를 한 번 만나기도 했어요. 덱스를 보러 쇼어햄에 갔을 때요. 우리는 페기와 베로니카를 데리고 나가서 점심을 먹었어요. 그들이 하는 이야기는 대단했어요!"

"살인 컨설턴트요? 덱스가 그녀를 그렇게 소개했습니까?"

"네. 그들 사이의 농담이었어요. 덱스는 페기에게 명함까지 만들어줬어요. 그녀가 등장인물을 죽이는 섬뜩한 방법을 생각해내는 솜씨가 아주 좋았거든요."

"왜 그녀가 그런 솜씨가 아주 좋았을까요?"

"덱스는 그녀가 전에 살인 청부업자였다고 말했는데 나는 그냥 농담이라고 여겼어요. 베로니카도 상당히 파란만장한 과거가 있었어요. 그녀는 십 대에 폴란드의 레지스탕스에 참여했어요. 내 생각에 그녀는 끔찍한 일들을 목격했던 것 같아요."

"덱스는 그의 어머니가 여학생 암살자라고 불렸다고 하더라고요."

피파가 이상하다는 듯 하빈더를 쳐다본다. "그가 언제 당신에게 그런 말을 했어요?"

"치체스터 행사 후에요. 같이 술을 마시러 갔습니다."

"나한테는 그런 말을 하지 않았어요. 나는 행사에 직접 참석하지 못할 때는 항상 행사 후에 그에게 문자를 보냈어요."

"중요한 일이 아니라고 생각했나 보죠." 닐이 달래는 투로 말한다. 하지만 중요한 일이었어. 하빈더가 생각한다. 덱스는 술집에서 대화하고 몇 시간 후에 살해당했다.

"이제 어떻게 되시나요?" 하빈더가 정말로 알고 싶어서 묻는다. "담당하시는 작가가 많습니까?"

"네." 피파가 말한다. "하지만 덱스가 가장 유명한 작가였어요. 어쨌든 이제 슬슬 은퇴할 때가 됐어요. 나는 점점 감이 떨어지고 있어요. 요즘에는 새로운 젊은 홍보 담당자들과 마케팅 담당자들 천지예요. 다들 소셜 미디어 프로필 같은 것에 아주 열중하죠. 다코타라는 새 직원이 들어왔는데 우편물 발송과 떠들썩한 홍보와 관련한 기막힌 아이디어를 내놔요. 사람들에게 책을 알리는 일이 예전처럼 간단하지 않아요."

그래서 피파 싱클레어-루이스의 경력은 텍스의 죽음과 더불어 끝이구나. 하빈더는 텍스의 죽음이 그의 에이전트에게는 어떤 의미일지 궁금하다.

젤리 워커톰슨의 사무실은 코번트 가든에 있다. 닐은 지하철로 몇 정거장만 가면 된다고 말하지만 하빈더는 걸어가자고 한다. "일산화탄소 매연이 널 죽일 거야." 닐은 그렇게 말하면서도 흔쾌히 동의한다. 강변을 따라 걷다가 스트랜드가를 건너서 코번트 가든으로 향하는 것은 기분 좋은 산책이다. 강물이 반짝거리고 카페와 레스토랑 밖에 테이블이 아직 놓여 있다. 그렇지만 하빈더의 기억보다 훨씬 많은 노숙자들이 있다. 이는 쇼어햄에서조차 문제이다. 하빈더는 항상 사람들을 쉼터로 보내려고 하지만 거리의 노숙자들이 쉼터를 이용할 수 없는 이유가 많다. 일단 쉼터를 이용하려면 신분증이 필요하다. 사람들의 집이나 마찬가지인 매트리스와 골판지를 지나가자니 도리에 어긋나는 듯해 마음이 불편하다. 닐은 신경 쓰지 않나 보다. 그는 하루 치 걸음 수를 세는 데 집중하고 있을 것이다.

에이전시의 이름은 워커 앤드 헛찬스이다. 변호사 사무실 위에 있고 골목 한쪽에 감춰진 문과 연결돼 있다. 안에는 도서관을 좋아하는 닐의 영혼을 만족시키기에 충분한 책이 있다. 책이 모든 탁자 위에 있고 계단에도 높게 쌓여 있다. 젤리 워커톰슨의 사무실에 있는 커피 테이블마저 책으로 덮여 있다.

"내 읽책 더미예요." 그녀가 말한다.

"읽책이요?" 닐이 말한다.

"읽어야 할 책이요. 만약 내가 살해당한다면, 읽책 더미가 살해 무기일 거예요. 미안해요, 영 악취미죠. 때로 나는 나쁜 소식을 들으면 이렇게 괴상해져요."

뜻밖의 말이고 젤리 워커톰슨 역시 뜻밖이다. 우선 그녀는 흑인이고, 하빈더는 출판계에 유색인종이 드물다는 것을 이미 눈치챘다. 또한 젤리는 코번트 가든에서 자기 이름을 황금색으로 새긴 간판을 걸고 사업체를 운영하기에는 비교적 젊다. 그녀는 출판계에 입문하는 '관례적인 길'을 걷지 않았다고 말한다.

"나는 사우스 런던에서 자랐어요." 그녀가 말한다. "열여섯 살 때 학교를 그만뒀어요. 점원과 간병인으로 일했어요. 한동안 입대해서 군 생활도 했죠. 그런 다음에 뒤늦게 케임브리지에 들어갔어요. 대학이 인종 할당제 목표를 채우려고 기를 쓸 때였거든요." 그녀는 하빈더에게 '우리는 서로를 이해한다'는 식의 미소를 보낸다. 하빈더는 반응하지 않는다. 그녀는 단지 피부 색깔 때문에 젤리의 편을 들어줄 마음이 없다.

"얼마나 오랫동안 덱스 챌로너의 에이전트였습니까?" 대신에 그녀는 이렇게 묻는다.

"5년이요." 젤리가 말한다. "그는 여러 해 동안 어니스트 메이와 일했지만 대리인을 바꾸기로 결정했어요." 하빈더는 이 말이 어떤 식으로든 젤리가 덱스를 꾀어냈다는 뜻인가 싶다. 어떻게? 그녀는 궁금하다.

"덱스와는 잘 지냈나요?" 닐이 묻는다.

"그는 좋은 사람이었어요." 젤리가 반박하려면 반박해보라는 식으로 말한다. "그리고 완벽한 고객이었어요."

"언제 그를 마지막으로 봤습니까?" 하빈더가 묻는다.

"지난주요. 세븐스 실 사람들이 그에게 조촐한 축하연을 열어 줬어요. 그는 아주 행복해 보였어요."

"그가 마음에 걸리는 일이 있다는 말을 하지 않았나요?" 닐이 묻는다. "이상한 이메일이나 메시지를 받았다고 하지 않던가요?"

"아니요." 젤리가 말한다. "그는 매우 쾌활해 보였어요. 『고층 건물 살인』이 1위가 됐고 그는 새 프로젝트를 계획 중이었어요."

"시리즈의 다음 책인가요?"

"아니요. 그 책은 이미 썼어요. 『공원의 살인』이요. 계획 중인 프로젝트는 독자적인 것이었어요."

하빈더가 페기 스미스에 대해서 묻자 젤리가 즉시 말한다. "아, 네, 그 집에 사는 노부인이요. 덱스는 그녀를 좋아했어요. 그녀는 덱스의 어머니 친구였어요. 그는 어머니에게 아주 잘했어요."

"그가 페기를 살인 컨설턴트라고 부른 적이 있었습니까?" 하빈더가 말한다.

그녀는 이 말이 에이전트에게 미칠 영향을 미처 예상하지 못한다. 젤리가 책상 위에서 만지작거리고 있던, 고무줄이 감긴 통이 바닥으로 떨어져 통통거리면서 나무 바닥을 굴러간다.

"뭐라고요?"

"덱스가 페기를 살인 컨설턴트라고 부른 적이 있었습니까?" 하빈더가 다시 말하면서 닐을 향해 눈을 치켜뜬다.

"아니요." 젤리가 말한다. 이어서 마음을 가라앉히려고 애쓴다. "그저…… 그것은 덱스의 다음 책, 새 비밀 프로젝트의 제목이었어요. '살인 컨설턴트'라고 이름 붙일 예정이었어요."

"덱스가 '살인 컨설턴트'라는 책을 쓰고 있었다고요? 무슨 내용이었습니까?"

"나는 아직 읽지 않았지만 범죄를 해결하는 노부인에 대한 책이었어요. 하지만 그는 그 책이 코지라고 말했어요."

"코지라고요?"

"유혈이 난무하지 않는 범죄 소설 장르를 가끔 그렇게 불러요. 옛날식 책이요."

"실라 앳킨스처럼요?"

젤리가 마찬가지로 옛날식이라고 표현할 만한 눈짓을 한다. "네. 그런 황금기 작가들을 때로 코지라는 말로 표현해요. 사실 나는 동의하지 않지만요. 그런 작가들 중 일부는 지옥처럼 어두워요. 애거사 크리스티조차요."

지옥처럼 어둡다. 하빈더는 이 상황에 지독하게 어울리지 않는 표현이라고 느낀다.

그들은 지하철을 타고 돌아가면서 사건에 대해서 의논하지 않는다. 지친 통근자들에게 온통 둘러싸여 있기 때문이다. 닐은 그보다 훨씬 건강해 보이는 백발 여성에게 자리를 양보한다. 하빈더는 진짜로 도움이 필요해 보이는 사람이, 이를테면 '아이가 타고 있어요'라는 짜증 나는 배지까지 차고 있는 임신한 여성이 보일까 봐 조마조마해하면서도 끝까지 자리에 앉아 있다. 반대쪽에 앉은 두 사람이 《스탠다드》 신문을 읽고 있는데 머리기사 제목이 '베스트셀러 작가 시체로 발견되다'이다.

지하철이 요동치며 사우스 런던을 통과하는 동안 하빈더는 텍스와 그의 새 비밀 프로젝트에 대해 생각한다. 누군가 '살인 컨설턴트'라는 책의 집필을 막으려고 그를 죽였을까? 같은 사람이 페기와 어쩌면 베로니카 챌로너까지 죽였을까? 그녀는 전화기를 꺼내 메시지를 확인한다. 판다팝 게임을 잠깐 해도 되려나? 그녀가 닐을 힐긋 보니 헤드폰을 끼고 다른 세상에 있는 것 같다. 그녀가 버블을 터뜨리는 게임을 하다가 그에게 들킨다면 창피해서 살 수 없을 것이다. 그녀가 무음으로 돼 있는지 확인하는데 마침 그때 문자가 온다.

우리 애버딘에 가는 중! 계속 연락하겠음. Nx

17장
에드윈: 광부의 팔

에드윈은 여행에 대비해서 커피를 내려 보온병에 넣고 샌드위치도 만든다. 그들 일행이 휴게소에 들르겠지만 카페인과 햄 샌드위치가 언제 갑자기 필요할지 모르는 법이다. 박하사탕 한 봉지도 사뒀다. 그는 나탈카가 벨을 누를 필요가 없도록 아예 내려와서 정문 옆에서 기다린다. 아주 이른 시간이고 여전히 어둡지만 공기가 상쾌하고 도시가 슬슬 잠에서 깨는 기운이 감돈다. 바다 냄새가 나고 파도가 조약돌 위로 쉬익 하고 몰려드는 소리가 들린다. 그는 겨울 코트를 입고 스코틀랜드에 경의를 표하는 뜻으로 타탄 무늬 목도리까지 둘렀는데도 몸이 떨린다. 그는 BBC에 근무할 때 에든버러 축제에서 아주 즐거운 여름을 몇 차례 보냈다.

나탈카의 차 전조등이 정문을 비추며 다가온다. 그녀는 차에서 내려 그의 가방을 들어준다. 그가 비행기를 자주 타고 다니던 시절에 사용하던 바퀴 달린 단정한 가방이다.

"간편하게 여행하시네요." 나탈카가 말한다. "나는 남자들의 그런 면이 마음에 들어요."

그녀는 은근히 비꼬는 식으로 말하는 경향이 있는데 그런 말은 여든 살이고 동성애자인 사람에게까지 영향을 미친다. 에드윈은 다소 격하게 웃는다.

"내가 뒤에 탈까?" 그가 말한다. "베네딕트가 앞자리에 타야지. 그 친구의 다리가 더 길잖아."

"아니요. 앞에 타세요." 나탈카가 말한다. "중간에 멈춰서 쉴 때 자리 바꾸면 되죠 뭐. 선착순이에요. 먼저 온 사람이 대접을 받아야죠." 이것 봐, 또 그러잖아.

베네딕트는 글래드스턴 백*과 하리보 사우어 큰 봉지를 들고 발전소 옆에서 기다리고 있다.

"나는 박하사탕을 가져왔네." 에드윈이 인사 삼아 말한다.

"잘하셨어요." 베네딕트가 말한다. "여행이 정말 기대되네요. 가면서 낱말 게임 해요."

"하느님, 힘을 주세요." 나탈카가 말한다.

그들은 인물 맞추기를 시작해서 M25 고속 도로까지 계속한다. 그다지 성공적이지는 않다. 베네딕트의 선택은 너무 모호하며 종교적이고(리지외의 성 테레즈, 토머스 크랜머, 비오 신부), 에드윈의 선택은 너무 옛날식이고(마를레네 디트리히, 제임스

---

* 가운데에서 양쪽으로 열리는 소형 여행 가방.

메이슨, 자클린 뒤 프레), 나탈카의 선택은 너무 현대적이다(두아 리파, 스톰지, 자밀라 자밀). 그들은 옥스퍼드 근처 카페에 들러 아침 겸 점심을 먹는다. 나탈카는 전자 담배를 피우러 밖에 나가고 에드윈과 베네딕트는 음식을 마저 먹는다. 베네딕트는 랩 샌드위치를 부아가 치밀 정도로 천천히 먹고 있다. 에드윈은 일부러 샌드위치를 오래오래 먹으려고 노력하지만 그가 다 먹고 나서 족히 5분이 지나도 베네딕트는 여전히 먹고 있다. 수도원에서 천천히 먹도록 교육을 받았는지도 모르겠다. 에드윈은 베네딕트의 식사 속도에서 관심을 돌리려고 말한다. "우리가 애버딘에 도착하면 무엇을 할지 생각해봤나?"

그들은 애버딘에 있는 트래블로지*에 예약했다. 에드윈은 오늘 밤에 묵을 숙소로 북부 제스 산맥에 있는 더 고풍스러운 느낌의 B&B를 찾았지만 말이다. 그는 그곳이 경로에서 약간 벗어나 있지만 그만한 가치가 있다고 생각한다. 베네딕트는 축제에 대해 검색하는 임무를 맡았다. 이제 그는 인쇄한 홍보물을 탁자 위에 내놓는다. 에드윈은 화면으로 보지 않아도 돼서 기쁘다. 나탈카는 아이폰으로 길을 찾고 있지만 에드윈은 경로를 인쇄해 왔다. 에드윈은 어디로 가고 있는지 혹은 어디를 지나쳐 왔는지 눈으로 직접 확인하지 않으면 불안해진다.

베네딕트는 마지막 한입을 삼키고 물을 천천히 마신 후 대답한다. "J. D. 먼로가 내일 4시에 토론자로 나와요." 그가 말한다.

---

* 전 세계에 퍼져 있는 비교적 저가의 호텔 체인.

"주제는 '남성보다 치명적인가?'예요. 보아하니 여성 범죄 작가가 남성 범죄 작가보다 폭력적인지 토론하는 모양이에요. 토론자에 다른 작가가 두 명 더 있어요. 마이크 말론 경위가 나오는 책을 쓴 수전 블레이크, 살인 뱀파이어 트레버에 대한 책을 쓴 베키 핀치라는 청소년 작가."

"세상에." 에드윈이 상당히 감동한 기색을 보인다. "자네가 조사를 제대로 했군."

베네딕트는 칭찬을 받아 기쁜 모양이다. 에드윈은 그가 칭찬을 자주 받지 않나 보다 하고 생각한다. "우리가 모든 토론에 참석할 수 있도록 자유 이용권을 샀어요." 그가 말한다. "그리고 축제에 참가하는 작가들을 다 살펴봤어요. 감사의 말에서 폐기를 언급한 다른 작가들도 두어 명 있어요. 그중 한 명은 랜스 포스터예요. 그는 『라오콘』이라는 책을 썼어요. 수요일 오전에 '『햄릿』이 범죄 소설인가?'라는 토론에 나와요."

"분명히 아니지." 에드윈이 말한다. "희곡으로 봐야지."

"많은 고전 문학 작품이 살인에 대해 이야기한다고 강조하는 제목인 것 같아요." 베네딕트가 말한다.

"물론 『쥐덫』은 『햄릿』에서 나왔다네." 에드윈이 리치먼드에서 본 아마추어 연극을 기억하며 말한다. 그 연극에 상당히 흥미로운 파라비치니 씨가 출연했다.

두 사람이 밖으로 나가니 나탈카가 주차된 차들 사이를 왔다 갔다 하고 있다.

"포드 피에스타를 구분할 수 있어요?" 그녀가 그들에게 묻는다.

"유감스럽게도 못 한다네." 에드윈이 말한다. "모든 차가 나한 테는 똑같아 보여서." 딱히 사실은 아니다. 그는 브라이턴에 살 때 피아트 500을 운전했고 지금도 들창코가 달린 작은 얼굴처럼 생긴 그 차의 모양을 생각하면 절로 웃음이 나온다.

"나는 구분할 수 있어요." 베네딕트가 뜻밖의 대답을 한다. "어 릴 때 아버지가 어느 회사 자동차인지 맞추는 퀴즈를 우리에게 자주 냈거든요."

"그럼, 흰색 포드 피에스타를 찾아봐요." 그녀가 그들에게 말 한다. "이것도 여행 게임이라고 치자고요."

"왜 그러나?" 에드윈이 말한다. "페기가 집 밖에 서 있는 것을 본 차가 그 차였어?"

"맞아요." 나탈카가 차 키를 꺼내면서 말한다. "자, 이제 그만 가요."

이번에 에드윈은 뒷자리에 앉아 있고 자기도 모르게 간간이 잠에 빠진다. 그는 한순간 덱스 챌로너에 대해 대화하고 그가 전 애인에게 살해당했을지 모른다고 추측하다가, 어느새 프랑수아 와 함께 센강 위로 떠내려가는 바지선을 타고 있고 어머니가 마 리 앙투아네트처럼 입고 나타난다…….

그는 일정대로면 내일 그레트나그린*을 지나간다는 나탈카의

---

* 과거 잉글랜드에서 결혼할 수 없던 연인들이 가서 결혼식을 올린 곳으로 유명한 스코틀랜드의 마을.

말을 듣고 퍼뜩 잠에서 깬다.

"우리 결혼할까요, 베니? 에드윈이 증인을 서줄 거예요."

베네딕트가 소리 내어 웃지만 에드윈은 그 웃음소리에서 아쉬워하는 기색을 감지한다. 베네딕트가 나탈카에게 반했나? 물론 그녀는 그에 비하면 너무 자유분방하지만 남녀 사이의 일은 알수 없는 법이다.

그들은 테베이 휴게소에 들른다. 놀랍게도 그림처럼 아름다운 이 휴게소에는 오리 연못과 농가 상점까지 있다. 에드윈은 갑자기 차와 케이크를 먹고 싶은 마음이 간절해진다. 늙어서 이런 게지. 그는 생각한다. 가끔 이래서 혼자 깜짝 놀라기 때문이다. 그는 거울에서 주름이 쪼글쪼글한 노인을 보고 늙은이 빈집털이범이 집에 침입했나 하고 생각한다. 핏줄과 검버섯이 두드러진 손이 그를 오싹하게 한다. 그는 목소리는 여전히 똑같다고 자부했지만 지난번에 약국에서 개비스콘 알약을 달라고 하는 불만스러운 푸념을 들었다. 그것이 정말로 한때 《라디오 타임스》가 '감미롭다'고 묘사한 에드윈 피츠제럴드의 목소리였을까? 정신차려, 에드윈. 그가 혼잣말을 한다. 너는 젊은 두 친구들과 자동차 여행 중이잖아. B&B에서 하룻밤을 잔 다음에 네가 세상에서 가장 좋아하는 스코틀랜드에 갈 거야. 더구나, 너는 위험한 범죄자를 추적하고 있어. 너는 탐정이야. 거의 범죄 수사관이라고 해도 된다고. 그는 허리를 펴고 꼿꼿이 앉는다.

베네딕트가 차와 맛있어 보이는 스콘을 그에게 가져다준다. 그는 스콘을 세 조각으로 나눈다. 나탈카는 스콘을 한입에 먹는다. 베네딕트는 다시 아까처럼 짜증스러울 정도로 조금씩 야금야금 뜯어 먹는다. 에드윈은 쳐다보지 않으려고 노력한다. 누군가에게, 특히 친구에게 짜증이 나니 상당히 짜릿하다. 그는 정말로 오랜만에 다른 사람들과 이렇게 알찬 시간을 보내고 있다. 그리고 니키와 함께 지낸 2년을 제외하면 그는 누구와도 함께 산 적이 없다. 그의 가치가 떨어질 때도 됐지. 그는 무릎에 떨어진 부스러기를 털면서 혼잣말을 한다. 그래도 마침내 베네딕트가 음식을 다 먹어서 다행이다.

여정의 다음 부분이 가장 신난다. 그들은 고속 도로에서 나와서 회색 석조 건물들이 늘어선 마을들을 지나간다. 아이들이 하교하고 있고 노란색 옷을 입은 교통안전 지킴이들이 횡단보도에서 고압적으로 손을 올려 차량을 정지시키고 있다. 평범한 일상생활을 하고 있는 사람들을 보는 것은 상당히 큰 충격이고, 책가방을 메고 미술 시간에 종이 상자로 만든 작품을 들고 있는 아이들은 왠지 에드윈의 눈에 눈물이 맺히게 한다. 그는 남자 사립 초등학교에 다녔다. 분명히 엘리트주의와 우월주의가 팽배했지만 그의 삶에서 가장 행복한 학교생활이었다. 지금 그는 다시 앞자리에 앉아 있다. 두 사람이 에드윈이 B&B로 가는 길을 알 것이라고 생각한 탓도 있다.

"룩호프 근처라네." 에드윈은 잘 알고 하는 말처럼 들리게 하려고 노력한다.

"룩호프에 대한 W. H. 오든의 시가 있어요." 베네딕트가 뒷좌석에서 말한다. 에드윈은 곧 그가 그 시를 기억해내겠구나 싶다.

그들은 집들과 버려진 공장들을 뒤로하고 정말로 아름다운 풍경을 지나가기 시작한다. 보라색 야생화 히스로 뒤덮인 황야 지대, 하늘을 가리키는 손처럼 보이는 뾰족한 암석들, 갑자기 나타나는 폭포들, 모르타르 없이 돌을 쌓아 올린 담들. 그들은 갈수록 높이 올라간다. 에드윈의 귀에서 삥 소리가 나고, 나탈카가 라디오에서 나오는 멋진 발라드를 따라 부르는 소리가 거의 들리지 않을 지경이다. 전원 지대가 자연 그대로의 모습으로 변해갈수록 그녀는 더욱 쾌활해지는 듯하다.

그들은 지하 도시의 유물이라도 되는 양 땅에서 솟아오른 것으로 보이는 돌 아치들을 지나간다.

"룩호프 굴뚝이에요." 베네딕트가 말한다. "납 제련 작업을 할 때 나오는 유독성 가스를 황야 지대의 아주 높은 곳으로 보내는 데 사용됐나 봐요."

"유독성 가스." 에드윈이 그 말을 되풀이한다. 갑자기 돌 아치길이 그림처럼 아름답지 않고 위협적으로 보인다. 그는 땅속의 굴, 보물을 숨겨놓은 드래곤 스마우그*, 외로운 황야 지대에서 사라져서 다시는 볼 수 없는 여행자들에 대해서 생각한다.

"1.6킬로미터 전방. 목적지에 곧 도착합니다." 자동차 앞 유리에 고정해놓은 나탈카의 핸드폰에서 감정이 섞이지 않은 목소리가 들린다.

"어디에도 집이 안 보여요." 나탈카가 말한다. "거기 이름이 뭐

---

* J. R. R. 톨킨의 소설 『호빗』에 나오는 용.

라고 했죠, 에드윈?"

"광부의 팔이라네." 에드윈이 말한다. 이제 그 B&B에 대해 불안한 마음이 슬슬 들기 시작한다. 그는 이름이 마음에 들었기 때문에 그곳을 예약했다. 그는 건장한 팔, 쇠스랑이나 1파인트 맥주잔을 꽉 움켜쥔 거칠고 못이 박힌 손을 상상했다. 그는 항상 팔뚝을 좋아했다.

"룩호프에서." 갑자기 베네딕트가 말한다. 에드윈은 그것이 그의 시적 목소리임을 알아차린다.

"'룩호프에서 나는 처음으로 깨닫네
자아와 비아非我를, 죽음과 두려움을······
그곳에서 나는 자갈을 떨어뜨렸고, 귀를 기울였고, 들었네
어둠의 저수지가 흔들렸네······.'"

"아주 기운이 나네요, 베니." 나탈카가 비꼬아 말한다. **어둠의 저수지**. 그 말이 에드윈의 머릿속에서 메아리치면서 현기증을 일으킨다. 그는 그들 밑의 공간에 대해서 생각한다. 옛 갱도. 인간에게 무한한 동굴. 죽음과 두려움.

"여기인가 봐요." 나탈카가 말한다.

이곳 말고 다른 집은 없다. 황야 지대를 마주 보고 작은 건물 세 채가 한 줄로 늘어서 있다. 뒤로는 나지막한 산이 펼쳐져 있다. 그들이 다가가는 사이에 에드윈은 길가의 간판에 적힌 환영의 말을 본다. '광부의 팔, 선술집, B&B, 무료 와이 파이.'

"아늑하네요." 나탈카가 말한다.

그들이 초인종을 울리자 아주 짧은 주황색 원피스와 검은색 부츠 차림의 빨간 머리 여성이 나온다. 어두운 현관에서 맞닥뜨린 그 강렬한 인상은 에드윈을 몇 걸음 뒤로 물러서게 한다.

"에드윈 피츠제럴드인데요?" 마침내 그는 말을 하지만, 젊은 이들 말투처럼 끝이 올라가 질문이 돼버린다. "온라인으로 방 몇 개를 예약했습니다."

"아, 안녕하세요." 환영이 그와 악수한다. "나는 제스예요. 내가 여기를 운영해요. 노스 페나인에 오신 것을 환영해요."

"아주 아름답군요." 에드윈이 옛날식 응접실처럼 보이는 곳으로 들어가면서 말한다. "그런데 여기에 살면 상당히 고립된 느낌이 들겠어요."

"상관없어요." 제스가 말한다. "나는 원래 리즈 출신이에요. 나는 이곳의 고요함이 좋아요." 탁자 위에 노트북이 있고 제스가 손가락으로 능숙하게 스크롤한다. 그녀의 손톱에도 주황색이 칠해져 있다.

"네, 여기 있네요. 피츠제럴드 이름으로 방 두 개. 하나는 트윈이고 하나는 더블."

에드윈은 얼굴이 붉어지는 것을 느낀다. 아마 십 대 이후로 경험하지 않은 현상일 것이다.

"아니에요." 그가 말한다. "방 세 개를 예약했어요."

"죄송해요." 제스가 말한다. "우리 웹사이트가 좀 헷갈리죠. 트윈 룸이 두 개로 뜨거든요. 문제는 오늘밤에 예약이 꽉 찼다는 거예요. 방이 네 개뿐이고 배낭여행자들이 다른 두 방에 들어왔어요."

에드윈이 나탈카와 베네딕트를 돌아본다.

"미안하네." 그가 여행의 종착역에 막 다다랐다고 생각했을 때 생긴 이 차질은 갑자기 재앙처럼 여겨진다.

"배낭여행자들은 어디에서 왔대요?" 나탈카가 묻는다.

제스가 놀란 표정으로 그녀를 바라본다. "물어보지 않았어요. 보통 네덜란드나 독일에서 와요."

나탈카는 방을 한 바퀴 빙 돈다. 쾌활하게 발라드를 따라 부르던 사람은 사라졌다. 그녀는 거의 화난 사람 같다.

"내가 더블 룸을 쓸게요." 그녀가 말한다. "에드윈이랑 베니가 트윈 룸을 같이 쓰면 되겠네요."

에드윈은 베네딕트가 안도하는지 아니면 실망하는지 알 수가 없다.

"나탈카한테 무슨 일이 있나?" 두 사람이 사용할 방에 둘만 남자 에드윈이 베네딕트에게 묻는다. 다행히 퀼트 이불이 덮인 침대 두 개가 놓인 방은 넓고 편안하다. 에드윈은 베네딕트에게 더 쾌적한 창가 침대를 쓰라고 권한다. 그러면서 기숙사에서 침대를 고르던 때가 갑자기 생생히 떠오른다. 오늘 그가 기숙학교에 대해 생각하는 것이 두 번째이다. 아마 이 여정은 그를 북쪽으로뿐만 아니라 과거로 돌아가게 하나 보다. 그들이 스코틀랜드에 도착할 무렵이면 그는 다시 여드름투성이에 뻐드렁니가 나 있고 클라리넷 케이스를 들고 있는 남학생이 될 것이다.

베네딕트는 글래드스턴 백을 침대에 놓는다.

"그녀는 괜찮아 보이는데요." 그가 말한다.

"내가 보기에 신경이 곤두서 있어." 에드윈이 말한다. "포드 피에스타를 찾느라고 전전긍긍하는 것도 그렇고. 그리고 아까 배낭여행자에 대해 물어볼 때 착한 여인숙 주인한테 버럭 화를 내지 않았나."

"여행하느라 조금 피곤한 거죠. 그뿐이에요." 베네딕트가 말한다.

에드윈이 포기한다. 저녁에 선술집에서 식사를 판다고 하니 적어도 그가 챙겨온 구겨진 봉투 속의 햄 샌드위치로 저녁밥을 때울 필요는 없겠다. 그는 잠시 침대에 누워서 쉬고 싶지만 그렇게 하면 즉시 잠들어버릴 것이다. 베네딕트는 리모컨으로 TV 채널을 돌리고 있다.

"어." 그가 기쁜 목소리로 말한다. "〈제시카의 추리 극장〉이에요."

에드윈은 TV를 보려고 안락의자에 앉는다.

그가 잠에서 깨니 밖이 어둡고 누가 문을 두드리고 있다.

"에드윈! 베네딕트!" 나탈카의 목소리가 높고 짜증 난 기색이 역력하다. "일어나요! 나 저녁 먹고 싶어요."

"가요!" 베네딕트가 말한다. "잠깐만요." 베네딕트가 침대에서 벌떡 일어나고 에드윈은 그도 깜빡 졸았나 싶다. 에드윈은 욕실로 가서 찬물로 세수를 한다. 그는 거울에 비친 모습을 확인한다. 약간 쭈글쭈글하지만 하루 종일 차를 타고 이동한 사람치고는 별로 나쁘지 않다. 그는 방으로 가서 카디건을 벗고 트위드 재킷을 입는다. 베네딕트는 곱슬곱슬한 머리를 열심히 펴고 스웨터에 있지도 않은 먼지를 털어내고 있다.

"저 괜찮아 보여요?" 그가 말한다.

"훌륭하네, 멋진 청년."

하지만 에드윈은 문을 열자 바로 보이는 모습에 깜짝 놀란다. 나탈카는 더 타이트한 청바지와 몸매를 드러내는 분홍색 스웨터로 갈아입었다. 금발을 묶지 않고 길게 늘어뜨리고 마스카라를 칠한 파란 눈이 반짝반짝 빛난다. 에드윈은 뒤에서 베네딕트의 가쁜 숨소리가 들리는 것 같다. 에드윈조차 영향을 받는다. 그는 항상 매력적인 여성들 주위에 있는 것이 좋았다.

"정말 예쁘구먼, 아가씨."

그들은 줄을 지어 아래층으로 내려간다. 두 남자가 나탈카의 뒤를 따라간다. 작은 바는 이미 꽉 차 보이지만 자세히 보니 그저 네 명이 차지하고 있다. 틀림없는 그 배낭여행자들인 그들은 모두 네덜란드인 같다. 에드윈이 나탈카를 지켜보니 그녀는 눈에 띄게 안심한 표정이고 어깨가 쑥 내려간다. 베네딕트도 그녀를 지켜보고 있다.

세스가 그들에게 메뉴판을 주면서 남편인 제이가 주방장이라고 말한다. 에드윈이 광부의 팔을 얼마나 오래 운영했는지 묻는다.

"2년이요." 제스가 그들이 주문한 레드와인 병을 따면서 말한다. "우리가 도착했을 때 상당히 황폐한 곳이었어요. 여기는 광부들의 숙소였어요. 이쪽 길에 쭉 줄지어 있었는데 나머지 집들은 다 무너졌어요. 그래도 아직 정원이랑 인동덩굴이랑 사과나무는 남아 있어요. 다른 것은 다 없어졌지만요. 가끔 허물어진 집들을 생각하면 슬퍼져요."

에드윈도 그 집들에 대해 생각한다. 아직도 꽃이 핀 정원이 있는 유령의 집. 그는 실내가 따뜻한데도 몸을 떤다. 하지만 멋진 저녁이다. 에드윈이 주문한 살코기와 콩팥을 다져 넣은 파이가 맛있다. 그는 평소보다 와인을 많이 마신다. 베네딕트는 리소토를 주문하고 나탈카는 스테이크를 주문한다. 식사 후 그들은 난롯가에서 브랜디를 마신다. 이곳은 서식스보다 현저히 춥다.

어쩌다 보니 대화의 주제가 결혼으로 흐른다. 에드윈은 설사 당시에 동성혼이 합법이었더라도 니키와 결혼하지 않았을 것이라고 말한다.

"왜요?" 베네딕트가 말한다. "나라면 결혼했을 텐데."

그의 말이 거의 공격적으로 들린다. 에드윈은 그들이 모두 약간 취했다는 것을 알아차린다.

"나는 그렇게 다른 사람에게 묶여 있는 관계가 상상이 되지 않는다네." 에드윈이 말한다. "폐소 공포증을 느끼게 될 게야."

"나는 한 번 결혼했어요." 나탈카가 말한다. "그렇게 나쁘지는 않아요."

두 남자 모두 그녀를 빤히 쳐다본다.

"결혼했었다고요?" 베네딕트가 소리쳐 묻는다. "언제?"

"대학교 졸업 후에요." 나탈카가 말한다. "영국에서 계속 살려면 그 방법밖에 없었어요. 아마 그 사람 이름이 대니얼이었을 거예요."

"아마라고요?" 베네딕트가 금방이라도 울음을 터뜨릴 것 같다.

"알았어요. 그 사람의 이름은 대니얼이었어요. 댄이요. 진짜착했어요."

"다시 결혼할 생각이 있나?" 에드윈이 묻는다. "알맞은 남편감이 나타나면 말일세." 그는 '알맞은 남편감'에 반어적인 물음표의 느낌을 넣어 말하려고 노력한다.

"혹은 알맞은 신붓감이나요." 나탈카가 말한다.

"그럼 자네 동성애자인가?" 에드윈은 자신이 그렇게 단도직입적으로 물어봤다는 것이 안 믿긴다. 민망하기 그지없다. 틀림없이 브랜디 탓이다. 그는 수년 만에 증류주를 마시고 있다.

"꼭 그렇지만은 않아요." 나탈카가 말한다. "브랜디 한 잔 더하실래요?"

"꼭 그렇지만은 않다고요?" 베네딕트가 묻는다. "무슨 뜻이에요?"

"나는 남자하고도 자봤고 여자하고도 자봤다는 뜻이에요." 나탈카가 태연하게 말한다. "당신은 안 그래봤어요?"

"네." 베네딕트가 말한다. 에드윈은 그가 숫총각인지 궁금하다. 수사가 되려면 숫총각이어야 하나?

"나는 남자들하고만 잤다네." 에드윈이 말한다. "열 살 때쯤부터 내가 동성애자라는 것을 알았지." 또다시 사립 초등학교 시절과 샤워장에서 크로스랜드 소령을 본 기억이 떠오른다.

"나는 열 살 때로 돌아가고 싶어요." 나탈카가 말한다. "전쟁 전, 아빠가 떠나기 전, 남동생이 아직 살아 있던 때. 나는 학교를 정말 많이 좋아했어요. 나는 그 지역 전체에서 수학을 제일 잘했어요. 머리카락이 허리까지 내려왔고 모든 남학생들이 나랑 데이트하고 싶어 했어요."

"나는 학교를 좋아하지 않았어요." 그렇지만 베네딕트는 나탈카가 불러일으킨 이미지에 대해 생각하고 있는 듯하다. 에드윈의 눈에는 그렇게 보인다. "나는 늘 형이랑 누나를 따라갈 수 없다고 느꼈어요. 두 사람은 모든 면에서 나보다 훨씬 뛰어났어요."

"당신은 정말로 똑똑해요." 나탈카가 말한다.

베네딕트의 얼굴이 빨개진다. 아니면 그저 난로의 불빛이 반사돼서 붉어 보이는 것일 수도 있다.

"나는 책이랑 독서를 좋아하지만 시험을 별로 잘 치르지 못했고…… 있잖아요…… 학교에서 중요한 온갖 것들…… 그런 것들을 잘하지 못했어요. 휴고 형은 럭비를 했고 에밀리 누나는 하키를 했어요. 학교에서 매년 길버트와 설리번 오페라를 공연했는데 형이랑 누나는 항상 주인공을 맡았어요."

에드윈은 그냥 넘어가지 못한다. "오페라가 아니라 오페레타라네."

"당신은 목소리가 참 좋아요." 나탈카가 말한다. "카페에서 노래하는 것을 들었어요."

이제 베네딕트의 얼굴이 분명히 빨개지고 있다. "그래서 내가 수사가 됐나 싶어요." 그가 말한다. "그렇게 해서 노래를 하려고요."

"내가 보기에 그것은 좀 극단적이군, 젊은이." 에드윈이 말한다.

18장
베네딕트: 교육, 구원, 지옥행

베네딕트는 아침 일찍 잠에서 깨면서 왜 방에 기차가 지나가는지 의아하다. 그러다가 그는 2미터 정도 떨어져서 누워 있는 에드윈이 드르렁드르렁 코 고는 소리라는 것을 알아챈다. 베네딕트는 눈을 감고 다시 잠들려고 노력한다. 그는 분홍색 스웨터를 입은 나탈카, 광부들의 집에 대해 말하는 제스를 생각한다. '그래도 아직 정원이랑 인동덩굴이랑 사과나무는 남아 있어요. 다른 것은 다 없어졌지만요. 가끔 허물어진 집들을 생각하면 슬퍼져요.' 코를 고는 소리가 점점 커지다가 거칠게 멈추고 나서 다시 시작된다. 베네딕트는 일어나기로 결정한다.

그는 쉭쉭거리는 물소리가 룸메이트의 수면을 방해하지 않기를 바라면서 재빨리 샤워를 한다. 그는 잽싸게 옷을 입고 아래층으로 내려간다. 아침 7시이다. 식당에서 식탁에 아침 식사를 차리는 제스가 보인다. 베네딕트는 손을 흔들지만 곧바로 그녀를 지나서 현관 밖으로 나간다.

아름다운 아침이고, 밤에 내린 비로 잔디가 반짝거린다. 황야지대가 집 뒤로 솟아 있고 흘러가는 구름이 드리운 그림자가 벌판을 뒤덮은 히스 위로 지나간다. 새 한 마리가 높은 지대 어딘가에서 노래를 부르고 이곳은 공기마저 다른 향을 품어 뭔가 더 선명하고 강렬하다. 베네딕트는 길을 따라 걸으면서 폐허가 된 집들을 찾아보려고 한다. 길이 굽은 곳에 사과나무와 들장미가 자란 공간을 둘러싸고 있는 돌담이 보인다. 나탈카가 그 돌담에 앉아 있다.

"일찍 일어났네요." 그가 말한다.

"잠이 안 왔어요." 그녀가 말한다. 그녀는 한 손에 사과를 들고 있는데, 가지가 휘어지도록 열매가 가득 달린 나무들 사이에 있는 금발의 그 모습이 고전적인 그림에서 빠져나온 인물 같다. 〈파리스의 심판〉 같은 그림이라고나 할까. 그 그림에 담긴 전설에 대한 기억은 흐릿하지만 세상에서 가장 아름다운 여성을 선택하는 이야기와 관련있을 것이다.

베네딕트가 그녀의 옆에 앉는다. "괜찮아요? 에드윈이 어제 당신한테 좀 걱정거리가 있는 것 같다고 하던데."

"괜찮아요." 나탈카가 사과를 한입 베어 물고 얼굴을 잔뜩 찌푸린다. "시네요." 그녀가 사과를 높이 던지고 사과는 검은딸기 관목들 사이의 어딘가에 떨어진다.

"언젠가 저기에 다른 사과나무가 생기겠네요." 베네딕트가 말한다.

217

"100년 후에요." 나탈카가 말한다.

"수도원에서 배운 것이 그거예요." 베네딕트가 말한다. "시간은 중요하지 않아요. '주 앞에 천년만년이 한날과 같으니.'"

"당신은 인용해서 말하는 것을 정말 좋아해요, 안 그래요?"

"그렇게 하면 내가 진짜로 생각하고 있는 것을 말하지 않아도 되니까요."

"무슨 생각을 하고 있는데요?"

베네딕트가 그녀를 바라본다. 햇살을 받아 머리카락이 황금처럼 빛나는 그녀의 모습이 환상적이다. "애버딘에 도착하려면 아직도 최소한 다섯 시간은 더 가야 한다는 생각을 하고 있었어요." 그가 말한다. "늦어도 9시에는 출발해야 해요. 당신이 원한다면 내가 운전해도 돼요." 나탈카가 그의 제안을 거절하자 그는 안도해야 할지, 실망해야 할지 모르겠다.

"괜찮아요." 나탈카가 말한다. "나는 운전을 좋아해요." 그녀가 일어나서 스트레칭을 한다. "아침 먹기 전에 샤워를 해야겠어요." 그녀가 말한다. "에드윈은요?"

"내가 나올 때 세상모르고 죽은 듯이 자고 있었어요." 베네딕트는 죽은 듯이라는 말을 하지 않았어야 한다고 후회한다. 가슴에 십자가를 긋고 싶은 갑작스러운 충동이 일어난다.

"가서 에드윈을 깨우는 것이 좋겠어요." 나탈카가 말한다. "어젯밤에 거나하게 취한 것 같더라고요."

하지만 그들이 광부의 팔에 돌아와 보니 에드윈은 영국식 아침 식사가 가득 차려진 자리에 막 앉으려는 참이다. 트위드 재킷과 분홍색 나비넥타이 차림의 그는 평소처럼 활기차다. 나탈카가 샤워를 하러 위층으로 올라가자 베네딕트는 창가 탁자로 가서 에드윈과 같이 앉는다. 제스의 말에 따르면 배낭여행자들은 이미 떠났다.

"잘 잤나?" 에드윈이 묻는다.

"네." 베네딕트가 거짓말을 한다.

"나도 잘 잤다네." 에드윈이 말한다. 베네딕트는 이 말이 사실임을 안다. 제스가 다가오자 그는 토스트와 커피를 주문한다.

"제대로 된 아침을 먹지 그래." 에드윈이 블랙푸딩을 네 조각으로 자르면서 말한다. "우리는 점심을 거르게 될지도 몰라. 그 토론이 언제 시작한다고 했더라?"

"4시요. 도서관에서요." 베네딕트가 대답한다.

나탈카가 젖은 머리로 나타난다. 베네딕트는 계란과 베이컨과 블랙푸딩을 재빨리 먹어 치우는 그녀를 빤히 쳐다보지 않으려고 노력한다.

"그럼 오늘 계획은 뭐예요?" 그가 묻는다.

"일단 그 행사에 가야죠." 나탈카가 말한다. "행사가 끝나면 J. D. 먼로와 이야기하고요. 페기와 그 엽서에 대해서 물어봐요. 에드윈이 물어보는 것이 낫겠어요. 가장 덜 위협적이니까요."

베네딕트는 확신할 수 없지만 이 말이 칭찬이라고 생각한다.

이날도 차를 타고 가는 내내 풍경이 아름답다. 히스로 뒤덮인 황야 지대, 산, 호수. 그들은 약속한 대로, 표지판에 따르면 '1754년 이래 사랑의 고장'인 그레트나그린을 지나간다. 초록빛 언덕 아래 나지막한 흰색 집들이 자리 잡은 그림처럼 아름다운 마을이다.

"준비됐어요, 베니?" 나탈카가 말한다. "이 반지로 나는 당신과 맺어지고 어쩌고저쩌고."

"당신이 한다면 나도 할게요." 베네딕트가 아무렇지도 않은 척 말하려고 애쓴다.

"여보게, 이 사람." 에드윈이 말한다. "자네 몹시 겁에 질린 것 같네만."

태평한 목소리를 내려면 아직 연습이 더 필요한 모양이다.

그레트나그린 다음에는 로커비*가 나온다. 이곳의 이름도 도시 자체의 규모에 비해 상당히 널리 알려져 있다. 오늘날 이곳은 회색 벽돌집들과 고딕 양식의 탑들이 있는 평화로워 보이는 소도시이지만 지나가는 동안 아무도 말을 하지 않는다. 이 길을 따라가면 1996년에 초등학교에서 일어난 총기 난사로 학생 열여섯 명과 교사 한 명이 사망한 던블레인도 지나가게 된다. 이 아름다운 세상에 비극이 너무 많아. 베네딕트가 생각한다. 그는 표지판을 보고 작은 소리로 기도를 하고 나탈카는 십자가를 그어서

---

* 항공기 테러 사건으로 국제적으로 알려진 스코틀랜드의 도시. 1988년 12월 팬암 항공 103편이 테러리스트가 화물칸에 실은 폭탄으로 인해 로커비 상공에서 폭발, 추락하여 탑승자 전원과 주민 열한 명이 숨졌다.

그를 놀라게 한다. 그들은 M9번 고속 도로에서 차를 세우고 커피를 마시면서 기운을 낸다. 그 고속 도로 휴게소조차 베네딕트에게 이국적으로 보인다. 타탄 무늬 쇼트브레드와 산악 지대의 털북숭이 소가 가득하다. 그들은 가다가 먹으려고 샌드위치를 사고 나탈카는 하빈더에게 문자를 보낸다.

"그냥 정보 공유 차원에서요."

"그녀는 우리가 애버딘에 가는 것을 어떻게 생각해요?" 베네딕트가 묻는다. "우리가 참견한다고 생각하나요?"

"아닐걸요." 나탈카가 바로 대답하지만 얼버무리는 느낌이다. "지난번 밤에 그녀와 술을 마셨어요."

"그랬어요?" 베네딕트가 말한다. 왠지 그 모습이 잘 상상되지 않는다. 함께 있는 두 사람, 심각한 하빈더와 변덕스러운 나탈카. 하지만 그는 남녀 불문하고 끌린다는 나탈카의 말이 기억난다. 그날 둘이 술을 마신 것이 사실은 데이트였을까?

"우리가 애버딘에 간다는 말을 그녀에게 했어요?" 베네딕트가 묻는다.

"문자를 보냈어요." 나탈카가 말한다. "그녀는 가지 말라는 말은 안 했어요."

베네딕트는 그것과 승인은 아주 거리가 멀다고 생각한다.

스털링 주변에서 차가 막히고 다시 던디에서 정체가 시작된다. 그들이 3시 30분이 돼서야 애버딘에 진입한다. J. D. 먼로의 토론은 4시에 시작한다.

"길을 물어봐야겠어요." 나탈카가 버스 정류장에 차를 대고 백발의 행인을 불러 세운다.

"실례합니다, 선생님. 도서관으로 가는 길을 아세요?"

"아, 어디 보자." 남자가 그녀를 보고 눈을 반짝이며 말한다. 분명히 그는 기꺼이 시간을 내서 알려줄 것이다. "중앙 도서관에 가나요?"

베네딕트가 프로그램을 찾아본다. "네. 그렇습니다."

"교차로에서 우회전해서 스킨로를 따라 직진하면 돼요. 성당과 극장 옆에 있어요. 여기 사람들이 그 세 곳을 뭐라고 부르는지 알아요?"

"아니요." 나탈카도 눈을 반짝거리며 말한다. "말해주세요."

"교육, 구원, 지옥행." 남자가 말한다. "그럼 즐거운 하루 보내요."

나탈카가 베네딕트와 에드윈을 도서관 앞에 내려주면서 주차할 곳을 찾아보겠다고 말하는 동안 베네딕트는 여전히 남자가 한 말을 생각하고 있다. 교육, 구원, 지옥행. 행인의 스코틀랜드 억양이 아니라 마이클 수도원장의 아일랜드 억양으로 그 말이 들리는 듯하다. 지붕과 작은 탑이 있는 회색 석조 건물 세 채는 사뭇 인상적이다. 애버딘은 때로 화강암의 도시라고 불린다. 어마어마하게 큰 윌리엄 월리스William Wallace 조각상이 마치 셋 중에 마음에 드는 것을 고르는 듯 왕립 극장을 가리키고 있지만 에드윈과 베네딕트는 곧바로 도서관을 향해 계단을 올라간다. 토론이 막 시작되려는 참이다.

도서관이 상당히 넓고, 차 보온병과 랩으로 싼 컵케이크 접시가 놓인 테이블 옆 뒤쪽에 아직 자리가 남아 있다. 베네딕트는 사람들의 물결을 보면서, 글쓰기를 주제로 아주 유창하고 재미있게 이야기하던 덱스 챌로너와 치체스터 행사를 생각한다. 대단히 교양 있는 세계이다. 책, 도서관, 차와 케이크. 어떻게 이런 곳이 몇 마디 말 때문에 살해당하는 장소가 될 수 있을까?

돌연 베네딕트는 누군가 덱스의 이름을 말하고 있다는 것을 알아차리고 가슴이 철렁한다. 앞쪽에 서 있는 젊은 사서가 요청하고 있다. "이 축제에 참석하기로 한 훌륭한 작가 덱스 챌로너를 추모하며 1분간 묵념을 하겠습니다." 그는 프로그램에서 덱스의 이름을 본 기억이 난다. 그는 고개를 숙이고 죽은 이를 위해 조용히 기도한다. "그에게 영원한 안식을 주소서, 오, 주여." 그는 지난 며칠 동안 이 말을 상당히 많이 했음을 문득 깨닫는다.

모이라라고 자신을 소개한 사서가 활기차게 약력을 소개하면서 토론을 시작한다. "J. D. 먼로는 베스트셀러 『당신 때문에 저지른 짓이에요』를 쓴 작가입니다. 또한 『왜 나는 안 돼요?』와 『왜 나를 데려가지 않았나요?』, 이어서 최신작인 『당신이었어요』를 썼습니다." 아무래도 뒤의 책 세 권은 그리 많이 팔리지 않았나 보네. 베네딕트가 생각한다. 모이라가 몇 개의 수상 이력을 언급하자 JD의 얼굴이 맹렬하게 붉어진다. 그녀는 베네딕트의 예상보다 젊은 삼십 대 중반 정도이다. 피부가 희고 금발 머리가 머리핀에서 빠져나올 것처럼 풍성하다.

"수전 블레이크는 마이크 말론 경위가 등장하는 책을 스물다섯 권 쓴 작가이며 대단히 많은 팬이 있습니다." 그러나 상은 받지 않았군. 베네딕트가 생각한다. 짧은 분홍색 머리를 한 수전은 영 반항적인 표정을 짓고 있다. 베네딕트는 그녀가 오십 대라고 추측한다. 짐작건대 그녀는 마이크 말론에 대해서 20년 넘게 쓰고 있다. 가공의 인물과 그렇게 오랫동안 함께 사는 기분은 어떨까?

"베키 핀치의 데뷔작『내 남자 친구 뱀파이어』는 전 세계에서 100만 권 이상 팔렸으며, 티모시 샬라메가 주인공을 맡은 영화로 제작되고 있습니다. 그녀는 현재 속편을 집필하고 있습니다."베키는 가장 어린 토론자이다. 사실 그녀는 열다섯 살 정도로 보인다. 검은 머리를 치렁치렁 늘어뜨리고 코걸이를 했으며 찢어진 청바지와 가죽 재킷 차림이다. 이 자리에 전혀 어울리지 않는 느낌이다. 베네딕트는 그녀가 여기 참석한 세 작가 중에서 가장 성공한 작가라고 짐작한다. 적어도 금전적인 수익 면에서는.

첫 번째 질문은 "당신의 책은 어떤 내용인가요?" 같은 기본적인 종류이다. 베네딕트는 어느새 꾸벅꾸벅 졸고 있다. 나탈카가 와서 그의 옆자리에 쓱 앉는다.

"내가 뭐 놓친 것 있어요?" 그녀가 속삭인다.

"별것 없었어요." 베네딕트가 말한다.

수전 블레이크가 마이크 말론은 자신의 이상형이라고 설명하고 있다. "그는 거칠고 남자다워요. 먼저 행동하고 나중에 질문하죠." 베네딕트는 약간 우울해진다. 모이라는 다른 작가들에게 책에서 이상형을 묘사한 적이 있는지 묻는다.

"아, 없어요." J. D. 먼로가 말한다. "내 이상형은 존재하지 않아요."

"있어요." 베키 핀치가 빈정거린다. "내 이상형은 오래전에 죽은 뱀파이어예요."

모이라가 여성이 특별히 폭력적인 책에 끌리는가라는 질문을 토론자들에게 던지고 나서야 토론이 활기를 띤다.

"다른 여성들이 어떤지는 모르겠어요." 수전이 말한다. "하지만 나는 유혈이 낭자한 장면을 아주 좋아해요. 현실에서 마구 때리고 싶은 사람이 많지만 그럴 수야 없잖아요. 그래서 내 책에서 그렇게 해요." 관객석에서 웃음소리가 조금 들리고 수전이 관객을 향해 활짝 웃지만, 베네딕트는 그것이 당혹감이 섞인 웃음이라고 느낀다.

"여자들이 폭력에 대해 글을 쓰는 이유요? 폭력을 경험하기 때문이에요." 베키가 말한다. 이 단순한 진실이 실내에 남아 있던 웃음소리를 완전히 사라지게 한다. "남자들은 우리를 싫어해요. 책은 우리가 복수하는 수단이에요."

"어떻게 생각하나요, JD?" 모이라가 묻는다. 베네딕트는 그녀가 맨 마지막에 답변하는 경향이 있다는 것을 벌써 눈치챘다. "범죄 소설이 복수의 한 형태일까요?"

"잘 모르겠어요." JD가 머리 한 가닥을 빙빙 돌리면서 말한다. 멈춰요. 베네딕트는 그렇게 외치고 싶다. 그는 신학교에서 연설 기법을 배웠고, 회개하는 도둑에 대해 설교하는 중에 안경을 만지작거렸다고 비판을 받은 때를 아직도 생생히 기억한다. "내 책에 폭력 자체는 별로 나오지 않아요." JD가 계속 말한다. "모두 암시적이죠. 물론 아무리 묘사라지만 살인은 폭력이에요. 솔직히 말하면 나는 살인 장면을 생각해내기가 좀 힘들어요. 내가 아는 아주 놀라운 노부인이 있었는데 그분은 엄청나게 잔인하게 사람을 죽이는 방법을 기막히게 고안했어요."

다시 웃음소리가 파문처럼 번져간다. 모이라가 말한다. "그 놀라운 노부인에 대해 더 이야기해주세요."

"음……." JD는 이제 팔찌를 빙빙 돌리고 있다. "사실 아주 슬픈 이야기예요. 그분이 최근에 돌아가셨거든요. 어쨌든 나는 그분이 어떤 식으로든 냉전과 관련이 있다고 생각해요. 그분은 러시아와 스파이와 첩보 활동……에 대해 자주 이야기했어요." 그녀의 목소리가 서서히 잦아든다. 베네딕트는 토론장의 분위기에 서린 긴장감이 점점 커져 거의 적대적으로 변한다고 느낀다. 그는 '왜 실제 죽음을 대화에 끌어들이는 거지? 좀 천박하잖아, 안 그래?'라고 생각하는 백발의 범죄 소설 팬을 상상한다. 아니나 다를까 모이라가 재빨리 질의응답 시간으로 넘어간다. 대부분의 질문이 수전에게 쏟아진다. 분명히 관객 중에 마이크 말론의 팬이 많나 보다. 베키는 자기 취향과 맞지 않는 자리임을 간파했는지 상체를 뒤로 젖히고 천장을 빤히 응시한다. J. D. 먼로는 흥미로운 척하려고 더 열심히 애쓰지만 베네딕트는 그녀가 시계를 한두 번 쳐다보는 것을 포착했다.

그런데 한 사람이 J. D. 먼로에게 질문한다. 행사장 뒤쪽에서 남자의 목소리가 들린다. "당신은 누가 페기 스미스를 죽였다고 생각합니까?"

226

JD가 목에 손을 올리고 곧이어 격노한 얼굴이 확 붉어진다. 모이라가 명랑하게 질문한다. "그 사람은 당신의 책에 나오는 인물인가요?"

"아니요." JD가 말한다. "그게…… 저기…… 나는……."

모이라는 잠시 기다리다가 행사를 마무리한다. 나탈카는 벌떡 일어서서 질문자를 찾는다. "그 사람이 나가고 있어요." 그녀가 말한다. "내가 쫓아갈게요. 당신과 에드윈은 JD랑 이야기해요. 그녀를 놓치지 마요."

그녀는 그 말을 남기고 순식간에 나가고 베네딕트와 에드윈은 사인을 받는 탁자로 다가간다.

수전 블레이크 앞에 긴 줄이 서 있다. 베키는 사라진 듯하다. 한 사람이 JD에게 말하고 있다. 베네딕트는 본의 아니게 엿듣는다. "항상 작가가 되고 싶었지만 시간이 없었어요……."

그 작가 지망생이 떠나자, 에드윈이 『당신 때문에 저지른 짓이에요』를 탁자에 놓는다. 베네딕트와 에드윈은 책을 사지 않으면 예의가 아니라는 데 동의했다.

"'에드윈에게'라고 써주시겠습니까?" 에드윈이 BBC 시절의 옛날식 매력을 발휘하며 말한다. "나는 페기의 친구였답니다."

JD가 다시 목에 손을 올린다. "아까 그 질문한 사람이 당신이었나요? 누구였는지 보지 못해서요."

"아닙니다." 에드윈이 말한다. "하지만 우리는 당신과 이야기하고 싶습니다. 이쪽은 내 친구 베네딕트 콜입니다. 우리는 서식스에서 왔어요. 우리는 하빈더 카우어를 안답니다."

"카우어 경사요?" JD는 약간 안심한 기색을 드러낸다. "당신도 경찰인가요?"

말하면서도 영 믿지 못하겠다는 투이고, 베네딕트는 분홍색 나비넥타이를 맨 에드윈이 이상적인 잠복 수사관의 모습은 아니라고 확신한다.

"아니요." 에드윈이 안심시키는 웃음을 지으며 말한다. "우리는 그저 페기의 친구랍니다."

꼭 '도로시의 친구'*와 비슷한 소리 같네. 베네딕트가 생각한다. JD가 그 둘을 헷갈린다고 해도 무리가 아니야.

"같이 커피 한잔해도 될까요?" 에드윈이 말한다. "사인회가 끝난 후에요?" 순전히 예의를 차리려고 한 말이다. 줄을 서 있는 사람이 하나도 없다.

"좋아요." JD가 말한다. "대신 술집으로 가요. 술을 좀 마셔야겠어요."

그들은 근처 길모퉁이에 있는 랍 로이로 간다. 짙은 색 목재와 광이 흐르는 황동으로 장식된 곳이다. 베네딕트가 술을 사겠다고 나선다. JD와 에드윈은 진토닉을 주문하지만 베네딕트는 자기 몫으로 윈드스웹트 울프라는 맥주 1파인트를 주문한다. 그는 나탈카에게 문자를 보내 지금 있는 곳의 위치를 알린 후, 등받이

---

* 동성애자 남성, 넓게는 성소수자를 칭하는 은어.

가 높은 기다란 의자로 인해 다른 테이블들과 분리된 테이블에 앉아 있는 일행과 합류한다.

JD가 단숨에 술을 들이켠다.

"고마워요." 그녀가 말한다. "술이 필요했어요. 나는 그런 것을 싫어해요."

"토론이요?" 에드윈이 말한다. "왜요? 아주 잘하던데요." 베네딕트는 그저 에드윈이 예의 바르게 굴고 있다고 생각한다. 솔직히 JD는 그리 잘하지 않았기 때문이다. 그녀는 너무 많이 말하다가 너무 적게 말했고 특이하게도 자신의 신간에 대한 언급을 빼먹었다.

"출판사에서 그런 것을 바라거든요." JD가 말한다. "책을 쓰는 것만으로는 부족해요. 현장에 나가서 책을 팔아야 해요. 그런데 나는 그런 데 소질이 없어요. 온갖 재미있는 일화를 말하는 연습을 하고 가는데도 중간에 자연스럽게 그런 일화를 끄집어낼 방법을 못 찾겠어요. 끄집어낸다고 해도 결정적인 구절을 잊어버려요. 오늘 보셨겠지만 수전처럼 해야 해요. 항상 메시지를 전달해야 하죠. 아니면 베키처럼 흥미를 유발하든가요. 솔직히 나는 별로 흥미롭지 않은 사람이에요. 나는 그저 집에 앉아서 책을 쓰고 비스킷을 먹고 그게 다예요." 베네딕트는『당신 때문에 저지른 짓이에요』의 속표지에 적힌 약력을 생각한다. 그가 기억하는 한 남편이나 애인에 대한 언급이 없었다. 그는 JD가 토스카나와 브라이턴에서 돌아가면서 시간을 보낸다는 광고문을 읽은 기억이 난다. 하지만 그에 대해 묻자 JD가 의외로 호탕하게 웃는다.

"예전에 내가 토스카나에서 휴가를 보낼 예정이라는 말을 편집자에게 한 적이 있어요. 어찌 된 일인지 그 말이 '돌아가면서 시간을 보낸'고 와전됐어요. 대체로 나는 소파와 냉장고에서 돌아가면서 시간을 보내요. 딱 보면 아시겠지만요."

JD는 토론에서도 비슷한 말을 했다. "나처럼 비만이고 매력적이지 못한" 여성을 그녀의 책에서 보고 싶다는 식이었다. 왜 사람들은 이렇게 자신을 깎아내릴까? 너무 식상해. 베네딕트가 생각한다. JD는 키가 크지만 전혀 비만이 아니다. 이어서 그는 다시 생각한다. 그러고 보니 그도 그런가? 누군가 동의하지 않기를 은근히 바라면서 자신을 깎아내리나? 그렇다면 이제 멈춰야 할 때이다.

에드윈이 본론에 들어가기로 마음을 먹은 모양이다.

"페기를 어떻게 알게 됐나요, JD?" 그가 묻는다.

"아, 줄리라고 부르세요." 줄리가 아까의 웃음소리처럼 의외로 따뜻한 미소를 그에게 짓는다. "덱스가 나에게 페기에 대해 말했어요. 범죄 소설 창작 축제에서 만나 이야기를 나누던 중에 내가 줄거리를 구상하기가 어렵다고 말했어요. 첫 번째 책을 쓸 때는 술술 풀렸거든요. 거의 저절로 써지는 것 같았어요. 그런데 다음 책을 쓸 때는 고전했어요. 살인사건이 들어가야 하는데 독창적인 방법이 도무지 생각나지 않았어요."

"그래서 덱스는 페기가 도움을 줄 수 있다고 말했나요?" 베네딕트가 묻는다.

"네. 그는 그녀에 대해 농담을 했어요. 그녀가 타고난 암살자라고 말하더군요."

베네딕트와 에드윈이 눈길을 주고받는다.

"그는 상냥한 노부인의 몸에 살인자의 영혼이 감춰져 있다고 말했어요. 물론 농담이었어요. 어쨌든 페기에게 꼭 연락해보라고 했어요. 그는 늘 그렇게 관대했어요. 아무 이득이 없더라도 항상 다른 작가들을 도왔어요. 나는 페기에게 편지를 썼고 그녀는 내 책에 쓸 아주 멋진 아이디어를 생각해냈어요."

"페기를 직접 만난 적이 있나요?" 에드윈이 묻는다.

"아니요." 줄리가 애석한 듯 말한다. "하지만 우리는 이메일과 편지를 많이 주고받았어요. 페기는 편지를 아주 잘 썼어요. 그리고 나는 항상 책에 들어가는 감사의 말에서 그녀를 언급해요."

"PS: PS에게." 베네딕트가 말한다. "페기 스미스에게 보내는 후기 말이죠."

"네." 줄리가 말한다. "페기는 그것을 마음에 들어 했어요. 그녀는 암호와 퍼즐을 아주 좋아했어요. 날마다 암호 십자말풀이를 했어요. 아, 죄송해요. 당연히 당신도 알았겠네요."

"우리는 함께 암호 십자말풀이를 했답니다." 에드윈이 말한다. "페기가 나보다 훨씬 빨랐어요. 나는 철자 바꾸기 문제를 잘 못 풀었어요. 아까 페기가 냉전과 관련 있다고 말하더군요. 나는 한 번도 들어보지 못한 이야기랍니다."

"들은 대로 기억하려고 노력하는 중이에요." 줄리가 말한다. "페기가 그런 뜻을 넌지시 풍긴 적이 있었지 싶어요. 그녀는 사실 러시아를 꽤 많이 거론했어요."

"**쿨라크**." 에드윈이 말한다.

"맞아요." 줄리가 빙그레 웃으며 말한다. "페기는 아들을 그렇게 불렀어요. 그는 아주 따분한 사람 같았어요. 어떻게 해서 페기가 러시아에 대해서 그렇게 많이 알았는지는 모르겠어요. 사실 나는 페기의 과거를 잘 몰라요. 분명히 당신이 나보다 더 많이 알거예요." 그녀가 에드윈에게 말한다.

"그렇지도 않아요." 에드윈이 말한다. "나는 페기의 남편이 해군에 복무했다는 것을 알아요. 페기는 남편에 대해 별로 이야기하지 않았지만 그를 평생 사랑했다고 말한 적이 있었어요. 페기는 그 후로는 남자에게 관심이 없었어요. 무슨 말이냐면, 그가 세상을 떠났을 때 페기는 고작 육십 대 초반이었거든요. 얼마든지 다시 결혼할 수 있었을 텐데도 하지 않았어요. 나는 그 점이 아주 사랑스럽다고 생각했어요. 페기는 공무원 일을 좋아했고 후에 다시 공부해서 사서가 됐어요. 처음에 쇼어햄으로 이사 왔을 때 도서관에서 시간제로 근무했답니다."

"페기가 러시아에 간 적이 있을까요?" 베네딕트가 묻는다.

"아니." 에드윈이 말한다. "내 생각에 페기는 대부분 책 속에서 여행을 했다네. 한 잔 더 드실 분?"

"내가 살 차례예요." 줄리가 말한다. 그런데 그때 나탈카가 안경을 낀 키 큰 남자를 데리고 의자 뒤에서 나타난다.

"이쪽은 랜스예요." 그녀가 말한다. "아까 그 질문을 한 분이에요. 작가예요. 이분도 페기를 안대요. 우리를 돕기로 했어요."

랜스는 그런 말을 한 적이 없다는 표정을 짓는다. 페기에 대해 다소 어색한 대화가 오가다가 랜스가 술을 사겠다고 나선다. 랜스와 JD가 서로 술을 살 차례라고 실랑이를 벌이며 바를 향해 간다. 에드윈이 화장실을 찾으러 가고 베네딕트는 어느새 나탈카와 단둘이 나란히 앉아 있는 것을 깨닫는다. 기다란 나무 의자 너머에서 중얼거리는 소리가 그들의 침묵을 깬다.

"이제 진전이 보이네요." 베네딕트가 말한다. "내 말은, 사건이요."

"아마도요." 나탈카가 말한다. "랜스도 그 편지를 받았대요. 그 사람은 처음에 여기 오지 않으려고 했는데 내가 설득했어요."

베네딕트는 왜 랜스가 오지 않으려고 했는지 궁금하다. 그저 그들과 어울리고 싶지 않기 때문일까, 아니면 뭔가를 숨기고 있기 때문일까? 왜 그는 그 질문한 직후에 도서관 행사장에서 나갔을까? 베네딕트가 나탈카에게 어떻게 생각하는지 물어보려는 찰나 그녀의 표정이 확 바뀐다. 너무 즉각적이고 완전한 변화라 충격적일 정도이다.

"들어봐요." 그녀가 칸막이를 가리키며 말한다.

"뭘요?"

"그 남자들이에요. 나를 죽이러 왔나 봐요."

19장
하빈더: 파라타

사실 하빈더는 애버딘에 간 나탈카 일행 때문에 불같이 화가 치민다.

"감히 어떻게?" 그녀가 닐 윈스턴에게 분통을 터뜨린다. "그 사람들은 도대체 어쩌자고 그런 짓을 벌인 거지? 이게 게임이라도 되나…… 무슨…… **자동차 여행**이라도 되냐고. 살인사건 수사라는 것을 모르는 거야?"

닐은 운전 중이라 잠시 침묵한다. 두 사람은 랜싱 근처 마을에 사는 나이절 스미스를 조사하러 가는 길이다. 닐은 구불구불한 시골길을 운전할 때는 항상 각별히 조심한다.

마침내 그가 입을 연다. "그 사람들은 왜 갔대?"

유감스럽게도 핵심을 찌르는 질문이고 곧이곧대로 대답하면 하빈더의 실수가 드러날 판이다.

"내가 나탈카를 만나서 술 한잔했어." 그녀가 말한다. "그냥 우리 엄마 간병인을 구하는 것 때문에 의논 좀 하느라고. 내가 그 자리에서 J. D. 먼로에 대해 말했어. 그녀도 그 엽서를 받았고 애버딘에 갈 예정이라고."

"너는 그런 말을 왜 했는데?"

하빈더는 정직하게 대답하려고 애쓴다. 부분적으로는 나탈카가 가상 화폐 사기에 대해 솔직히 털어놨기 때문이지만, 부분적으로는 하빈더가 경계심을 내려놓고 아름다운 여성과 술을 마시는 시간을 즐겼기 때문이다. 이 말을 닐에게 그대로 할 수는 없는 노릇이다. 물론 닐은 하빈더가 동성애자라는 사실을 알지만, 여자에게 끌리는 것과 동성애를 결코 동일하게 생각하지 못할 것이 빤하다.

"나야 나탈카가 페기에 대해 아는 것이 더 있는지 알아보려고 그랬지." 그녀가 듣기에는 영 빈약한 대답이지만 닐은 그대로 수긍한 모양이다.

"그래서 나탈카가 그 카페 남자랑 스코틀랜드에 갔구먼." 그가 말한다. "그럼 둘이 연애 중인가?"

연애라니. 요즘 세상에 누가 연애라는 말을 해? 하빈더는 닐의 표현을 놀려먹을 기회를 아쉽게 그냥 날려버린다.

"페기의 이웃 노인인 에드윈을 데리고 갔어." 그녀가 말한다. "낭만적인 여행이라고 할 수는 없지."

"그냥 아마추어 탐정 흉내를 내고 있네." 닐이 말한다. "그 사람들 걱정은 하지 마."

그녀는 닐의 말이 맞기를 바랄 수밖에 없다. 그들은 곧 마을에 도착한다. 너무 예쁜 마을이라 하빈더의 이가 욱신거릴 지경이다. 물론 닐은 지나치게 웅장해서 번지수가 여러 개인 그 저택을 찾느라고 오리가 노는 연못을 빙 둘러가면서 천국에라도 온 양 행복해한다.

"완벽한 영국 마을이야."

"인종 차별주의자들과 파시스트들이 득실거리겠지." 하빈더가 전화기로 길을 찾으면서 말한다.

"왜 그런 말을 하냐?" 닐이 말한다. "나는 진짜 이런 곳에서 살고 싶어. 꼭 크리스마스카드 같아."

"내 말이." 하빈더가 중얼거린다. 그녀는 자신이 못되게 굴고 있다는 것을 안다. 닐은 그렇게 나쁜 사람은 아니다. 그저 그는 전형적인 영국식에 대한 특정한 생각에 사로잡혀 있다. 그 생각이 피부색이 빙 크로스비Bing Crosby*의 크리스마스 노래처럼 하얗지 않은 유색인들에게는 적용되지 않을 뿐이다.

마침내 그들은 마을의 녹지에서 멀찍이 떨어져 높은 담장과 나무로 둘러싸인 저택, 하이 트리스High Trees를 찾아낸다. 분명히 나이절은 집에 불쑥 들르는 사람들을 별로 좋아하지 않는 유형이다. 그래도 그는 그들이 온다는 것을 알고 있는지라 상냥한 표정을 지으려고 노력하며 문을 연다. 샐리가 그의 뒤에서 서성이고 있다.

"찾아오기 어렵지는 않았죠?"

---

* 1940년대에 〈화이트 크리스마스〉를 부른 미국 가수이자 배우.

"괜찮았습니다." 하빈더가 말하며 다소 비만인 스패니얼을 피해 간다. 그녀는 술탄 때문에 엄마의 다리가 부러진 후로 개와 약간 거리를 두는 중이다. 오지라는 이름의 이 개는 그녀의 친구인 클레어의 개 허버트를 연상시킨다. 허버트는 사람들의 개인 공간을 침범하기 좋아하는 응석받이 털뭉치다.

"앉아, 오지만디아스." 샐리가 영 효과 없는 투로 말한다.

오지만디아스라니. 역시나.

나이절이 가죽으로 장정한 책이 가득한 서재로 그들을 안내한다. 하빈더는 여기에 덱스 챌로너의 작품이 하나도 없으리라고 속으로 장담한다. 사실 방 전체가 하빈더가 좋아하는 부동산 잡지에 나오는 모델 하우스 같다. 고풍스러운 슈트케이스들과 기차역의 커다란 시계까지 전시돼 있다.

샐리가 차를 준비하려고 오지만디아스를 데리고 서둘러 나간다.

"덱스 챌로너에 대해서 이야기하고 싶습니다." 하빈더가 말한다. "그 사람에게 일어난 일을 들으셨죠?" 솔직히 말해서 덱스의 죽음을 모를 리 없다. 그 작가의 살인사건이 모든 뉴스에 나왔고 지역 신문에서도 온통 그 이야기뿐이었다.

"네." 나이절이 대단히 비싸 보이는 사무용 의자에 몸을 묻으며 말한다. "그런 무서운 일이 생기다니."

"당신의 어머니와 덱스가 친구였다더군요." 하빈더가 말한다. "우리는 두 사람의 죽음이 관련됐을 가능성을 조사하고 있습니다."

"잠깐만요." 나이절이 일순 발끈한다. "우리 어머니의 죽음은 자연사였습니다."

하빈더는 자기 어머니의 사망에 대해 말하는 나이절의 입에서 이런 법률 용어가 지나치게 쉽게 나오는 게 흥미롭다.

"그렇지 않다는 말이 아닙니다." 하빈더는 사실 그렇지 않다고 생각하면서도 그냥 말한다. "그저 당신의 어머니가 덱스 챌로너의 책과 연관돼 있다는 말입니다."

"'연관'이라는 말이 적절한지 모르겠군요." 나이절이 말한다. "어머니는 덱스의 어머니인 베로니카를 아셨습니다. 그것이 전부입니다."

"어머니는 덱스를 위해 살인을 고안하셨죠." 샐리가 쟁반을 들고 들어오면서 말한다. "어머니는 그 일을 아주 자랑스러워하셨어요. 어머니는 살인사건 추리물을 굉장히 좋아하셨어요."

나이절은 딱 범죄 소설에 나올 법한 표정을 아내에게 짓는다.

"이유를 모르겠군요." 나이절이 말한다. "어머니는 지적인 여성이셨습니다."

"지적인 사람은 범죄 소설을 읽지 않습니까?" 하빈더가 묻는다. "덱스는 옥스퍼드 대학교 출신인데요."

"그것은 다르죠." 나이절이 말한다. 아무렴, 어련하시겠어. 하빈더가 생각한다. 우선 한 가지 이유를 대자면 덱스는 남자였다.

"페기가 덱스의 책의 자문을 맡았다는 말을 하던가요?" 하빈더가 여전히 문가에서 서성대고 있는 샐리를 향해 묻는다.

"약간요." 샐리가 말한다. "나이절의 말대로, 어머니는 덱스가 자기 어머니를 만나러 시뷰 코트에 방문했을 때 그를 알게 되셨어요. 그는 범죄 소설에 대한 어머니의 지식에 감명을 받았죠. 어머니는 모든 범죄 소설을 읽으셨어요. 황금기 작품부터 아주 최근의 작품까지요. 최근 작품의 일부는 아주 폭력적이었어요. 어머니가 지금까지 사용되지 않은 새로운 살인 방법을 제안하셨다고 하더라고요. 독이 든 향이요. 불을 붙여서 향기를 피우는 그 향이요. 텍스가 그 방법을 소설에 썼어요. 그는 작가의 말에서 감사 인사를 했어요. 그때부터 항상 어머니에게 원고를 보냈고 가끔 어머니의 제안을 받아들였어요."

"독이 든 향이라." 하빈더가 말한다. "『아침 예배의 살인』에 나온 장면 아닌가요?"

"모르겠어요." 샐리가 말한다. "텍스 챌로너의 책을 한 권도 읽지 않아서요. 나는 애거사 크리스티 쪽에 가까운 여자애거든요."

하빈더는 샐리 스미스가 자신의 지성에 관심이 쏠리지 않게 하려고 스스로를 여자애라고 지칭하는 종류의 여자라고 생각한다. 하빈더는 자기 엄마한테서도 동일한 경향을 감지한다.

"나는 책을 별로 읽지 않습니다." 닐이 평소에 그렇듯이 허풍 섞인 유머 감각을 뽐내며 한 수 거든다. 이 역시 나름대로 주의를 분산시키는 전략이다. "나는 출판계와 완전히 거리가 멉니다. 우리가 텍스의 편집자와 홍보 담당자를 만나러 갔거든요. 홍보 담당자인 피파는 페기와 베로니카를 함께 만난 적이 있다고 기억하더라고요. 피파가 보기에 두 사람이 러시아에 대해 뭔가 아는 것 같더래요. 아마 냉전 시절에 관해서던가?"

"어머니는 공무원으로 일하셨습니다." 나이절이 대화를 중단하고 싶다는 뜻이 다분한 투로 말한다.

다행히 샐리의 생각은 다르다. "늘 나는 어머니가 스파이였다고 생각했어요." 샐리가 해맑게 끼어든다. "어머니가 베로니카와 나누던 대화에서 그런 느낌이 풍겼어요. 그리고 모스크바에서 우크라이나인들과 관련된 일도 있었고요."

"그것은 상관없는 일이잖아." 나이절이 툭 쏘아붙였다.

그거야 우리가 판단할 일이지. 하빈더는 속으로 생각하며 묻는다. "모스크바에서 무슨 일이 있었습니까?"

"아, 어머니가 러시아에 가셨을 때 생긴 일이에요. 어머니는 그곳에 상당히 자주 가셨거든요. 음, 어머니가 마지막으로 가셨을 때 연세가 칠십 대였어요. 친구와 여행을 가셨죠. 두 분에게 정말로 멋진 모험이었어요. 어쨌든 두 분이 스파이일지도 모르는 우크라이나인들과 우연히 만나셨나 봐요. 러시아가 크림반도를 합병하기 전이었어요. 그나저나 어머니와 친구가 이 남자들을 숙소에 숨겨주셨나 봐요. 그래서 러시아 당국과 마찰이 벌어지는 바람에 대사관이 개입했죠. 러시아에 있는 나이절의 친구들도 도왔고요. 결국 무사히 해결됐답니다."

"아주 흥미롭군요." 하빈더가 말한다. "그 여행 친구의 이름을 아나요?"

"조앤 테이트라는 분이에요." 샐리가 말한다. "아직 살아 계시지만 알츠하이머병에 걸리셨어요. 루이스 근처에 있는 요양원에 계신답니다. 주소가 어디 있을 거예요. 나는 지금도 그분에게 크리스마스카드를 보내거든요."

"아주 큰 도움이 되겠네요." 하빈더가 말한다. "고맙습니다."

"다 소용없는 일이에요." 나이절이 말한다. "정신이 온전치 않은 분이에요. 완전히 미쳤어요. 나라면 굳이 신경 쓰지 않을 겁니다."

그건 당신 생각이고. 하빈더는 나이절이 어머니에 대해서 말할 때마다 얼굴을 이상하게 씰룩거리는 것을 아까부터 알아챘다. 지금 그의 얼굴은 팔딱팔딱 맥박이 뛰는 오렌지 같다.

"그 사람 뭔가 숨기고 있어." 닐이 그 완벽한 마을을 빙 둘러싼 과속 방지턱들을 조심스럽게 지나가면서 말한다.

"그래?" 하빈더가 묻는다.

"응, 그래." 비꼬는 말 알아차리기와 운전을 동시에 소화하지 못하는 닐이 대답한다. "안 그래?"

"당연히 그렇지." 하빈더가 참을성 있게 말한다. "빤히 보이잖아. 문제는 이거야. 무엇을 숨기고 있을까?"

"자기 어머니에 관한 거야." 닐이 말한다.

닐은 꼭 작은 숲속 동물 같아. 하빈더가 혼잣말을 한다. 자기 몸집보다 커다란 열매를 조금씩 갉아먹는 귀여운 다람쥐.

"나이절이 러시아 이야기를 터놓고 이야기하지 않으려 하던데." 그녀가 말한다. "덱스는 러시아 스파이들에 대한 글을 썼고, 페기는 실제로 모스크바에서 스파이들을 만났어. 이제 둘 다 죽었고."

"러시아인들이 굳이 번거롭게 쇼어햄의 노인 보호 주택에 사는 할머니를 죽였을리고."

"정말? 그럼 올해 초에 솔즈베리에서 러시아의 독살 시도로 쓰러진 그 불쌍한 사람들은 뭔데? 그 이야기 못 들은 거야?"

"아, 맞다. 피자헛에서 독극물에 중독됐지?"

"아니, 지지라는 레스토랑이었어." 하빈더가 말한다. "어쨌든 그것은 중요하지 않아. 핵심은 러시아인들은 영국에서 조용히 사는 사람들을 충분히 죽일 수 있다는 것이지. 텍스는 러시아인들에 대해 썼어. 그때 내가 읽어준 부분 기억나? 페기의 책상에서 찾은 글. 그것이 텍스의 신작 『공원의 살인』 중 한 부분일 거야. 그리고 그 책상에 조앤에게 받은 편지도 있었지."

"같은 조앤일까?"

다람쥐가 나무에 올라가서 벼룩을 잡으려고 털을 뒤적인다.

"가능성이 다분해." 하빈더가 말한다.

"그런데 너 그 편지의 글씨를 제대로 읽지 못했잖아?"

"우리 둘 다 못 읽었지. 필적학자가 빨리 해독해서 보내주면 좋겠는데."

하빈더는 닐이 필적학자가 뭐냐고 물어보리라고 예상하지만 그는 다른 소리를 한다. "그리고 페기를 감시하는 남자들이 있었다면서. 그 사람들도 러시아인들일까?"

하빈더는 마침내 닐이 스스로 이 연관성을 찾아내서 대견하다. "나탈카는 그들이 자기를 쫓고 있다고 생각해." 하빈더가 말한다. "나탈카가 우크라이나에 살 때 위험한 일에 개입했나 봐.

가상 화폐 사기."

"가상 화폐? 비트코인 같은 거야?"

"맞아. 나탈카 말로는 가상 화폐 초창기에 일어난 일이래. 그녀는 키예프에 있는 대학에서 수학을 공부했어."

"네 친구 나탈카가 의외의 복병이구나."

"나탈카는 내 친구가 아니야." 하빈더는 혹시 닐이 엉뚱하고 의뭉한 나름대로의 방식으로 무엇인가를 암시하고 있나 싶다. "그런데 나탈카가 다른 말을 하기는 했어. 페기가 베로니카의 죽음에 대한 실마리는 그 책 속에 숨겨져 있다고 마리아에게 말했대. 『감사 단식』이라는 책 말이야. 베네딕트가 그 책의 줄거리를 나한테 이메일로 보냈어. 터무니없는 이야기 같더라."

"마리아가 누구야?"

"간병인. 사실 지금 우리 엄마를 돌보는 간병인이 마리아야. 가는 길에 우리 집에 잠깐 들러도 될까?"

"괜찮지." 닐이 말한다. "어머니가 그 납작한 빵을 만들어주실까?"

"우리 엄마 다리 부러져서 목발 짚고 다니잖아." 하빈더가 말한다. "파라타를 만들 시간이 없다고."

사실 하빈더는 집에 가면 엄마가 요리를 하고 있을 뿐만 아니라 닐에게 집에 가져가라고 음식을 바리바리 싸줄까 봐서 불안하다.

아니나 다를까 비비는 요리를 하고 있다. 그녀는 적어도 식탁 앞에 앉아서 맹렬히 양파를 썰고 있고 하빈더의 오빠 아비드는 스토브 앞에서 뭔가를 젓고 있다.

"아비드가 큰 도움을 주고 있단다." 비비가 말한다. "아주 훌륭한 요리사가 되고 있어."

하빈더의 눈에는 아비드의 등만 보이지만 그가 능글맞게 히죽거리고 있을 것이 분명하다.

"남자는 10분 동안 음식을 젓기만 해도 갑자기 제이미 올리버가 되네요." 하빈더가 말한다. "그런 생각도 병이에요."

"너는 마지막으로 요리한 것이 언젠데, 동생아?" 아비드가 묻는다. "안녕하세요, 닐."

"안녕, 아비드." 닐의 목소리가 한 옥타브 내려간다. 하빈더는 닐이 그녀의 오빠들을 무서워한다는 것을 안다. 둘 다 키가 180센티미터가 훌쩍 넘는데 터번을 두르면 더 커 보인다.

"애들도 데리고 왔어?" 하빈더가 묻는다. 그녀가 보기에 아비드와 카라 부부는 아이들을 돌보는 일에서 벗어나고 싶을 때만 집에 온다.

"아니." 아비드가 커리의 향을 풍기면서 말한다. "그냥 엄마 보려고 들렀어. 이 근처에서 일이 있었거든." 비비는 아들 아비드가 직원을 셋이나 둔 사장이고 명함도 따로 있다고 사람들을 만날 때마다 자랑한다.

"술탄은 어디 있어?" 하빈더가 개를 찾느라고 주위를 두리번거리면서 묻는다. 또다시 엄마가 술탄 때문에 발을 헛딛고 넘어지는 일은 절대 사양이다.

244

"아래층에. 가게에서 아빠 도와주고 있지."

"술탄이 선반에 물건을 진열하기라도 해?" 하빈더의 말은 야
멸차도 속마음은 그렇지 않다. 왠지 부모님은 그 멍청한 동물이
그들의 가장 좋은 친구이고 협력자라고 진심으로 믿는다.

"닐에게 먹을 것 좀 주려무나." 비비가 말한다. "방금 파라타를
만들었단다."

"닐은 배 안 고프대요." 하빈더가 말한다. "엄마 괜찮은지 보려
고 잠깐 들른 거예요. 아비드 오빠처럼. 우리는 요즘에 살인범을
잡느라고 상당히 바빠요."

"음식 한 접시 먹을 시간도 없다니." 비비가 말한다. 닐은 그 정
도야 당연히 가능하다고 열심히 피력한다.

곧 닐은 한 상 가득 차려진 식탁 앞에 앉아서 사모사, 파라타,
차크리를 야금야금 해치우고 있다. 하빈더는 먹을 시간이 없다
고 말하고 싶지만 안타깝게도 엄마가 음식을 워낙 잘하는지라
어느새 그녀도 우적우적 먹고 있다. 비비는 마리아가 와줘서 아
주 행복하다고 말한다. "참 다정한 여자야. 아이가 셋이래. 그런
데도 시간을 내서 나 같은 사람들을 돌봐주다니."

"엄마, 그것이 그 사람 직업이에요." 하빈더는 케어포유를 통
해서 마리아를 정식으로 고용하기로 했다. 괜히 소개소를 거치
지 않고 뒤로 일을 줬다가 나중에 곤란한 상황이 생길지도 모르
기 때문이다. 나탈카는 자기 말대로 하지 않은 하빈더를 얼간이
라고 생각할 것이다. 나탈카에 대해서 생각하는 것만으로도 다
시 짜증이 확 올라온다. J. D. 먼로를 만나러 애버딘에 가다니, 대

체 어쩌자는 걸까? 이것은 게임이나 정신 나간 자동차 여행이 아니다. 살인사건 수사이다. 렉스는 살인 전문가에게 머리를 명중당했다. 페기도 살해당했을지 모른다. 하빈더는 J. D. 먼로의 협박 메시지에 대해 나탈카에게 말한 것에 죄책감을 느낀다. 하지만 나탈카가 만사 제쳐놓고 옛날 옛적 TV 프로듀서와 전 수사이자 현 커피숍 주인까지 데리고 970킬로미터나 떨어진 곳까지 차를 몰고 갈 줄 하빈더가 어떻게 알았겠는가? 마침 그때 핸드폰이 울린다.

하빈더는 문자를 클릭한다. 엄마가 뒤에서 하는 소리가 들린다. "……항상 전화기에 매달려 있답니다. 닐은 집에서 안 그러죠?" 다행히 닐의 입에 음식이 가득 차 있어서 대답하지 못한다.

나탈카가 보낸 문자이다.

랜스 포스터 만났어요. 그 사람도 엽서 받았대요. 상황이 복잡해지네요!

왠지 그놈의 느낌표가 가장 화를 북돋는다.

20장
나탈카: 목소리

나탈카는 처음부터 랜스가 마음에 든다. 도서관에서 사람들 뒤편에서 울려 퍼지는 폐기에 대한 질문을 들을 때 그 목소리마저 마음에 들었다. 에드윈의 단정한 BBC 목소리나 베네딕트의 쑥스러워하는 상류층 목소리와 달리, 깊고 권위적인 목소리였다. 언뜻 본 그의 얼굴이 목소리와 어울렸다. 나탈카가 직접 쫓아가겠다고 나서서 도서관 밖으로 뛰어나온 것은 순전히 이 수수께끼 같은 낯선 사람에 대한 호기심 때문이었다.

나탈카는 지면보다 한 층 낮은 정원 옆에서 그를 따라잡는다. 그는 길을 확실히 알고 있는 듯 자신 있게 성큼성큼 걷고 있다. 하지만 그녀가 더 빠르다. 기능성 운동화를 신은 그녀가 화강암 계단을 날듯이 뛰어 내려간다.

"이봐요! 기다려요!"

그가 돌아본다. 매부리코와 짙은 눈썹에 뿔테 안경을 쓴 키 큰 남자이다. 코와 안경과 눈썹이 한 세트로 나온 것 같은 모양새인데도 상당히 매력적이다. 나탈카는 첫눈에 그가 자신보다 나이가 많겠다고 생각한다. 사십 대 중반, 아니면 오십 대일지도 모른다.

"도서관에 있던 분이죠?" 나탈카가 일주일에 두 번씩 킥복싱을 하는데도 약간 숨을 헐떡이며 말한다. "페기 스미스에 대해 질문했잖아요."

"누구십니까?" 남자가 묻는다. 걸맞지 않은 질문 같다.

"나는 나탈카 콜리스니크예요. 페기의 죽음을 조사하고 있어요."

"그럼 경찰인가요?" 어떤 기색이 남자의 얼굴에 서린다. 두려움은 아니다. 그보다 미묘한 느낌, 어쩌면 재미있어하는지도 모른다.

"아니요. 나는 페기의 친구였어요. 우리는 사설탐정이에요." 그럴싸한 말인걸. 나탈카는 그 명칭이 상당히 자랑스럽다.

"우리라고요?"

"나는 여기에 두 친구와 함께 왔어요. 우리는 페기의 죽음이 이것과 관련이 있다고 생각해요." 나탈카는 공원을 둘러싸고 높이 솟은 도서관, 교회, 극장을 향해 한 손을 흔들었다. "이 범죄소설의 세상이요."

"무례하게 굴고 싶지는 않습니다만." 말은 이렇게 해도 결국 무례한 말을 할 것이다. "당신은 범죄 소설을 너무 많이 읽은 것 같군요."

"당신은요?" 나탈카가 말한다. "당신은 그 질문을 한 다음에 나가버렸어요. 당신이야말로 너무 많은 재판 그런 것을 읽는 것 아닌가요?"

"재판 그런 것이요? 법정 드라마를 말하는 건가요? 그나저나 어디 출신이에요?"

"우크라이나요. 페기를 어떻게 알죠?"

남자가 한숨을 쉬며 안경을 밀어 올린다.

"복잡한 사연이 있습니다만, 기본적으로, 페기는 한 책에 대해 나에게 조언했어요."

"그럼 당신은 범죄 소설가인가요?"

"그렇지는 않아요. 나는 문학 작가입니다. 하지만 내 소설에는 범죄 장르의 요소가 약간 들어갑니다."

나탈카는 그런 요소가 그나마 그 책에서 최고의 부분일 것이라고 생각하면서 그에게 이름을 묻는다.

"랜스 포스터예요. 나는 『라오콘』이라는 책을 썼어요. 이 책을 상당히 좋아한 사람들이 좀 있었을 겁니다."

"알아요.《타임스》가 그 소설이 걸작이라고 했잖아요."

랜스가 눈썹을 치켜 올렸다. "그 책에 대해 들어봤어요?"

"페기 스미스의 집을 치우다가 그 책을 봤어요. 페기에게 헌정한다는 말이 적혀 있더라고요."

"'페기 스미스, **사인 퀴버스**', 무슨 뜻이냐면……."

"무슨 뜻인지 알아요." 나탈카가 말한다. 베네딕트가 번역해줄 때까지는 몰랐으면서도. "왜 J. D. 먼로에게 누가 페기를 죽였는지 아느냐고 물었죠?"

"나는 그녀의 책 중 한 권을 읽다가 감사의 말에서 그 구절을 봤어요. PS: PS에게. 게다가 그녀는 아까 토론에서 페기에 대해 언급하기도 했죠. 그러니 나도 모르게 묻게 되더군요."

"왜 페기가 살해당했다고 생각하죠?"

랜스는 또다시 약간 재미있다는 표정을 짓는다. "당신은 생각나는 대로 말하는 편이군요?"

"당신이 한 말이잖아요. 당신이 '누가 페기 스미스를 죽였다고 생각합니까?'라고 물었어요."

랜스가 어깨를 으쓱했다. "그냥 농담이었어요."

"아닌 것 같은데요."

한 여자가 칭얼대는 아기가 탄 유모차를 밀면서 그들을 지나치는 동안 랜스는 침묵한다. 여자 뒤로 교복을 입은 두 아이가 따라간다. 나탈카는 여섯 시쯤 됐나 보다 하고 생각한다. 하늘이 벌써 어둑어둑해지고 있다. 이곳은 서식스보다 저녁이 빨리 찾아온다.

"처음에는 아무 생각이 없었어요." 마침내 랜스가 입을 연다. "나는 한 축제에서 덱스 챌로너를 만날 때까지 페기가 죽었는지도 몰랐습니다. 그런데 덱스가 그렇게 끔찍하게 살해당했고 나는 엽서를 받았어요. 엽서는 봉투에 들어 있었는데 그곳에 적힌 단 한 줄은……."

"'우리가 당신을 찾아간다.'"

이제 그는 진짜로 그녀를 빤히 쳐다본다. "어떻게 알았죠?"

"J. D. 먼로도 그 엽서를 받았어요." 나탈카의 전화기가 진동한다. 그녀는 재빨리 문자를 확인한다. "가서 그녀와 이야기해보자고요." 나탈카가 말한다.

처음에 랜스는 가고 싶어 하지 않는다. 이상하게도 동료 작가가 있다는 사실이 왠지 내키지 않는가 보다. "누군가는 이런 축제의 사교적인 면을 피하려고 한답니다." 나탈카는 영국인이 이런 부정 대명사를 주어로 말하는 것을 한 번도 들어본 적이 없다.

"당신은 가야 해요." 그녀가 말한다. "우리는 이 수수께끼를 풀어야 해요."

결국 호기심이 이긴다. 두 사람은 길모퉁이에 있는 옛날식 건물의 술집을 찾으러 간다. 술집 안은 사람들로 붐비고, 높은 칸막이가 쳐진 아늑한 자리에서 JD와 에드윈과 베네딕트가 이탈리아에 대해 이야기하고 있다. 사실 말하고 있는 사람은 베네딕트이다. "……산타 마리아 델레 그라치에 성당의 수도원에서, 동틀 녘에 기도자들에게 들리는 소리라고는 독수리와 매의 울부짖음 뿐이죠. 저 아래 티베르강이 내려다보인답니다. 자줏빛으로 물든 바위를 배경으로 짙은 녹색 물결이……." 그의 얼굴이 환하게 빛나고 완전히 다른 사람처럼 보인다. 이상하게도 나탈카는 방해하고 싶지 않다. 하지만 JD가 고개를 들다가 그들이 온 것을 발견한다. 에드윈도 돌아본다.

"그를 찾았구먼." 에드윈이 말한다.

"네. 이쪽은 랜스 포스터예요." 나탈카가 말한다. "아까 그 질문을 한 분이에요. 작가예요. 이분도 폐기를 안대요. 우리를 돕기로 했어요." 나탈카는 미리 이렇게 말해서 쐐기를 박아버리면 랜스가 거부할 수 없으리라고 생각한다.

"안녕하세요." JD가 말한다. "나는 줄리 먼로예요. 우리 둘 다 같은 출판사랑 일하는 것 같네요."

"정말입니까?" 랜스가 믿지 못하겠다는 듯이 눈썹을 치켜 올리며 말한다.

"네." 줄리가 말한다. "세븐스 실이요. 내 편집자의 사무실에서 당신의 책을 봤어요. 왜 폐기에 대해 그렇게 말했죠? 당신은 정말로 그녀가 살해당했다고 생각하나요?"

나탈카는 줄리의 아주 노골적인 말투에 상당히 놀란다. 나탈카는 줄리가 토론에서 보인 것처럼 온순한 사람은 아닐지 모른다고 생각하기 시작한다.

랜스는 직설적인 질문 때문에 불편해진 듯 술을 사겠다는 말로 질문을 피하려고 한다. 나탈카는 큰 잔으로 레드와인을 청한다. 베네딕트는 괜찮다고 말한다. 그는 1파인트 맥주를 절반밖에 못 비웠다. JD는 그녀가 살 차례라고 말하고 두 작가는 서로 사겠다고 실랑이를 벌이며 바를 향해 간다. 에드윈은 이미 화장실에 간 후이다. 어느새 나탈카와 베네딕트는 둘만 남아 등받이가 높은 벤치에 나란히 앉아 있다.

아까 로마의 수도원에 대해 몹시 서정적으로 말하는 베네딕트의 말을 들어서인지 나탈카는 그가 약간 달라 보인다. 그는 몇 분 동안 아무 말도 하지 않고 손가락으로 탁자를 두드리다가 말한다. "이제 진전이 보이네요." 나탈카가 정신을 차리고 보니 어느새 베네딕트는 사건에 대해 말하고 있다. 나탈카는 베네딕트가 살인이 나오는 추리물을 좋아한다는 것을 안다. 나탈카는 베네딕트가 친구의 죽음으로 시작된 이 사건을 이제 즐기고 있다고 생각한다.

"랜스도 그 편지를 받았대요." 나탈카가 말한다. "그 사람은 처음에 여기 오지 않으려고 했는데 내가 설득했어요."

바로 그때이다. 마치 자동차 라디오가 갑자기 새로운 주파수로 넘어간 듯하다. 소파 건너편에서 중얼거리는 소리가 단어들이 되고 그 단어들이 그녀에게 제2의 천성이 된 내부의 번역 과정을 거칠 필요가 없는 언어로 귀에 쏙쏙 들어온다. 그녀의 모국어다.

'확실해?'

'저 얼굴은 어디서든 알아볼 수 있어.'

'조심해.'

'내 걱정은 하지 마. 다칠 사람은 내가 아니라고.'

나탈카는 베네딕트의 팔을 움켜잡는다. 그녀는 무슨 말을 하고 있는지도 모르고 마구 내뱉는다. "그 남자들이에요. 나를 죽이러 왔나 봐요."

"뭐라고요? 어디요?"

그는 칸막이 너머를 보려고 일어나지만 그녀가 그를 잡아당겨 앉힌다.

"안 돼요! 그 사람들에게 들키면 안 돼요. 나는 나가야 해요. 당장!"

"나도 같이 갈게요."

"좋아요." 나탈카가 말한다. 그리고 후드를 덮어써 얼굴을 거의
다 가린 후 북적북적한 사람들을 헤치고 술집을 빠져나간다. 바
로 그때 랜스와 줄리가 마침내 바텐더의 눈에 띄는 데 성공한다.

나탈카는 어디로 가는지도 모른 채 베네딕트를 이끌고 화강
암 도시의 거리를 이리저리 나아간다. 그녀는 몇 번 뒤를 돌아보
지만 그 남자들이 따라오는 낌새는 없다. 그녀가 착각했을까? 하
지만 그들은 분명히 우크라이나어로 말하고 있었다. 스코틀랜드
북동부에서 우크라이나 사람들을 볼 가능성이 얼마나 될까? 그
들이 쇼어햄의 집 밖에서 기다리고 있던 그 남자들일까? 그들이
페기가 집 밖에 서 있는 것을 본 그 남자들일까? 나탈카는 뒤에
있는 베네딕트를 잡아당긴다.

그들은 판단력보다는 순전히 운으로 아까 그녀가 주차해놓은
곳에 도착한다. 그들이 차에 올라탄 후에도 나탈카는 시동을 걸
지 않는다. 그들은 낯선 건물들을 비추는 가로등을 내다보며 앉
아 있다. 나탈카는 베네딕트에게 어느 정도나 말해야 할지 궁리
하고 있다. 그녀는 그를 겁주고 싶지 않고 자신이 상황을 제대로
이해하고 있는지조차 확신하지 못한다.

"무슨 일이에요?" 베네딕트가 말한다. 그의 목소리에는 툴툴
거리거나 겁먹은 기색이 없다. 다정하고 놀랍도록 차분하다.

"그 남자들이…… 나를 쫓고 있는 것 같아요." 그녀가 반지를

비튼다. 그녀의 열여섯 번째 생일에 드미트로가 준 은반지이다.

"왜 그들이 당신을 쫓고 있죠?" 베네딕트가 묻는다.

나탈카는 깊이 숨을 들이마신다. "내가 우크라이나에서 좀 얽힌 일이 있어요. 가상 화폐요. 대학 친구 두 명과 비트코인 거래를 했어요. 돈을 엄청나게 많이 벌었어요. 그런데 우리가 돈을 좀 빌리기도 했거든요…… 그러니까, 좀 나쁜 사람들한테요. 나는 그곳을 떠나서 영국에 오고 싶었어요. 그래서 돈을 좀 빼냈어요." 그녀는 베네딕트가 무섭다고 소리를 지르기를 기다리지만 그는 침묵을 지킨다. "당연히 전부 다는 아니고요." 그녀가 말한다. "그냥 비행기 값이랑 여기 대학에서 공부할 수업료 정도요. 갚을 생각이었거든요. 그런데 전쟁이 터졌고 남동생이 실종됐어요. 엄마는 완전히 혼자예요. 나는 엄마한테 돈을 보내야 해요." 그녀는 자신이 울고 있다는 것을 깨닫는다.

베네딕트가 손을 뻗어 그녀의 어깨를 토닥거린다. "괜찮아요."

"괜찮지 않아요, 베니. 그 남자들은 범죄자들인 것 같아요. 우크라이나 마피아 소속이요. 아무래도 그 사람들이 나를 죽이려나 봐요. 내가 죽으면 엄마한테는 아무도 없어요."

"왜 그들이 그 남자들일 것이라고 생각해요?"

"그들이 우크라이나어로 말하는 것을 들었어요."

"그들을 알아봤어요?"

"제대로 보지 못했어요. 겁에 질려서 어쩔 줄 몰랐거든요."

"내가 나오면서 간신히 사진을 한 장 찍었어요." 베네딕트가 말한다. "제대로 안 찍혔을 거예요."

"당신이 사진을 찍었다고요?" 베네딕트가 갈수록 멋있어진다.

그가 전화기를 내민다. 사진이 어둡지만 나탈카가 편집 기능을 선택해 밝게 만든다. 그녀는 술집 탁자에 앉아 있는 두 남자를 본다. 그들은 상당히 젊어 보인다. 삼십 대쯤일 것 같다. 둘 다 해링턴 재킷을 입고 있고 바싹 짧게 깎은 머리이다. 너무 어두워서 표정을 읽을 수 없다.

"그들은 술을 마시지 않아요." 베네딕트가 말한다. "그 점이 약간 의심스럽네요. 어쨌든 스코틀랜드에서요."

아니나 다를까 탁자에 빈 콜라 병이 몇 개 있다.

"짧은 머리." 나탈카가 말한다. "군인일 수도 있어요."

"이제 어떻게 하고 싶어요?" 베네딕트가 묻는다.

나탈카가 하고 싶은 것은 하나뿐이다. 그것도 아주 간절히.

"뭘 좀 먹고 싶어요." 그녀가 말한다. "그리고 와인을 더 마시고 싶어요."

"그럼 식당을 찾아보죠." 베네딕트가 말한다.

그녀는 일단 호텔로 차를 몰고 가서 근처에서 식사할 만한 곳을 찾는다. "그래야 술을 마실 수 있으니까요." 나탈카가 말한다. 그들은 지하에 있는 옛날식 이탈리아 식당을 발견한다. 인도에서 아래로 내려가는 계단이 있다. 식당 안은 어둡고 비밀스러운 분위기이다. 키안티 와인 병에 들어 있는 초가 반짝반짝 빛나고 베수비오산과 콜로세움을 담은 유화들이 걸려 있다. 강한 스코틀랜드 억양을 가진 웨이터가 애버딘에 이탈리아 공동체의 규모가 크다고 말한다.

"전쟁 포로로 스코틀랜드에 잡혀 있던 많은 이탈리아인들이 그대로 남았어요. 내 '논노(할아버지)'도 그들 중 하나였죠."

"여기에 우크라이나인들이 많나요?" 나탈카가 묻는다.

"우크라이나인에 대해서는 모르겠네요." 웨이터가 말한다. "그렇지만 러시아인들은 몇 명 있습니다. 애버딘 대학교의 러시아과가 유명해요. 나도 거기 다녀요. 근대사 전공이에요."

"그들이 그 대학교 학생일까요?" 웨이터가 간 후 베네딕트가 말한다. "나이 많은 대학생일 수도 있잖아요."

"모르겠어요." 나탈카가 말한다. 그들이 주문한 레드와인이 오자 그녀가 벌컥벌컥 마신다. "베니! 우리가 술집에서 나왔다고 에드윈에게 말했어요?"

"이런. 아니요." 베네딕트는 문자를 입력한다. "우리가 어디에 있는지 에드윈에게 말할까요?"

나탈카가 망설이다가 말한다. "그럼요."

하지만 몇 분 후 베네딕트는 에드윈이 '줄리'와 피자를 먹으러 갔다는 답장을 받는다.

나탈카는 베네딕트와 단둘이 식사하게 돼서 아주 기뻐하는 자신에게 놀란다. 그녀는 그저 스트레스를 받고 있기 때문이라고 치부한다. 많은 사람들과 어울리기가 부담스럽다.

"에드윈이 줄리 먼로와 많이 친해졌나 보네요." 그녀가 말한다.

"그런가 봐요." 베네딕트가 말한다. "에드윈은 대부분의 사람들과 사이가 좋아요. 당신이 성당에서 그를 봤어야 하는데. 나는 2년 동안 성당을 다녔는데 누구와도 이야기한 적이 없었어요. 근데 에드윈은 그곳에서 꼭 파티의 주인공 같았어요."

나탈카는 자기 잔이 빈 것을 보고 두 사람의 잔에 다시 술을 따른다.

"왜 수사가 됐어요?" 그녀가 묻는다.

베네딕트는 놀란 듯 보이지만 곧바로 대답한다. "나는 사랑에 빠졌어요. 그냥 그렇게 됐어요. 아무한테도 말하지 않고 몰래 미사에 참석하곤 했죠. 하느님과 나만의 비밀스러운 관계였어요. 그러다가 신학교에 들어가서 약간 고전했어요. 그곳은 모든 것이 아주 이성적이고 논리적이었어요. 우리는 변증론이라는 것을 해야 했어요. 가톨릭교에 반대하는 논쟁을 반박하는 거죠. 나는 그냥 '증명할 수 없습니다. 그저 느껴야 합니다.'라고 말하고 싶었어요."

"수학에 대한 내 생각이 딱 그래요." 나탈카가 말한다. "나는 수학의 핵심이 논리와 증명이라는 것을 알지만 나에게 수학은 그보다는 느낌이에요. 나는 숫자가 작용하는 방식을 아주 좋아해요. 마치 숫자가 더 높은 영역에 존재하는 것 같아요."

"하느님처럼." 베네딕트가 말한다. 그도 와인을 너무 빠르게 마시는 듯하다. "그래서 내가 수도원에 들어갔나 봐요. 수도원은 신학교와 달리 하느님의 사랑을 경험하는 것이 중심이죠."

길게 흐르는 침묵이 웨이터가 파스타를 들고 오면서 잠시 깨진다. 나탈카는 파스타에 치즈를 뿌리면서 말한다. "그런데 왜 수도원에서 나왔어요?"

"사랑이 식었어요." 베네딕트가 말한다. 순간 그가 너무 고통스러워 보여서 나탈카는 더 이상 물어보면 안 되겠다고 느낀다. 그들은 둘 다 안도감을 느끼는 주제인 살인으로 화제를 옮긴다.

21장
에드윈: 어둠 속의 발소리

에드윈이 자신이 버려졌다는 사실을 깨닫기까지 시간이 좀 걸린다. 그는 두 번째 진토닉을 기분 좋게 마시면서 랜스와 줄리가 하는 말을 듣고 있다. 낯선 도시에 와서 저녁에 외출하니 참 좋다. 매력적인 젊은이들과 함께 어울려서 좋고, 책에 대해서 이야기해서 좋다. 에드윈이 생각하기에 줄리와 랜스는 사이가 좋아 보이지만 서로에게 끌리지 않는 티가 난다. 그는 이유를 생각해 내려고 애쓴다. 혹시 랜스가 동성애자일까? 하지만 에드윈은 동성애자라는 사실을 숨기고 있는 남자를 알아채는 솜씨가 좋아졌다. 그런 남자는 으레 자기 보호를 하려고 하는데 랜스는 그 분위기를 풍기지 않는다. 어쩌면 두 사람은 각각 다른 이와 행복한 결혼 생활을 하고 있는지도 모르지만 그렇다면 아주 따분할 것이다.

랜스와 줄리는 페기에 대해서 논하고 있다. 그들은 범죄 소설에 대한 그녀의 해박한 지식과 구성의 허점을 항상 정확하게 짚어낸 그녀의 능력을 말한다.

"물론 구성 자체는 과대평가돼 있습니다." 랜스가 말한다. "나는 다음에 무슨 일이 벌어지는지 묘사하는 기존 틀에서 벗어나려고 노력해요."

에드윈은 랜스의 책을 절대 읽지 않도록 주의하기로 한다.

"분명히 독자는 다음에 무슨 일이 벌어지는지 알고 싶어 해요." 줄리가 말한다. "그것이 독자로 하여금 페이지를 계속 넘기게 하죠."

"아, 독자." 랜스가 말한다. "나는 결코 독자에 대해 걱정하지 않아요."

"나는 늘 독자에 대해 걱정해요." 줄리가 말한다. "나는 독자가 이전 책만큼 새 책을 좋아할지 걱정해요. 나는 선정적이고 폭력적인 장면이 너무 많지 않은지 걱정하고 그러고 나서 그런 장면이 너무 적지 않은지 걱정해요. 때로 나는 걱정 때문에 완전히 무력해져서 아예 글을 쓰지 못해요."

"당신을 옥죄는 굴레에서 벗어나야 해요." 랜스가 말한다. "나에게 중요한 것은 작가와 페이지뿐이에요."

하지만 줄리가 책을 네 권 쓴 것에 비해 랜스는 책을 단 한 권 썼다는 것을 에드윈은 생각한다. 그리고 덱스 챌로너는 책을 스무 권 이상 썼다. 그는 J. D. 먼로의 책 제목을 기억하려고 애쓴다. 모든 제목에 '나'와 '당신'이 들어가는 듯하다. 그는 랜스가 자신에게 말을 걸고 있다는 것을 뒤늦게 알아차린다.

"나탈카는 어디에 있어요?" 랜스가 묻고 있다.

에드윈은 화분 뒤에 숨은 그녀를 발견할 수 있을지도 모른다는 양 주변을 둘러본다. 어느새 술집이 조금 한산해져 있다. 외국인 같은 두 남자가 옆 테이블에 있고, 범죄 소설 작가이지 싶은 한 무리의 사람들이 바 주변을 서성거리고 있으며, 늙은 술꾼 한 쌍이 당구대 옆에 있다. 나탈카도 베네딕트도 보이지 않는다.

"저기 있는 사람, 마일스잖아요?" 줄리가 말한다. "그가 누구랑 이야기하고 있을까요?"

랜스가 이 말을 무시한다. "나탈카가 나한테 여기 와야 한다고 우겼어요." 그가 말한다. "그런데 이제 그녀는 사라졌군요."

"베네딕트와 식사하러 나갔나 봐요." 줄리가 말한다. "그는 정말 다정한 사람이더군요."

"그 사람들 나랑 함께 왔는데." 에드윈이 서운한 티를 내지 않으려고 애쓰면서 말한다. 이어서 전화기를 확인해봐야겠다고 생각한다. 그는 컴퓨터 기술을 자랑스럽게 여기지만 전화기를 항상 켜놓는 것에 익숙하지 않다. 게다가 전화기를 최신 유행에 따라 꾸미거나 바꾸지 않는지라 젊은이들처럼 당당하게 테이블에 올려놓기에는 조금 민망하다. 지금 줄리의 반짝반짝 빛나는 분홍색 케이스가 랜스의 닳았지만 비싸 보이는 기종 옆에 아늑하게 놓여 있다. 마치 성행위의 전희 같은 모양새이다.

아니나 다를까 베네딕트가 보낸 문자가 있다.

나탈카가 조금 현기증이 났어요. 지금은 괜찮아요. 식사하러 왔어요. 로마노 식당. 차는 트래블로지에 세워뒀어요. 술집에서 5분 거리. 에드윈의 슈트케이스는 숙소 프런트에 맡겨놨어요. Bx

위치 정보가 첨부돼 있다. 에드윈은 처음에 화가 났지만 키스 표시인 x가 있어서 화가 살짝 누그러진다. 이윽고 그는 생각한다. 베네딕트와 나탈카를 단둘이 있게 할 기회일지도 몰라. 그들이 에로스의 화살을 맞아 사랑에 빠질 가능성이 있다면, 에드윈은 기꺼이 그의 방을 양보하련다.

"현기증이 났다고요?" 랜스가 말한다. "아까는 멀쩡하던데요." 에드윈은 랜스가 나탈카를 만난 지 얼마 안 된 것치고는 지나치게 소유욕을 드러낸다고 생각한다.

"먹는 이야기가 나와서 말인데요." 줄리가 말한다. "술 깨게 뭘 좀 먹었으면 좋겠어요." 그녀가 기대하는 눈빛으로 랜스를 바라본다.

"나는 호텔로 돌아가야겠습니다." 에드윈이 보기에 여성에 대한 정중한 관심이 완전히 배제된 투로 랜스가 말한다. "써야 할 글이 있습니다."

그래서 에드윈은『당신 때문에 저지른 짓이에요』의 작가와 피자를 먹게 된다.

의외로 즐거운 저녁이다. 거만하지 않으면서 적당히 수다스럽고 남의 말도 잘 들어주는 줄리는 좋은 말벗이다. 그녀는 미혼이고 브라이턴에 살며 교사가 되기 전에 간호사였다고 말한다.

"학교에서 추천하는 직업이 다 그런 거였어요. 간호사가 되거나 교사가 되거나. 나는 둘 다 했네요."

"나는 대학교에서 음악을 공부하고 싶었어요." 에드윈이 말한다. "하지만 아버지는 음악을 배워서는 돈을 못 번다고 말했어요. 그래도 나는 운이 좋았답니다. BBC에 취직했어요. 그저 차를 끓이고 심부름만 하면 되는 시절이었어요. 나는 사환으로 시작해서 계속 다녔어요."

"그래도 아주 멋지네요." 줄리가 말한다. "내가 TV에서 당신을 봤을까요?"

"나는 카메라 앞에 서지 않았어요." 에드윈이 말한다. "하지만 한동안 라디오3의 진행자였어요."

"거기 내가 좋아하는 라디오 방송국이에요." 줄리가 말한다. "거기랑 라디오4의 연속극 〈아처스〉랑."

"어떻게 작가가 됐나요?" 에드윈이 묻는다. 많은 사람이 원하지만 실제로 할 수 있는 사람은 극히 드문 일이다.

"나는 예전에 단편소설을 썼어요." 줄리가 말한다. "그런데 어디에서도 출판되지 않았어요. 그때 나는 웨스트 런던에 살았어요. 엄마를 돌봤고, 지독하게 싫어하는 학교에서 근무했고, 아주 우울했어요. 그러다가 엄마가 돌아가셨고 깊은 슬픔에 빠졌어요. 어쩌다 보니 그 과정에서 소설 아이디어가 하나 떠올랐어요. 나는 큰 모험을 감행했어요. 직장을 그만두고 여섯 달 동안 소설을 썼어요. 운이 좋았죠. 원고를 에이전트에게 보냈더니 아주 마음에 들어 하더라고요. 대부분의 사람에게 오지 않은 드문 기회죠."

"그럼 그 책이 『당신 때문에 저지른 짓이에요』였나요?"

"네. 그 책은 상도 받고 인기도 얻었어요. 문제는 다른 책들은 그 책의 절반도 팔리지 않는다는 거예요."

줄리는 이 말을 하면서 빙긋 웃지만 에드윈은 그녀가 진짜로 속상해 보인다고 생각한다.

"그것이 중요한가요?" 그가 말한다. "이미 첫 책이 아주 잘 나갔는데요?"

"물론 중요하죠." 그녀가 말한다. "책 한 권으로 평생 먹고살 수는 없잖아요. 『앵무새 죽이기』 같은 책이 아닌 한은. 하지만 그것보다는…… 뭐랄까…… 나는 제대로 된 작가가 되고 싶어요. 그저 한 번 운이 좋았던 사람으로 남고 싶지 않아요."

"성공한 책을 쓰는 것은 그저 운으로 되지 않아요." 에드윈이 말한다. "그리고 당신은 다른 책들도 출간했잖아요. 그 정도면 랜스보다 훨씬 큰 성과를 거둔 겁니다."

줄리가 활짝 웃는다. "그를 어떻게 생각해요?"

"꽤 호감이 가는 사람 같아요. 조금 오만하고요."

"자기가 문학 작가라고 생각하기 때문이에요. 그러고 보니 그는 어떻게 폐기를 알게 됐는지 확실하게 말하지 않았어요."

"그런가요?" 에드윈은 이 점을 알아차리지 못했다.

"그리고 만약 랜스가 다른 책을 출간한다면 사방에서 관심을 가질 거예요." 줄리가 말한다. "《타임스》에 서평이 실리고, 라디오4에서 인터뷰를 하겠죠. 설사 아무도 그 책을 사지 않아도요."

에드윈은 줄리가 상당히 신랄하게 비꼰다고 생각한다. 커피가 나오자 에드윈은 브라이턴의 찬란한 아름다움으로 주제를 바꾼다. 에드윈은 캠프 타운의 집이 여전히 그립다고 말하고 당연히 시뷰 코트에 대해 가차 없이 혹평한다.

"나는 브라이턴을 아주 좋아해요." 줄리가 말한다. "첫 책의 선금을 받은 즉시 그곳에 아파트를 샀어요. 음, 호브에요."

"호브 액츄얼리.*" 에드윈이 브라이턴식 농담을 말한다.

"나는 매일 아침 산책로를 걸어요." 줄리가 말한다. "평화 조각상부터 부두까지. 아서랑 단둘이요. 내 개예요." 줄리는 에드윈이 그녀에게 남자가 있다고 오해하기를 원하지 않는다는 듯 서둘러서 덧붙인다.

"그렇지 않아도 개를 키우고 싶다고 생각 중이었어요." 에드윈이 말한다. "그러면 날마다 산책을 하러 나갈 이유가 생길 테니까요."

"아서는 대단해요." 줄리가 말한다. "잭 러셀이라서 명랑하고 활발해요. 그래도 다루기가 꽤 힘들어요. 이전에 키운 윌버는 잡종견이었어요. 아직도 윌버가 그리워요."

"나도 내 고양이 바브라가 그리워요." 에드윈이 말한다. "고양이들이 차지하는 장소가 있어요. 벽과 바닥 사이의 널빤지 근처

---

* 브라이턴에 살던 배우 로렌스 올리비에가 처음 한 말이라고 알려짐. 1990년대에 호브 자치구가 관광을 장려하기 위해 이 슬로건을 사용했다.

같은 곳이요. 자꾸만 나는 바브라가 라디에이터 옆에서 스트레칭을 하고 있을 것 같아요. 실상 바브라는 시뷰 코트에서 살지도 않았는데. 바브라라면 시뷰 코트를 싫어했을 거예요."

"나는 아직도 월버가 보이는 것 같아요." 줄리가 마지막 술잔을 비운다. "월버는 아서와 성격이 아주 달랐어요. 월버는 더 독립적이었어요. 개가 아니라 고양이 같았어요. 가끔 월버를 흘깃 본 것 같은데 돌아보면 없어요."

"진짜로 보는지도 모르죠." 에드윈이 말한다. 그는 꽤 취했다고 느낀다. 진토닉 두 잔을 마시고 나서 또 레드와인을 큰 잔으로 마신 후라 꿈속 같고 조금 감상적인 기분이 든다. 정신 차려. 그가 속으로 말한다. 그는 물을 쭉 들이켜고 나서 계산서를 달라고 하자고 제안한다.

에드윈은 줄리를 데려다주겠다고 고집한다. "항상 신사답게 굴어라." 그의 어머니는 입버릇처럼 말했다. 그는 어머니가 기대하는 남자다움에 부응하지 못한다고 생각하던 시절에조차 신사답게 굴려고 노력했다. 줄리는 대부분의 축제 참가자들과 함께 마제스틱 호텔에 묵고 있다. 호텔로 다가가면서 보니 불빛이 거의 모든 창에서 눈부시게 빛나고 있고 그 모습이 꼭 원양 여객선 같다. 음악을 연주하고 있는 밴드, 어두운 바닷속의 위험을 경계하지 않는 승객들……. 아, 이런, 지금은 〈타이타닉〉에 대해서 생각할 때가 아니다. 이곳은 행사 개최지다. 아마 한 해 중 대부분은 반쯤 비어 있고 그나마 며칠 밤 동안만 활기를 띨 것이다.

"아주 즐거운 곳이에요." 줄리가 말한다. "작가들이 모두 새벽까지 바에서 술을 마셔요. 에드윈도 들러서 한잔해요."

"신경 써줘서 고마워요." 에드윈은 모자를 들어 올려 경의를 표하는 인사를 할 수 있게 모자를 쓰고 왔으면 좋았으리라고 생각한다. "하지만 이제 호텔로 돌아가야겠어요." 그는 트래블로지를 호텔이라고 부르는 것은 좀 무리라고 생각한다. 특히 호텔을 '오텔'이라고 발음하는 버릇을 고치지 못하는 마당에 말이다.

줄리가 전화기로 위치를 보여주지만 에드윈은 프런트로 가서 종이에 도로명 등이 다 나와 있는 진짜 지도를 받는다. 트래블로지는 몇 분만 가면 나오겠다. 에드윈이 줄리의 양쪽 뺨에 입을 맞춘 후 두 사람은 내일 만나서 커피를 마시기로 약속한다. 이어서 그는 어두운 도로를 걷기 시작한다.

그는 밤에 낯선 도시에서 걸으려면 조금 무서우리라 짐작했지만 술기운 덕에 용기가 생긴다. 자기 나이의 절반 정도 나이 남자처럼 성큼성큼 힘차게 걸으면서 프랑수아와 파리의 도로를 혹은 니키와 에든버러를 거닐던 때를 기억한다. 마치 튼튼한 체격의 그들이 늙은 그의 옆에서 같이 걷고 있는 기분이 든다. 소리가 생생하게 들리는 듯……. 가만, 누가 그를 따라오고 있다. 점점 가까워지는, 분명한 발소리. 남자의 목소리가 그의 이름을 부르고 있는 건가?

발소리가 뛰기 시작한다. 에드윈이 멈춘다. 그는 뒤에서 쫓아오는 사람보다 빠르게 뛰지 못한다. 그렇다면 차라리 품위 있게 강도를 대면하리라. 그런데 그는 어떻게 강도가 그의 이름을 아는지 도무지 알 수 없다.

"에드윈?" 사람의 형상이 옆으로 다가온다. 짙은 색 재킷, 청바지, 약간 긴 머리, 아이폰 손전등에 비춰진, 익숙하고, 약간 곰 같은 얼굴.

"프레디 팬쇼."

"에드윈 피츠제럴드. 여기서 선배님을 만나다니."

프레디 팬쇼는 BBC의 예술 담당 기자이고 한때 에드윈 밑에서 일했다. 당시에 그는 대학을 갓 졸업한 인턴이었고 지금은 사십 대일 텐데도 그때와 마찬가지로 젊어 보인다.

"나는 휴가 중이라네." 에드윈이 말한다. "스코틀랜드가 아주 마음에 들어."

"저는 문학 축제를 취재하러 왔어요." 프레디가 말한다. "평소라면 굳이 여기까지 오지 않을 텐데 덱스 챌로너 일도 있고 해서요……."

"그래, 그 정도면 뉴스거리가 되겠지." 에드윈이 말한다. "트래블로지에 가는 길인가?" 도로 끝에 파란 불이 켜진 간판이 어렴풋이 보인다.

프레디가 얼굴을 찌푸린다. "네. 옛날 같지 않네요. 예전이라면 일주일 동안 발모랄 호텔에 묵고 경비가 전액 지원됐을 텐데."

"그래. 요즘은 그런 호사를 누릴 수 없어." 에드윈이 말한다. "그래도 작가들은 마제스틱 호텔에서 즐거운 시간을 보내는 것 같네."

"그렇지 않아도 지금까지 거기 있었어요." 프레디가 말한다.

"작가들이 권하는 대로 마시다가는 곯아떨어지게 생겨서 빠져나왔어요."

그들은 트래블로지에 도착한다. 형광등 빛이 텅 빈 프런트의 의자, 초콜릿 바와 휴대용 샴푸가 들어 있는 자판기를 비추고 있다.

"내일 만나서 커피 한잔할까?" 에드윈이 말한다. "내가 자네에게 덱스 챌로너에 대해 해줄 이야기가 좀 있을지도 모르네."

그는 술이 깰 때까지 기다렸다가 프레디에게 어느 정도나 말할지 정하려 한다. 하지만 정보 교환이 상호 간에 이익이 될 수 있겠다는 생각이 문득 든다. 승강기를 향해 가는 프레디의 표정에 흐뭇한 호기심이 어린다. 에드윈은 사람을 부르려고 종을 누른다. 그는 가방을 챙겨 가서 눈에 목욕 수건을 올려놓고 오래 누워 있어야 한다.

그가 프런트 앞에서 기다리는 동안 뒤에서 문이 휙 열리고 한 남자가 들어온다. 남자는 이미 방 열쇠를 가지고 있는지 바로 에드윈을 지나쳐 가서 승강기 버튼을 누른다.

에드윈은 무엇이 가장 놀라운지 모르겠다. 나이절 스미스가 애버딘에 있다는 사실인지, 아니면 그가 트래블로지에 머물고 있다는 사실인지.

22장

하빈더: 착한 아들이 아니었다

하빈더는 웅장한 이름의 하이클리프 하우스에서 조앤 테이트를 만나기로 약속한다. "그분은 당신이 누구인지 모르실 거예요." 쾌활한 목소리가 전화기에서 들린다. "하지만 손님들이 오면 아주 좋아하세요." 하빈더는 닐을 태우러 가는 길에, 미리 받아둔 덱스의 비서 캐시 존슨의 주소지에 들른다. 그들은 이미 전화 통화를 했지만 하빈더는 그 여자를 직접 만나고 싶다. 분명히 누구도 캐시의 목소리처럼 명랑할 수 없을 것이다. 그녀는 덱스는 "멋졌고", 미아는 "멋졌고", 덱스의 책은 "굉장히 멋졌다"라고 말했다. 어쩌면 그 듣기 좋은 달콤한 목소리가 뚝뚝 피가 떨어지는 송곳니를 가진 빨간 눈의 괴물을 감추고 있을지도 모른다.

하지만 그 목소리는 거짓말을 하지 않았나 보다. 캐시는 다정한 얼굴의 오십 대 여성이다. 로페타클 브리지와 바다 사이 가늘고 긴 구역에 자리 잡은 단층 주택인 그녀의 집은 깔끔하고 정리가 잘 돼 있다. 거실 벽은 분홍색이고 보라색 꽃무늬 소파가 있다. 어디에도 책이 보이지 않는다.

"내가 지역 신문에 나온 광고를 보고 연락했어요." 캐시가 말한다. "그 전까지만 해도 작가와 일해보지 않았고 출판사에 근무한 적도 없었어요."

"덱스의 비서로서 주 업무는 무엇이었습니까?"

"주로 편지에 답장을 쓰는 거죠. 덱스는 팬레터를 정말 많이 받았어요. 그리고 호텔과 출장 예약도 했어요. 행사 상품으로 책도 보내고요. 그런 일을 했어요."

"덱스의 트위터 계정도 담당했습니까?"

"아니요. 덱스는 트위터를 직접 하는 것을 좋아했어요. 트위터가 사람들과 직접 접촉하는 기회라고 말했어요. 얼마나 안심이 되던지. 나는 소셜 미디어에 대해 잘 모르거든요."

하빈더가 거실을 둘러보니 소셜 미디어에 대해 조언해줄 십대의 흔적이 보이지 않는다. 딱 봐도 독신자의 집이다.

"덱스가 불쾌한 편지나 엽서를 받은 적이 있습니까?" 하빈더가 말한다. "협박을 한다든가?"

"세상에, 아니요." 캐시가 깜짝 놀란 표정을 한다. "모든 편지가 다정했어요. 모두 덱스를 사랑했어요."

"그럼 그는 '우리가 당신을 찾아간다'라고 적힌 엽서를 받지 않았습니까?"

"아니요. 그런 일이 있었다면 나는 완전히 겁나서 아무것도 못했을 거예요."

그런데 J. D. 먼로는 그 엽서를 사실상 무시했지. 하빈더는 덱스와 일하기가 어땠는지 캐시에게 묻는다.

"덱스는 멋졌어요." 캐시의 눈에 글썽글썽 눈물이 서린다. 뻔한 대답이지만 그래도 상당히 가슴을 뭉클하게 한다.

하빈더가 밖으로 나와 도로명을 보니 여기는 케어포유 본사에서 몇 집밖에 안 떨어진 곳이다. 퍼트리샤 크리브가 집에서 회사를 운영하는 걸까? 그렇다면 들러서 나탈카에 대해 몇 가지 질문을 해야 한다. 지난 24시간 동안 러시아와 우크라이나가 너무 많이 언급된 듯하다. 하빈더가 나탈카를 미행하고 있다는 미지의 남자들이니, 가상 화폐와 절도니 하는 나탈카의 이야기를 믿나? 이제 나탈카는 보잘것없는 핑계를 대고 애버딘으로 잽싸게 튀었다. 나탈카의 고용주가 뭔가 정보를 줄지도 모른다. 분명히 퍼트리샤는 간병인으로 일하는 모든 직원을 주시하고 있겠지?

퍼트리샤 크리브는 그녀를 보고 놀란 모양이지만 반갑게 맞이한다. 그녀는 원래 작은 침실이었으나 지금은 서류 보관용 캐비닛과 작업 차트가 가득한 방으로 하빈더를 안내한다. 일인용 침대가 여전히 놓여 있고, 하빈더는 그 침대 끝에 앉는다. 그녀는 앉기 전에 커다란 봉제 인형 몇 개를 옮겨 자리를 만든다.

"브라이턴 부두에서 상품으로 받은 거예요." 퍼트리샤가 말한다. "내가 버펄로 빌 소총 사격장의 과녁을 맞히는 데에 의외로 소질이 있더라고요."

그녀가 부두에 혼자 갔을까? 하빈더는 궁금해진다. 몇 집 건너에 있는 캐시의 집처럼 이 집은 혼자 사는 흔적이 가득하다.

"처음부터 집에서 일했습니까?" 그녀가 묻는다.

"원래는 사무실을 세내서 사용했어요." 퍼트리샤가 책상용 의자에 허리를 꼿꼿이 편 바른 자세로 앉는다. "그런데 간접비가 너무 많이 나가더라고요. 쇼어햄에서 상업용 임대료가 치솟았어요. 다들 브라이턴에서 여기로 이사 오니까요."

하빈더는 이 말이 모든 쇼어햄 주민이 오래전부터 끊임없이 내뱉는 불평이라는 것을 안다. 그들은 화려하고 저속한 새 부자 이웃을 불쾌해한다.

"많이 바쁩니까?" 하빈더가 묻는다.

"정신없어요." 퍼트리샤가 말한다. "간병인들이 수시로 드나들고 병원에서 매일 작업 의뢰가 들어오고. 병원은 간병 계획 없이 노인을 퇴원시킬 수 없는데 빨리 내보내야 병상을 확보할 수 있으니 난리죠, 뭐." 그녀는 국민 의료 보험에서 오는 메시지가 계속 뜨는 휴대폰을 보여준다. "오늘 아침에는 내가 직접 고객 두 명을 간병하러 갔어요. 나탈카가 그렇게 갑자기 떠나서요."

"그렇지 않아도 나탈카에 대해 이야기하고 싶어서 왔습니다." 하빈더가 말한다. "그녀가 여기에서 얼마나 근무했습니까?"

"2년이요." 퍼트리샤가 말한다. "보통 때는 믿을 만해요. 가장 우수한 직원 중 하나이죠. 그래서 이번 일이 아주 당황스러워요."

"나탈카가 어떻게 여기에서 일하게 됐습니까?" 하빈더가 묻는다. "이전에 간병인으로 일한 경험이 있었습니까?"

"아니요." 퍼트리샤가 말한다. "경험은 필요 없어요. 자동차랑

깨끗한 운전 면허증만 있으면 돼요."

"의료 자격증 같은 것이 필요한 줄 알았는데요."

"나는 보건 복지 분야의 국가 자격증을 가진 직원을 선호해요." 퍼트리샤가 말한다. "하지만 자격증이 필수는 아니에요. 나는 간호사 경력이 조금 있고 마리아도 마찬가지예요. 그렇지만 대부분의 여자애들은 그저 가정생활과 병행할 수 있는 직업을 찾아서 여기 와요."

"나탈카는요?" 그녀가 말한다.

"나탈카는 똑똑한 여자애예요." 퍼트리샤가 말한다. "학위도 있어요. 그녀는 그저 시간이 나기 때문에 이 일을 하는 것 같아요." 퍼트리샤의 표정은 무덤덤하지만 하빈더는 퍼트리샤가 할 말이 더 있다는 인상을 받는다. 하빈더는 여성을 여자애라고 부르지 말라고 퍼트리샤에게 말하고 싶지만 그러면 너무 공격적으로 들릴 것이다. 그래도 만약 닐이 지금 여기 있다면 순전히 그를 약 올리기 위해서 기어코 그 말을 할 것이다.

"다른 점은요?" 그녀가 묻는다.

"음, 나탈카는 돈이 상당히 많나 봐요." 퍼트리샤가 답한다. 전문가다운 바른 자세가 슬슬 풀어지다가 이제 의자에 등을 기댄다. "좋은 차, 비싼 옷. 장담하건대 여기서 그런 돈은 못 벌어요." 그녀가 다소 씁쓸하게 웃는다. "처음에는 남자 친구가 부자인가 보다 했는데 잘못 짚었어요. 그렇게 예쁜 여자애가 남자 이야기를 전혀 안 해요. 혹시 그녀가…… 저기…… '동성애자'인가 싶어요." 봉제 인형을 포함하지 않는다면 듣는 이가 아무도 없는데도

275

그녀는 목소리를 낮춘다.

"요즘에는 누가 동성애자이고 누가 동성애자가 아닌지 구분하기가 쉽지 않죠." 하빈더가 말한다. "나탈카의 배경에 대해 아는 점이 있습니까?"

처음으로 퍼트리샤가 약간 불안한 기색을 보인다. "그걸 왜 알려고 해요? 그녀를 조사하고 있거나 뭐 그런 거예요?"

"아니에요." 하빈더가 부드러운 투로 말하려고 노력한다. "그저 덱스 챌로너와 관련이 있어서 하는 질문입니다."

"덱스 챌로너요? 그렇게 죽다니 정말 끔찍해요. 우리가 그의 어머니 베로니카를 돌봤어요. 정말이지, 까다로운 분이었어요."

"들었습니다." 하빈더가 말한다. "나탈카는 우크라이나인입니다, 그렇죠?"

"맞아요." 퍼트리샤가 말한다.

"나탈카가 우크라이나에 있는 누군가와 연락하는 것 같나요?" 하빈더가 묻는다.

"엄마한테 이따금 소식을 듣나 봐요. 전에 엄마 사진을 보여줬어요. 평범하게 생겼더라고요."

설마. 어떻게 그럴 수 있지. 하빈더가 생각한다. "베로니카는 폴란드인이었습니다, 그렇죠? 그녀가 전쟁 때 한 일에 대해 당신에게 말한 적이 있습니까?"

"아니요. 그렇지만 마리아에게 말했을지도 몰라요. 두 사람은 상당히 가까웠어요. 마리아도 폴란드인이에요. 모국어로 서로 이야기할 수 있어서 좋았나 봐요."

"마리아는 페기의 장례식에서 페기가 폴란드에 대해 많이 알았다고 했습니다. 그녀가 당신에게도 폴란드에 대해 얘기한 적이 있습니까? 아니면 러시아에 대해?"

"아니요. 내가 페기를 방문했던 것은 몇 번 안 돼요. 나탈카와 마리아가 고정 간병인이었어요. 우리는 고정 간병인을 보내려고 노력해요. 고객이 그것을 더 선호하거든요."

"나탈카가 우크라이나에 갑니까?"

"내가 알기로는 그렇지 않아요. 전에 그녀가 엄마를 여기로 모셔 오려고 돈을 모으고 있다고 말했어요."

"그녀에게 다른 가족이 있습니까?"

"남동생 이야기를 한 번 한 적이 있는데 아무래도 죽은 모양이에요."

"그의 이름을 압니까?"

"음, 디미트리 뭐 그런 식이에요. 생소한 외국 이름이요."

범위가 조금 좁혀지겠네. 하빈더가 생각한다. 그녀는 초등학교 때 '하빈더'를 발음하지 못하겠다고 그녀를 세라라고 부르던 교사를 기억한다. 아빠가 학교에 와서 그 교사에게 하빈더는 세라와 달리 발음 기호 그대로 발음되는 이름이라고 설명했다.

퍼트리샤의 전화기가 맹렬하게 진동하기 시작하자 하빈더는 갈 때가 됐다고 생각한다. 이 면담은 나탈카에게 어머니가 있고 아마 남동생도 있다는 사실과 경찰 일이 제대로 안 풀리면 언제라도 간병인으로 취직할 수 있다는 안심 외에는 별로 수확을 주지 못했다.

하빈더가 간병인이 된다고 할지라도 한 가지는 분명하다. 그녀는 절대로 하이클리프 하우스에서 일하지 않을 것이다. 외관은 그리 나쁘지 않다. 이름이 풍기는 이미지와 달리 고딕 양식의 성이 아니라 도로에서 멀찍이 자리 잡은 쾌적한 단독 주택이다. 그렇지만 물로 닦을 수 있는 비닐 안락의자에 앉아 있는 조용한 사람들, 요란한 소리를 내는 TV들, 나직한 중얼거림, 속속들이 배어 있는 소변과 양배추 냄새가 뒤섞인 내부는 악몽 같다.

"혹시라도 내가 이런 곳에 들어오는 처지가 된다면 말이야." 그들이 요양원 간병인을 따라 조앤 테이트의 방으로 가는 동안 닐이 중얼거린다. "먼저 나를 총으로 쏴버려."

"나는 네 최근친이 아니잖아." 하빈더가 말한다. "그 임무는 네 아내 켈리에게 맡길게."

"그녀라면 쏘고도 남지." 닐이 말한다. "하긴 네 문화에서는 더 잘 하지."

"내 문화? 쇼어햄 사람을 말하는 거야?"

"내 말이 무슨 뜻인지 알면서. 너희는 노인들을 돌보잖아."

일리가 있는 말이지만, 닐에게 그렇다고 인정하기는 싫다. 외할머니는 돌아가실 때까지 그녀의 가족과 살았다. 그들은 외할머니를 공손히 받들어 모셨다. 나중에 외할머니가 그들이 누구인지 잘 기억하지 못하게 된 때조차 그들은 지극 정성으로 시중을 들었다. 하빈더는 한때 푹 빠져 있던 동물인 말에 대해 외할머니에게 재잘재잘 이야기하던 때를 기억한다. 외할머니가 그녀를

278

아주 사랑하고 그녀의 말을 한 마디도 이해하지 못한다는 사실을 알았기에 안심하고 속엣말을 마구 털어놨다. 외할머니가 돌아가셨을 때 하빈더는 여덟 살이었다.

하이클리프 하우스의 직원들이 딱히 매정해 보이지는 않지만 격무에 시달려 잔뜩 지친 듯하다. 간병인이 다정하게 조앤에게 인사하고 어깨에 걸친 주황색 카디건을 매만져준다.

"조앤의 옷이 아니에요." 그가 말한다. "여기서는 옷들이 마구 뒤섞여요."

하빈더는 방을 둘러보면서 작은 탁자 위에 놓인 물건들이 과연 조앤의 것일지 궁금해진다. 결혼식 사진, 말 모양 도자기, 플라스틱 꽃이 꽂힌 꽃병이 있다. 새를 닮은 얼굴에 체구가 자그마한 조앤이 말한다. "의사 선생님이에요?" 하빈더를 향한 말이다.

"아닙니다." 하빈더가 말한다. "모든 인도인이 의사는 아닙니다." 그래도 그녀는 닐이 아니라 그녀에게 그 질문을 해서 기쁘다. 이 노부인이 급격히 마음에 든다.

"우리는 페기의 친구입니다." 하빈더가 말한다. "어르신의 친구 페기 스미스요."

조앤의 얼굴이 즉시 환해진다. "페기! 페기가 여기 왔어?"

"유감스럽지만 아닙니다." 하빈더는 설사 조앤이 듣고 나서 바로 잊어버린다고 해도 친구가 죽었다는 말을 할 생각이 없다.

"안녕하세요, 할머니." 닐이 조앤의 옆에 앉으면서 말한다. "카디건이 참 예쁘네요."

하빈더는 그의 말투가 아주 건방지다고 생각하지만 조앤은 기분이 좋은지 활짝 웃는다. "내 것이 아니야." 그녀가 말한다. "나는 봄이 아니라 가을이야."

"어쨌든 아주 고우세요." 닐이 말한다.

"자네가 내 손자인가?" 조앤이 말한다. "내 손자는 자주 안 와."

"분명히 손자분이 곧 올 거예요." 닐이 말한다. "저는 닐이고 이쪽은 하빈더예요. 저희는 페기에 대해 이야기하고 싶어요. 러시아에서 페기랑 멋진 휴가를 보내셨죠?"

"러시아." 조앤이 처음 접하는 단어인 듯 말한다.

"어르신이 본 젊은이들을 기억하십니까?" 하빈더가 말한다. "그들은 어르신들의 아파트에 머물렀습니다."

조앤이 그녀를 빤히 쳐다본다. 그녀의 눈은 아주 연한 푸른색이지만 여전히 명민해 보인다. "우리는 참 즐거웠어, 안 그래?" 그녀가 말한다.

"그래요." 하빈더가 대답한다. 그녀가 페기라고 생각하나? 그녀는 색맹인 사람들에 대해 들어봤지만 이건 너무 극단적이다.

"네가 그들이 학생이라고 했지." 조앤이 말한다. "아주 착한 아이들이었어."

"그들이 러시아인이었어요?" 하빈더가 묻는다.

"마일스." 조앤이 말한다. "그 애들 집은 수 마일이나 멀리 떨어져 있었어."

"그러게요." 닐이 말한다. "대단한 모험이었겠어요. 그 남자들에 대해 기억나는 다른 점이 있나요?"

"우리가 그 아이들을 발레에 데리고 갔지." 조앤이 말한다. "아주 착한 아이들이었어."

"그들의 이름이 무엇이었나요?" 하빈더가 다시 말한다. "디미트리? 이반? 블라디미르?" 그녀는 동유럽식의 다른 이름이 더 이상 생각나지 않아서 약간 자포자기로 말한다. "나이절?"

"나이절은 착한 아이가 아니었어." 조앤이 말한다. "착한 아들이 아니었어."

하빈더와 닐은 서로 눈짓을 한다. "왜요?" 닐이 말한다.

"그 아이가 페기의 돈을 다 가로챘어." 조앤이 말한다. "그 아이는 페기가 도박을 너무 많이 한다고 말했어. 그녀도 도박을 해. 페기가 그렇게 말했어."

"누가요?" 하빈더가 말한다. "누가 도박을 해요?"

"말에 돈을 걸어." 조앤이 말한다. "아, 우리는 정말 경마를 좋아했어." 그러고 나서 아무런 예고도 없이 갑자기 잠들어버린다.

"괜찮으신 거야?" 닐이 말한다. 그는 주황색 카디건에 슬쩍 손을 댄다. "조앤?"

조앤의 가슴이 오르락내리락하고 있다. 그녀는 아주 평온해 보이지만, 하빈더는 혹시나 해서 복도로 나가 간호사처럼 보이는 사람을 불러온다. 그 여자가 방으로 들어와서 대충 확인하고는 조앤이 잠을 많이 잔다고 말한다. "이렇게 몇 시간 동안 계시기도 해요." 그러나 하빈더가 작별 인사를 하려고 몸을 수그리자 조앤이 눈을 뜬다. "레드 럼!" 그녀가 말한다. 그리고 곧바로 다시 잠든다.

23장
베네딕트: 기막히게 좋은 추리물

베네딕트는 잠에서 깨면서 순간적으로 공황 상태에 빠진다. 그는 자기가 쇼어햄의 다락방에 있고 문과 창이 바뀌었다고 생각한다. 그러다가 기억난다. 그는 애버딘의 트래블로지에 있다. 그는 나탈카(이 석고보드 벽의 반대쪽에서 자고 있을 것이다)와 에드윈(줄리와 밀회를 마치고 안전하게 돌아왔을 것이다)과 함께 있다. 그들은 살인자를 추적하는 중이다. 또한 그들은 우크라이나 마피아에게 쫓기고 있을지도 모른다.

이상하게도 이런 사실들 때문에 오히려 기분이 들뜬 베네딕트가 벌떡 일어나서 화장실에 간다. 이어서 전기 주전자를 찾다가 침대 옆 찬장에 교묘하게 숨어 있는 것을 발견한다. 그는 차를 만들어서 침대로 올라가 편히 기대앉는다. 오늘 그들은 랜스 포스터의 토론을 보러 갈 예정이다. 『라오콘』을 쓴 그 작가에게 뭔가 이상한 점, 더 정확히 말하면 수상쩍은 점이 있을까? 왜 그는 줄리에게 누가 페기를 죽였는지 아느냐고 물었을까? 그런 질문을 하다니 확실히 이상하잖아? 어떻게 페기를 알게 됐는지 랜스에게 물어볼 기회조차 없었다는 것이 퍼뜩 떠오른다. 베네딕트는 나탈카에게 너무 집중하고 있었다. 게다가 나탈카의 이야기, 가상 화폐며 그녀에게 해코지를 하려는 나쁜 사람들이며 그것은 다 무슨 소리일까? 그녀가 엄마와 남동생에 대해 이야기할 때 완전히 다른 나탈카가, 훨씬 어리고 연약하지만 이질적이고 알 수 없는 사람이 나타난 것 같았다. 이를테면 그녀가 수학을 전공했다는 것을 누가 상상이나 했을까? 베네딕트는 GCSE(중등교육 수료 공통 시험)를 간신히 통과했다. 그는 나탈카가, 본인 스스로 자백한, 절도범이라는 사실을 자신이 모른 체하고 있다는 것을 알고 있다.

베네딕트는 샤워를 하면서, 나탈카로부터 단 몇 미터 떨어진 곳에서 발가벗고 있다는 생각에 괜스레 가벼운 전율을 느낀다. 그가 욕실에서 나오자 충전 중인 전화기가 진동한다. 에드윈이 보낸 문자이다. 8시에 아침 식사할까? 건너편에 멋진 카페 '마가목'이 있네. 요즘 세상에 에드윈처럼 문자에 구두점을 제대로 찍는 사람은 없다. 어쨌든 그는 기분이 좋아 보인다. 베네딕트는 나탈카에게 문자를 보내고 나서 옷을 입기 시작한다.

에드윈은 창가 자리에 앉아 훈제 청어 한 접시를 재빨리 먹어 치우고 있다. 확실히 그는 상태가 괜찮아 보인다. 그는 어젯밤에 줄리와 저녁을 먹은 후 숙소로 돌아올 때 이 카페가 눈에 띄었다고 말한다.

"즐거운 시간을 보내셨어요?" 베네딕트가 커피와 베이컨 샌드위치를 주문하고 묻는다. 그는 약간 숙취에 시달리고 있는데 생선 가시를 능숙하게 발라내는 에드윈을 보니 속이 조금 울렁거린다.

"아주 즐거웠네." 에드윈이 말한다. "줄리는 좋은 말벗이었어. 그녀가 몹시 외롭지 싶어. 돌아가실 때까지 어머니를 돌봤고 지금은 작은 개 한 마리를 동반자 삼아 호브에 산다는군."

"적어도 그녀는 개가 있네요." 베네딕트가 말한다. "페기가 개를 산책시키는 사람들의 목록을 적던 방식을 기억하세요?"

"그럼." 에드윈이 말한다. "콜리 잡종 2, 스패니얼 3, 털이 긴 불확실한 잡종 1." 둘 다 소리 내어 웃는다.

에드윈이 말한다. "어젯밤에 친구도 만났다네."

"친구요?"

"응. BBC에서 같이 일하던 사람이야. 프레디 팬쇼. 그가 대학을 갓 졸업하고 인턴으로 들어왔을 때 만났다네. 지금은 취재 기자야. 그는 덱스의 살인사건 때문에 여기 왔어. 그가 우리에게 필요한 정보를 가지고 있을지도 몰라."

"정보요?"

"그래. 수사에 대해서. 이야기가 나와서 하는 말인데, 새로운 소식이 있다네. 나탈카가 올 때까지 기다려야겠어."

그가 이 말을 하는 사이에 문이 열리고 나탈카가 들어온다. 그녀는 검은색 스웨터에 검은색 데님 바지 차림이고 샤워를 해서 머리카락이 젖어 있다. 아름다운 암살자 같아. 베네딕트가 생각한다. 나탈카는 블랙커피를 주문한다.

"뭘 좀 먹어야지." 에드윈이 말한다.

"못 먹겠어요." 나탈카도 숙취에 시달리나 봐. 베네딕트는 그 생각을 하니 상당히 들뜬다.

에드윈은 비어 있는 카페를 획획 훑어보면서 엿듣는 사람이 있는지 확인한다. 베네딕트가 보기에 에드윈은 이 순간을 최대한 즐기고 있다.

"자, 그럼." 에드윈이 말한다. "내 새 소식은…… 나이절 스미스가 여기 있다네."

"페기의 아들 나이절이요?" 나탈카가 묻는다.

"그렇지. 그리고 다름 아닌 바로, 트래블로지에 묵고 있다네. 내가 어젯밤에 들어오는 그를 봤어. 나는 그가 나를 알아보지 못했다고 확신하네."

"아마 그는 축제에 왔을 거예요." 베네딕트가 말한다.

에드윈은 이 생각을 마땅히 일축한다. "나이절은 범죄 소설을 경멸한다네. 나는 그가 그렇게 말하는 것을 직접 들었어. 그는 다른 이유로 여기 왔어."

"정부가 있나 봐요." 나탈카가 말한다. "대체로 그것이 이유죠."

"정부를 트래블로지에 데리고 오지는 않지." 에드윈이 말한다. "왜 사람들이 트래블로지에 묵겠나? 대체로 업무 관련 출장 때문이라네. 나이절이 무슨 일을 하나?"

"그 사람 부인의 말로는 그가 런던 시내에서 일한다고 했어요." 나탈카가 말한다. "상당히 부자인 것 같은데."

"별로 의미 없는 말이에요." 베네딕트가 말한다. "오두막 카페가 시장 관저에 있다면 나도 런던 시내에서 일한다고 말할 수 있잖아요."

"하지만 당신이 부자일까요?" 나탈카가 말한다.

"아닐걸요."

"어쩌면 나이절이 부자가 아닐지도 모르네." 에드윈이 말한다. "어쩌면 그가 돈을 다 잃었을지도 모르지. 그래서 그가 페기의 집을 그렇게 빨리 팔려고 했겠지. 돈은 확실한 살해 동기라네."

"정말로 나이절이 자기 어머니를 살해했다고 생각하세요?" 나탈카가 질문한다. 베네딕트는 그녀가 우크라이나의 집에 있다는 어머니를 생각하고 있는지 궁금해진다. 어젯밤에 어머니에 대한 언급이 그녀를 울렸다.

"대체로 살인자는 가족 중 하나예요." 베네딕트가 말한다. "어쨌든 현실에서는요. 범죄 소설에서가 아니라. 거기서는 늘 가장 예상 밖의 사람이 범인이죠."

"현실에서는 가장 유력한 사람이 범인이지." 에드윈이 마지막 갈색 빵 조각에 버터를 바르면서 말한다.

"우리가 나이절을 자세히 살펴봐야겠어요." 나탈카가 말한다. 베네딕트는 그녀가 우크라이나인들에 대해 에드윈에게 말할지 궁금하지만 그녀는 아무 말도 하지 않고 에드윈은 평소처럼 배려를 발휘해 어젯밤에 그들이 사라진 일을 거론하지 않는다.

그들은 아침을 먹은 후 마제스틱 호텔까지 걸어간다. 랜스가 참석하는 토론은 이 호텔에서 11시에 열린다. 에드윈은 그 토론 후에 BBC 시절의 친구를 만나기로 약속해놨다.

"바쁘셨네요." 베네딕트가 말한다.

"축제에서는 그래야지, 안 그런가?" 에드윈이 말한다. 하지만 베네딕트는 2010년에 하이드 파크에서 베네딕트 교황을 본 경우를 포함하지 않는다면, 축제에 한 번도 가본 적이 없었다.

'『햄릿』이 범죄 소설인가?'의 토론 장소는 휑뎅그렁한 댄스홀 옆 자그마한 온실이다. 강한 바람을 맞은 듯 보이는 정원이 한쪽 창으로 내다보이고, 천을 덮은 샹들리에들이 천장에서 자란 식물 같다. 베네딕트와 에드윈과 나탈카는 뒤쪽에 있는 다리가 가는 금박 의자에 앉는다. 결혼식 같네. 베네딕트가 생각한다. 그렇지만 그는 결혼식에 딱 두 번 가봤다. 휴고 형의 결혼식과 예전 동급생들의 결혼식이었는데 그 동급생들은 6개월 후에 이혼했다. 결혼식이라고 치면 이 행사는 하객이 드문드문한 결혼식이다. 어제 행사보다 참가자 수가 훨씬 적어 들어와 있는 사람이 열다섯 명뿐이다. 줄리 먼로가 행사가 시작하기 1분 전에 도착해서 열여섯 명이 된다.

"미안해요." 그녀가 속삭이는데, 베네딕트는 왜 그녀가 사과하는지 모르겠다. "원고 수정을 하느라고요."

랜스가 다른 남성 세 명과 함께 입장한다. 베네딕트는 다른 문학 행사에는 여성 토론자의 수가 더 많은데 왜 이 행사만 유독 다른지 의아하다. 의장은 대학 강사인 하미시 매클라우드라고 자신을 소개한다. 다른 두 작가 중 한 명은 문신을 한 사이먼 스티븐스라는 청년이고 그의 데뷔작인 『칩 래퍼』가 부커상 최종 후보에 올랐다. 다른 한 명은 한때 아주 유명하던 심벨린 블레이크인데 베네딕트는 그 작가가 이미 죽은 줄 알았다. 하미시가 세 작가의 약력을 소개하면서, 랜스 포스터가 창작 강사라는 말을 덧붙인다. 베네딕트가 미처 몰랐던 정보이다.

하미시는 범죄 소설이 비평가들에게 과소평가를 받는지 묻는다.

"나는 범죄 소설을 쓰지 않습니다." 랜스가 말한다. "문학 소설을 씁니다."

"솔직히 말하면, 형씨, 나는 그것이 무슨 뜻인지 모르겠어요." 사이먼이 심하게 변장한 사립 고등학교 남학생 같은 목소리로 말한다. "나는 그냥 책을 써요."

"다 개소리야." 심벨린 블레이크가 말한다.

당황해서 약간 땀을 흘리기 시작한 하미시가 어떤 고전을 범죄 소설로 여기는지 그들에게 묻는다.

"『언덕』." 랜스가 말한다. "그리고 『플로스』." 베네딕트는 잠시 생각한 후에야 그의 말을 『폭풍의 언덕』과 『플로스 강변의 물방앗간』으로 해석한다.

"나는 책을 별로 안 읽어요." 사이먼이 말한다. "그렇지만 괜찮은 갱스터 영화를 좋아해요."

"고전은 쓰레기야." 심벨린이 말한다. "나는 포르노 잡지를 더 좋아하지."

사람들이 나가는 소리가 들린다. 하미시가 속으로 조마조마해하는 기색이 확연해지는데, 뜻밖에 랜스가 몸을 앞으로 기울이며 말한다. "제인 오스틴도요. 『에마』는 기막히게 좋은 추리물이에요. 베이츠 양의 독백에 많은 단서가 있습니다. 나는 황금기에 대해 강의합니다. 크리스티, 마시, 앨링엄, 앳킨스. 절대 노부인들을 무시하지 마세요. 나는 예전에 딱 미스 마플 같은 노부인을 알았어요."

베네딕트와 에드윈과 나탈카가 서로 눈짓을 한다. 진행자가 질문해도 좋다고 관객에게 말하자, 베네딕트가 손을 번쩍 든다. "저는 랜스가 언급한 황금기 작가들의 이야기가 흥미로웠습니다." 그가 말한다. "토론자분들은 실라 앳킨스 같은 작가들을 어떻게 생각하시나요?"

"들어본 적 없는 작가예요." 사이먼이 말한다.

심벨린은 혼수상태에 빠진 모양이다.

"나는 앳킨스 팬입니다." 랜스가 말한다. 그는 자기만 알아듣는 농담에 웃고 있는 듯하다. "그분은 나에게 아주 소중한 분이죠. 앳킨스는 줄거리를 짜는 방법도 잘 알았어요. 작품을 보면 깜짝 놀랄 겁니다."

"『감사 단식』을 읽어보셨어요?" 베네딕트가 묻는다.

"네." 상당히 놀란 기색인 랜스가 더 말하려고 하지만 하미시가 끼어들어서 다른 질문이 있는지 묻는다. 다른 질문이 나오지 않자 하미시는 세 작가에게 무슨 작업을 하고 있는지 묻는다.

"또 다른 쓰레기 같은 소설 쓰기." 심벨린이 말한다. "그래도 사람들은 사겠지."

"아무것도 안 해요." 사이먼이 말한다. "『칩 래퍼』가 내 유일한 책이라면, 불멸의 유일한 가능성이라면, 그럼 난 행복해요."

"나는 막 책 하나를 마무리했습니다. 완전히 다른 책입니다." 랜스가 말한다. "그래서 아주 흥분됩니다."

그러나 그는 흥분돼 보이지 않는다. 사실 관객들 못지않게 지루해 보인다. 하미시가 10분이나 이르게 토론을 끝낸다.

"재미있었어요." 나탈카가 말한다.

"가서 랜스랑 이야기할까요?" 베네딕트가 묻는다.

"나는 커피를 마시러 가려네." 에드윈이 말한다. "내가 감당할 수 있는 문학 이야기는 여기까지네. BBC에 근무하던 옛 시절이 떠오르는군."

"나랑 같이 가요." 줄리가 말한다.

나탈카와 베네딕트는 사인을 받는 탁자로 다가간다. 놀랍게도 심벨린 블레이크 앞에 긴 줄이 서 있다. 그의 옆에서 랜스와 사이먼이 남의 이목을 의식하면서 담소를 나누고 있다.

"매우 흥미로웠습니다." 베네딕트가 랜스에게 말한다.

"그렇게 생각해요?" 랜스가 말한다. "나한테는 꼭 자동차 충돌 사고 같았어요."

베네딕트는 이 작가가 마음에 들기 시작한다. 어쨌든 그는 토론자들 중에서 가장 덜 무례한 사람이었다. "당신이 미스 마플을 연상시킨다고 한 분이 페기 스미스였나요?"

"그래요." 랜스가 말한다. "그분은 타고난 탐정이었어요. 어머니가 항상 그렇게 말하셨죠."

이것 참 흥미롭네. 베네딕트가 생각한다. 가까운 가족에 대한 첫 언급이다.

"당신이 페기를 어떻게 알게 됐는지 아직 말하지 않았어요." 나탈카가 말한다. "그저 복잡한 사연이 있다고만 했죠."

"당신이 어젯밤에 사라졌잖아요." 랜스가 말한다. "그래서 그런 거죠." 그가 상당히 짜증 난 투로 말한다. 게다가 베네딕트의 신경을 거스르는 과한 소유욕을 다시 드러낸다.

"이따가 만나서 술 한잔해요." 나탈카가 말한다.

랜스는 손목시계를 쳐다본다. "좋아요. 점심때 내 에이전트를 만나기로 했어요. 오늘 밤에 호텔 바에서 마실까요? 7시?"

"좋아요." 베네딕트가 말한다. 그들은 랜스가 소지품을 챙긴 후 아직도 심벨린을 둘러싸고 있는 줄을 빙 둘러 나가는 모습을 지켜본다. 베네딕트는 그가 진짜로 에이전트와 점심 약속이 있는지 궁금하다.

호텔 로비가 갑자기 북적인다. 베네딕트는 소파에 앉아 마주 보고 있는 에드윈과 줄리를 발견한다. 그들은 커피를 마시고 있지만 많은 참석자들이 벌써 호텔 바로 가고 있다. 베네딕트는 넘쳐흐르는 맥주잔 세 잔을 들고 있는 남자가 지나가도록 옆으로 비켜선다.

"한잔할래요?" 나탈카가 말한다.

"좋죠." 나탈카는 오늘 아침에 상당히 차분해 보이지만, 그는 만일의 경우에 대비해서 그 우크라이나인들이 있나 실내를 쭉 훑어본다. 그러다가 회전문을 향해 가는 블레이저 차림의 몸집이 큰 사람을 본다. 그가 나탈카의 팔을 슬쩍 건드린다. "저기 봐요."

"누군데요? 와, 나이절이잖아요. 같이 있는 사람은 누구예요?"

"랜스 같아요." 베네딕트가 말한다.

24장

나탈카: 좋은 방이 아니다

나탈카는 햇빛을 받으니 점차 침착해진다. 아침에 영 상태가 안 좋았다. 갈증이 심하고 구역질이 나서 잠에서 깼는데 어떤 남자가 침대 끝에 앉아 있었다. 소스라쳐서 벌떡 일어났고 심장이 쿵쾅거렸지만 다시 보니 사람이 아니라 의자 등받이에 걸려 있는 재킷이었다. 깔끔하고 원색으로 된 호텔 방이 낯설었다. 광부의 팔에서 묵은 방은 달랐다. 천장이 경사진 그 방은 안락하고 어수선했다. 하지만 그녀는 그곳에서도 푹 자지 못했다.

그래도 베네딕트는 줄곧 친절했다. 그는 어젯밤에 달라 보였다. 그 남자들의 사진을 찍은 놀라운 기지 때문인지, 아니면 그녀가 털어놓은 비밀에 그가 충격을 받지 않았기 때문인지 모르겠다. 어쨌든 갑자기 그가 덜 우스워 보였고 더 남자처럼 보였다. 완벽한 카푸치노를 만들려고 오랜 시간을 쏟아붓는 재미있는 전 수사 베네딕트에서 그녀가 이전 삶에서 알았으면 좋았을 남

293

자로 바뀌었다. 그들은 와인을 두 병 마셨다. 그녀가 오늘 아침에 예민한 것도 당연하다.

랜스의 토론은 이상했다. 그 작가들 모두가 자신들이 범죄 소설 작가가 아님을 증명하려고 작정한 모양이었다. 범죄 소설 작가는 분명히 대단한 직업인데 다들 왜 그랬을까? 덱스 챌러너는 엄청나게 부자였고 J. D. 먼로조차 풍족하게 사는 듯하다. 호브에 있는 아파트, 토스카나에서 보내는 휴가, 귀여운 개. 그런데 이제 와서 생각해보니 그녀의 옷은 별 볼 일 없었다. '문학' 소설 한 권을 쓴 랜스는 부자가 되지는 못했나 보다. 어젯밤에 그는 입에 풀칠하느라고 두 군데에서 선생 노릇을 해야 한다고 그녀에게 말했다. 그리고 그의 옷은 멋지기는 하지만 꽤 낡았다. 그래도 그는 제인 오스틴에 대해서 터무니없는 말을 지껄이는 때조차 여전히 매력적이다. 팬이 있는 것처럼 보이고 싶었기 때문일 수도 있지만 그는 나중에 그들을 보고 상당히 기뻐하는 듯했다.

그녀는 행사 후 로비로 나왔을 때 갑자기 두려웠다. 어젯밤의 그 우크라이나인들이 여기에 있으면 어쩌지? 그들이 그녀에게 해코지를 하려고 하면, 덱스처럼 단 한 발의 총알로 머리를 관통해서 죽이려고 하면 어쩌지? 그녀는 술을 마시고 싶었지만 마침 그 말을 하는 순간, 베네딕트가 랜스와 함께 호텔에서 나가는 나이절을 보고 탐정의 열정이 치솟는다.

"저 사람들을 따라갑시다."

"이 많은 사람들을 뚫고 가지 못할 거예요." 나탈카가 말한다. 실제로 마제스틱이 갑자기 북적인다. 토론이 끝나서 다음 토론장으로 이동하는 사람들이 있는가 하면, 본격적으로 마시려고 호텔 바로 향하는 사람도 있다. 베네딕트는 패배를 인정하고 그들의 몫으로 와인 두 잔을 산다. 그는 매 순간 수사 티를 벗고 있다.

그들은 야자수 화분 뒤 조용한 구석으로 피하고 얼마 지나지 않아 에드윈과 줄리가 합류한다.

"나이절과 랜스를 봤어요?" 베네딕트가 말한다. "그들이 함께 나갔어요."

"흥미롭군." 에드윈이 말한다. "어떻게 두 사람이 서로 알지?"

"페기를 통해서요?" 줄리가 제안한다. 그녀는 수사 상황을 전부 알고 있나 보다. 나탈카는 에드윈이 지독한 수다쟁이라는 것을 진즉 알아챘다.

"나이절을 만난 적이 있어요?" 나탈카가 줄리에게 묻는다.

"아니요. 장례식에서 그를 처음 봤어요. 그는 나에게 말을 걸지 않았어요. 나는 그가 좀 거만하다고 생각했어요."

"랜스와 나이절이 바람을 피우고 있나 봐요." 나탈카가 말한다.

"불가능하다네." 에드윈이 말한다. "어떤 동성애자 남자도 나이절에게 반하지 않을 테니까."

"카우어 경사에게 말해야 해요." 베네딕트가 말한다. "저기, 상당히 의심스럽잖아요, 안 그래요?"

"셀카 찍어서 보내요." 나탈카가 말한다. 그녀는 그들을 다 모아서 팔이 긴 베네딕트에게 버튼을 누르라고 한다. 사진이 약간 흐릿하게 나왔고 줄리가 눈을 감았지만 나탈카는 상당히 잘 나왔다. 그녀는 하빈더에게 사진을 보낸다.

그들은 호텔에서 점심을 먹으면서 레드와인 한 병을 나눠 마시고 나탈카는 술 때문에 졸음이 쏟아진다. 에드윈이 BBC 시절 친구를 만나고 베네딕트와 줄리가 '이인조 탐정: 홈스와 왓슨부터 브라이언트와 메이까지'라는 제목의 토론에 참석하는 동안 나탈카는 낮잠을 자러 트래블로지로 돌아간다.

침대가 아주 편하고 검은색 블라인드가 있어서 방이 충분히 어둡지만 왠지 잠들지 못한다. 그녀는 계속 드미트로에 대해 생각한다. 들창코와 정직한 푸른 눈이 자리 잡은 귀엽고 웃기는 얼굴, 거미를 포함한 모든 생물에게 이름을 붙이던 습관, 재미있는 이야기를 할 때 눈을 깜박이는 버릇. 그녀는 6년 동안 동생을 보지 못했다. 결국 그녀는 포기하고 일어나서 다시 샤워를 한다. 그러고 나서 가장 좋은 청바지와 주름 장식이 달린 새 상의를 입는다. 그녀는 누구에게 잘 보이고 싶은 건지 모르겠지만 자기가 예뻐 보인다는 느낌이 들면 항상 기분이 좋아진다. 그녀는 화장도 한다.

6시가 됐고 그녀가 트래블로지에서 나갈 무렵에는 거의 어두워져 있다. 하루 종일 맑았는데 이제는 비가 오고 있다. 가늘지만 끊임없이 내리는 가랑비 때문에 머리카락이 확연히 부스스해진다. 마제스틱의 불빛이 안락하고 따뜻해 보이고 줄줄이 늘어선 금빛 창문들이 대림절 달력 같다. 나탈카가 회전문을 밀치고 들어가자마자 호텔 바 쪽에서 목소리들이 들린다. 누군가가 크게 말한다. "너는 완전히 형편없어, 루퍼트." 다른 사람이 소리 내어 웃고 이어서 샴페인 코르크 마개가 열리는 펑 소리가 들린다. 나탈카는 모여 있는 사람들을 뚫고 지나가서 레드와인을 한 잔 주문한다. 그녀는 아무도 없는 테이블을 발견하지만 곧 책 블로거라는 세 명의 상냥한 여자들이 합류한다. 책 블로거는 나탈카에게 새로운 명칭이나 그녀는 그 의미를 물어보고 싶지 않다. 베네딕트와 에드윈이 6시부터 7시까지 각각 올 때까지 그녀는 블로거들과 담소를 나눈다.

"랜스를 봤어요?" 베네딕트가 묻는다.

"아직 못 봤어요." 나탈카가 말한다. 그녀는 갑자기 불안감에 휩싸인다. 실내를 둘러본다. 그곳에 있는 사람들은 거의 중년이고 주로 여성이다. 우크라이나 갱단처럼 보이는 사람은 없다.

"자네 괜찮나?" 에드윈이 묻는다. "굉장히 창백해졌어."

"전 괜찮아요." 나탈카가 말한다. "BBC 친구는 어땠어요?"

"그다지 도움이 되지 않았다네." 에드윈이 말한다. "프레디는 덱스 챌로너에 대해서 별로 아는 바가 없나 봐. 내가 그에게 페기가 덱스의 살인 컨설턴트였다고 말했다네. 그가 아주 흥미진진해하더라고."

7시 30분이 돼도 여전히 랜스의 모습이 보이지 않는다. 이제 바가 대단히 북적이고 소음이 커지고 있다. 블로거들은 이언 랭킨의 최신작을 격찬하고 있다. 나탈카는 프런트로 가서 랜스의 객실 번호를 묻는다.

"알려드릴 수 없게 돼 있습니다." 접수 담당 직원인 여드름투성이의 청년이 강한 억양으로 말한다. 나탈카는 그것이 스코틀랜드 억양인 모양이라고 생각한다.

"나는 그와 만나기로 했어요." 나탈카가 가장 관능적인 미소를 지으며 말한다. "우리는 좋은 친구예요."

청년이 눈을 깜박이다가 포스트잇을 건넨다. "315호실입니다."

십자형 금속 문이 달린 구식 승강기는 지독하게 느리지만 결국 3층까지 삐걱거리며 올라간다. 이 호텔은 밖에서 보이는 것보다 훨씬 넓고, 미로 같은 복도들과 알 수 없는 이유로 위아래로 나 있는 쓸모없는 계단들이 있다. 박제된 수사슴의 머리들이 벽에서 음울하게 내려다보고 있다. 315호실은 비품용 벽장 근처 벽면이 우묵하게 들어간 좁은 공간에 있다.

"좋은 방이 아니네요." 나탈카가 말한다. "내가 객실 청소부로 일해봐서 알아요."

나탈카가 문 앞으로 가서 노크하려고 하는데 놀랍게도 문이 열려 있다. 갑자기 그녀는 더 나아가기가 무서워서 문턱에서 멈춘다. 베네딕트가 그녀를 지나쳐서 조금씩 들어간다. "랜스?" 이윽고 나탈카의 귀에 그가 "성모 마리아님 맙소사"라고 말하는 소리가 들린다.

베네딕트가 성모의 이름을 함부로 들먹이다니 심각한 일이 일어난 것이 틀림없다. 나탈카와 에드윈은 서로 마주 보다가 베네딕트를 따라 방으로 들어간다.

랜스가 창가 의자에 앉아 있다. 나탈카는 쌍안경과 바다 풍경

을 바로 옆에 둔 채 아무것도 보지 못하고 죽어 있던 페기를 생각
한다.

25장

베네딕트: 범죄 같다

베네딕트는 랜스가 죽었음을 즉시 알아챘다. 그는 랜스의 손을 만진다. 맥박을 확인하는 동안 축축한 감촉이 느껴진다.

"성모 마리아님 맙소사."

그는 자신이 그 말을 소리 내어 말했다는 것조차 인식하지 못하는데 어느새 에드윈이 그의 옆으로 와서 '살인' 소리가 들어간 말을 중얼거린다.

"죽었어요?" 나탈카가 떨리는 목소리로 묻는다. 왠지 그녀의 떨림이 베네딕트를 정신 차리게 한다.

"그런 것 같아요, 네." 랜스는 머리를 의자에 기대고 있지만 눈을 뜨고 있고 동공이 확대돼 있다. "구급차를 불러요." 그가 말한다. 하지만 이미 에드윈이 전화기에 대고 감탄스러울 만큼 또렷한 목소리로 위치를 알려주고 있는 소리가 들린다.

"맥박이 있나?" 전화 교환원과 통화 중인 에드윈이 묻는다.

베네딕트는 심장이 뛰는지 확인하려고 랜스의 가슴에 조심스럽게 귀를 대지만, 답을 이미 알고 있다. 랜스의 몸이 무서운 납빛이다.

"죽었어요." 나탈카가 울먹이며 말한다. "누군가 그를 죽였어요."

"아직 모르는 일이에요." 베네딕트가 방 안의 모든 상황을 파악하려고 애쓰면서 말한다. 문이 열려 있었지만 랜스는 그냥 의자에 앉아 있었다. 설령 그가 죽음이 다가오는 것을 봤더라도 처음에는 그를 두렵게 하지 않는 형태였으리라. 그가 자연적인 원인으로 죽었을까? 그럴 가능성도 있지만 전날 『언덕』과 『플로스』에 대해 이야기하고 새 책 때문에 흥분된다고 말하던 그는 건강해 보였다.

"구급차가 오고 있네." 에드윈이 말한다. "수위에게 알려야 돼. 내가 가겠네." 그가 방에서 나간다.

"수위라니." 나탈카가 말한다. "에드윈다운 말이네요."

"그러게요." 베네딕트가 동의한다. 나탈카는 웃다가 울다가 하고 있다. 베네딕트가 한 팔로 그녀의 어깨를 감싸니 익숙한 레몬 향기가 난다.

에드윈이 경비원 두 명과 여드름투성이의 접수 담당 청년을 데리고 온다.

"세상에." 첫 번째 경비원이 방에 들어오면서 말한다. "시신에 손을 댔습니까?"

랜스가 이제 '시신'이 됐구나. 베네딕트가 생각한다.

"숨을 쉬는지 확인하려고요." 그가 말한다.

"죽었습니다. 맞네요." 그 경비원이 말한다. "이 사람을 압니까?"

"조금요." 베네딕트가 말한다. "그는 범죄 소설 작가예요."

"음, 아무래도 범죄 같네요." 두 번째 경비원이 말한다.

아무도 어떻게 대답해야 할지 알 수 없다. 파란색 불빛이 창에 비치고 구급차가 도착할 때까지 그들은 상당히 불편한 침묵 속에서 기다린다.

구급 대원들이 랜스의 죽음을 확정한다. 그렇다면 그들은 사설 구급차가 와서 그를 싣고 갈 때까지 기다려야 한다. "우리는 시신을 싣고 갈 수 없습니다." 한 구급 대원이 설명한다. 그들이 기다리는 동안 경비원들의 연락을 받은 경찰이 도착한다. 정복 경찰관 두 명, 그리고 자신을 해리스 경위라고 소개한 키 큰 남자와 머크리디 경사라는 여자까지 모두 네 명이다. 그들의 일 처리는 아주 효율적이다. 그들은 모든 사람을 근처 객실로 이동시킨다. 누군가 카트에 실은 차와 비스킷까지 가져온다.

일류 호텔의 객실에 있으니 기분이 이상하다. 베네딕트, 나탈카, 에드윈은 더블베드에 한 줄로 앉는다. 머크리디 경사는 책상 앞 의자에 앉는다. 해리스 경위는 그들 앞에 선다. 그의 머리가 천장에 달린 등에 거의 닿는다. 보아하니 사슴의 뿔로 만든 샹들리에다.

"누가 그를 발견했습니까?" 해리스 경위가 질문한다. 빨간 머리를 아주 짧게 자른 그의 태도는 무뚝뚝하지만 무례하지 않다.

"접니다." 베네딕트가 말한다.

"성함이?"

"베네딕트 콜입니다."

"고인의 친구입니까?"

고인. 랜스가 '시신'에서 '고인'으로 바뀌었다.

"그렇지는 않습니다." 베네딕트가 말한다. "어제 그를 만났습니다. 그는 범죄 소설 축제에 참석한 작가입니다. 이름은 랜스 포스터입니다."

그는 이미 랜스의 이름을 구급 대원들에게 알렸다.

"어째서 그의 방에 있었습니까?" 해리스가 묻는다. 아무 감정도 없는 단조로운 목소리이다.

"우리는 술을 마시기로 했어요." 나탈카가 말한다. "그가 오지 않아서 우리가 그를 찾으러 간 거고요. 저는 나탈카 콜리스니크이고 이분은 에드윈 피츠제럴드예요."

해리스는 세 사람을 바라보고 베네딕트는 그의 표정을 읽으려고 노력한다. 베네딕트는 그들이 서로 어울리지 않는 일행으로 보이리라는 것을 안다. 매력 넘치는 여자, 안경을 쓴 숫기 없는 남자, 크라바트를 맨 노신사.

"휴가 중입니까?" 해리스가 묻는다.

"축제 때문에 여기 왔어요." 나탈카가 말한다. 그녀는 잠시 말을 멈춘 후 다시 시작한다. "그리고 살인사건을 수사하려고요."

"뭐라고요?" 해리스의 목소리가 처음으로 올라간다. 수첩에 적고 있는 머크리디 경사가 고개를 든다. 피부가 창백하고 갈색 머리를 하나로 묶은 그녀는 상당히 매력적이다.

"다시 말해봐요." 해리스 경위가 말한다.

베네딕트는 나탈카가 우크라이나 마피아를 입에 올리기 전에 자신이 먼저 말해야 한다고 생각한다.

"우리는 덱스 챌로너의 친구였습니다." 그가 말한다. "쇼어햄에서 살해당한 작가요. 덱스는 협박 편지를 받았어요. 우리는 줄리 먼로라는 작가도 익명의 편지를 받았다는 사실을 알아냈어요. 그래서 그녀와 직접 만나서 이야기하려고 애버딘에 왔습니다." 그는 이 과정을 완벽하게 이성적인 처신처럼 보이게 말하려고 노력하지만 그의 머리 위를 맴도는 투명한 '미치광이' 표시가 드러나는 것 같다.

"왜 경찰서에 가지 않았습니까?" 머크리디 경사가 묻는다.

"경찰도 알고 있습니다." 베네딕트가 말한다. "하지만 카우어 경사가 말하기를……."

놀랍게도 해리스 경위가 한 발짝 다가선다. **"누구라고요?"**

"웨스트서식스 경찰서의 카우어 경사요."

"하빈더 카우어 경사 말이에요?"

"네."

"이런, 이런, 이런." 해리스 경위가 말한다. "세상 참 좁군요."

머크리디 경사는 완전히 당혹스러운 듯하다. 그녀가 고개를 돌려 베네딕트를 본다. "그 협박 편지에 대해 말해봐요."

"엽서예요." 베네딕트가 말한다. "주소도 없고 우체국 소인도 없어서 우리는 봉투에 넣어 보냈다고 생각합니다. 모든 엽서에 같은 메시지가 인쇄돼 있어요. '우리가 당신을 찾아간다.' 우리는 덱스, 줄리, 랜스가 모두 페기 스미스라는 여성과 관련이 있다는 사실을 알아냈습니다. 그분도 최근에 죽었습니다."

"페기는 살인 컨설턴트였어요." 나탈카가 말한다. "우리는 그녀도 살해당했다고 생각해요."

"뭐였다고요?" 해리스 경위가 묻는다.

"살인 컨설턴트요." 나탈카가 인내심을 갖고 다시 말한다. "페기는 범죄 소설 작가들이 등장인물을 죽이는 새로운 방법을 생각해내도록 도왔어요. 우리가 페기의 책에서 엽서를 발견했어요. 덱스 챌로너가 쓴 『고층 건물 살인』에서요. 그런데 우리가 페기의 물건을 정리하고 있을 때 총을 든 남자가 침입해서 그녀의 책을 훔쳐 갔어요."

"총을 든 남자." 해리스가 다소 얼떨떨한 투로 반복한다. 베네딕트는 이제 '미치광이' 표시가 빨간색 네온사인처럼 번쩍이고 있겠다고 생각한다.

"그래서요." 나탈카가 계속 말한다. "덱스가 살해당했을 때 우리는 그 죽음들이 연결돼 있다고 생각했어요. 그러다가 우리가 J. D. 먼로도 엽서를 받았다는 것을 알아냈을 때……."

"J. D. 먼로?"

"줄리 먼로요. 그녀도 작가예요."

머크리디가 수첩에 적는다. 해리스가 에드윈을 돌아본다. "선생님은 어떻게 관련돼 있습니까, 피츠제럴드 씨?"

305

베네딕트는 에드윈이 아주 굉장하다고 생각한다. 그가 페기가 '라디오 목소리'라고 일컫던 목소리로 말하자 그것은 야수 같은 해리스 경위의 가슴마저 어루만져 진정시키는 듯하다.

"나는 페기의 친구였답니다." 그가 말한다. "나는 은퇴했고 독서를 좋아하지요. 나는 스코틀랜드 여행을 하고 싶었어요. 젊은 시절에는 에든버러를 상당히 많이 갔지요. 참으로 아름다운 도시예요."

"그래서 여행이 어떻게 흘러가고 있습니까?" 해리스가 묻는다.

"내 기대보다는 약간 더 파란만장하답니다." 에드윈이 인정한다.

"여러분 중에 랜스 포스터에 대해 뭔가 아는 분이 있습니까?" 해리스가 묻는다.

베네딕트는 그가 나탈카를 가장 뚫어지게 쳐다본다고 생각한다. 아무래도 바에서 술을 마시기로 한 것이 밀회였다고 추측하는 모양이다. 하지만 그렇다면 그녀가 베네딕트와 에드윈을 데리고 갈 이유가 없지 않은가.

"그는 이혼했습니다." 에드윈이 말한다. "그가 전 부인을 언급하더군요." 그가 베네딕트와 나탈카를 돌아본다. "어제 자네들이 돌아간 뒤에 그가 술집에서 한 말이라네."

"그와 덱스 챌로너는 같은 출판사와 일했습니다." 베네딕트가 말한다. "세븐스 실, 그 이름인 것 같습니다."

"고맙습니다." 해리스가 말한다. "이제 모두 가셔도 됩니다. 단, 애버딘을 떠나지 마십시오."

그들이 아래층에 내려가는 동안 여전히 바에서 흘러나오는 파티의 함성이 들린다. 경찰이 랜스의 객실 주변 출입을 금지시켰지만, 나탈카가 아까 지적했듯이 어차피 한적한 복도 구석에 자리 잡은 객실이라 경찰차가 밖에 서 있음에도 호텔 투숙객들은 위층에서 일어난 극적인 사건을 알아차리지 못하고 있다. 베네딕트는 11시밖에 안 된 것을 보고 놀란다. 마치 그들이 바에 앉아서 랜스를 기다리면서 이언 랭킨에 대한 블로거들의 대화를 들은 때로부터 며칠은 지난 느낌이 든다.

밖으로 나오니 추운 밤이고 다행히도 조용하다. 그들은 한동안 아무 말 없이 걷는다. 이윽고 에드윈이 입을 연다. "자네들은 랜스가 자연사했다고 생각하나?"

"가능성은 있어요." 베네딕트가 말한다. "그가 심장 마비나 알레르기 반응을 일으켰을 수도 있어요. 사실, 뭐든지."

"나는 그가 살해당했다고 생각해요." 나탈카가 말한다. "아까 창가 의자에 앉아 있는 그를 봤을 때 저절로 페기가 생각났어요."

베네딕트는 이 말을 들으니 페기의 시신을 발견한 사람이 바로 나탈카였다는 사실이 떠오른다. 그녀가 그렇게 충격을 받은 것도 당연하다. "페기도 자연사했을 수 있어요." 그가 말한다.

"당신도 그렇게 믿지 않잖아요, 베니." 나탈카가 말한다. "우리는 연쇄 살인범을 찾고 있어요. 그리고 우리는 누가 다음 희생자가 될지 아직 몰라요."

그들은 트래블로지 간판이 보일 때까지 무의식적으로 걷는 속도를 올린다. 환한 파란색 간판에는 자고 있는 옆모습이 그려져 있다. 베네딕트는 그 모습이 갑자기 불길하게 보인다. 저 사람은 자고 있는 걸까, 아니면 죽은 걸까? 저 사람이 파란색인 이유는 호흡이 멎어서일까? 그러고 보니 간판의 빨간색 배경도 상당히 섬뜩하다.

프런트에는 아무도 없고 그들은 암묵적인 동의 아래 승강기를 피해 말없이 계단을 올라간다. 층계참에 다다르자 나탈카는 두 남자의 볼에 각각 입을 맞춘다.

"잘 자요." 그녀가 말한다.

"잘 자게, 우리 아가씨." 에드윈이 말한다.

베네딕트는 아무 말도 하지 않는다.

그는 오랫동안 잠들지 못하리라고 짐작하지만 반갑게 그를 맞이하는 침대에 눕자 꿈도 꾸지 않고 푹 잔다.

26장

하빈더: 재미있는 옛날 탐정 소설

하빈더가 하이클리프 하우스에서 차를 몰고 돌아오는 길에 전화기가 울린다. 그녀는 사무실로 돌아와서 책상에 앉은 후에야 전화기를 들여다본다. 그 셀카 사진은 그녀를 웃게 하지 못한다. 베네딕트, 에드윈, 나탈카가 얼간이처럼 활짝 웃으면서 와인 잔을 휘두르고 있다. 그들과 함께 있는 금발의 여자는 눈을 감고 있다. 베네딕트의 얼굴이 카메라에 너무 가깝게 불쑥 나와 있어서 코가 엄청나게 커 보인다. 에드윈의 백발과 나비넥타이는 흐릿하게 잡혔다. 나탈카는 거슬릴 정도로 매력이 넘친다. 아마 그녀는 자기가 가장 돋보여서 이 사진을 골랐을 것이다.

하빈더가 사진을 닐에게 보여준다. "대체 이 사람들은 무슨 짓을 하고 있는 거야?"

"나탈카는 모델 같네." 닐이 말한다. "메시지가 있어?"

"아니. 아, 잠깐, 문자가 하나 더 있네. '여기에 누가 있게요? 나

309

이질!' 나이절이 누구야? 폐기의 아들을 말하는 것인가?"

"설마. 우리가 바로 어제 그를 만났잖아."

하지만 하빈더는 서재에 쌓여 있던 슈트케이스들이 기억난다. 그럼 그 가방들이 그냥 실내 장식품이 아니었나? 비행기를 타면 애버딘까지 금방 갈 수 있다. 그녀는 비행기를 타고 스코틀랜드에 간 적이 있었는데 너무 수월해서 놀랐다. 기차를 타고 런던에 가는 것보다 더 빨랐다.

그녀는 이메일을 쭉 훑어본다. 덱스 챌로너 사건의 감식이 끝났지만 실망스럽게도 수확이 거의 없다. 범인이 문간에 서 있었고 그곳에서 총을 쏜 모양이다. 섬유도 지문도 명백한 증거인 DNA도 나오지 않았다. 정원에서 발견된 270밀리미터 길이의 발자국이 하나 있고, 이는 가해자가 집 뒤쪽의 유리문으로 들어왔다는 의미이다. 더구나 CCTV도 없다. 물론 그들은 모든 집주인들과 연락하지는 못했다. 백만장자로에 있는 주택들은 대체로 1년에 몇 주 동안만 사용된다.

회의는 5시에 시작된다. 하빈더가 덱스의 부인, 편집자, 홍보 담당자, 에이전트와 만난 결과를 보고한다.

"덱스가 출판사의 주요 소득원이었습니다." 그녀가 말한다. "그들이 그를 죽일 동기는 없습니다. 게다가 그는 유명해졌다고 해서 까다롭게 구는 성격은 아니었나 봅니다. 모두 그를 상당히 좋아하는 것 같았습니다."

"살인 수법이 전문가 같아." 도나가 말한다. "책벌레 유형이 해낼 수 있는 일이 아니야."

하빈더는 베네딕트에 대해 생각한다. 확실히 '책벌레 유형'의 전형이다. 그 삼총사는 지금 뭘 하고 있으려나?

"우크라이나와의 미약한 연관성을 발견했습니다." 그녀가 말한다. "페기 스미스가 2000년대에 러시아로 여행을 갔다가 우크라이나인 활동가들과 우연히 관련됐을 가능성이 있습니다. 그때 같이 간 친구인 조앤 테이트를 만났습니다만 지금 알츠하이머병이라서 별로 알아낸 건 없습니다."

"구식 경마 조언을 제외하면요." 닐이 말한다.

"조앤이 닐을 아주 좋아했습니다." 하빈더가 말한다. "닐이 오랫동안 보지 못한 손자인 줄 알더라고요."

"모든 일의 시발점은 페기 스미스야." 도나가 펜을 씹으면서 말한다. "우리가 그녀의 죽음이 자연사였다고 아는 한 그렇다는 말이야. 사망 진단서에 뭐라고 돼 있었지? 심장 기능 상실?"

"그렇습니다." 하빈더가 말한다. "그리고 우리는 페기가 협심증을 앓았다고 알고 있습니다. 그런데 간병인의 말에 따르면, 그녀는 사망한 날 아침에 아주 건강했답니다. 게다가 페기의 집에 침입한 총을 든 남자, 페기가 받은 협박 엽서도 있습니다. 텍스 챌로너의 책에 감춰져 있던 엽서요. J. D. 먼로라는 다른 작가도 같은 엽서를 받았습니다."

"정말이야?" 도나가 말한다. "만나봤나?"

"그녀는 지금 범죄 소설 축제에 참석하려고 애버딘에서 가 있습니다." 하빈더가 말한다. "행사에 참석한 다른 작가인 랜스 포스터도 엽서를 받았습니다. 아, 지금 애버딘에 누가 나타났는지 아세요? 폐기의 아들 나이절이요.”

“자네는 이것을 다 어떻게 아나?”

“간병인인 나탈카가 친구들과 그곳에 있습니다.” 하빈더는 닐을 보지 않는다.

“그 간병인이 많이 연관돼 있군. 그 여자의 사연은 뭐야?” 이점이 도나를 대할 때 힘들다. 도나는 빈틈이 없다.

“이름은 나탈카 콜리스니크이고 우크라이나인입니다.” 하빈더가 말한다. “배경 조사를 좀 해보니, 간병인 소개소에서 2년 동안 근무했고 우크라이나에 어머니가 있습니다. 나탈카 말로는 가상 화폐 사기에 개입했답니다. 우크라이나인 불량배들이 자기를 노리고 있다고 생각합니다.”

“자네는 그 말을 믿나, 아니면 좀 미치광이라고 보나?”

하빈더는 닐을 보지 않는다. 솔직히 그녀는 생각하려고 애쓰고 있다. “저는 나탈카가 진심으로 두려워한다고 생각합니다.” 하빈더가 말한다. “하지만 그녀가 상황을 과장하고 있을 가능성도 있습니다. 그렇게 서둘러서 애버딘에 간 이유를 모르겠습니다. 오늘 이 사진을 보냈습니다.” 하빈더가 전화기를 도나에게 보여주자 도나는 화면을 넘겨서 문자를 읽으면서 인상을 쓴다.

“그녀가 자네와 아주 친해 보이는군.” 도나가 말한다. “조심하게.”

예상외로 닐이 불쑥 끼어들어 하빈더를 돕는다. “나탈카는 남자 친구랑 폐기를 알던 노인이랑 있습니다. 세 사람은 일종의 자동차 여행 중입니다.” 그가 말한다. “저희는 업무에 지장을 초래

할 일이 없도록 주의하고 있습니다."

"좋아." 도나가 말한다. "우선은 렉스 챌로너에게 집중하자고. 유명한 작가가 집에서 살해됐어. 언론의 관심이 몰릴 테고 우리는 성과를 올려야 해. 살해 전날 밤에 그의 움직임을 다시 확인하도록. 통화 기록을 확보했나?"

"아직 못했습니다."

"통신사에 연락하게. 대체로 문자에 단서가 있어. 그가 죽었을 때 전화기가 그의 옆 소파에 있었다는 점을 명심하도록."

하빈더는 책상으로 돌아가서 통신사를 재촉하다가 필적학자인 샌디가 보낸 이메일을 본다.

제가 조앤의 편지 대부분을 겨우 옮겨 적긴 했지만, 여기저기 빈자리가 몇 군데 있습니다. 도움이 되길 바랍니다.

그녀는 편지를 문서 파일로 첨부해서 보냈다.

페기에게,

답장을 받고 정말 기뻤어. 쇼어햄으로 이사를 잘 했다니 다행이야. 이런 일은 시간을 조율하기가 참 힘들어, 안 그래? 그래도 넌 아직 건강하고 [판독 불가능, 아마 '바다']와 산책을 즐길수 있잖아. 나는 요즘 걷기가 좀 힘들어. 헤이즐(제이슨의 아내)이 나보고 살을 빼라고 하네. 더럽게 건방져! 그래도 네가마음이 맞는 친구들을 찾았다니 기뻐. 베로니카가 [판독 불가

능)에 대해서 안다니 정말 근사해. 이제 우리 중에 남은 사람이
별로 없어.

사랑을 담아

조앤

페기에게,

베로니카가 그렇게 됐다니 정말 안타까워. 많이 보고 싶겠구
나. 설마 네 경력을 [판독 불가능] 아니겠지? 책 목록을 보내줄
래? 재미있는 옛날 탐정 소설로. 계속 머리를 쓸 뭔가가 필요
해. 요즘에는 암호 십자말풀이는 고사하고 쉬운 십자말풀이도
못 하겠어.

사랑을 담아

조앤

페기에게,

에드윈은 참 재미있는 사람 같아. 나도 그런 이웃이 있으면 좋
을 텐데. 때로 며칠 동안, 심하면 몇 주 동안, 사람 얼굴 한 번
못 봐. [판독 불가능 – 늘 불평하는 사람?]이 되고 싶지 않지만
가끔 우울해져. 제이슨이 시간 날 때 들르는데 일 때문에 아주
바빠. 헤이즐은 간병인을 두라는데 나는 어쩐지 안 내키네. 너
는 간병인을 고용할 생각이라고 했던가? 내가 [판독 불가능]이
면 좋겠어. 그들은 사는 법을 알아!

사랑을 담아

페기에게,

정말 재미있네. 그렇지 않아도 며칠 전에 그 아이들 생각을 했는데. 네가 그 아이들 중 하나를 우연히 만났다니 참 신기하네. 예전에 우리가 마치 아무 일도 없는 것처럼 그 아이들을 볼쇼이 극장에 데리고 갔다는 것이 믿어져? 혹시 나머지 아이들은 어떻게 됐는지 알아? 나는 그 아이들이 결국 교도소에 갇혔을까봐서 항상 걱정돼. 크림반도의 상황이 너무 안 좋아. 늘 나는 푸틴이 〔판독 불가능〕라고 생각해. 제이슨은 내가 정치를 이해하지 못한다고 하는데 그 녀석은 네 아들 나이절처럼 쿨라크야. 〔판독 불가능〕 읽었어? 흥미로운 통찰이 담겨 있더라.

사랑을 담아
조앤

페기에게,

답장이 늦어서 미안해. 어쩐지 집중하기가 영 힘드네. 제이슨은 내가 알츠하이머병(맞춤법 맞나?)에 걸렸다고 확신하겠지. 그 녀석은 나를 요양원에 넣고 싶어서 안달해. 보내놓고 나를 아예 잊고 싶겠지. 너를 다시 볼 수 있다면 얼마나 좋을까. 예전에 우리 정말 즐거웠는데.

사랑을 담아
조앤

첫 번째 편지는 2006년 6월에 보냈고, 마지막 편지는 2015년 10월에 보냈다. 하빈더는 편지를 보고 엄청나게 가슴이 아프다. "너를 다시 볼 수 있다면 얼마나 좋을까." 하지만 이 옛 친구들은 끝내 만나지 못했다. 영 마음에 안 드는 사람인 제이슨의 생각이 맞았다. 조앤은 정말로 알츠하이머병에 걸렸다. 그리고 제이슨은 조앤을 요양원에 보냈다. 제이슨이 진짜로 조앤을 잊었는지는 모르겠지만, 분명히 그는 그녀를 자주 보러 가지 않는다. 하빈더는 주황색 카디건을 입은 그 쪼그라든 노파를 생각한다. 그녀가 "더럽게 건방져!"라고 외치거나 십자말풀이를 하거나 크림반도의 상황에 대해 이야기하는 모습을 상상하기가 힘들다. 그렇지만 그녀는 한때 그 모든 것을, 아니 그 이상을 했다.

빈자리가 거슬린다. **설마 네 경력을 …… 아니겠지? 내가 …… 이면 좋겠어. 그들은 사는 법을 알아!** 샌디는 편지 원본을 스캔해서 보냈고 하빈더는 지금 실눈을 뜨고 그것을 보고 있다. 혹시 빈자리 중 하나가 러시아인일까? **내가 러시아인이면 좋겠어. 그들은 사는 법을 알아!**

하지만 뜻밖의 중요한 발견은 페기와 조앤이 러시아에서 도운 학생들 중 한 명을 분명히 페기가 다시 만났다는 것이다. 조앤이 편지에서 페기가 '그 아이들' 중 하나를 만났다고 한 말이 확실히 이 뜻이겠지? 러시아 여행이 언제였을까? 샐리는 페기가 러시아 여행을 갔을 때 칠십 대였다고 말했다. 그렇다면 1998년과 2008년 사이이다. 페기는 2006년 직전에 시뷰 코트로 옮긴 것이 틀림없다. 에드윈은 대략 6년 후에 이사 왔다. 아이들 중 하나와의 만남을 거론한 편지는 2014년에 보낸 것이다. 이는 페기가 죽기 4년 전에, 그리고 그 여행 후 길게는 16년 후에, 그와 접촉했다는 뜻이다.

조앤이 마음이 맞는 친구들이라고 복수형으로 적기는 했지만, 베로니카를 언급한 부분도 흥미롭다. 페기가 마리아에게 뭐라고 했더라? 베로니카의 죽음이 의심스럽다고? 편지에 무슨 단서가 있을까?

"뭘 그렇게 뚫어지게 쳐다보고 있어?" 닐이 놀랄 만큼 아무 소리 없이 등장하는 특기를 다시 발휘했다.

"조앤이 페기에게 보낸 편지들. 우리가 페기의 책상에서 발견한 것들이야. 샌디가 그 편지들을 옮겨 적었어. 읽어봐." 그녀는 닐이 볼 수 있게 의자를 민다.

그가 빠르게 읽는다. "빌어먹을." 그가 말한다. "불쌍한 조앤. 그렇게 작고 여린데."

"그러게."

"조앤은 알츠하이머병이 진행되고 있었어. 십자말풀이를 하지 못한 것도 당연하지. 그리고 페기가 정말로 그 우크라이나인들 중 한 명을 다시 만났네."

"그런 것 같아."

닐은 여전히 화면을 보고 있다. 하빈더는 그에게 안경이 필요한가 싶다. 이내 그가 말한다. "이게 무슨 말인지 궁금하네. '우리 중에 남은 사람이 별로 없어'."

그의 말이 맞아. 하빈더는 인정할 수밖에 없다. 그 문장이 중요하다. 그리고 그녀는 무슨 뜻인지 도무지 모르겠다.

그녀는 무슨 까닭인지 '여자만 할 수 있는' 온갖 집안일과 맞닥뜨리게 될 집으로 바로 가지 않고, 클레어의 집에 들르기로 한다. 하빈더는 작년에 살인사건을 수사하다가 클레어 캐시디를 만났다. 그녀는 이 지역 공립 중고등학교(사실 하빈더의 모교)의 영어과 부장 교사이고, 서류상으로 보면 하빈더가 평소에 어울릴 만한 유형이 아니다. 일단 그녀는 키가 크고 말랐으며 노력하지 않아도 우아하고, 이유를 더 대자면 그녀는 케임브리지 교수와 사귀고 세상을 떠난 백인들이 쓴 책에 대해 이야기하기를 아주 좋아한다. 그런데 어쩌다 보니 그들은 친구가 됐고 하빈더는 클레어의 십 대 딸인 조지를 아주 좋아한다.

운동복 바지에 커다란 스웨터 차림이어도 세련돼 보이는 클레어가 하빈더를 따뜻하게 맞이한다. 거실에서 TV를 보고 있는 조지가 손을 흔들어 인사한다. 클레어의 정신 나간 개 허버트는 하빈더를 몇 년 만에 만나기라도 한 듯 주변을 빙빙 돌고 날카롭게 짖으며 부산스럽게 군다.

"조용히 해, 허버트." 클레어가 말한다. "차 마실래, 아니면 와인? 주방으로 가자. 조지는 〈퀴어 아이〉를 보느라 정신이 없네. 저 프로그램이 A 레벨 지정 교재인가 봐."

그녀는 경쟁적인 시험에 반대한다고 주장하지만, 조지는 여름에 치른 GCSE에서 줄줄이 A+를 받았다. 지금 조지는 식스 폼 칼리지에 다니는데 영어 교사는 자기가 착한 마녀라고 한단다. 하빈더가 졸업한 후로 학교가 참 많이 변했다.

하빈더는 클레어의 주방을 대단히 좋아한다. 사방에 물건이 쌓여 있는 부모님 집과 달리, 클레어의 주방은 날렵하고 광택이 흐르는 수납장과 간접 조명이 있어서 현대적인 세련미가 넘친다. 그들은 정원이 내다보이는 탁자 앞에 앉아 레드와인을 마시고 이곳도 여러 개의 스포트라이트들이 은은하게 비춘다. 하빈더는 사건에 대해 클레어에게 말한다. 도나가 알면 가만두지 않을 것이다.

"너는 텍스 챌로너의 소설을 읽지 않았을 거야." 하빈더가 말한다. "그는 수염 난 빅토리아시대 사람이 아니거든."

"나 그 사람 책 아주 좋아해." 클레어가 말한다. "나는 범죄 소설의 열렬한 팬이야. 윌키 콜린스는 탐정 소설을 썼어. 디킨스도 그렇고."

"그렇구나."

"누가 텍스를 죽였는지 알겠어?"

"별로. 몇 가지 단서가 있기는 한데 죄다 황당해서. 말 그대로 황당해. 러시아니 애버딘이니."

"나는 스코틀랜드를 사랑해." 하빈더의 예상대로 클레어가 말한다. 클레어의 할머니는 스코틀랜드 울라풀에 산다.

"내가 거기 가야 할지도 몰라." 하빈더가 말한다. "정신 나간 우크라이나 아가씨가 있는데 계속 나한테 문자를 보내."

"여자 친구?" 클레어가 말한다.

"아니." 하빈더가 말한다.

"학기 중만 아니라면 나도 갈 텐데." 클레어가 말한다. "휴가가 필요해. 요즘 일에 치여서 돌아버리겠어."

"영어를 가르치는 것이 뭐 그리 힘들다고?" 하빈더가 말한다. 이것은 두 사람 사이의 농담이다. "그냥 학생들한테 30분 동안 조용히 읽으라고만 하면 되지 뭐."

"학생들은 괜찮아." 클레어가 말한다. "다른 일들이 골칫거리지. 목표targets, 추적tracking, 삼각 측량triangulation."

"두운." 하빈더가 말한다. "힘들겠네." 가끔 그녀는 자신이 문맹은 아님을 클레어에게 상기시키는 것을 좋아한다.

"J. D. 먼로의 책 읽어봤어?" 그녀가 묻는다. "『당신 때문에 저지른 짓이에요』라는 책을 썼어."

"안 읽어본 것 같아." 클레어가 말한다. "제목이 내 취향이 아니야."

"랜스 포스터의 책은? 『라오콘』?"

"그 책은 읽었어. 훌륭하더라. 약간 허세를 부리지만 뛰어났어."

"무슨 내용이야?"

"감금 증후군에 걸린 남자에 대한 이야기야. 말하자면, 의식은 있는데 전혀 움직이지 못하는 상태가 된 거지. 그는 자기를 죽이려 하는 사람이 있다는 것을 알지만 그 사람이 누구인지 몰라. 마침내 알아내는데 그 사람이 다시 죽이기를 시도해 성공하는 것을 막지 못해."

"그럼 그는 마지막에 죽어?"

"결말이 애매해서 여러 가지로 해석할 수 있는데, 나는 그가 죽는다고 생각해."

"되게 웃기겠네."

"아니, 아주 유쾌한 분위기는 아니야. 왜 물어보는데? 덱스 챌로너와 관련이 있어?"

"모르겠어." 하빈더가 말한다. 그녀는 나탈카의 문자에 대해 생각하고 있다.

랜스 포스터 만났어요. 그 사람도 엽서 받았대요. 상황이 복잡해지네요!

하빈더가 마침내 부모님 집에 도착했을 때, 간호사 제복 같은 것을 입은 여자가 나오고 있다.

"무슨 일이세요?" 하빈더가 말하면서 자기 목소리에서 거만한 낌새를 감지한다.

"아, 안녕하세요. 나는 비키예요. 마리아가 오늘 여기에 올 수 없어서요. 자기 대신 들러서 어머님을 돌봐달라고 나한테 부탁했어요."

"신경 써줘서 고마워요." 하빈더는 마리아가 먼저 그녀의 허락을 받았어야 한다고 생각한다.

비키가 리모컨으로 자동차 문을 연다. "어머님은 괜찮으세요." 그녀가 말한다. "하지만 너무 무리하세요. 오늘 진공청소기를 돌리시다가 저한테 들키셨어요. 저한테 맡기시라고 말씀드렸어요."

"고맙습니다." 하빈더가 말한다. 그녀는 진공청소기 돌리기는 비키가 맡은 일이 아니라고 확신한다. 혹은 마리아의 일도 아닐 것이다. 머지않아 그 일이 자신의 임무가 될 것이다.

집에 들어가니 엄마가 저녁 식사를 준비하고 있다. 아빠는 신문을 읽고 있다. 술탄은 벽난로 앞 깔개처럼 아빠의 발 옆에 누워 있다.

"가게에 누가 있어요?" 하빈더가 묻는다.

"쿠시가 있지." 아빠가 말한다. "우리 딸은 오늘 어떻게 지냈어?"

"살인범을 잡으러 다녔어요." 범인이 잡히려면 아직 멀었지만 그냥 그렇게 말한다. 그녀는 엄마에게 앉아 있으라고 말하고 마지못해 식사 준비를 떠맡는다.

"나한테 맡겨라." 디팩이 말한다. "너는 가서 샤워나 해. 하루 종일 힘들었잖아."

디팩은 샤워가 모든 문제의 해답이라고 생각한다. 그는 하루에 다섯 번 정도 샤워를 한다. 그녀는 안쓰러워 보이고 싶어서 괜찮다 하려다가 갑자기 뜨거운 물줄기를 맞고 싶은 생각이 간절해진다.

"좋아요." 그녀는 욕실로 향한다. 부모님 집으로 다시 옮겼을 때 가장 좋았던 점은 욕실이 딸린 두 번째로 큰 방을 넘겨받는 것이었다. 그녀는 샤워를 하고 나서 원기를 회복시켜주는 판다팝 게임을 몇 판 하려고 수건을 두른 채 침대에 눕는다. 그제야 전화기가 아직 꺼져 있다는 것을 깨닫는다.

도나에게 전화하라는 문자가 세 통 와 있다. 하빈더는 상사의 목소리를 듣자마자 중요한 일임을 알아챈다. "애버딘 경찰서에서 전화가 왔네." 도나가 말한다. "랜스 포스터가 죽었어. 살해당한 것으로 보여. 그쪽에서는 덱스 챌로너와 관련이 있을 수 있다고 생각한다네. 어쨌든, 자네를 보내달라는 요청을 받았어. 그쪽 경위가 자네 이름을 대면서 부탁하더군." 도나는 상당히 흐뭇한 모양이다.

하빈더는 밤 10시에 쇼어햄 공항에서 비행기를 탄다. "애버딘행 비행기는 항상 있어." 도나가 그녀에게 말했다. "석유 굴착기인가 뭔가 때문이야." 이제는 정식 명칭이 브라이턴 시티 공항인 쇼어햄 공항은 아르 데코 양식의 건물이고, 밖에서 보면 비행기 여행 같은 일상적인 일과 관련 있는 시설로 보이지 않는다. 하지만 보안 검색대에 있는 직원은 이 공항이 사실 아주 붐빈다고 말한다. "석유 굴착기 때문만은 아니에요. 많은 필수 인력이 이곳을 통해 들어와요. 의사, 간호사, 소방관, 경찰관." 그녀는 하빈더의 경찰관 신분증을 흘긋 보지만 너무 신중한 나머지 더 이상 말하지 않는다.

하빈더는 비행기에 정말로 프로펠러가 달린 것을 보고 깜짝 놀라지만 순조로운 비행이었고 자정이 되기 10분 전에 애버딘에 도착한다. 빗속으로 나서면서 약간 길을 잃은 기분이 든다. 도나는 호텔(당연히, 트래블로지)로 바로 가고 아침에 수사를 시작하라고 말했지만 일단 그곳을 어떻게 찾아간담? 택시 승차장이 보이지 않고 어쩌면 스코틀랜드에서는 택시를 잡는 방법이 다를지도 모른다. 경찰 재원을 아끼기 위해서라도 버스를 타야 할까? 하지만 이렇게 늦은 밤에는 버스가 안 다닐 수 있다. 그녀는 가방을 들고 서서 갈피를 못 잡고 있다.

"하빈더!'

그녀가 고개를 돌린다. 한 남자가 순찰차 속에서 그녀를 부르고 있다. 그는 묘하게 낯이 익고 가까이 다가갈수록 이목구비가 명확해진다. 빨간 머리, 갈색 눈, 매부리코.

"짐!" 하빈더는 짐 해리스 경사를 작년에 만났다. 둘 다 같은 살인범을 추적하고 있을 때였다. 그녀는 그가 올라풀 소속인 줄 알고 있었다.

"애버딘으로 옮겼어요." 차를 몰고 공항을 빠져나오면서 그가 말한다. "승진했고요. 지금은 해리스 경위예요." 이제야 알겠다. 도나 경위가 말한 사람이 짐이었구나.

"축하해요." 하빈더가 말한다. 그가 잘돼서 기쁘면서도 씁쓸한 기분이 든다. 그녀는 언제쯤 카우어 경위가 될까? 그녀는 올해 초에 경위 시험을 통과했지만 웨스트서식스에는 공석이 없다. 그녀도 옮기는 것이 나을지 모른다.

"랜스 포스터 얘기 좀 해줘요." 그녀가 말한다.

"랜스 포스터, 55세, 호텔 방에서 시체로 발견. 우리는 이 죽음을 수상하게 여기고 있어요."

"누가 그를 발견했죠?" 하빈더는 물어보면서도 이미 답을 알 것 같다.

"음, 그것이 흥미로운 부분인데 말이에요. 당신의 친구라고 말하는 아주 이상한 삼인조가 시신을 발견했어요. 바에서 랜스랑 술을 마시기로 했었대요. 그가 오지 않아서 찾으러 갔다가 방에서 그를 발견했고."

"나탈카 콜리스니크, 베네딕트 콜, 에드윈 피츠제럴드." 하빈더가 이름들을 댄다.

짐이 힐끗 곁눈질로 그녀를 본다. "그래요. 당신은 여기에 어떻게 연관됐는지 말해봐요. 당신의 이름이 튀어나왔을 때 어찌나 당황스럽던지."

하빈더가 한숨을 쉰다. "긴 이야기예요."

그녀는 덱스와 페기, 비밀스러운 엽서에 대해 이야기한다. 조앤 테이트와 우크라이나 학생들에 대해 이야기한다. 나탈카의 두려움과 베네딕트가 알아낸 절판된 책에 대해 이야기한다. 자동차가 낯선 도로들을 지나가고, 전조등이 빗줄기를 비춘다. 짐이 트래블로지 앞에 차를 세우자 하빈더가 말을 멈춘다.

"우라질." 그가 말한다. "꼭 〈태가트〉* 같네요."

하빈더는 이게 농담인지 궁금하지만 너무 피곤해서 물어보지도 못할 지경이다.

"호텔에 수사본부를 설치해놨어요." 짐이 말한다. "내일 9시에 거기에서 봅시다."

---

* 스코틀랜드를 배경으로 펼쳐지는 영국의 최장기 수사 드라마.

"그래요." 하빈더가 말한다. "태워줘서 고마워요."

그녀는 숙박 수속을 한 후 승강기를 타고 3층으로 올라가서 방을 찾아 침대에 눕자마자 바로 잠든다.

27장
하빈더: 안전 가옥

하빈더가 스코틀랜드식 음식을 한가득 입에 밀어 넣고 있을 때 베네딕트가 식당으로 들어온다.

"안녕하세요, 베네딕트." 하빈더가 인사한다.

"하빈더! 아니, 카우어 경사님." 베네딕트는 하빈더를 보고 무척 놀란 듯하다. 베네딕트는 그녀가 갑자기 앞에 나타난 것이 안경 탓이라도 되는 양 안경을 벗어서 닦는다.

"여러분이 아주 흥미진진한 시간을 보냈다고 들었습니다." 하빈더가 말한다.

"그걸 흥미진진하다고 해도 될지 모르겠어요." 베네딕트가 말한다. 평소의 침착성을 되찾은 그는 음식이 차려진 테이블로 가서 접시에 가득 담아와 그녀의 앞에 앉는다.

"웬일로 여기까지 오셨나요?" 무심코 말하다가 자칫 무례한 소리처럼 들릴지도 모른다는 생각이 들었는지 덧붙인다. "혹시 해리스 경위님이……?"

"짐이 나를 보내달라고 요청했습니다." 하빈더가 말한다. "우리는 다른 사건을 함께 수사한 적이 있어요."

"그렇지 않아도 그분이 경사님의 이름을 알아채는 것 같더라고요."

"음, 덱스 챌로너의 연관성을 짐에게 말한 사람이 당신이더군요." 하빈더가 말한다. "짐이 내 상사에게 연락해서 수사 협조 요청을 했습니다. 나를 보내달라고요. 나는 어젯밤에 비행기를 타고 왔어요. 쇼어햄에서."

"그 작은 공항에서요?"

"네. 비행기에 프로펠러가 달렸더라고요. 무서워서 혼났습니다."

잠깐 침묵이 흐른다. 하빈더는 왠지 베네딕트가 달라 보인다고 생각한다. 지난 24시간 동안 일어난 사건들에도 불구하고 자신감이 넘친다. 그녀는 나탈카가 슬슬 등장할 때가 되지 않았나 싶다. 그녀가 평소처럼 쾌활하게 탐정의 기분에 젖어 있을까, 아니면 랜스의 죽음을 과장해 상상하면서 자신도 위험하다고 불안해하고 있을까?

베네딕트가 먼저 입을 연다. "해리스 경위는…… 맙소사, 그가 짐이라고 불린다니 영 상상이 안 돼서…… 아무튼 그는 랜스가 살해당했다고 생각하나요?"

"짐은 그 죽음을 수상하게 여기고 있어요." 하빈더가 말한다. 그녀는 베네딕트에게 이 정도 말한다고 해서 해로울 것은 없다고 생각한다. "당신들이 시신을 발견했다면서요."

"네." 베네딕트가 살짝 몸을 떤다. "우리는 같이 술을 마시기로 했거든요. 그가 오지 않아서 우리가 그의 방으로 간 거고요. 그는 그냥 의자에 앉아 있었는데…… 죽은 채였어요."

"그가 어때 보였습니까? 평온해 보였나요?"

"모르겠어요." 베네딕트가 다시 안경을 문지른다. "땀이 많이 났더라고요." 마침내 그가 말한다. "나는 그 점에 주목했어요. 방이 덥지 않았기 때문에 이상했거든요."

"이곳은 서식스보다 훨씬 춥죠." 하빈더가 말한다. 그녀는 어젯밤에 패딩 재킷을 입었는데도 아주 춥던 기억을 떠올린다. "그나저나 왜 랜스를 만나려고 했습니까?"

"우리는 그 전날 밤에 그를 만났어요." 베네딕트가 말한다. "경사님도 나탈카한테 들으셨죠? 그가 줄리, 그러니까 J. D. 먼로의 행사에 와서 폐기에 대해 질문했거든요. 행사가 끝나고 그가 우리랑 술을 마시러 왔는데 알고 보니 그도 엽서를 받았더라고요. 그리고 오늘 아침에는 그의 토론에 갔어요."

"토론이요?"

"다른 두 작가와 함께 진행하는 토론이었어요. 랜스는 어떻게 폐기를 알게 됐는지 제대로 설명하기 전이었지만, 저녁 7시에 호텔 바에서 만나 전부 다 얘기해주겠다고 했어요."

"그런데 끝내 나타나지 않았다?"

"네. 죽음이라는 불가피한 사정에 발목이 잡혀서요."

하빈더는 베네딕트가 이 대사를 연습한 것이 아닌가 싶다. 자신감 넘치는 이 새로운 베네딕트를 어떻게 대해야 할지 알 수가 없다.

"그리고 나이절 스미스도 봤다면서요?"

"네." 베네딕트가 슬쩍 주변을 둘러보며 말한다. "사실 그는 여기에 묵고 있어요. 어, 지금은 모르겠지만 어제는 그랬어요. 그리고, 그가 누구랑 점심을 먹었게요?"

베네딕트가 결정적인 질문을 날린다.

"랜스 포스터요."

"맞아요. 이상하죠, 안 그래요?"

"확실히 이상합니다." 하빈더는 범죄 소설에 대한 나이절의 신랄한 비평을 기억한다. 그렇다면 그는 범죄 소설 축제에서 무엇을 하고 있을까? 그녀는 베네딕트가 세운 가설이 있음을 감지한다.

아니나 다를까, 그가 입을 연다. "내가 생각을 해봤는데 타당한 이유는 딱 세 가지뿐이에요……." 하지만 바로 그 순간에 나탈카와 에드윈이 바깥문을 열고 나타나는 바람에 하빈더는 세 가지 이유를 듣지 못한다. 나탈카는 조깅용 레깅스와 후디 차림이고 에드윈은 종이 한 장을 들고 있다.

두 사람 다 하빈더를 보고 놀라고/얼떨떨하고/기뻐하는 표정이다. 그녀는 짐/공항/프로펠러 이야기를 간략하게 한다.

"그럼 확실히 해리스 경위는 랜스가 살해당했다고 생각하는 거네요." 나탈카가 달걀과 베이컨이 가득한 접시를 내려놓으면서 말한다.

"그가 무슨 생각을 하는지 나는 모릅니다." 하빈더가 말한다. "이제 나는 마제스틱에 회의를 하러 가야겠습니다." 그녀가 일어난다.

"나중에 뵙게 될까요?" 에드윈이 묻는다. 에드윈 역시 그런 경험을 하고도 아주 태연해 보인다. 평소처럼 말끔한 옷차림이고, 짙은 청색 카디건 안에 물방울무늬 스카프를 두르고 있다. 그는 완전히 집중해서 토스트에 마멀레이드를 바르고 있다.

"해리스 경위가 여러분을 다시 면담하려고 할 겁니다." 하빈더가 말한다.

"그가 우리에게 애버딘을 떠나지 말라고 말하긴 했어요." 베네딕트가 말한다.

"그럼 계셔야죠." 하빈더가 말한다.

오늘 아침에는 애버딘이 달라 보이고, 간밤에 내린 비로 회색 건물들이 반짝거린다. "애버딘을 화강암의 도시라고 불러요." 트래블로지의 접수 담당자가 말했다. "하지만 나는 가끔 애버딘이 은빛 도시라고 생각해요." 하빈더는 애버딘이 괜찮은 곳이라고 인정한다. 건물들이 크고 튼튼하고 첨탑과 작은 탑이 가득하다. 꼭 동화책에 나오는 도시 같다.

마제스틱은 짙은 색 석재로 지은 크고 음침해 보이는 호텔이다. 밖에 순찰차들이 서 있고 하빈더가 회전문을 통과해서 처음 본 사람은 덱스의 편집자인 마일스 테일러이다. 그는 통화 중이고 처음에는 그녀를 알아차리지 못한다. 로비는 체크아웃을 하

331

는 사람들, 슈트케이스, 책이 꽉 찬 토트백으로 가득하다. 이젤에
꽂힌 안내문에는 '뜻밖의 비극적인 사건 때문에' 범죄 소설 축제
가 취소됐다고 적혀 있다. 경찰관 두 명이 계단 아래에서 경계 태
세를 취하고 있다.

고개를 든 마일스는 하빈더가 누구인지 알아보지 못하고 어정
쩡하게 웃는다. 그러다가 그녀의 목에 걸린 경찰 신분증을 보고
기억난 듯하다.

"내가 아는 그분 맞죠?" 그가 말한다. "일전에 텍스에 대해 물
어보러 오셨잖아요."

"맞습니다. 카우어 경사입니다."

"랜스가 살해됐나요? 사람들이 다 그렇게 말하고 있어요."

"말씀드릴 수 없습니다." 하빈더가 대답한다. 배낭을 메고 헤
드폰을 끼고 있는 마일스는 전보다 훨씬 어려 보인다. 게다가 학
생처럼 검은색과 흰색이 섞인 반스 운동화를 신고 있다. 하지만
이 계통에서 존경을 받는 뭔가 특별한 점이 그에게 있다. 사람들
이 그가 누구와 이야기하는지 궁금해서 자꾸 돌아본다.

"경찰이 이야기를 좀 하자고 하네요." 마일스가 말한다. "이유
를 모르겠어요. 나는 랜스의 편집자가 아니었는데. 그는 몇 년 동
안 책을 안 냈어요."

"그래도 당신은 텍스의 편집자였습니다."

"그럼 이번 일이 텍스의 죽음과 관련이 있나요?"

"그것도 말씀드릴 수 없습니다. 이 수사는 내 담당이 아닙니
다."

"이런 끔찍한 일이 생기다니." 마일스가 거의 혼잣말처럼 말한다. "젤리가 엄청난 충격을 받을 거예요. 젤리 워커톰슨이요. 랜스의 에이전트였어요."

덱스의 에이전트이기도 했지. 하빈더가 생각한다.

"실례합니다만." 그녀가 말한다. "그만 가봐야겠습니다."

짐은 2층에 수사본부를 설치해놨다. 승강기가 웅장하지만 아주 오래돼 보인다. 가장자리에 정교한 청동 조각이 돼 있고 움직이는 와이어와 도르래가 다 보이는 이 개방식 승강기는 빅토리아시대 때부터 그 자리에 있었던 듯하다. 이제 여기 말고는 어디에서도 볼 수 없는 승강기이다. 상층부의 어딘가에서 삐걱거리는 소리가 들린다. 그래서 그녀는 짙은 빨간색 바탕에 금색 뿔 모양이 새겨진 양탄자가 깔린 계단으로 올라간다. 복도는 빨간색 솜털 무늬 벽지가 붙어 있고 실내 장식의 주제가 죽음인 듯하다. 많은 사슴뿔, 박제 동물, 십자 모양으로 교차하는 검, 사냥 장면. 풍자를 시도한 흔적이 드문드문 보인다, 벽감에서 내려다보고 있는 자주색 벨벳 사슴, 여우들이 한 남자를 쫓는 그림. 하빈더는 객실 번호를 보면서 빠르게 걷는다. '기도실'이라고 표시된 방을 지나가다가 참지 못하고 안을 들여다본다. 그곳은 성경과 코란이 놓인 탁자를 제외하면 완전히 비어 있다. 재빨리 문을 닫고, 쓸데없이 이리저리 구불구불 돌아가는 복도를 걷다가 드디어 스위트룸을 발견한다. 객실의 이름은 '단리'이고 하빈더는 이유를 알 수 없지만 그 이름이 불길하다고 느낀다.

"잘 찾아왔네요." 짐이 그녀를 맞이한다. "여긴 완전히 토끼 굴이에요." 그가 시원시원하게 소개한다. "시나 머크리디 경사, 내 부하. 톰 맥그라스, 과학수사대. 더그 워터퍼드, 병리학자. 셀마 프랜시스, 데이터." 브로디 혹은 브래디라고 불리는 남자도 있는데 하빈더는 둘 중 어떤 이름이 맞는지 도무지 알 수 없다. 형광색 사슴뿔들과 거대한 포스 브리지 사진이 침대 위에 걸린 침실을 차지하고 있는 수사 팀을 보고 있자니 참으로 야릇하다. 열린 욕실 문 사이로 받침대 위에 쓸쓸히 놓인 욕조가 보인다.

"이쪽은 하빈더 카우어 경사." 짐이 말한다. "웨스트서식스 수사과 소속이고. 이번 일이 텍스 챌로너라는 다른 작가의 죽음과 연관성이 있는 것 같아서 내가 수사 협조를 요청했네. 그 사건에 대해 아는 사람 있나? 텍스는 유명한 범죄 소설 작가였고, 지난주 금요일 쇼어햄 자택에서 총에 맞아 사망했어. 머리에 단 한 발, 강제 침입 흔적은 없고."

"그럼 랜스 포스터의 죽음을 살인으로 여기는 건가요?" 하빈더가 묻는다. 그녀는 밖을 지키고 있는 경찰을 보고 그렇게 짐작했지만, 확실한 증거가 있는지 알고 싶다.

더그 워터퍼드가 그녀의 말에 대답한다. "정식으로 신원 확인 절차가 끝나야 제대로 부검할 수 있어요."

"포스터의 전 부인이 오늘 애버딘에 도착하네." 짐이 말한다.

"그렇기는 하지만." 더그가 말한다. 모든 단어를 길게 끌며 말하는 스코틀랜드 특유의 소리를 낸다. "관심을 기울일 만한 결과가 초기 검사에서 몇 가지 나왔어요."

관심을 기울이다. 딱 병리학자가 할 만한 말이다.

"특히." 짐이 아무래도 진행 속도를 높이고 싶은가 보다. "사망자의 팔에 피하 주사기로 약물을 주입한 자국. 이와 더불어 피부 표면에 이례적으로 많은 양의 땀. 종합하면 인슐린 중독으로 인한 사망이라는 추측이 나와요. 시신을 발견한 베네딕트 콜의 말에 따르면 동공이 확대돼 있었다는데, 이는 또 다른 징후예요. 그는 대단히 훌륭한 목격자예요."

이상하게도 하빈더는 베네딕트가 자랑스럽다. 그녀가 전에 알아챘듯이 그는 관찰력이 있다. 사실 그는 아주 좋은 형사감이다.

"이는 덱스라는 사람이 죽은 방식과 아주 달라요." 브로디 혹은 브래디가 말한다.

그럴지도. 하지만 페기가 그렇게 죽었을 수는 있지. 하빈더가 생각한다. 부검하지 않았기 때문에 시신에 주사 자국이 있는지 확인할 기회가 없었다.

"인슐린 중독은 사망 후 알아내기 힘들어요." 더그가 이야기하고 있다. "하지만 사망자에게서 채취한 혈액의 포도당 수치가 비정상적으로 낮아요."

"그럼 누군가 랜스 포스터에게 인슐린을 주입했군." 짐이 말한다. "머리에 총을 쏜 수법과는 아주 다르네."

"덱스와 연관성이 있어요." 하빈더가 말한다. "일단 덱스와 랜스 둘 다 작가였고, 둘 다 몇 주 전에 죽은 페기 스미스라는 여성을 알고 있었어요. 덱스, 랜스, J. D. 먼로라는 또 다른 작가는 '우리가 당신을 찾아간다'라고 적힌 협박 편지를 받았어요. 또한 그들 모두 같은 출판사, 세븐스 실과 일합니다."

"나탈카 콜리스니크가 페기 스미스를 언급하더군요." 짐이 말한다. "그녀의 집에서 누가 총을 겨눴다고 했어요. 나한테는 영 황당한 소리로 들렸죠."

"페기는 쇼어햄바이시에 있는 노인 보호 주택에서 사는 노부인이었어요." 하빈더가 말한다. "나탈카는 간병인이었고요. 페기는 범죄 소설 작가들에게 책에 대한 조언을 했어요. 살인 방법을 구상하는 실력이 뛰어났대요. 덱스 챌로너는 그녀를 살인 컨설턴트라고 불렀고요."

누군가 웃음을 터뜨리다가 기침으로 가장한다.

하빈더가 계속 말한다. "나탈카와 베네딕트가 페기의 책을 정리하고 있을 때 총을 든 남자가 침입해서 책을 훔쳐 갔어요. 우리는 총을 든 남자가 찍힌 CCTV를 찾아냈지만 아직 누군지 파악하지 못했어요."

"책을 훔쳐 갔다고요?" 짐이 깜짝 놀란다. 하빈더는 그가 책을 읽지 않는 부류라고 판단한다.

"네. 실라 앳킨스의 『감사 단식』이라는 절판된 책이에요. 우리는 그 책에 어떤 중요한 가치가 있는지 모르지만 페기의 아들 나이절이 어제 애버딘에서 목격된 건 알아요. 그는 트래블로지에 묵고 있었는데 오늘 아침에 확인해보니 나이절 스미스라는 이름으로 된 숙박 기록이 없어요."

"그가 나이절이라고 확신해요?" 짐이 말한다.

"완전히 확신할 수는 없어요." 하빈더가 말한다. "하지만 나탈카와 베네딕트가 그를 알아봤어요."

"그 두 사람." 짐이 말한다. "나는 도무지 그들을 이해할 수 없어요. 도대체 무슨 놀이를 하고 있는지? 그리고 다른 한 사람, 에드윈 피츠제럴드도요. 그래도 그 사람은 마음에 들었어요. 점잖고 예의 바른 노인이에요."

"그들은 책 축제 때문에 여기에 왔어요." 하빈더가 말한다. "하지만 스스로 아마추어 탐정이라고 자부하기는 해요. 그들은 랜스 포스터와 친구가 된 모양입니다. J. D. 먼로와도요."

"몇 분 후에 그녀를 면담할 겁니다." 짐이 말한다. "하빈더, 당신도 참관할래요? 톰, 현장에서 뭐 좀 나왔나?"

과학수사대원은 침대 위에 놓인, 사슴을 주제로 한 쿠션 더미에 기대앉아 말한다. "아직 결과가 모두 나오지는 않았지만, 장갑을 낀 손으로 만진 것으로 추정되는 자국이 문틀에 있습니다. 그 방에서는 별로 증거가 나오지 않겠어요."

"덱스 챌로너의 경우도 마찬가지였어요." 하빈더가 말한다. "범인이 유리문에서 총을 쐈어요. 방에서는 증거가 발견되지 않았죠. CCTV 카메라가 주변에 많았지만 죄다 작동하지 않았어요."

"여기도 비슷합니다." 시나가 말한다. "CCTV가 로비에 있지만 하루 종일 너무 많은 사람이 드나들어서 수상한 자를 골라내기가 힘들 겁니다. 접수 담당자의 말에 따르면, 랜스가 죽은 시간에 3층에 있던 사람들은 청소부들뿐이랍니다. 투숙객들이 너무 많아서 청소부들이 저녁에도 객실 청소를 하고 있었어요."

"그럼 범인이 그냥 승강기를 타고 3층으로 올라가서 랜스에게 주사를 놓고 도망갔군요." 브로디/브래디가 말한다.

"사실 우리는 계단으로 올라갔다고 생각해요." 톰이 말한다. "서둘러 이동한 것으로 보이는 발자국이 좀 있습니다. 와서 살펴보라고 과학수사대 족적 전문가를 불렀습니다."

족적 전문가. 하빈더가 처음 듣는 명칭이다. 기억해뒀다가 닐한테 써먹어야겠다.

그녀가 말한다. "범인이 방에 들어가지 않았다면 랜스가 그 사람을 방에 들이고 다시 의자에 가서 앉아 있었을까요? 이상한 것 같은데요."

"범인이 들어가서 랜스와 이야기를 나눈 후 그를 죽이고 나갔을지도 모르죠." 짐이 말한다. "그렇다면 방에 흔적이 있을 거예요. 좋은 시적이에요, 하빈더."

하빈더는 의기양양한 티를 내지 않으려고 노력한다. 짐은 부하로 하여금 상사를 만족시키려고 노력하게 만드는 유형의 상사이다. 하지만 그는 그녀의 상사가 아니다. 그녀는 그 점을 명심해야 한다.

"우리는 텍스 챌로너가 가해자의 지인이라고 생각해요." 하빈더가 말한다. "아니면 가해자에게서 적어도 위협을 느끼지는 않았을 거예요. 죽었을 때 소파에 앉아 있었으니까요. 어떤 사람이든 한밤중에 누군가 예고 없이 집 뒷문으로 들어오면 적어도 자리에서 벌떡 일어나기는 할 겁니다."

조심스럽게 문을 두드리는 소리가 난다. 시나가 문을 열러 간다.

"줄리 먼로가 왔습니다." 그녀가 말한다.

그들은 연결된 방 여러 개 중 침대 겸용 소파, 의자 두 개, 대형 TV가 있는 작은 거실에서 줄리와 이야기를 나눈다. 시나가 전기 주전자와 컵과 각종 다과가 놓인 탁자 앞에서 차와 커피를 준비한다.

"비스킷은 없나?" 짐이 말한다. "쇼트브레드를 먹고 싶군."

"다이어트 중이잖아요." 시나의 말은 상당히 친밀한 관계임을 은연중에 드러낸다. 하빈더가 기억하기로 짐은 유부남이지만 사람의 마음이 가는 것을 억지로 막을 수는 없는 법이다.

줄리 먼로는 상당히 매력적인 금발 여성이고 딱 붙는 청바지에 감싸인 다리가 길다. 키가 크지 않은 하빈더는(종종 오빠들은 그녀가 다가가면 백설 공주와 일곱 난쟁이가 나오는 만화 영화의 주제곡을 부른다) 자기도 모르게 부러운 눈으로 줄리의 다리를 쳐다본다.

시나가 던진 몇 가지 질문의 대답을 정리하면 줄리는 서른다섯 살이고 미혼이며 호브에 산다. 그녀는 출간된 책 네 권과 "출간되지 않은 몇 권"을 쓴 작가이다. 나랑 동갑이네. 하빈더가 생각한다. 그런데 나보다 훨씬 많은 것을 해냈어. 특히 부모님 집의 남는 방에서 사는 것이 아니라 혼자서 살아.

짐이 협박 편지에 대해 묻는다. "인쇄된 것이었어요." 줄리가 말한다. "그리고 '우리가 당신을 찾아간다'라고 적혀 있었어요. 처음에는 별 생각이 없었는데 덱스가 죽었을 때……."

"덱스 챌로너를 잘 알았습니까?" 짐이 말한다.

"그렇지는 않아요. 나는 여러 범죄 소설 축제에서 그를 봤어요. 어차피 같은 사람들을 반복해서 보게 되거든요. 그는 항상 상냥했어요. 대체로 모인 사람들 중에서 가장 유명했는데도 전혀 거드름을 피우지 않았어요. 내가 살인 방법을 고안하기가 힘들다고 말했더니 그가 페기에 대해 얘기했어요."

"그리고 페기가 살인 방법을 고안해줬습니까?" 스코틀랜드 사람들은 못 믿겠다는 듯이 말하는 재주가 아주 좋구나. 하빈더가 생각한다. 짐은 '살인'이라는 말을 특히 냉소적으로 강조한다.

"황당한 소리라는 것은 나도 알아요." 줄리가 말한다. "하지만 페기의 사고는 아주 분석적이었어요. 그녀는 독서를 많이 했고 구상을 아주 잘했어요. 나는 인물과 관계를 구상하는 쪽에 더 강하고요. 게다가 내가 만든 인물들을 점점 좋아하게 돼서 나중엔 죽이고 싶지가 않아요. 그런 면에서 페기는 나보다 강단이 있었어요."

"랜스 포스터를 알았습니까?" 짐이 묻는다.

"조금요." 줄리가 말한다. "우리는 같은 에이전트랑 일했어요. 나는 젤리의 크리스마스 파티랑 이런저런 행사에서 그를 봤어요. 제대로 대화한 적은 없어요. 토론이 끝난 후 그가 페기에 대해서 물어보기 전까지는 그가 페기를 아는 줄 몰랐어요. 듣자 하니 그는 책에서 페기에 대한 감사의 말을 라틴어로 적었다는군요. 내가 다닌 학교에서는 라틴어를 가르치지 않았어요."

줄리와 하빈더의 공통점이 하나 더 생긴다.

"그렇다면 그 익명의 편지를 받았을 때 어떻게 했습니까?"

"처음에는 뭔지 몰랐는데 나중에 카우어 경사가 나에게 연락했어요." 그녀가 하빈더를 보며 빙긋이 웃는다. "카우어 경사는 덱스도 같은 메시지를 받았다고 했어요. 나는 정말 놀랐어요. 카우어 경사가 나랑 면담하고 싶어 했지만 마침 나는 다음날 애버딘에 오기로 돼 있었어요. 그래도 그녀가 지역 경찰관을 우리 집에 보내서 내가 그 편지를 건넸죠. 솔직히 말하자면 그 경찰관은 별로 흥미를 보이지 않았고요."

짐은 세부 사항을 묻고 수첩에 휘갈겨 쓴다.

"애버딘에서 랜스를 봤습니까?"

"네. 토론이 끝나고서 만난 사람들과 술을 마시러 갔어요. 베네딕트와 에드윈이요."

"베네딕트 콜과 에드윈 피츠제럴드?"

"맞아요. 나중에 랜스가 나탈리…… 아니, 나탈카라는 여자랑 왔어요. 우리는 폐기에 대해 조금 이야기했고 얼마 후에 나는 에드윈과 식사하러 갔어요. 어제 아침에는 랜스의 토론에 갔지만 끝나고 나서 그와 따로 이야기하지는 않았고요."

"어젯밤에 누구랑 있었어요?" 시나의 격의 없는 말투 덕분에 알리바이를 묻고 있다는 티가 나지 않는다.

"어쩌다 보니 다른 범죄 소설 작가들 두 명과 저녁을 먹게 됐어요. 수전 블레이크와 헬렌 크레이요. 자정쯤에 호텔로 돌아갔어요. 밖에 경찰이 있는 것을 보고 무슨 일이 일어났나 보다 했지만 뭔지 몰랐어요. 오늘 아침에야 소식을 들었어요." 그녀는 양

손으로 머리카락을 마구 쓸어 넘기면서 여기 온 후 처음으로 무서워하는 기색을 드러낸다. "저기, 랜스도 그 편지를 받았잖아요? 그렇죠? 내가 위험에 처했나요?"

"당신이 위험에 처했다고 여길 이유는 없습니다." 짐이 말한다. "그렇지만 굳이 위험을 감수할 필요는 없죠. 오늘 밤은 안전가옥에서 묵으세요. 카우어 경사와 그녀의 친구들도 그곳에서 묵을 겁니다."

금시초문이다. 하빈더는 짐이 승진하더니 오만해졌나 싶은 생각이 들기 시작한다.

다음은 마일스 차례이다. 그는 영 불안해 보이고 소파가 자신의 체중을 견딜지 확신하지 못하겠다는 듯 머뭇거리며 앉는다. 그는 한 손으로 머리카락을 넘기고 나서 다리를 꼬고 검은색 반스 운동화를 까딱거린다. 짐이 기초 질문을 하는 동안, 하빈더는 마일스가 점점 그의 말투를 따라 하기 시작하는 것을 느낀다. 자신도 모르게 그러는 것 같지만 그 점이 짐을 굉장히 짜증 나게 하나 보다.

"랜스 포스터를 알았습니까?"

"전혀요. 나는 경찰이 왜 나와 이야기하고 싶어 하는지 정말 모르겠습니다."

"우리는 랜스의 에이전트와 이야기했습니다." 짐이 수첩을 본다. "안젤리카 워커톰슨. 그녀는 당신이 그의 편집자였다고 말했고요."

"그냥 명목상이에요. 랜스는 책을 딱 한 권 썼고 그의 출판사가 세븐스 실로 흡수되면서 그가 내 담당으로 넘어왔습니다. 아마 젤리…… 안젤리카……에게 내 연락처가 전달된 모양입니다."

"그럼 당신은 실제로는 랜스와 함께 일한 적이 없습니까?"

"그렇습니다." 마일스가 주저하면서 머리에 손을 올리려다가 마음을 고쳐먹은 모양이다. "그런데, 이상하게도, 랜스가 몇 달 전에 연락했습니다. 그는 새로운 책을 쓰고 있다고 말했어요. 아주 흥분한 것 같았어요."

"랜스의 배경에 대해 아는 것이 있나요?" 시나가 묻는다. "우리는 그가 이혼했다고 들었어요. 혹시 그의 부모나 형제가 있을까요?"

"죄송하지만 모르겠어요. 젤리가 나보다 더 잘 알 거예요."

하지만 하빈더는 경찰이 이미 그 에이전트와 이야기했다는 것을 안다. 그녀는 범죄 소설 축제에 참가하러 애버딘에 오지는 않았다.

"덱스 챌로너는요?" 짐이 묻는다. "그 사람과 가까웠습니까?"

마일스가 하빈더를 힐끗 본다. "카우어 경사님이 아시듯이, 나는 덱스의 편집자였고 그의 마지막 책 세 권을 담당했습니다."

"덱스가 랜스 포스터를 알았습니까?"

"덱스가 나에게 그를 언급한 적은 없었지만 작가들은 으레 서로서로 알기 마련입니다. 특히 범죄 소설 작가들은요. 이쪽 계통은 좁아요. 서로 어울리기를 좋아하기도 하고요."

하빈더는 아래층에서 돌아다니는 사람들을 떠올리면서 맞는 말이라고 생각한다.

"어젯밤에 랜스 포스터를 봤습니까?" 짐이 묻는다.

"아니요. 나는 동료들이랑 작가 둘과 식사하러 갔습니다."

"호텔에 몇 시에 돌아왔습니까?"

"자정쯤일 겁니다."

짐이 마일스에게 동료들의 이름을 묻고 시나가 받아 적는다.

하빈더라면 설사 경위가 된다고 해도 직접 스스로 적을 것이다.

"랜스 포스터가 협박 편지를 받았나 봅니다." 짐이 말한다. "그것에 대해 아는 바가 있습니까?"

"아니요." 마일스가 대답한다.

그가 랜스를 잘 몰랐다는 말을 또 반복하기 전에, 하빈더가 끼어든다. "내용은 '우리가 당신을 찾아간다'예요. 비슷한 엽서를 페기의 집에서 발견했습니다. 덱스의 책 속에 들어 있었어요. 덱스가 그런 메시지를 받았다는 말을 한 적이 있습니까?"

"'우리가 당신을 찾아간다'." 마일스가 따라 말한다. "귀에 익네요. 인용문인가요? 덱스는 협박 편지에 대해 한 번도 언급하지 않았어요."

"J. D. 먼로도 그것을 받았습니다."

"줄리요?" 이제 마일스는 정말로 놀란 모양이다. "대체 누가 줄리를 협박할까요?"

누가 랜스를 혹은 덱스를 협박했다는 사실은 놀랍지 않은가 보네. 하빈더가 생각한다.

그들은 점심 식사를 위해 1시에 잠시 중단한다. 짐이 수사 팀이 먹을 샌드위치를 주문하지만 하빈더는 호텔 식당으로 내려가기로 한다. 마제스틱은 모든 투숙객에게 간단한 식사를 제공하고 하빈더는 그곳에서 나탈카 일행을 만날지도 모른다고 생각한다. 하지만 식당에 도착해서 보니 엄청나게 넓은 식당은 유리 지붕 아래 테이블에서 맹렬히 노트북 자판을 두드리고 있는 줄리 먼로를 제외하면 텅 비어 있다. 하빈더가 방해해도 될지 몰라서 어정쩡하게 서 있는데 줄리가 고개를 들더니 빙그레 웃는다.

"같이 앉아요. 여기 혼자 있으니 조금 으스스하네요."

"일을 방해하고 싶지 않습니다." 하빈더는 책 쓰는 것이 일인가 싶지만 그렇게 말하는 것이 예의에 맞는 듯하다.

"일종의 탈출구예요." 줄리가 노트북을 닫는다. "잠깐 동안이라도 다른 세상으로 사라지는 거죠. 물론 아름다운 외국의 햇볕이 내리쬐는 해변을 배경으로 하는 글이면 도움이 돼요. 애버딘의 음산한 거리에 대해 쓰고 있다면 그렇지 않겠지만요."

"정말로 여기에서 글을 쓸 수 있나요?" 하빈더가 말한다. "식당 한가운데에서?"

"그러니까, 이 많은 무리들 사이에서 말이죠?" 줄리가 텅 비어 있는 테이블들을 둘러보며 말한다. 테이블이 적어도 50개는 될 것이다. "어쨌든, 네. 나는 어디에서든 일할 수 있어요. 카페에서도, 버스에서도, 해변에서도. 나는 주변 사람들의 소리를 듣는 것이 좋아요. 웅성거리는 대화 소리요. 내가 혼자 살기 때문인가 봐요. 고요에서 벗어나야 하니까요."

"나는 부모님과 살아요." 하빈더가 말한다. "집이 항상 북적여요. 오빠들, 조카들, 부모님의 친구들, 부모님의 멍청한 개. 고요라니, 부럽네요."

"근데, 나는 그런 집에 사는 당신이 부러워요." 줄리가 말한다. "나는 외동이고 부모님은 돌아가셨어요. 나는 주변에 사람이 많으면 좋겠어요."

하빈더는 그들이 어쩌다가 순식간에 이런 이야기까지 하게 됐나 싶다. 보통 그녀가 다른 사람에게 부모와 산다고 털어놓을 정도로 친해지려면 몇 주가 걸린다.

"그 안전 가옥에 대해 좀 아나요?" 줄리가 묻는다.

"별로요." 하빈더가 말한다. "하지만 짐이, 아, 해리스 경위가 이 근처 해안에 있는 곳이라고 하더군요."

"당연히 당신은 이런 상황에 익숙할 거예요." 줄리가 말한다. "그렇지만 나한테는 너무 무서운 일이에요."

딱히 무서워하는 것처럼 보이지는 않는데. 하빈더가 생각한다. 특히 협박 편지를 받은 사람치고는. 게다가 비슷한 편지를 받은 다른 두 사람이 죽은 마당인데. 하지만 하빈더는 자신을 단련된 베테랑으로 보는 그녀의 말이 상당히 마음에 든다.

"나는 살인사건을 몇 차례 수사했어요." 그녀가 말한다. "사실 그중 한 건은 스코틀랜드에서 일어났죠. 그래서 내가 해리스 경위를 압니다."

다행히도 로비에서 사람들 소리가 들리고 곧이어 나탈카와 베네딕트와 에드윈이 정복 경찰관 두 명과 함께 들어온다. 더 이상 말하면 안 되기 때문에 딱 적절한 등장이다.

"에드윈!" 줄리가 손을 흔든다. "나탈카! 베네딕트!" 하빈더는 어떻게 그들이 이리 빨리 친해졌는지 의아하다. 그러다가 그 사진이 기억난다. 명백히 줄리는 빠르게 사람들과 친해지는 유형이다. 그녀는 마찬가지로 빠르게 사람들을 잊어버릴 것이다.

"아주 흥분되는군요." 에드윈이 다가와서 줄리의 양쪽 뺨에 입을 맞춘다. "경찰이 여기까지 우리를 호위해줬어요. 단 5분 거리인데도."

"경찰이 우리를 안전 가옥에 보낸대요." 나탈카가 하빈더에게 말한다. "당신도 알고 있었어요?"

"금방 들었습니다." 하빈더가 말한다.

"애버딘셔 해안은 아름답지요." 에드윈이 짧은 휴가라도 떠나는 듯 말한다.

"억지로 우리를 보낼 수는 없어요." 나탈카가 말한다. "나한테 차가 있어요. 그냥 운전해서 집에 가면 돼요."

하빈더는 적절히 충격을 받은 사람은 나탈카뿐이라고 생각한다. 그녀는 이유가 궁금하다. 결국 이 자동차 여행은 다 나탈카의 아이디어였다. 왜 그녀는 이제 와서 포기하려 할까? 나탈카는 덱스의 죽음에는 별로 속상한 기색을 보이지 않았다. 아무래도 그녀가 정말로 랜스 포스터를 좋아했나 보다.

"이제 우리는 모두 한 배를 탔다네." 에드윈이 말한다. 그는 이 생각에 몹시 신이 난 듯하다.

차가운 고기와 샐러드로 구성된 점심 식사는 영 맛없어 보인다. 하빈더는 식사 담당 직원들이 대부분 퇴근한 것이 아닌가 싶다. 줄리는 채식주의자이고, 잠시 후 누군가 쭈글쭈글해진 통감자 구이를 그녀에게 준다. 불가피하게 대화가 사건 쪽으로 흐른다. 하빈더는 직업적인 거리 두기를 어느 정도 내려놓을 수밖에 없다. 어차피 그녀는 그들이 무엇을 발견했는지 알고 싶다. 줄리만 상황을 잘 모른 채로 두는 것도 아무 의미가 없다. 분명히 그녀는 새 소식을 간절히 원하고 있다.

"에드윈." 하빈더가 말한다. "트래블로지에서 나이절 스미스를 보셨다면서요? 그가 그곳에 묵었다는 기록이 전혀 없어요."

"봤어요." 에드윈이 말한다. "확실히 그 사람이었답니다."

"그리고 나는 어제 랜스와 점심을 먹으러 가는 나이절을 봤어요." 베네딕트가 말한다. "내가 해리스 경위에게 말했어요."

"나이절이 바람을 피우고 있는지도 몰라요." 이 말을 하면서 나탈카의 표정이 약간 밝아진다. "내가 계속 그렇게 말했잖아요."

그것이 답이 될 수 있을까? 하빈더가 생각한다. 나이절의 부인이 그의 분에 넘칠 정도로 아주 매력적이지만, 나이절은 바람을 피우고도 남을 사람이다.

"내가 조사를 좀 했어요." 베네딕트가 말한다. "나이절이랑 랜스가 동창이더라고요."

하빈더가 옳았다. 베네딕트는 아주 좋은 형사감이다.

"말도 안 돼요." 나탈카가 말한다. "나이절이 훨씬 나이가 많아
요."

"둘 다 쉰다섯 살이에요." 베네딕트가 말한다. "그리고 둘 다
턴브리지 웰스에 있는 데넘 칼리지에 다녔어요. 사립 학교예요.
한 학기 수업료가 만 파운드예요. 랜스가 졸업생 페이지에 나오
고 동창회 사진들 중에 나이절의 사진이 있어요."

"한 학기에 만 파운드라니." 나탈카가 놀라워한다. "그럼 7년
동안 21만 파운드네요." 하빈더는 그녀가 수학을 공부했다는 것
을 떠올린다.

"그저 옛 친구들이 오랜만에 만나는 것이었을까요?" 하빈더
가 말한다. "하지만 어째서 비밀로 했을까요? 화요일 아침에 만
났을 때도 나이절은 곧 애버딘에 간다는 말을 하지 않았습니다."

"여전히 나는 그가 바람을 피우고 있다고 생각해요." 나탈카
가 말한다. "그래서 남자들이 가명으로 호텔에 묵는 거예요."

"나이절에게 끌리는 여자가 있을까 싶네요." 하빈더가 말한다.

"그가 랜스랑 바람을 피우고 있었을지도 모르죠." 줄리가 말
한다.

"내 말이 그거예요." 나탈카가 말한다.

"그는 동성애자 남자가 반할 만한 사람이 아니라네." 에드윈
이 단호하게 말한다.

"그래도 여전히 학연이 있다는 사실은 남아 있어요." 베네딕
트는 자신이 알아낸 단서를 포기하기 싫은가 보다.

"그래요." 하빈더가 말한다. "내가 수사 팀에 말하겠습니다. 나이절이 가명으로 투숙했다면 그것도 수상쩍습니다. 그리고 나이절은 학창 시절에 사관후보생이었습니다. 총을 쏠 줄 알 겁니다."

"사관후보생은 진짜 총을 다루지 않을 텐데요." 베네딕트가 말한다. "내 형인 휴고가 연합 장교 양성대에 들어갔었어요. 그들이 하는 것이라고는 동네 중등학교에서 딱총 던지기뿐이었어요."

점심 식사 후, 아마추어 탐정들은 로비에 앉아 동기와 수단을 궁리한다. 경찰관들이 다른 테이블에서 그들을 우울하게 지켜보고 있다. 하빈더가 위층으로 올라가려는 참에 전화기가 울린다. 닐이다. 그녀는 야자수 화분들이 놓인 눈에 띄지 않는 구석으로 가서 전화를 받는다.

"아름다운 스코틀랜드는 어때?" 닐이 말한다.

"추워." 하빈더가 말한다.

"알고 싶어 할 것 같아서." 닐이 말한다. "네가 말한 대로 우리가 페기 스미스의 계좌를 조사했거든. 근데 뭘 알아냈게?"

"뭔데?" 하빈더는 왜 닐이 수사과의 지극히 통상적인 절차를 두고 칭찬을 기대하는지 모르겠다.

"누군가 페기의 계좌에서 돈을 인출했어. 매주 조금씩. 근데 합하면 상당히 많은 돈이야."

"나이절이?" 하빈더가 말한다. "그가 페기의 돈을 다 가로챘다는 조앤의 말이 기억나?"

"근데 왜 나이절이 돈을 원하겠어? 너도 그 사람 집 봤잖아."

그녀는 닐이 또 완벽한 백인 전용 동네에 대해 떠벌리기 시작할까 봐서 재빨리 말한다. "듣자 하니 나이절이 여기 있었어. 애버딘에, 어제. 그가 트래블로지에 묵었는데 투숙 기록이 없어. 그리고 그는 랜스 포스터랑 동창이었어."

"그 사람 집에 다시 가봐야 하나? 어떻게 할까?"

"그러는 것이 좋겠어. 에드윈이 확실히 그를 애버딘에서 봤대."

"그런데 에드윈은 거의 백 살이잖아."

"여든 살이고 정신이 아주 멀쩡해. 가서 나이절을 만나봐."

하빈더는 닐이 그녀더러 자기 상사가 아니라고 말하기 전에 전화를 끊는다. 그러는 동안 다른 메시지가 뜬다. 나탈카이다.

이야기 좀 할까요. 다른 사람들 없이.

28장

에드윈: 문간에 바람

에드윈은 너무 즐거운 시간을 보내고 있어서 약간 죄책감을 느낀다. 물론 그는 사람이 죽어서 아주 안타깝다. 랜스 포스터는 젊었고(어쨌든 에드윈의 기준으로 보면) 호감이 가는 사람이었다. 우울한 호텔 방에서 그렇게 살해당해서는 안 되는 사람이었다. 물론 진짜로 그가 살해당했다면 말이다. 하지만 경찰이 그들을 보호하려고 호들갑을 떠는 것을 보아하니 분명히 살인사건인 모양이다. 그래도 발견에서 오는 전율, 수사의 흥미로움, 이제 불특정한 위치의 안전 가옥으로 옮긴다는 예상은 에드윈을 엄청나게 회춘시키는 효과를 발휘했다. 원기가 왕성한 느낌이 든다. 그는 점심때 나탈카의 빵을 먹어치웠고 커피를 두 잔이나 마셨다. 분명히 활기가 넘치고 있다.

반면에 나탈카는 기분이 언짢아 보인다. 당연히 시체를 발견하면 누구나 속상할 것이다. 에드윈은 베네딕트가 나탈카를 걱정스러운 표정으로 보고 있는 것을 한두 번 알아챈다. 그는 둘 다 그녀를 보살펴야 한다고 생각하고 기분 좋은 보호 본능을 느낀다. 결국 그녀는 아주 어리다.

베네딕트는 모든 상황을 아주 흥미로워하는 듯하다. 물론 그는 탐정 소설을 아주 좋아한다. 광부의 팔에 묵던 그날, 그는 오후 늦게 방송하는 〈제시카의 추리 극장〉을 녚을 놓고 보기까지 했다. 하지만 이제 에드윈은 『월장석』에서 커프 경사가 '탐정 열병'이라고 말한 반짝임을 베네딕트의 눈에서 감지한다. "단서는 책 속에 있어요." 그는 계속 이 말을 반복하고 있다. "확실해요. 어제 『라오콘』을 샀어요. 신중하게 읽어야겠어요."

"나는 첫 페이지도 못 넘기겠더라고요" 줄리가 말한다. 그녀도 놀랍도록 쾌활해 보인다. 아무도 덱스와 랜스와 줄리의 연관성이 익명의 편지이고 그것을 받은 세 명 중 두 명이 이제 죽었다는 분명한 사실을 언급하지 않는다. 줄리는 "정말로 무섭다"라고 두어 번 말했지만 무서워하는 것으로 보이지 않는다. 그녀는 커피를 더 가지러 주방으로 가서 보온병과 비스킷을 가지고 온다. 줄리와 베네딕트와 에드윈은 더 조사하려고 로비의 소파로 간다. 나탈카는 카우어 경사와 사라진 듯하다.

베네딕트가 덱스와 랜스와 페기의 이름과 많은 화살표가 들어간 도표를 그린다. 에드윈은 그 도표를 보니 현기증이 날 지경이다. 게다가 커피를 많이 마셔서 화장실을 여러 번 오가야 했다. 하필 화장실이 쓸데없이 멀리 있어서 회전문 여러 개를 통과하고 '전기실. 출입 금지'라고 적힌 방을 지나서 징두리판벽, 어울리지 않는 색의 벽지, 수사슴 머리로 벽이 장식된 복도를 한참 지나가야 한다. 몇 년 전 크리스마스 때 페기는 에드윈에게 핏비트*를 선물했고 한동안 그는 하루에 만 보씩 걷기에 푹 빠졌다. 그는 오늘 남자 화장실을 오가느라고 만 보를 족히 걸었다고 확신한다. 포크 보닛**을 쓴 여성의 그림이 붙은 여자 화장실 문과 달리, 남자 화장실 문에는 콧수염이 달린 이상한 얼굴이 붙어 있는데 마치 악마처럼 보이기 시작한다.

그는 마지막으로 화장실에 갔다가 로비로 돌아가는 길에 누군가 야자수 뒤에서 그를 부르는 소리를 듣고 놀란다.

"에드윈!"

작은 가방을 가슴 앞으로 비스듬히 메고 바퀴 달린 여행 가방을 발 옆에 두고 있는 프레디 팬쇼이다.

"이제 떠나나?" 에드윈이 말한다.

"네. 택시가 여기서 가장 잘 잡히는 것 같아서요. 선배님은요?"

"나는 하루 정도 더 머무르게 됐네." 에드윈이 참지 못하고 덧붙인다. "경찰이 나와 친구들을 안전 가옥에 보낼 거라서."

프레디가 존경과 즐거움이 뒤섞인 표정으로 그를 본다.

"세상에, 에드윈, 정말 신나게 사시네요, 안 그래요?"

"그렇다네." 에드윈이 말한다. "덱스 챌로너와 랜스 포스터도 그럴 수 있었더라면 좋았을 텐데."

---

* 활동, 운동, 식사, 체중, 수면을 추적해서 건강을 향상시키도록 돕는 스마트워치.
** 챙 앞부분이 넓고 긴 여성 모자.

"덱스 챌로너와 관련돼 있기 때문인가요?" 프레디가 말한다.

"어느 정도는." 에드윈이 말한다. 그는 랜스의 시신을 발견했다고 인정하고 싶지 않다. 그랬다가는 너무 관련돼 있는 것처럼 보일 것이다.

"제가 덱스 챌로너에 대해서 들은 이야기가 있는데 선배님도 관심이 있으실 거예요." 프레디가 말한다. "듣자 하니 그가 토드 프랜스 시리즈 신작을 출판사에 넘겼대요. 그리고 새로운 책을 쓰려고 하다가 집필을 완전히 포기하고 싶어 했대요. 그의 에이전트가 몹시 화를 냈나 봐요."

"왜 작가가 집필을 포기할까?"

"그러게 말이에요. 작가가 그런 경우는 별로 없잖아요? 작가는 독자가 완전히 질릴 때까지 같은 내용을 쓰고 또 쓰는데."

에드윈은 프레디가 예술 담당 기자치고는 지나치게 냉소적으로 말한다고 생각한다. 그는 니키처럼 스포츠 기자가 돼서, 꽁꽁 얼 정도로 추운 터치라인에서 몇 시간 동안 경기를 보면서 유나이티드의 어떤 선수가 원더러스의 아무개 선수를 때리는지 신경 쓰는 척하고 있어봐야 한다. 그래야 자기가 얼마나 운이 좋은지 알게 될 것이다. 그래도 덱스에 대한 소식은 흥미롭다.

"그걸 어떻게 알았나?" 그가 묻는다.

"제 정보원을 말할 수는 없죠." 프레디가 손가락을 코에 대며 말한다. "아, 지니가 손을 흔드네요. 택시가 도착했나 봐요. 안녕히 가세요, 에드윈. 더 이상 살인에 휘말리지 마세요."

그는 생각에 잠긴 에드윈을 두고 터덜터덜 걸어간다. 에드윈은 소파로 돌아오고 베네딕트와 줄리에게 그 말을 꺼내려 하지만 그들은 살인의 수단과 동기에 대한 토론에 완전히 몰두해 있다. "하지만 랜스의 사건에서 나이절의 동기는 무엇일까요? 나이절이 학교에서 그에게 괴롭힘을 당했을까요?" 결국 에드윈은 잠들고 만다.

그는 "아직도 자나요, 왕자님?"이라는 소리에 잠에서 깬다. 그를 내려다보고 있는 얼굴을 본 순간 어처구니없게도 30여 년 전에 돌아가신 어머니의 얼굴이라고 생각한다. 다행히도 그는 '엄마' 같은 민망한 소리를 내뱉지 않았다. 대신에 눈을 비비고 보니 그 사람은 나탈카이다. 묘하게도 그 얼굴의 어떤 점이, 어쩌면 완벽한 대칭이, 당시 유명한 미인이던 에드윈의 어머니를 생각나게 한다.

"이제 출발한대요." 나탈카가 말한다. 에드윈이 고개를 들고 보니 카우어 경사가 키가 큰 금발 남자와 함께 있다.

"이쪽은 마일스 테일러예요." 그녀가 말한다. "랜스의 편집자였어요. 그리고 덱스의 편집자였고. 그도 우리와 함께 갈 거예요."

"정말로 굳이 이럴 필요가 있나 싶어요." 마일스는 굉장히 귀찮아하는 듯 보인다.

"그저 예방 조치입니다. 하룻밤만." 빨간 머리의 경찰관, 해리스 경위가 그들에게 합류한다. "그 집은 코브 베이에 있습니다. 어여쁜 곳입니다."

에드윈은 대화에서 '어여쁜'이라는 말을 듣는 것이 이번이 처음이지 싶다. 그는 멋진 말이라고 생각한다. 해리스는 마르고 창

356

백하지만 상당히 매력적이다. 에드윈은 마치 해리스가 우주의 비밀을 알리려는 참인 양 나탈카와 줄리가 그를 올려다보고 있는 것을 알아챈다.

"원한다면 당신 차를 몰고 가도 좋습니다." 해리스가 나탈카에게 말한다. "같이 갈 경찰관을 한 명 보내겠습니다."

"나는 괜찮을 거예요." 나탈카가 말한다. "베니가 나랑 가면 돼요."

"그렇다고 해도." 해리스가 말한다. "경찰관이 동행할 겁니다."

나탈카조차 그의 말에 반박하지 못한다.

에드윈, 마일스, 줄리, 카우어 경사는 해리스가 직접 모는 차를 타고 가고 직분에 걸맞게 카우어 경사가 앞자리에 앉는다. 멋진 드라이브이다. 다리를 건너 애버딘을 뒤로하고 달리다가 오후의 햇살을 받아 은은하게 빛나는 석조 가옥들 사이를 지나간다. 약 15분 후 그들은 바다에 도착한다. 이끼 낀 절벽이 물 위로 솟아 있고 파도가 바위에 부딪친다.

"저 집입니다." 해리스가 말한다.

절벽 꼭대기에 자리 잡은 현대적인 흰색 건물이다. 그 아래로 콘크리트로 된 경사로가 물까지 이어진다. 그들이 차에서 내릴 때 짭조름한 바람이 세차게 불어와 에드윈은 숨이 멎을 정도로 깜짝 놀란다. 그는 타탄 무늬 목도리를 목에 두른다. 나탈카가 진입로에 차를 세우고 있다. 해리스가 열쇠를 뺀다. "상당히 기본적인 시설입니다." 그가 말한다. "그래도 지내기 편할 겁니다."

완벽한 집이다. 목재 바닥, 흰 벽, 간결한 가구. 방파제에 부딪치는 파도 소리가 거실에서 들린다. 침실은 위층에 네 개, 아래층에 한 개가 있다.

"나는 방을 같이 못 씁니다." 마일스가 즉시 말한다. "좀 문제가 있어서요."

마일스가 코를 고나 보네. 에드윈이 생각한다. 다행히 자신은 코를 골지 않는다.

"줄리와 내가 방을 같이 쓸게요." 나탈카가 말한다. 두 여자는 아주 빠르게 친해진 듯하다. 그들은 어린이용으로 꾸민 것 같은 방을 고른다. 이층 침대가 있고 벽지에 땡땡*이 그려져 있다. 이렇게 해서 위층에 일인용 침실 두 개와 이인용 침실 하나, 아래층에 더 작은 이인용 침실 하나가 남는다.

"나는 아래층에서 자도 상관없다네." 에드윈이 말한다. 그는 아래층 침실을 쓰면 화장실에 가기가 훨씬 쉽겠다고 이미 생각해 냈다. 카우어 경사는 위층에 있는 이인용 침실을 차지한 것에 티 나게 만족스러워하고, 마일스와 베네딕트는 일인용 침실을 하나씩 사용한다.

"커튼이 짙은 색이면 좋겠어요." 마일스가 말한다. "나는 암막 블라인드에 익숙하거든요."

분명히 마일스는 고생을 좀 하게 생겼다.

"밤새 순찰차가 밖에 있을 겁니다." 해리스가 말한다. "무슨 문제가 생기면, 하빈더, 나한테 전화해요."

---

* 벨기에의 작가 에르제의 만화 시리즈 『땡땡의 모험』의 주인공.

"그럴게요." 카우어 경사가 TV를 살펴보면서 말한다.

"음식이 있나요?" 나탈카가 묻는다.

"잊어버릴 뻔했군요." 해리스가 차로 가서 비닐봉지 두 개를 가지고 온다. "시나가 여러분을 위해 장을 봤습니다."

에드윈은 남자다움을 과시하는 해리스 씨가 직접 장을 보지 않는다는 점에 주목한다. 그는 시나가 챙겨 넣은 와인 두 병을 보아 기쁘다.

베네딕트와 나탈카가 저녁으로 고기와 토마토를 넣은 스파게티를 요리하고 줄리 몫으로는 고기를 뺀 스파게티를 내놓는다. 아주 맛있는 스파게티이고 레드와인을 곁들이니 음식이 술술 넘어간다. 그들은 스코틀랜드, 음식, 휴가에 대해 이야기한다. 사실상 살인을 제외한 모든 이야기를 한다. 에드윈은 마일스가 애버딘에 있는 대학을 다녔다는 말에 놀란다. 그의 머리는 딱 옥스퍼드나 케임브리지 스타일이다. 하지만 스코틀랜드 역사에 상당히 관심이 있고 말을 할수록 분명히 스코틀랜드 산악 지대의 억양을 따른다. 그가 스코틀랜드 여왕 메리에 대해 이야기하는 중에 하빈더가 끼어든다.

"단리가 누구였어요?"

"그걸 왜 물어보나요?"

"그 이름이 호텔 객실 문에 보여서요."

마일스는 놀란 것 같지만 곧 대답한다. "찰스 단리는 메리의 두 번째 남편이었어요. 그는 커크 오필드에서 살해당했어요."

"나는 그가 동성애자였다고 들었네." 에드윈이 말한다.

"어느 쪽이든 증거가 없어요." 마일스가 말한다. "단리는 메리의 아들의 아버지였어요. 메리의 아들은 나중에 잉글랜드의 왕 제임스 1세가 되죠."

"그렇다고 해서 그가 동성애자가 아니라는 뜻은 아니라네." 에드윈이 말한다.

"맞아요. 아니죠. 어쨌든 단리는 무시무시한 결말을 맞았어요. 그의 저택에 폭발이 일어났어요. 단리와 하인은 근처 들판에서 죽은 채 발견됐어요. 물론 단리가 다비드 리치오를 살해했다고 알려져 있어요. 다비드 리치오는 이탈리아인 음악가였는데 메리의 애인이었을 수도 있고 아닐 수도 있어요."

"살인이 많기도 하군." 에드윈은 스코틀랜드는 변한 점이 없다고 생각한다.

카우어 경사(이제 그들은 하빈더라고 부른다)도 같은 생각을 하고 있나 보다.

"내가 저번에 스코틀랜드에 왔을 때 살인범을 쫓는 중이었습니다." 그녀가 말한다. "아주 위험한 인물이었어요. 그가 십 대 소녀를 막 찌르려는 순간에 내가 도착했어요. 나는 그에게 달려들었고 짐이, 해리스 경위가 문으로 날아들어서 럭비 태클로 그를 넘어뜨렸어요."

"세상에." 에드윈이 말한다. "아주 흥미진진한 직업이군."

"항상 그렇게 흥미진진하지는 않아요." 하빈더가 말한다. "주로 쇼어햄 발전소 밖에 앉아서 있지도 않은 테러리스트를 찾고 있어요."

"해리스 경위가 그렇게 돌진하는 모습이 절로 상상이 되네요." 줄리가 말한다. "그는 굉장히 남자다워요, 안 그래요?"

하빈더는 그렇다고 동의하지만 그녀의 목소리는 별로 좋은 뜻은 아니라는 느낌을 넌지시 풍긴다.

"나는 남자다움을 과시하는 남자들을 우크라이나에서 많이 봤어요." 나탈카가 말한다. "전쟁이 일어나니 그들은 모두 겁쟁이가 되더라고요."

마일스가 그녀를 돌아본다. "아, 당신 우크라이나 출신이에요? 혹시 …… 알아요?" 그가 이름을 말하는데 억양이 너무 강해서 (에드윈은 그가 허세를 부린다고 생각한다) 알아들을 수 없다.

"네." 나탈카가 말한다. "그걸 어떻게 알아요?"

"대학교에서 러시아어를 공부했고 모스크바에서 1년 동안 살았어요."

"여태껏 그런 말은 안 했잖아요." 하빈더가 말한다.

"관련이 없는 것 같아서요." 마일스가 말한다.

에드윈은 하빈더가 상당히 역정 난 기색이라고 느끼지만 왜 그러는지 이유를 모르겠다.

"오늘 흥미로운 이야기를 들었다네." 그가 말한다. "BBC 시절 친구인 프레디 팬쇼가 말하길 덱스 챌로너가 집필을 완전히 중단할 계획이었다는군."

"사실이 아니에요." 마일스가 재빨리 대꾸한다. "덱스는 이미 토드 프랜스 시리즈 차기작을 넘겼고 새 프로젝트 때문에 상당히 흥분하고 있었어요."

"'살인 컨설턴트.'" 하빈더가 말한다.

마일스가 아주 무례하게 입을 쫙 벌리고 그녀를 바라본다. "어떻게 알았어요?"

"그의 에이전트가 나한테 말했어요."

"젤리 워커톰슨." 줄리가 말한다. "그녀는 내 에이전트이기도 해요."

"그리고 랜스의 에이전트였죠." 베네딕트가 말한다. 베네딕트는 식사하는 내내 아주 조용했지만 에드윈은 그가 맹렬하게 머리를 굴리고 있다고 생각한다. 탐정 열병의 또 다른 징후이다.

"어제의 토론을 기억해요?" 베네딕트가 말한다. "랜스가 새로운 책을 쓰고 있다고 말했어요. 그래서 아주 흥분된다고요."

"음, 이제 그는 그 책을 쓰지 못하겠네요." 나탈카가 말한다.

"작가 두 명이 새 프로젝트를 시작해서 흥분된다고 말했고 이제 둘 다 죽었어요." 베네딕트가 말한다. "뭔가 생각하게 만들지 않나요?"

이 말이 저녁 식사 자리를 침묵에 잠기게 한다.

하빈더가 TV를 켜는 데 성공하지 못해서 그들은 저녁 식사 후 카드놀이를 한다. 베네딕트가 조커에 하트 에이스가 그려진 오래된 카드 한 벌을 찬장에서 발견한다. 그들은 하빈더가 한 번도 해본 적이 없는 카드 게임인 러미를 한다.

"우리 집에서는 카드 게임을 별로 안 해요." 그녀가 사과하듯 말한다.

"우리 가족은 항상 카드 게임을 했어요." 나탈카가 말한다. "해변에서도요. 아빠가 진짜 카드 전문가였는데……. 그것을 여기서 뭐라고 말하죠? 타짜?" 아무래도 나탈카가 아빠를 닮은 모양이다. 그녀는 모든 판에서 이긴다. 하빈더는 빠르게 배우지만 실수를 하고, 베네딕트는 의외로 무모하고, 마일스는 꼼꼼하고, 줄리는 매우 경솔하다. 에드윈은 집중하기가 힘들다. 그림 카드가 냉정한 옆모습으로 그를 올려다보고 있다. 킹, 퀸, 잭. 누가 누굴까? 확실히 나탈카는 하트의 퀸이고, 하빈더는 다이아몬드의 퀸이다. 그럼 줄리는 클럽이나 스페이드일까?

"참 이상해요." 줄리가 말한다. "꼭 휴가 중인 것 같은데 우리는 살인자를 피해 경찰 안전 가옥에 숨어 있잖아요."

그녀의 말에 모두가 카드를 손에 든 채 경직된다. 바닥에 놓인 키 큰 스탠드가 비추고 있는 탁자를 제외하면 방이 어둡다. 밤이 깊어지면서 바람이 거세져 가끔 창문이 흔들리고 커튼이 안쪽으로 날아든다.

"우리가 딱히 숨어 있지는 않아요." 나탈카가 말한다. "절벽 꼭대기에 있는 하얀 집에 머물고 있죠." 그렇지만 에드윈은 줄리의 말에 가장 겁먹은 사람이 바로 나탈카라고 생각한다.

베네딕트가 달래듯 말한다. "우리는 아주 안전해요. 경찰이 밖에 있잖아요."

하빈더가 아까 그들에게 파스타를 주러 갔다 와서 그들이 차에서 피시앤칩스를 먹고 있더라고 말했다. 에드윈은 그들이 과

식으로 잠들지 않았기를 바란다.

"랜스는 자신이 안전하다고 생각했어요." 나탈카가 말한다. "그 뒤에 살해당했어요."

"그가 살해당했는지는 확실하지 않다네." 에드윈이 말한다.

"당연히 살해당했죠." 마일스가 약간 어설프게 카드를 섞으면서 말한다. "아니면 왜 우리가 여기에 있겠어요?"

밖에서 바람이 윙윙거리며 몰아친다.

에드윈은 의외로 굉장히 편한 아래층 방에서 파자마를 입고 침대에 들어간다. 그는 책 한 권을 가지고 있다. 항상 기운을 나게 하는 P. G. 우드하우스의 『짝짓기 철』이다. 그런데 웬일인지 버티 우스터의 멋진 세상에 열중할 수가 없다. 바람이 여전히 세차게 불고 있다. 마치 미치광이가 억지로 들어오려고 하는 것처럼 문이 덜컹거린다. 인용구가 머리에 퍼뜩 떠오른다. 토머스 맬러리의 『아서 왕의 죽음』에 나온 구절일 것이다. **왕이 말했다. 조카야, 저 문간에 바람이 무엇이냐?** 그는 카드에 대해 생각한다. 킹, 퀸, 잭. 하트, 클럽, 다이아몬드, 스페이드. 방파제에 부딪치는 파도 소리가 들린다. 밖에서 무언가 엎어졌다. 아마 쓰레기통일 것이다. 에드윈은 창으로 간다. 길이 텅 비어 있다. 그들을 보호하게 돼 있는 순찰차는 어디에 있을까? 정원에 길게 자란 팜파스 그래스가 미친 듯이 흔들린다. 에드윈은 침대로 돌아간다.

몇 초 후, 그는 책을 다시 내려놓는다. 다른 소음이 들린다. 자갈을 밟는 규칙적인 소리가 들리다 멈췄다 다시 시작된다. 틀림없이 누군가 집 주변의 자갈길을 걷고 있다. 에드윈은 가운을 입고 현관으로 나간다. 그곳에서 아직도 완전히 옷을 입고 있는 하빈더를 만난다.

"그 소리 들었어요?" 그가 묻는다.

"네." 그녀가 말한다. "별일 아닐 거예요. 고양이일 수도 있어요."

"징을 박은 부츠를 신은 고양이로군요." 에드윈이 말한다.

하빈더가 현관문을 연다. 찬 바람이 세차게 몰아쳐 그녀의 머리카락을 뒤로 날린다.

"순찰차가 없어요." 그녀가 말한다. "동네를 한 바퀴 돌고 있나 봐요."

스코틀랜드의 동쪽 끝인 이곳에는 동네가 없지만, 에드윈은 그 말을 하지 않는다. 하빈더가 전화기에서 손전등 기능을 켠다. "거기 누구 있어요?"

하빈더의 말이 바람에 묻힌다. 겁먹은 목소리이고 갑자기 아주 어리게 들린다. 에드윈이 문 앞으로 가서 그녀 옆에 선다.

"내가 둘러볼게요." 그녀가 말한다.

"나도 같이 가겠소."

"아니요, 어르신은 여기 계세요. 문을 열어놓으면 안 돼요."

하빈더는 단 몇 분 만에 돌아와서 말한다. "아무도 없고 순찰차가 왔어요. 아무 문제 없습니다."

하지만 그녀는 조심스럽게 단단히 문단속을 한다.

29장
하빈더: 대필자

하빈더는 천천히 위층으로 올라간다. 밖에서 나는 소음이 바람 소리 혹은 여우나 고양이 같은 동물 소리일 수도 있지만, 아까 나탈카와 한 대화가 자꾸 생각나는 것을 어쩔 수 없다.

그들은 호텔에서 수사슴의 머리와 진짜 깃털로 만든 새들이 걸려 있는 작은 거실을 발견했다. 안락의자에 웅크리고 앉은 나탈카는 창백하고 눈이 가슴츠레하다.

"왜 보자고 했습니까?" 하빈더가 물었다.

"내가 차에 있던 두 남자에 대해 말한 것 기억해요?" 나탈카가 말했다. "음, 그 사람들이 여기까지 나를 쫓아온 것 같아요. 요 전날 밤에, 술집에서, 두 남자가 우크라이나어로 말하는 소리를 들었어요. 그들은 나에 대해 이야기하고 있었어요."

"확실합니까?"

"그들은 '저 얼굴은 어디서든 알아볼 수 있어'라고 말했어요."

"아는 사람들입니까?"

"베니가 용케 사진을 찍었는데 흐릿해서 잘 안 보였어요. 그들은 젊었고, 삼십 대쯤, 머리가 짧았어요. 아는 얼굴은 아니었어요. 하지만 우크라이나인을 애버딘에서 볼 일이 얼마나 되겠어요?"

"해리스 경위에게 말했습니까?"

"아니요. 그 사람은 이미 우리가 다 미쳤다고 생각하잖아요."

하빈더는 아마 그녀의 말이 맞으리라고 생각했다.

"음, 우리는 오늘 밤에 안전 가옥에 갈 겁니다." 그녀가 말했다. "그들이 거기까지 당신을 쫓아올 수는 없어요."

나탈카는 확신이 들지 않는 모양이었고 이제 하빈더도 별로 자신이 없다. 만약 그 미지의 남자들이 그녀를 쫓아왔다면? 밖에 있는 무장하지 않은 경찰관들은 우크라이나 마피아와 상대가 되지 않을 것이다. 나탈카와 줄리가 함께 묵고 있는 방에서 흘러나오는 대화 소리와 낮은 웃음소리가 들린다. 잠시 그들 사이에 끼고 싶다는 유혹이 일지만 그녀는 어릴 때조차 여자들만의 수다에 소질이 없었다.

마일스의 방에서 통화 중인 것처럼 중얼거리는 소리가 들린다. 베네딕트의 방에서는 아무 소리도 들리지 않는다. 혹시 그가 기도하는 중일까? 하지만 베네딕트를 속세를 떠난 수사 같은 인물로 생각하기가 영 쉽지 않다. 애버딘에서 그는 달라 보이고 왠지 훨씬 확신에 차 있다. 확실히 그는 나탈카를 돌보고 있고 아마 에드윈도 보살피고 있을 것이다. 에드윈에게 보살핌이 필요하다는 뜻은 아니다. 그는 다른 사람이라면 기겁했을 상황에서 아주 침착했다. 하빈더는 방에 들어간다. 그녀는 더블베드가 있고 욕실이 딸린 침실을 차지해서 아주 흐뭇하다. 그럼, 충분히 자격이 있어. 그녀는 혼잣말을 한다. 어쨌든 그녀는 아직까지 일하고 있는 유일한 사람이다. 이 점을 염두에 두고 이메일을 확인한 후 침대에 들어가서 30분 동안 판다팝 게임을 한다.

하빈더는 다음 날 아침에 일찍 깬다. 햇빛이 얇은 커튼을 뚫고 들어온다. 마일스는 한숨도 자지 못하겠군. 하빈더는 잠시 동안 꼼짝도 하지 않고 누운 채 따뜻한 햇살과 갈매기 소리를 즐긴다. 그녀는 오늘 무슨 일이 일어날지 궁금하다. 분명히 짐은 랜스가 살해당했다고 확신한다. 그렇지 않다면 왜 안전 가옥에 많은 돈을 들이겠어? 그가 그들을 다시 면담하고 싶어 할까? 그는 에드윈이 왕자처럼 품위 있는 남자라고 생각하면서도 나탈카와 베네딕트에게 상당히 흥미를 느끼는 듯하다. 덱스 챌로너와 페기 스미스에 관한 약간의 배경 지식을 제공하는 것 외에 여기에서 그녀의 역할이 무엇일까? 그녀는 랜스 포스터를 살해한 수법과 같은 수법으로 페기가 살해당했을 수 있다는 느낌을 짐에게 말했다. 짐은 예의 바르게 들었지만 분명히 그녀의 가설을 무시했을 것이다. 쇼어햄에서 홀로 죽은 노부인은 그의 관심을 끌지 않는다. 그는 자기가 담당한 사건의 시신에만 관심이 있다. 도대체 어떻게 짐이 경위인데 하빈더는 경위가 아닐까? 하지만 계속 이 생각으로 시간을 낭비하고 있을 수는 없다. 해야 할 일이 있고 이제 일어날 시간이다.

그녀는 방에 딸린 우아한 욕실에서 샤워를 한다. 가장 나이가 많은 에드윈에게 이 방을 줬어야 했나? 엄마는 분명히 그렇게 생각할 것이다. 하지만 에드윈은 그에게 배정된 방에 완전히 만족하는 듯 보였다. 그녀는 빠르게 청바지와 스웨터를 입고 아래층으로 내려간다.

아니나 다를까 마일스는 주방에서 언짢은 표정으로 토스트를 먹고 있다. 에드윈도 그곳에 있는데 쳐다보면 작동하기라도 하는 양 전기 주전자를 빤히 보고 있다. 그의 옆에 있는 카페티에르에서 향기로운 커피 냄새가 풍긴다. 당근 모양의 시곗바늘이 문자반 주위의 여러 채소를 쫓아서 돌고 있다. 7시 30분이고 당근이 무를 지나친다.

"좋은 아침이에요." 하빈더가 말한다. "모두 잘 잤어요?"

"세상모르고 푹 잤어요." 에드윈이 끓는 물을 커피에 부으면서 말한다.

"계속 자다 깨다 했어요." 마일스가 말한다. "아무래도 나는 여기 베개에 알레르기가 있나 봐요."

하빈더는 이 말을 무시하고 에드윈이 내민 커피를 감사히 받는다. 그녀는 토스트를 만들어 버터와 마마이트*를 바른다. 그러는 동안 아빠의 목소리가 들리는 것 같다. "마마이트는 영국이 절대 문명국이 될 수 없는 한 가지 이유란다."

---

* 영국에서 주로 빵에 발라 먹는 짭짤한 이스트 추출 식품.

하빈더는 아침 식사에 몰두하느라고 몇 초가 지난 후에야 마일스가 그녀에게 말하고 있다는 것을 알아차린다.

"⋯⋯할 말이 있어요." 그가 말하고 있다. "해변을 산책할까요?"

하빈더가 에드윈을 바라보니 그는 그녀를 향해 한쪽 눈썹을 올린다. "내 걱정은 하지 말아요." 그가 말한다. "나는 여기서 P. G. 우드하우스랑 함께 있으면 만족해요."

순찰차가 밖에 있고 하빈더는 안에 탄 경찰관들과 이야기를 나누기 위해 걸음을 멈춘다. 어제와 다른 조이다. 그녀는 커피를 마시겠냐고 묻지만 그들은 벌써 맥도날드에 들렀다고 말한다. 차에서 와플 냄새가 희미하게 난다.

"어젯밤에 따로 보고된 사항이 있나요?" 그녀가 말한다. "이 주변을 돌아다니는 사람 소리를 들은 것 같은데요."

"바람 소리일 겁니다." 한 경찰관이 말한다. "어젯밤에 좀 휘이잉거렸잖아요."

하빈더는 그것이 바람이 많이 분다는 뜻인가 보다라고 생각한다. 괜찮은 의성어이지만 집 밖에서 나던 소리를 설명하지는 못한다.

하빈더와 마일스는 조약돌 해변을 걷는다. 맑은 공기와 바다 냄새가 풍기는 아름다운 아침이다. 밀물이 들어와 높아진 해수면 위에 낚싯배 몇 척이 떠 있고 어부 한 명이 방파제에서 그물을 손질하고 있다.

"이 근처에 사는 친구들이 있어요." 마일스가 말한다. "땅 주인이 고기를 못 잡게 한다는데, 그들이 수백 년 동안 해온 일이잖아요. 그것이 여기 사람들의 생활 방식이에요."

"힘들겠네요." 하빈더가 말한다. 그녀는 마일스가 스코틀랜드에 대해 말할 때는 훨씬 더 가까이하기 쉬운 사람처럼 여겨진다는 것을 지난번에 느꼈다.

그들은 젖은 자갈 때문에 조금씩 미끄러지면서 만灣의 끝을 향해 계속 걷는다. 마일스는 납작한 돌을 하나 발견해 물수제비를 뜨려고 한다. 하빈더는 그가 마음속에 품고 있는 말을 언제 꺼내놓을지 궁금하다.

"할 말이 있다고요?" 그녀가 슬쩍 재촉한다.

"중요한 일이 아닐 수도 있는데요." 마일스가 말한다. "어젯밤에 상당히 이상한 이메일을 받았어요."

"어떤 면이 이상했습니까?" 하빈더가 말한다. 그녀는 그 엽서를 생각한다. **우리가 당신을 찾아간다.**

"의뢰하지 않은 원고예요." 그가 말한다. "내가 모르는 사람이 보낸 책 원고라는 거죠."

"그런 일이 자주 있을 텐데요."

"세븐스 실은 에이전트를 통해서만 원고를 받아요." 마일스가 말한다.

"이 원고를 보낸 이메일 주소는 처음 보는 주소예요."

"그것이 특이한 일인가요?" 하빈더가 묻는다. 그녀는 갑자기 빠른 속도로 파도 위로 내려오는 갈매기를 지켜본다. 이제 하늘에 구름이 잔뜩 끼어 있고 바람이 더 강해진다.

"꼭 그렇지는 않아요." 마일스가 말한다. "그런데 개요를 읽어 보니까 완전히 덱스 챌로너의 소설 복사판이에요."

하빈더는 이게 왜 그렇게 놀라운 일인지 여전히 모르겠다. 의식적이든 무의식적이든 표절은 소설 편집자가 일상적으로 접하는 일일 터이다. 그녀는 그렇게 말한다.

"덱스 챌로너의 '미출간' 소설 복사판이에요." 마일스가 말한다. "사실 덱스가 아직 쓰지 않은 소설이에요. 물론 이제는 영원히 못 쓰겠지만요."

이제 슬슬 감이 온다. "'살인 컨설턴트'인가요?"

"맞아요. 극비 프로젝트였어요. 내가 아는 한, 젤리와 나만 알고 있었어요. 덱스는 진행 중인 작업에 대해 떠벌리는 작가가 아니었지만, 아마 미아나 친한 친구들에게는 이야기했을 거예요."

"그가 페기에게 말했어요." 하빈더가 일전에 본 쪽지를 생각하며 말한다. **꼭 도와주세요. 다음 주에 마일스한테 초고를 넘겨야 해요.**

"덱스에게 베타 독자가 수백 명 있던 것은 아니니까요."

"베타 독자라고요?"

"책이 출간되기 전에 읽는 사람이요. 대체로 작가의 친구들이에요. 그들은 오류를 발견하고 제안을 하고 뭐 그런 역할을 해요. 유용한 과정이지만 덱스는 그런 식으로 작업하지 않았어요. 미아를 제외하면 항상 젤리와 내가 가장 먼저 원고를 보는 사람이었어요. 덱스의 전 편집자인 베티와도 마찬가지였죠."

"이 책이 덱스가 계획 중이던 책과 얼마나 비슷합니까?"

"개요에 따르면 거의 똑같아요. 노인 보호 주택에 사는 노부인에 대한 소설이에요. 그 노부인은 살인사건을 해결하죠. 물론 페기를 바탕으로 한 인물이에요."

"제목이 뭡니까?"

"'대필자'예요. 문학적이고 멋져 보이려고 상당히 노력한 티가 나지만 결국 같은 줄거리예요."

"누가 보냈는지 모른다고요?"

"네. 지메일 주소예요. 본인을 Booksdofurnish라고 지칭해요. 앤서니 파월의 소설, 『책은 방을 장식한다』에서 따온 말이에요."

왜 사람들이 계속 그녀에게 이런 이야기를 할까?

"덱스가 페기에 대한 책을 계획하고 있다는 것을 그녀가 알았습니까?" 하빈더가 묻는다.

"네." 마일스가 말한다. "덱스는 그녀가 아주 기뻐했다고 말했어요."

30장

나탈카: 지독하고 지겨운 따개비들

나탈카가 잠에서 깨서 처음 본 것은 땡땡이다. 두 개의 점 같은 눈이 있는 땡땡의 타원형 얼굴이 그녀의 눈 바로 옆에 있다. 그녀는 눈을 깜박이며 초점을 맞추려고 애쓴다. 그것은 벽지이고 만화 속 등장인물들이 끝없이 나온다. 땡땡과 강아지. 저 강아지 이름이 뭐였지? 아, 스노위이다. 쌍둥이 형사들. 선장. 아독 선장. 파이프를 물고 있고 위스키를 좋아하고 시골에 웅장한 저택이 있는 아독 선장은 나탈카가 가장 좋아하는 등장인물이었다. 아마 그는 이상적인 아빠 같은 존재였을 것이다. 확실히 그는 그녀의 아빠와 완전히 달랐다.

나탈카는 이층 침대의 위쪽 칸에 있다. 그녀는 좋은 자리를 내준 줄리가 참 다정하다고 생각했지만 지금은 갇혀 있는 기분이 든다. 그녀가 일어나면 줄리가 깰 수밖에 없고 침대 아래에서 그녀가 약하게 코 고는 소리가 들린다. 무슨 말인지 알아들을 수 없었지만 그녀는 어젯밤에 잠꼬대도 했다.

이렇게 누워 있기만 하는 것은 잘못이지 싶다. 보통 그녀는 아침에 요가를 하거나 달리기를 한다. 나탈카는 마지막으로 다른 사람과 같이 방을 쓴 때가 언제인지 기억나지 않는다. 애인과 남편은 제외이다. 그녀는 누가 왜 이 방에 땡땡 벽지를 붙였는지 궁금하다. 누가 여기에서 잤을까? 분명히 형제자매이겠지. 쌍둥이일지도 모른다. 그녀와 드미트로는 18개월 차이밖에 안 났기 때문에 쌍둥이 같다는 말을 자주 들었다. 두 사람은 여행을 갔을 때만 한방을 썼다. 아빠는 종종 동료에게 캠핑카를 빌려서 그들을 해안으로 데려갔다. 나탈카와 드미트로는 위쪽 침대를 돌아가면서 사용하기로 했는데 어쩐지 항상 나탈카의 차지였다. 그녀가 나이가 더 많았고 지금 생각해보면 좀 동생을 괴롭히는 누나였나 보다. 그녀는 미안하다고 말하기 위해서라도 드미트로를 다시 만나고 싶다. 눈앞의 벽지가 흐릿해진다. 땡땡, 스노위, 뒤퐁 형사와 뒤뽕 형사, 아독 선장.

그녀는 조용히 내려가려고 애쓰지만 줄리가 그녀의 기척을 듣는다.

"안녕."

"안녕. 미안해요. 내가 깨웠어요?"

"어쨌든 깨 있었어요." 나탈카는 그녀가 그저 예의상 하는 말이라고 생각한다.

"벽지를 보고 있었어요." 나탈카가 말한다. "나는 땡땡을 엄청 좋아해요."

"우크라이나에서 그 책을 구할 수 있었어요?"

"우리는 영어판으로 된 책을 읽었어요. 나는 항상 그들이 영국인이라고 생각했어요. 에르제가 벨기에 작가라는 사실을 알았을 때 얼마나 충격을 받았는지 몰라요. 나에게 아독 선장은 항상 전형적인 영국인이었어요."

"토할 것 같은 지독하고 지겨운 수십억 개의 따개비들." 줄리가 말한다. "아독 선장이 자주 그렇게 말했죠."

"기억나요." 나탈카는 직접 발음하기는 힘들었지만 항상 그 구절이 좋았다. 그녀는 이제 창밖을 내다보면서 그 구절을 나지막한 목소리로 읊조린다. 왼쪽으로 반짝반짝 물결치는 바다가 보인다. 그녀는 캠핑카를 타고 다닌 여행을 다시 떠올린다. 오데사, 코블레보, 스카도브스크. 금빛 모래, 놀이공원, 작은 솔잎.

"우리가 오늘 뭘 할지 궁금해요." 줄리가 말한다.

"해변에 가야죠." 나탈카가 말한다.

나탈카가 아래층으로 내려가니, 하빈더와 마일스는 벌써 산책하러 갔고 에드윈은 P. G. 우드하우스의 책을 읽다가 졸고 있다. 베네딕트는 주방에서 토스트를 먹으면서 책을 읽고 있다. 수영장이 나온 표지를 알아본 나탈카는 그것이 줄리가 쓴 책 중 하나라고 생각한다. 자기가 쓴 책을 읽고 있는 사람을 보는 기분이 어떨까? 떨리겠지. 자신의 글쓰기 과제를 읽는 선생님을 보는 기분처럼.

"안녕." 베네딕트가 말한다. "방금 커피를 내렸어요."

"잘 됐네요." 나탈카가 커피를 따른다. "당신 카페 커피가 더 맛있어요."

베네딕트의 얼굴이 확 빨개진다. "카페티에르로는 그 맛이 안 나죠."

"꼭 무슨 암호 같네요." 줄리가 흔히 스스로 비만이라고 여기는 여자들이 좋아하는 하늘하늘한 블라우스를 입고 나타난다.

"커피에 대해 이야기하던 중이에요." 베네딕트가 말한다. "갓 내린 커피가 좀 있어요."

"고마워요." 줄리가 머그에 커피를 따르고 나서 베네딕트가 읽고 있는 책을 본다. "맙소사. 내 책을 읽고 있네요."

"네." 베네딕트가 말한다. "당신의 토론에 갔을 때 샀어요. 진짜 좋은 책이에요."

"정말 고맙습니다." 줄리는 진심으로 기뻐 보인다. "그래도 당신이 그 책을 읽는 모습을 보고 있지는 못하겠네요. 지루해 보이지는 않는지 계속 걱정하게 될 거예요. 예전에 전철에서 내 책을 읽는 여자의 건너편에 앉은 적이 있었어요. 완전히 고문 같더라고요."

"다 같이 해변으로 산책하러 가는 것이 좋겠어요." 나탈카가 말한다.

"나는 갔다 오는 길이에요." 하빈더가 문가에서 말한다. "참 예쁜 풍경인데 갈수록 바람이 세지네요."

"우리는 상쾌한 공기를 좀 마셔야 해요." 나탈카는 벌써 갇혀 있는 느낌이 든다.

"이제 흐리네요." 줄리가 창밖을 내다보며 말한다.

"바다를 보기에 가장 좋은 때예요." 나탈카가 말한다. "바람과 빗속에서."

"나도 그렇게 생각해요." 베네딕트가 말한다. "나는 어떤 날씨의 바다도 좋아요. 내 직업에서 바로 좋은 점이 그거죠."

"무슨 일을 하는데요?" 줄리가 묻는다.

"나는 카페를 운영해요." 베네딕트가 다시 얼굴을 붉히며 말한다. "음, 그냥 오두막이에요."

"베니는 남쪽 해안에서 최고의 커피를 만들어요." 나탈카가 말한다.

"페기랑 거기 한 번 간 것 같아요." 마일스가 갑자기 말한다. "커피가 진짜로 맛있었어요."

"정말요?" 베네딕트가 말한다. "사실 기억해요. 나는 당신이 페기의 친척인 줄 알았어요."

"그랬어요?" 마일스가 말한다. 나탈카는 그의 말투에서 꽤 언짢아하는 낌새를 읽는다. 페기의 친척이라는 말을 들으면 자랑스러워해야 하지 않을까?

결국 네 명만 산책을 하러 나선다. 마일스는 하루치 운동을 이미 했다고 말하고 에드윈은 곧 비가 오겠다고 말한다. 아니나 다를까 그들이 밖으로 나가자 구름이 바다 위로 낮게 떠 있다. 바람이 거세졌고 갈매기들이 울고 있다. 썰물이 되어 해초가 달라붙어 반짝거리는 바위가 드러난다.

"순찰차의 시야에서 벗어나면 안 됩니다." 하빈더가 말한다.

확실히 그녀는 근무 중이지. 나탈카가 생각한다. 그녀는 하빈더가 해변으로 이어진 길에 접어들기 전에 바깥 도로를 쭉 훑어 보는 것을 알아챈다. 오늘 그녀는 조금 더 침착하다. 그들은 인적 드문 애버딘셔 해안에 자리 잡은 안전 가옥에 있고, 순찰차가 밖에서 지키고 있다. 설마 그 우크라이나인들이 여기까지 그녀를 쫓아왔으려고?

그들은 해변을 가로질러서 걷는다. 줄리는 맵시 있는 앵클부츠를 신고 있어서 자꾸 미끄러지지만 나탈카의 운동화는 접지력이 좋다. 베네딕트는 물가로 가서 납작한 돌로 물수제비를 뜬다. 돌이 파도 위로 한 번, 두 번, 세 번 튕긴다.

"정말 잘하네요."

베네딕트가 활짝 웃는다. 바람이 그의 머리카락을 흐트러뜨린다. "아버지가 가르쳐줬어요. 항상 내가 휴고 형보다 잘 던졌어요. 그래서 휴고 형이 완전히 열 받았죠."

나탈카는 베니가 조금이라도 욕설 비슷한 말을 사용하는 것을 처음 듣는다.

하빈더와 줄리는 바위 사이의 작은 웅덩이들을 살펴보고 있다. 나탈카는 그들이 아무런 말도 없이 딱 붙어서 걷는 것을 알아챈다. 가끔 줄리의 손이 하빈더의 손에 스친다. 줄리가 고개를 돌려 나탈카에게 손을 흔든다. "우리가 지독하고 지겨운 따개비들을 볼지도 모르겠어요!" 바람이 그녀의 말을 허공으로 날린다.

"그냥 비들릿 아네모네일 가능성이 더 많아요." 베네딕트가 말한다. 그는 이런 것을 어떻게 알지? "꽃게도 잡힐 거예요." 그가 말한다. "그 녀석들은 굉장히 공격적이에요."

줄리는 이제 바위 위로 올라가고 있다. 그녀가 검은색 해초 위에서 불안정하게 움직인다.

"여기에서는 수 킬로미터 앞까지 보여요."

"조심해요." 하빈더가 말한다. 줄리가 고개를 돌려 그녀를 보면서 빙그레 웃다가 앞으로 넘어지면서 몸을 지탱하려고 한 손을 짚는다.

나탈카가 서 있는 자리에서도 뚝 부러지는 소리가 들린다.

"줄리!" 하빈더가 외친다. 그녀는 바위 위를 재빨리 뛰어가서 줄리를 일으켜 세운다. 줄리는 머리를 하빈더의 어깨에 잠시 기댄다. 베네딕트와 나탈카가 서둘러 그들에게 간다.

"괜찮아요?" 하빈더가 묻고 있다.

"괜찮아요." 줄리가 약간 헐떡이면서 답한다. 하지만 나탈카가 다가가면서 보니 벌써 줄리의 손목이 부어오르고 있다. 베네딕트와 하빈더가 줄리를 부축해서 바위 위로 올린다. 그녀의 얼굴이 걱정스럽게도 급속히 창백해진다.

"병원에 가야겠어요." 하빈더가 말한다.

"그냥 삔 거겠죠." 줄리가 말한다. "아스피린 한 알 먹고 누워 있으면 될 거예요." 하지만 입술이 새파래지고 손목의 색이 놀랄 만큼 변하기 시작한다.

"부러진 것 같습니다." 하빈더가 말한다.

베네딕트도 분명히 그렇게 생각한다. "나탈카랑 내가 차로 데리고 갈게요." 그가 말한다.

"아니에요." 하빈더가 말한다. "당신들은 저 집을 벗어나면 안 됩니다. 내가 데리고 갈게요."

하빈더와 베네딕트가 줄리를 부축한 채로 다 함께 콘크리트로 된 경사로를 올라간다. 경찰관 중 한 명이 차에서 나와 있다. 에드윈이 걱정스러운 얼굴로 집에서 나온다.

"응급실에 가야겠습니다." 경찰관이 줄리의 팔을 보며 말한다. "우리가 모시고 가겠습니다. 그렇게 하면 카우어 경사가 나머지 분들과 여기 있을 수 있으니까요."

"내가 같이 가지요." 에드윈이 말한다.

"그럴 필요 없어요." 하지만 이 말을 하는 줄리의 아랫입술이 떨린다.

"혼자 응급실에 있으면 얼마나 비참한데요." 에드윈이 말한다. "내가 가서 코트만 챙겨 오리다." 시간이 좀 걸리기는 했지만 마침내 그가 코트와 타탄 무늬 목도리 차림으로 줄리의 재킷을 가지고 온다. 에드윈과 줄리가 뒷좌석에 탄다. 나탈카와 베네딕트와 하빈더는 멀어지는 순찰차를 지켜본다. 이윽고 그들은 집으로 돌아간다.

"에드윈이 현관문을 열어놨어요." 베네딕트가 말한다. "많이 흥분했나 봐요."

나탈카는 가슴속에서 심장이 마구 요동치는 것을 느낀다. '들어가지 마요!' 그렇게 외치고 싶다. 그러나 그녀는 베네딕트와 하빈더를 따라서 안전 가옥으로 들어간다.

그리고 거실에서 마일스에게 총을 겨누고 있는 낯선 남자를 발견한다.

31장
베네딕트: 살인의 철자를 거꾸로

베네딕트는 항상 영웅이 되고 싶었다. 그는 종종 궁금했다. 양팔로 부상자를 들어 올려 안고 불타는 건물에서 나오는 기분은 어떨까? 혹은 사랑하는 여자를 구하다가 총을 맞는 기분은 어떨까? 하지만 막상 그런 위험이 눈앞에 닥치자 만사가 놀랄 만큼 단순하다. 마일스는 새파랗게 질린 채 손을 들어 얼굴을 가리고 소파에 앉아 있다. 한 남자가 그 편집자의 가슴에 총을 겨누고 그의 앞에 서 있다.

"총 내려놔요." 하빈더가 감탄스러울 정도로 안정된 목소리로 말한다.

남자가 베네딕트가 이해하지 못하는 언어로 뭔가 말한다.

나탈카가 대답한다.

남자가 홱 돌아 그녀에게 총을 겨눈다.

베네딕트가 "안 돼!"라고 외치며 나탈카 앞으로 몸을 던진다.

총이 발사된다.

정적이 흐른다. 갈매기가 운다.

그가 죽었나? 죽는 것이 이런 느낌인가? 그렇다면 별로 나쁘지 않다. 머리로 피가 확 쏠린다. 극도의 희열감, 이런 일을 한 번이 아니라 여러 번 겪은 것 같은 느낌. 이상하게 총을 맞아도 전혀 아프지 않다. 이윽고 그는 자신이 여전히 서 있고 나탈카가 뒤에서 그를 안고 있으며, 외국인 남자가 여전히 마일스에게 총을 겨누고 있다는 것을 깨닫는다. 벽에 난 구멍에 첫 번째 총알이 박혀 있다.

"너는 우리를 배신했어." 총을 든 남자가 영어로 말한다. 베네딕트는 이 무시무시한 순간에도 자동적으로 남자의 신발을 본다. 낡은 흰색 운동화. 그렇다면 광이 나는 구두를 신은 그 남자가 아니다.

"일부러 그런 것은 아니야." 마일스가 말한다. "우리는 학생이었어. 우리는 뭘 하고 있는지 몰랐어."

"총 이리 내요." 하빈더가 말한다. "그러고 나서 같이 이야기해 봅시다."

"이놈이 우리를 배신했어요." 흰색 운동화를 신은 남자가 말한다. "우리는 수년 동안 교도소에 갇혀 있었고 이놈은 그저 아늑한 대학교로 돌아갔어요."

"알아요." 하빈더가 말한다. "페기가 당신들 둘을 도왔어요, 그렇죠? 그런데 경찰이 당신을 쫓아왔고 마일스는 안전하게 영국으로 돌아갔어요."

"어떻게 알았어요?" 마일스가 묻는다. 그는 고통스러운 표정으로 여전히 소파에 앉아 있다.

"당신은 대학교에서 러시아어를 배웠습니다." 하빈더가 말한다. "나는 당신이 1년 동안 해외에 있을 때 페기를 만났다고 추측했어요. 당신이 그녀에게 보낸 감사 카드가 기억났어요. 그리고 또 다른 단서가 있었어요. 한 노부인이 한 말이었죠."

"그래서 이제 이놈을 죽일 거예요." 총을 든 남자가 말한다. "오랫동안 기다렸어요." 그가 다시 총을 겨눈다.

"안드리." 새로운 목소리가 끼어든다. "총 내려놔."

안드리가 돌아보고 하빈더가 그의 손에서 총을 쳐내려고 돌진한다. 베네딕트가 그녀를 도우러 가고 그사이에 나탈카가 새로운 남자의 품으로 뛰어든다. 베네딕트가 안드리를 놓지만 몸싸움 때문에 정신이 나갔는지 남자는 그냥 바닥에 앉아 있다. 마일스가 흐느끼기 시작한다.

나탈카는 여전히 낯선 남자를 안고 있다.

"무슨 일이에요?" 하빈더가 총에서 총알을 빼면서 말한다.

베네딕트가 두 번째 남자를 뚫어지게 쳐다보다가 나탈카에게 시선을 옮긴다. 그리고 갑자기 상황을 이해한다.

"나탈카 동생인가 봐요." 그가 말한다.

"이쪽은 드미트로예요." 나탈카가 말한다. 눈이 반짝반짝 빛나고 그녀가 어느 때보다도 아름다워 보인다.

"저 사람은 누구예요?" 베네딕트가 바닥에 앉아 있는 남자, 안드리를 가리키면서 말한다.

"우리 둘 다 이곳 대학교에서 공부하고 있어요." 드미트로가 말한다. "정치 관련 망명자들을 대상으로 하는 특별 프로그램이 있어요. 나는 2주 전에 도착했어요. 그동안 누나를 찾으려고 그렇게 헤매고 다녔는데 이렇게 갑자기 내 앞에 나타나다니."

"그날 밤에 그 술집에 있었어?" 나탈카가 묻는다. "나는 너를 못 봤어. 왜 나한테 말을 걸지 않았어?"

"나는 그곳에 안 갔어." 드미트로가 말한다. "안드리가 사진을 보여줬을 때 믿을 수가 없었어."

"무슨 사진이요?" 베네딕트가 콜라를 마시고 있는 두 남자를 찍은 사진을 생각하면서 묻는다. 마일스를 죽이려던 남자가 그 두 남자 중 한 명이었을까?

"나는 세르게이랑 그 술집에 있었어요." 안드리가 말한다. "세르게이도 당시에 러시아에 같이 있던 사람이에요. 우리는 음료수를 마시다가 **이놈을** 봐요." 안드리가 마일스를 가리킨다. "그리고 나는 해야 한다는 것을 알아요. 그걸……." 그가 맞는 단어를 생각해내느라고 엄지손가락과 가운뎃손가락을 부딪쳐 소리를 낸다.

"복수요?" 나탈카가 도움을 준다.

"맞아요. 복수요. 나는 사진을 찍고 그녀가……." 그가 나탈카를 가리킨다. "그녀가 뒤에 앉아 있어요."

"내 잘못이 아니었어." 마일스가 처음으로 무서워하는 기색 없이 부루퉁하게 말한다.

"아니었다고? 왜 너는 교도소에 안 갔지?" 안드리가 받아친다.

"나는 10년 동안 교도소에 있어."

"미안해." 마일스가 말한다.

하빈더가 통화 중이다. 베네딕트는 그녀가 "총기를 소지한 가해자. 급히 지원 바람"이라고 말하는 소리를 듣는다. 안드리가 말하기 시작했고 단순히 총을 든 남자가 아니라 사람으로 여겨지기 시작한 지금, 그녀의 통화는 마치 배신 같다.

"폐기를 찾으려고 했나요?" 나탈카가 안드리에게 묻는다. "쇼어햄에 왔었나요?" 그녀는 드미트로의 손을 잡고 그의 옆에 서 있다. 나란히 있는 두 사람을 보니 미처 알아차리지 못한 닮은 점이 보인다. 드미트로가 더 크고 말라서 광대뼈가 깎아놓은 듯 두드러지지만 눈은 나탈카처럼 깊고 짙은 푸른색이다.

"그래요." 안드리가 말한다. "세르게이와 내가, 우리가 폐기의 집으로 차를 몰고 가요. 우리는 그녀를 보지만 그곳에 사람들이 있어요. 다시 가지만 그녀는 죽었어요."

"나는 당신들을 봤어요." 나탈카가 말한다. "당신들을 내 방 창문에서 봤어요. 흰색 차를 타고 있었어요."

"네. 우리는 폐기의 집에서 당신을 봤어요. 우리는 당신을 따라갔어요."

"당신들이 우리 집, 내가 사는 집 문을 두드렸어요. 내 친구라고 말했어요."

"나는 폐기에 대해서 말하고 싶었어요." 안드리가 말한다. "나는…… 당신과 드미트로가…… 남매인지 몰라요. 그러다가 그가 그 사진을 봐요. 그가 나한테 말해요."

"나는 바로 누나를 알아봤어." 드미트로는 누나처럼 영어를 아주 잘한다. 그가 우크라이나어로 무슨 말을 한다. 나탈카가 그의 손을 잡고 눈물을 닦는다.

"봐요, 베니." 그녀가 말한다. "내 동생이 살아 있어요."

"만나서 정말로 반가워요." 베네딕트가 말한다. 그가 바닥에서 일어나 손을 내민다. 드미트로가 악수를 한다.

"당신은 아주 용감한 남자예요." 드미트로가 말한다. "당신은 누나 앞으로 몸을 던져 막았어요. 당신은 영웅이에요."

"아니에요." 베네딕트가 말한다.

"당신은 영웅이에요, 베니." 나탈카가 부드럽게 말한다.

에드윈과 손목에 깁스를 한 줄리가 돌아올 때, 안드리는 이미 체포됐고 하빈더는 아직 경찰서에 있다. 베네딕트와 나탈카와 드미트로는 주방 식탁에서 피시앤칩스를 먹고 있다. 그들은 갑자기 시장기가 몰려왔고 결정적인 순간에 현장에 없어서 겸연쩍어진 경찰들은 순찰차를 몰고 장을 보러 갔다. 이제 오후 4시이고, 당근이 가지를 가리키고 있다. 경찰에게 장황한 진술을 한 마일스는 방에 누워 있다.

"이쪽은 내 동생이에요." 나탈카가 자랑스럽게 말한다.

"자네 동생이라고?" 에드윈이 묻는다. "나는 동생이……." 그가 말을 멈춘다.

"나는 네가 죽은 줄 알았어." 나탈카가 드미트로에게 말한다. "그래서 사람들한테 네가 죽었다고 말했어."

"나는 러시아에서 전쟁 포로로 있었어." 드미트로가 말한다. "국제 사면 위원회를 통해서 엄마한테 편지를 보냈는데 답장을 못 받았어."

"엄마 이사 갔어." 나탈카가 말한다. "옛날 집에 있기가 무서워서. 엄마는 너를 찾아서 여기저기 돌아다니고 있어. 네가 죽었다는 걸 믿지 않았어."

"어떻게 러시아에서 나왔나요?" 베네딕트가 묻는다.

"올 9월 7일에 포로 교환이 있었어요." 드미트로가 말한다. "분리주의자들과 맞바꿨어요. 트럼프 대통령은 그것이 '평화를 향한 위대한 발걸음'이라고 말했어요." 그가 냉소적으로 웃는다.

나탈카가 우크라이나어로 무슨 말을 한다. 드미트로가 대답한다. 둘 다 눈물을 흘린다. 이때 하빈더가 기름 안 배는 봉투를 몇 개 들고 온다. "배고파 죽겠어요." 그녀가 말한다. "오는 길에 튀김 가게에 들렀어요." 모두가 갓 만든 음식에 달려든다.

드미트로가 눈물을 닦는다. 그가 하빈더를 돌아보며 묻는다. "안드리는 어떻게 됐나요?"

"그는 구류 중입니다." 하빈더가 말한다. "짐은 살인 미수 혐의로 그를 기소하려고 하는데 마일스가 고소하지 않겠답니다. 잘하면 그는 불법 무기 소지 혐의를 면할 겁니다."

"안드리는 나쁜 사람이 아니에요." 드미트로가 말한다. "마일스를 다시 보고……." 그가 나탈카를 바라본다.

"머리가 돌아버렸나 봐." 나탈카가 말한다. 베네딕트는 그들이 어렸을 때도 그녀가 그의 문장을 마무리해줬을 것이라고 추측한다.

"마일스에 대해 얘기해주게나." 에드윈이 말한다. 베네딕트는 에드윈이 상황을 잘 이해하지 못해서 짜증이 났다고 생각한다. "그가 이 안드리라는 사람을 어떻게 알게 됐나?"

"내가 이해하기로는." 하빈더는 마일스에게 들리지 않을까 싶은지 위를 힐끗 쳐다보며 말한다. "페기와 그녀의 친구 조앤이 2005년에 러시아에서 안드리와 세르게이를 만났습니다. 그들은 학생이었지만 첩보 활동에 관련돼 있었어요. 그들은 현 명칭으로는 FSB인, KGB를 피해 도망 중이었고 교환 학생으로 러시아에 가 있던 마일스를 만났어요. 마일스가 그들에게 통역을 해줬고 숨을 장소를 찾아줬어요. 페기와 조앤이 머물고 있던 아파트죠. 상황이 괜찮게 흘러갔나 봅니다. 페기와 조앤이 그들을 발레 공연에 데리고 가기까지 했으니까요. 그런데 며칠 후, 안드리와 세르게이가 체포됐습니다. 그들은 마일스가 배신했다고 확신했어요. 내 생각에도 그런 것 같습니다. 그들의 소재를 무심코 KGB에 누설했겠죠. 그는 어렸고 겁에 질려 어쩔 줄 몰랐을 테니까요. 안드리와 세르게이는 수감됐고 3년 전에 풀려났습니다. 그들은 망명자 지원 프로그램의 일환으로 애버딘에 왔어요. 어느 날 저녁에 그들이 술집에 있는데 바로 마일스가 그곳으로 들어왔어요. 작가들과 술을 마시러 왔던 거죠."

"나랑은 아니에요." 줄리가 말한다. "마일스는 완전히 나를 무시했어요."

"덱스 챌로너의 편집자가 페기가 도운 남자였다니." 에드윈이

389

말한다. "대단한 우연이구먼."

"그렇지는 않아요." 하빈더가 말한다. "마일스는 일부러 덱스와 일하고 싶어 했을 겁니다. 페기와 관련이 있으니까요. 우리가 페기의 책에서 발견한 감사 카드가 기억납니까? 마일스가 덱스의 편집자가 되기 전에 보낸 카드였어요."

"어떻게 마일스에 대해 그런 짐작을 했어요?" 베네딕트가 하빈더에게 묻는다. "바로 알아채는 것 같던데요."

"페기의 며느리가 페기가 도운 학생들에 대해 얘기했어요." 하빈더가 말한다. "그리고 우리는 조앤이 보낸 편지를 몇 통 발견했습니다. 그중에 '그 아이들' 중 하나를 만났다고 언급한 부분이 있었습니다. 그들을 아이들이라고 불렀죠. 아까 마일스에게 총을 겨누고 있는 안드리를 봤을 때 갑자기 뭔가 떠올랐어요. 페기의 친구인 조앤을 만나러 요양원에 갔었거든요. 조앤은 알츠하이머병을 앓고 있고 이해가 잘 안 가는 말을 했어요. 그래도 그 학생들에 대해서 물으니까, '그들 집에서 수 마일이나 떨어져 있었어'라면서 '마일스'라고 말하더라고요." 그녀가 식탁 주위를 둘러본다.

"대단히 똑똑하네요." 에드윈이 말한다.

하빈더는 겸손하게 그 칭찬을 부정하지만 베네딕트가 보기에 그녀는 상당히 뿌듯해한다. 하빈더가 총을 든 남자와 맞붙고 지극히 위험해 보이는 총에서 총알을 침착하게 제거하던 모습을 떠올려보면 그녀는 의기양양해할 자격이 있다.

"조앤은 나이절이 착한 아들이 아니었고 페기의 돈을 다 가로챘다는 말도 했습니다." 하빈더가 말한다. "그녀는 페기가 도박을 좋아했다고 말했어요."

"사실이 아니에요." 에드윈이 말한다. "내가 페기를 안 세월 동안 그녀는 1년에 딱 한 번씩 그랜드 내셔널 장애물 경마 대회에만 돈을 걸었어요."

"조앤은 페기가 경마를 좋아한다고 말했어요." 하빈더가 말한다. "아니면 페기가 아니라 다른 사람을 말했던 걸 수도 있죠. 우리가 그곳을 나오기 직전에 조앤이 잠에서 깼어요. 졸고 있었거든요. 깨자마자 '레드 럼Red Rum'이라고 말했어요. 그리고 곧바로 다시 잠들었습니다."

모두 웃음을 터뜨렸지만 베네딕트는 옛날 영화를 생각하고 있다. 괴기스러운 호텔, 잭 니컬슨, 그의 미치광이 같은 눈을 생각하고 있다. 영화 〈샤이닝〉. "조니가 왔어요"라는 유명한 대사. 그가 말한다. "레드 럼은 살인murder의 철자 순서를 바꾼 말이에요. 사실 살인을 거꾸로 말한 거예요."

"생각도 못 했어요." 하빈더가 말한다.

"나는 철자 바꾸기에 영 소질이 없다네." 에드윈이 말한다. "나도 생각 못 했을 거야."

"덱스의 책은 다 제목에 '살인'이 들어가요." 나탈카가 말한다.

"조앤이 우리에게 메시지를 전하려고 했나 봅니다." 하빈더가 말한다.

"아마도요." 줄리가 느리게 말한다. 그녀는 식사하는 동안 거의 말을 하지 않았고 베네딕트는 그녀가 손목이 아픈가 싶다. 다친 손이 오른손이라 글 쓸 걱정을 하고 있을 터이다. 이제 줄리가 말한다. "우리 엄마도 알츠하이머병을 앓았는데 가끔 암호로 말하는 것 같았어요. 이상하고 맥락 없는 말을 하는데 나중에 보면 이치에 맞는 말이었어요."

"페기는 암호를 좋아했어요." 나탈카가 말한다. "미스터리도요."

"페기가 여기서 같이 이 미스터리를 풀었더라면 얼마나 좋았을까." 에드윈이 말한다.

그날 밤 아무도 늦게까지 남지 않는다. 나탈카와 드미트로는 엄마에게 전화하기 위해 이층 침대가 있는 방에 틀어박혀 있었지만, 10시에 드미트로가 다시 나와 소파에서 자겠다고 말한다. 이 말에 모두 편한 마음으로 침대로 간다. 마일스는 여전히 침실에서 나오지 않는다.

베네딕트는 그 총격 장면이 벌어진 후 나탈카와 단 몇 마디밖에 못 나눴다. 드미트로가 등장하면서 그녀가 완전히 다른 사람이 된 것 같다. 그녀에게서 빛이 나는데 너무 눈이 부셔 베네딕트는 피시앤칩스를 먹는 동안 몇 번이나 시선을 돌려야 했다. 태양처럼 그녀를 너무 오래 보면 위험하다. 그들은 층계참에서 밤 인사를 하고 베네딕트는 나탈카의 방문이 닫히는 소리를 듣는다. 마일스의 방에서 약하게 코 고는 소리가 들리고 하빈더의 방에서 게임 하는 소리가 들린다.

베네딕트는 기진맥진해야 마땅하지만, 침대에 들어가서도 잠이 오지 않는다. 이케아 책상과 의자와 벽에 코르크판이 있는 이 방은 분명히 예전에 공부방이었다. 침대 옆에 전기스탠드가 없어서 어둠 속에 누워 바람 소리와 파도 소리를 듣고 있다.

이쪽은 내 동생이에요.

살인의 철자를 거꾸로.

착한 남자의 사랑을 감사하는 단식.

나는 예전에 딱 미스 마플 같은 노부인을 알았어요.

살인에 대한 감사.

그가 눈을 감았나 보다. 눈을 떴을 때 문이 열리고 한 줄기 불빛이 침대를 비춘다. 나탈카의 향수 냄새가 난다.

그녀가 꿈처럼 방을 가로질러 와서 침대 끝에 앉는다.

"당신이 내 목숨을 구했어요."

"아니에요." 베네딕트가 말한다. "그는 당신을 죽이려 하지 않았어요."

"당신은 그것을 몰랐잖아요." 나탈카가 말한다. "당신은 내가 만난 사람들 중에서 가장 용감해요."

베네딕트는 그렇지 않다고 말하려고 하지만, 나탈카가 몸을 기울여 키스로 그를 침묵시킨다.

32장
하빈더: 집에서 수마일 떨어져

하빈더가 아침을 먹으려고 내려오니 에드윈과 드미트로가 디나모 키예프에 대해 열띠게 대화하고 있다. 그녀는 에드윈의 축구 지식에 감명받는다. 그녀는 그가 고전 음악과 P. G. 우드하우스에 대해서만 아는 줄 알았다.

그녀가 들어가자 드미트로가 일어난다. 그는 굉장히 예의 바르다. 피곤할 정도이다.

"커피를 드릴까요?"

"고맙습니다."

하빈더는 토스트를 준비해 에드윈의 건너편에 앉는다.

"오늘 우리가 집에 가게 될까요?" 에드윈이 신중한 손놀림으로 마멀레이드를 펴 바르면서 묻는다. 하빈더는 일전에 나탈카가 마멀레이드와 버터에 같은 나이프를 쓰는 것과 베네딕트가 너무 느릿느릿 먹는 것이 에드윈의 신경에 거슬린다는 것을 알

아차렸다. 혼자 살면 사람이 그렇게 되지. 그녀가 생각한다. 그녀
도 몇 년 후에 그렇게 될 것이다.

"그러면 좋겠네요." 하빈더가 말한다. "여기에 계속 있는 것은
의미가 없습니다. 줄리에게 경찰의 보호가 필요하다면 브라이턴
에서도 쉽게 할 수 있으니까요. 안전 가옥과 감시 팀은 비용이 많
이 듭니다. 짐은 어서 빨리 우리를 보내고 싶겠죠."

"해리스 경위가 안드리를 기소할까요?" 드미트로가 묻는다.

"그는 무슨 혐의로든 기소할 겁니다." 하빈더가 말한다. "어쨌
든 그는 총을 소지하고 있었습니다. 그리고 발포했습니다. 총알
이 벽에 맞기는 했지만요."

그녀는 궁금하다. 안드리가 마일스를 겨냥해 쐈을까, 아니면
첫 발은 그저 경고였을까? 마일스가 고소하지 않겠다고 해도 짐
은 얼마든지 안드리를 살인 미수 혐의로 기소할 수 있다.

"안드리가 진짜로 마일스를 해치려고 하지는 않았을 겁니다."
드미트로가 말한다. 하빈더는 다르게 생각한다. 총은 장전돼 있
었다. 그녀가 직접 총알을 뺐다.

그들이 아침 식사를 막 끝마칠 때 짐 해리스 경위가 들어온다.

"어젯밤은 상당히 정신이 없었습니다." 그가 말한다. "커피 좀
남았습니까?"

에드윈이 커피를 따른다. 짐은 완전히 느긋한 표정으로 의자
에 몸을 기대고 커피를 즐기는 중이지만, 하빈더가 보기에 드미
트로는 경찰관의 합석으로 불안해진 모양이다. 그는 일어서서
샤워를 해야겠다고 중얼거린다. 짐이 잔을 비우자 에드윈이 다

시 커피를 가득 따라준다.

짐이 하빈더를 돌아본다. "어제 당신이 잘 대응했어요. 막 보고서 작성을 끝냈어요. 당신은 표창장을 받아도 되겠어요."

하빈더는 겸손해 보이려고 노력한다. 그녀는 진심으로 표창장을 받고 싶다.

"마일스 테일러가 목표라는 것을 어떻게 짐작했나요?" 짐이 묻는다.

하빈더는 조앤을 만난 이야기와 '집에서 수 마일 떨어져 있다'라는 말에 대해 설명한다. 어젯밤에 이 이야기의 반응이 좋았기에 짐도 마찬가지로 감동받으리라고 기대했지만 그는 상당히 짜증 나게도 그저 빙긋 웃는다. "그럼 그냥 다 직감이었군요."

"아닐 겁니다." 에드윈이 말한다. "조앤도 마일스를 생각하고 한 말일지도 모르지요. 그녀는 '레드 럼'이라는 말도 했답니다. 철자를 거꾸로 하면 살인이 되지요."

이제 짐은 큰 소리로 웃는다. "잠깐 이야기할까요, 하빈더." 그가 말한다.

에드윈이 일어난다. "그럼 나는 딴 데로 가겠습니다."

"아니, 그냥 계세요." 뜻밖에도 짐이 말한다. "선생님은 처음부터 이 일과 관련돼 있었으니 조언을 듣고 싶습니다."

에드윈이 엄청나게 흐뭇한 표정으로 다시 자리에 앉는다.

"우리는 안드리 아브라멘코를 살인 무기 소지 혐의로 기소했습니다." 짐이 말한다. "나는 거기에 살인 미수를 추가하고 싶습니다. 자백에 따르면 그는 마일스 테일러를 죽이려고 왔다가 여기에서 카우어 경사에게 무장 해제를 당했어요." 짐은 하빈더를 향해 고개 숙여 인사하는 제스처를 한다. 그렇게 말하니 상당히 영웅적으로 들린다.

"아브라멘코가 목요일 저녁에 우리를 따라와서 그 후로 줄곧 주변을 어슬렁거렸나 봐요. 내가 정복 경찰관들에게 주의를 주겠습니다."

그의 말투가 아주 단호하다. 갑자기 시간이 어찌나 빠르게 흐르는지 믿어지지 않을 지경이다. 랜스는 수요일 밤에 죽었고, 그들은 목요일에 안전 가옥으로 옮겼다. 오늘은 부모님이 가게 일로 아주 바쁜 토요일이다. 그녀는 반드시 오늘 집에 가서 부모님을 도와야 한다.

"하빈더와 내가 목요일 밤에 누군가 이 집 주변을 서성거리는 소리를 들었던 것 같아요." 에드윈이 말한다.

"네. 카우어 경사가 말했어요." 짐이 잠시 말을 멈추고 두 번째 커피를 비운다. 고개를 드는 그의 표정이 달라져 있다. 아무래도 뭔가 결정 내린 것 같다. "문제는." 그가 말한다. "랜스 포스터의 살인과 덱스 챌로너의 살인 사이에 관련성이 있는 것 같지 않다는 겁니다."

에드윈과 하빈더가 마주 본다. "뭐라고요?" 하빈더가 말한다.

"두 죽음이 완전히 달라요." 짐이 말한다. "랜스는 인슐린 치사량이 주입돼서 죽었고, 덱스는 머리에 총을 맞았어요. 나는 두 사건이 관련됐다고 생각하지 않아요."

"하지만 그 협박 편지들은요?" 하빈더가 묻는다. "페기 스미스는요? 페기의 집에 난입한 총을 든 남자는요?"

짐이 조급한 손짓을 한다. "우리가 상황을 복잡하게 만들 위험이 있어요. 한 남자가 호텔 방에서 죽었고 이제는 발광한 총잡이까지 주변을 돌아다녀요. 더 이상 복잡해지면 곤란합니다. 책이니 철자 바꾸기니, 이런 것은 다 추측이에요. 아무 도움이 안 돼요."

하빈더는 아주 부당한 소리라고 생각한다. 철자 바꾸기에 대한 말을 꺼낸 사람은 그녀가 아니라 에드윈이었다. 나머지는 명백한 사실이다. 실제로 총을 든 남자가 페기의 집에 난입했고, 덱스 챌로너가 살해당했고, 세 사람이 협박 편지를 받았고, 마일스가 덱스의 차기작에 바탕을 둔 원고를 받았다. 모든 것이 어떤 식으로든 연결돼 있다.

짐이 더욱 회유하는 투로 말한다. "확실히 덱스 챌로너의 사건과 연관성이 있는 것처럼 보였어요. 그래서 우리가 당신을 여기로 불렀고요, 하빈더. 어쨌든 그들은 둘 다 범죄 소설 작가들이었으니까요. 하지만 우리가 서로 다른 두 명의 살인범을 찾고 있을 가능성이 있어요. 챌로너는 질투심 많은 여자 친구나 문학계의 경쟁자에게 살해당했을 수도 있어요."

"랜스는요?" 에드윈이 질문을 던진다. "누가 그를 죽였죠?"

"선생님이 얘기해보세요." 짐이 말한다. 그는 진심으로 하는 부탁이라도 되는 양 에드윈을 바라보지만 에드윈은 그저 그를 노려보기만 한다.

"용의자가 없어요." 짐이 말한다. "CCTV에 잡힌 것이 없지만 뭔가 발견되리라고 기대하고 있습니다. 랜스 포스터의 사생활도 들여다볼 겁니다. 십중팔구 그는 잘 아는 사람에게 살해됐어요."

"이번에도 질투심 많은 여자 친구요?" 하빈더가 말한다.

짐은 이 말을 무시한다. 아마 닐처럼 그도 빈정대는 말에 서툰가 보다. "네. 어쩌면요. 아무튼, 취조며 뭐며 오늘 할 일이 잔뜩 쌓였습니다. 여러분도 어서 빨리 집에 돌아가고 싶겠죠."

"네. 그렇습니다." 에드윈이 말한다. "그렇지만……."

짐이 일어선다. "카우어 경사와 먼로 양이 타고 갈 차를 한 대 보내죠. 콜리스니크 양과 콜 씨는 그 뒤를 따라가면 됩니다. 피츠 제럴드 씨, 선생님은 원하는 차에 타고 가시면 됩니다."

"나는 하빈더와 가지요." 에드윈이 말한다. "연인들 사이에 곁 다리로 끼어 가고 싶지는 않아요."

마침 때맞춰, 베네딕트와 나탈카가 등장한다. 둘 다 상기돼 있고 약간 멋쩍은 표정이다.

이제 떠날 때가 되니 경찰차를 기다리는 시간이 너무 길게 느껴진다. 드미트로는 그들과 같이 가기로 한다. 그는 그동안 헤어져 있던 누나와 시간을 보내고 싶다. "어서 쇼어햄을 보고 싶어요." 그는 계속 이 말을 반복한다. 하빈더는 그가 너무 실망하지 않기를 바란다.

그들은 옆에 가방을 두고 앉아 있다. 줄리는 한 손으로 노트북 자판을 두드리고, 베네딕트는 랜스 포스터의 『라오콘』을 읽는다. 나탈카는 창밖을 응시하고 에드윈은 그날 아침에 우편함에 들어 있던 《코브 베이 뉴스》를 읽는다.

하빈더는 이메일을 읽으려 하지만 집중할 수 없다. 그녀는 짐에게 몹시 화가 난다. 감히 그들의 주장을 모두 '추측'으로 치부하다니? 랜스를 죽인 사람이 아직 애버딘에 있을 수 있는데, 이제 경찰은 상당히 격하고 살인 편향이 있지만 랜스 포스터와 전혀 관계가 없는 우크라이나인에게 집중하고 있다. 판다팝 게임이나 한 판 해서 마음을 가라앉혀야지 싶은데 엄마 판다가 배드분을 무찌르기 전에 전화가 울린다. 닐이다.

"여보세요." 하빈더가 반갑게 전화를 받는다. 적어도 닐은 그녀의 주장이 그저 엉뚱한 상상이라고 생각하지 않는다.

닐은 신이 나 있고, 이는 그가 수사에 진전이 있다고 생각한다는 뜻이다. 그의 환상을 깨기란 힘든 일이지만 누군가는 해야 한다.

"백만장자로의 CCTV에서 대박이 났어." 닐이 말한다. "이웃 중 한 명이 휴가를 마치고 돌아왔는데 마침 그 집 카메라가 덱스의 집 뒤쪽 테라스를 내려다보는 위치에 있거든. 9월 22일 0시 10분에 덱스의 집에 온 사람이 있었어."

검시관의 말에 따르면, 덱스 챌로너는 22일 토요일 0시부터 새벽 2시 사이에 사망했다. 하빈더는 심장 박동이 빨라지는 것을 느낀다. 탐정 열병. 에드윈은 그렇게 불렀을 것이다.

"누군데?"

"화면을 저장한 파일을 보낼게. 다른 이웃집에서 사진을 더 건지면 좋겠어."

닐이 통화를 질질 끌고 있지만 몇 초 후 하빈더의 전화기에 이 메일이 들어왔다는 표시가 뜬다. 그녀는 첨부 파일을 클릭한다. 카메라인지도 모르고 렌즈를 똑바로 보고 있는 여자가 나온다.

마리아.

요즘 하빈더의 엄마를 돌보고 있는 마리아.

하빈더는 즉시 닐에게 전화를 건다.

"마리아야. 간병인. 마리아는 폐기를 알아. 베로니카도. 나탈카가 마리아의 상세한 연락처를 알고 있을 거야. 내가 물어볼게. 그러는 동안 너는 케어포유 사장 퍼트리샤 크리브에게 연락해. 그녀는 확실히 알겠지. 그리고 닐, 우리 엄마한테 사람 보내. 마리아가 엄마 근처에 못 가게 해."

"알았어." 닐이 말한다. "걱정하지 마."

걱정하지 말라니. 빌어먹을.

"최대한 빨리 집에 갈게."

짐이 정오에 출발하는 비행기를 예약한다. 짐은 직접 운전해서 그녀를 공항에 데려다준다. 하빈더는 이 최신 단서가 별개의 두 살인범이 있다는 그의 가설을 박살 냈는지 알 수 없다. 그녀는 그렇게 되기를 바란다.

"이 마리아라는 사람." 짐이 빠른 속도로 다리를 건너면서 말한다. "그녀에 대해 아는 정보 좀 있어요?"

"그녀는 간병인이에요." 하빈더가 말한다. "원래 폴란드 출신이에요. 결혼했고 자녀가 세 명 있어요. 내 동료가 방금 그 집에 갔는데 아무도 없대요. 화요일부터 그 가족을 본 사람이 없나 봐요."

"그럼 이 마리아라는 사람이 애버딘에 왔을 수 있고, 이론상으로는, 랜스 포스터를 죽였을 수 있네요?"

"네. 호텔 접수 담당자가 그 층에 있던 사람들은 청소부들뿐이라고 한 말 기억해요? 마리아가 간병인 복장을 했다면 청소부로 보여서 쉽게 드나들 수 있었을 거예요. 그녀가 예전 간호사복을 입었을 수도 있어요. 사람들은 외국인 여자를 별로 주의 깊게 보지 않아요. 내 경험상 그래요."

"그런 말로 내 성질을 돋우려는 것은 아니겠죠." 짐이 말한다. "어쨌든 마리아가 랜스를 죽일 이유가 뭘까요?"

"모르겠어요. 혹시 그녀가 덱스를 죽인 것을 랜스가 알아서일지도."

하빈더는 차가 더 빨리 가기를 바라며 몸을 앞으로 구부린다. 짐은 그녀를 공항 앞에 내려준다. 이게 바로 작은 공항의 장점이다. 잘하면 활주로에도 차를 세울 수 있다.

"비행기가 40분 후에 출발해요." 그가 말한다. "행운을 빌어요."

하빈더는 비행기를 타고 가는 내내 숨을 참고 있는 기분이 든다. 그녀가 쇼어햄 공항에 도착하자 닐이 기다리고 있다.

"올리비아가 너희 어머니랑 있어." 그가 말한다. "아무 문제 없어."

올리비아 그랜트는 젊은 순경 중에서 가장 유능하다. 하빈더는 다시 숨을 쉬기 시작한다.

"아직 마리아의 흔적은 없고?"

"응. 마리아의 집 앞에 우리 차가 대기하고 있어. 퍼트리샤 말로는 마리아가 화요일부터 출근하지 않았대. 나탈카와 마리아가 한꺼번에 나오지 않으니까 급한 불을 끄느라고 난리가 난 모양이야. 퍼트리샤가 오늘 직접 방문해야 할 고객이 엄청 많대."

닐은 빠르고 솜씨 좋게 운전해서 하빈더의 집에 도착한다. 하빈더가 집에 들어가니 올리비아와 엄마가 소파에 앉아 〈셀러브리티 앤티크 로드쇼〉*를 보고 있다.

"안녕, 히나." 엄마가 돌아보며 말한다. "뭐 좀 먹을래?"

---

* 골동품 감정가가 유명인과 함께 영국의 다양한 지역을 돌아다니면서 현지인들이 소장한 골동품을 감정하는 BBC의 TV 프로그램.

33장
베네딕트: 커플 잠옷

차를 타고 스코틀랜드 언덕을 가로질러 돌아가는 이번 여정은 더없는 행복이다. 태양이 멀리 보이는 호수들과 돌로 쌓은 성들, 나무가 우거진 숲들과 저지대의 마을들을 비춘다. 나탈카는 운전하면서 라디오1에서 흘러나오는 음악에 맞춰 드미트로와 노래한다. 베네딕트는 뒷좌석에 앉아 꿈을 꾸는 기분으로 노랫말을 듣고 있다. 남매가 둘 다 영어를 아주 잘하는 이유가 대중음악일 수도 있다. 드미트로의 영어에는 약간 미국식 억양까지 있다.

베네딕트는 어젯밤 일이 정말로 현실이라는 것이 여전히 믿어지지 않는다. 그가 나탈카랑 잤다. 솔직히 숫총각으로 죽을 것이라고 생각하던 그가. 그가 아름다운 여자와 섹스를 했는데 중압감이 전혀 없이 기적적이고 놀랍게도 자연스럽게 흘러갔다. 이제 둘이 사귀는 걸까? 그들은 여자 친구와 남자 친구라고 부르기에는 확실히 나이가 너무 많겠지? 그들이 **연애**—이 말만으로도 황홀감이 밀려든다—중인 걸까? 나탈카와 드미트로가 점차 가까워지는 관계와 사랑 이야기를 담은 노래를 부르고 있다. 베네딕트는 미래에 대해 생각한다. 매일 아침 나탈카 옆에서 잠에서 깨고, 함께 시장에서 장을 보고, 배를 타고 여행을 가고, 크리스마스를 같이 보내고, 커플 잠옷을 입고…….

"저쪽 차에서는 뭐 하는지 보여요?" 나탈카가 묻는다.

베네딕트가 돌아본다. 덩컨이라는 무뚝뚝한 젊은 경찰관이 운전하는 검은색 닛산 캐시카이가 바로 뒤에서 따라오고 있다. 조수석에 앉은 줄리가 보인다. 그녀는 통화 중인가 보다.

"에드윈은 뒷좌석에서 자고 있나 봐요." 베네딕트가 말한다.

"그럴 리 없어요." 나탈카가 말한다. "그냥 자는 척하는 거예요. 그는 우리 중에서 가장 총명해요."

"아주 현명한 분이야." 드미트로가 말한다. "축구에 대해서도 많이 아셔."

그들은 다시 테베이 휴게소에서 멈춘다. 이번에는 숙소에 묵지 않고 열 시간을 쭉 달릴 작정이기 때문에 중간 휴식이 필수다. 베네딕트와 에드윈과 줄리는 농가 상점 앞에 앉아 커피를 마신다. 오리들이 부스러기를 찾아 잔디밭을 돌아다닌다. 나탈카와 드미트로와 덩컨은 다른 테이블에서 일반 담배와 전자 담배를 피운다.

"하빈더는 왜 그렇게 급히 떠났어요?" 줄리가 말한다. "인사도 제대로 안 하고 갔어요."

"그녀가 나탈카에게 마리아의 집 주소를 물었어요." 베네딕트가 말한다. "마리아는 간병인이에요. 요즘 부업으로 하빈더의 가족을 잠깐 돕고 있나 봐요. 하빈더의 어머니 상태가 나빠졌는지도 모르겠네요. 아니어야 할 텐데."

"사실, 나는 하빈더가 우리에게 알리지 않고 가서 서운했네." 에드윈이 말한다. "해리스 경위조차 내 앞에서 다 툭 터놓고 이야기하는 마당에. 그가 내 조언이 소중하다고 말했다네."

에드윈이 이 말을 한 것이 세 번째이다. 베네딕트는 짐이 에드윈의 기여를 인정해서 기쁘지만 아무리 너그럽게 받아들이려 해도 조금 분통이 터진다. 결국 미스터리 풀기를 좋아하는 사람은 바로 베네딕트이다. 그는 랜스와 함께 호텔에서 나가는 나이절을 발견했고 두 사람이 동창이라는 정보도 알아냈다. 그는 이 사건 때문에 골머리를 썩었다. 그리고 입증하려고 도표도 그렸다.

"몇 시에 도착할지 모르겠네요." 줄리가 말한다. "개를 봐주는 사람에게 10시쯤이라고 말해놨는데. 아서가 너무 보고 싶어요."

"나탈카가 마실 커피를 사야겠어요." 줄리가 개 사진을 보여주려고 하기 전에 베네딕트가 선수를 친다. "내가 취향을 알아요."

"아무렴, 그렇고말고." 에드윈이 말한다.

나탈카는 다음 구간의 운전을 베네딕트에게 맡긴다. 수년 만에 잡은 운전대이다. 그는 열일곱 살 때 운전 면허증을 땄다. 아버지가 '남자라면 당연히 해야 하는 것'이라고 그에게 말했기 때문이다. 사실 베네딕트는 운전을 상당히 좋아했고 세 번이나 시험을 본 휴고 형과 달리 단번에 합격해서 아주 기뻤다. 하지만 신학교에 다닐 때나 나중에 수도원에 있을 때 운전할 기회가 별로 없었다. 그리고 지금은 차를 살 형편이 안 된다. 물론 휴고 형은 유리창을 진하게 선팅한 거대한 사륜구동 자동차를 몰지만.

오랜만에 운전대를 잡으니 처음에는 겁이 좀 났지만 금방 감이 오고 속도와 자유를 마음껏 즐기게 된다. 'M1 고속 도로 남부'라고 적힌 커다란 표지판을 보니 웃음이 터져 나온다.

"남부라." 그가 말한다. "지나친 단순화네요."

"나는 남부가 좋아요." 나탈카가 말한다. 엄청나게 섹시한 억양으로 하는 그 말이 엄청나게 섹시하다. 야자수, 해먹, 작은 종이우산이 꽂힌 술잔. "나는 우크라이나 남부에 살아요. 다음에 한번 놀러 와요."

"꼭 갈게요." 베네딕트가 쉰 목소리로 말한다.

"우리 다 같이 가요." 드미트로가 말한다.

"돌아가도 괜찮나요?" 베네딕트가 묻는다. 운전 중이라 드미트로를 돌아볼 수는 없지만 그의 한숨 소리가 들린다.

"언젠가." 그가 말한다. "언젠가 나는 돌아갈 거예요. 러시아가 물러나면요."

"전쟁이 이렇게 오래가다니 믿어지지 않아요." 베네딕트가 말한다. "저번에 코난 도일의 책을 읽는데 닥터 왓슨이 아프가니스탄 전쟁에서 막 돌아왔다는 말이 있더군요. 아직도 그곳에서 전쟁이 벌어지고 있으니 정말 끔찍한 일이에요."

"크림반도도 마찬가지예요." 나탈카가 말한다. "역사책에서 플로렌스 나이팅게일에 대해 배우잖아요. 그런데 그녀가 활동하던 그곳에서 여전히 전쟁이 진행 중이에요. 있잖아요, 동물들이 체르노빌 주변의 우크라이나 지역에서 번성하고 있다는 글을 읽었어요. 그 무엇도, 치명적인 방사선조차도, 동물에게는 사람 근처에 사는 것보다 더 나아요."

"인간은 괴물이에요." 하지만 이 말을 하는 드미트로의 목소리에 웃음기가 서려 있다. 몇 초 후, 나탈카가 다시 라디오1을 켠다.

아무리 사랑하는 여자 옆에 앉아 있다고 해도 M1은 지루한 고속 도로이다. 점심을 먹기 위해 멈춰 모차렐라가 들어간 구운 치아바타로 배를 채운 후 다시 나탈카가 운전대를 잡는다. 이제 그들은 이야기하고 싶은 기분이 들지 않는다. 나탈카는 음악을 듣고 드미트로는 뒷좌석에서 꾸벅꾸벅 졸고 베네딕트는 어두워져서 보기 힘들 때까지『라오콘』을 읽는다.

"차에서 읽으면 멀미하지 않아요?" 나탈카가 묻는다.

"안 해요." 베네딕트가 말한다. "이건 내 초능력 중 하나예요."

그는 그녀를 웃길 때 아주 즐겁다.

그들은 다시 차를 세우고 커피와 석탄 맛이 나는 초콜릿 브라우니를 사 먹는다. 에드윈과 줄리가 커피를 다시 채우려고 줄을 서 있는 동안 베네딕트는『라오콘』에 실린 감사의 말 페이지를 읽는다.

"랜스는 그다지 많은 사람들에게 고맙다는 말을 하지 않아요." 그가 말한다. "에이전트나 편집자에 대한 언급이 전혀 없어요."

"그가 페기에 대해서 한 말이 뭐였더라?" 나탈카가 브라우니 부스러기를 촉촉한 손가락으로 꾹꾹 눌러서 먹어 치우며 말한다.

"페기 스미스, **사인 퀴버스**."

"그분이 없었다면."

"맞아요. 다른 감사의 말은 딱 하나예요. '베이 윈도 세트bay window set에 사랑과 감사를 전한다.'"

"보 윈도 세트bow window set요? 내닫이창이라는 뜻이에요." 줄리가 쟁반을 내려놓으면서 말한다. "조젯 헤이어Georgette Heyer의 책에 나온 구절이에요. 클럽의 창가 자리에 앉곤 하는 멋쟁이 남자들이 나와요. 세인트제임스가街에 있는 클럽이었을 거예요. 『당당한 소피The Grand Sophy』라는 책인데 주인공인 소피가 세인트제임스가에서 사륜 쌍두마차를 몰고 다녀서 모든 사람들이 경악해요."

"랜스 포스터는 조젯 헤이어의 팬이 아니었을 텐데요." 베네딕트가 말한다. "그가 무슨 뜻으로 '베이 윈도 세트'라고 말했을까 궁금하네요. 혹시…… 그렇다면……."

"뭔데요?" 나탈카가 말한다.

"베이 윈도가 암호 십자말풀이 힌트의 답일 수도 있어요." 베네딕트가 말한다. "힌트는 '바다 경치가 보임' 같은 거겠죠. 만灣이랑 바다란 단어 때문이에요."

"설마 또 철자 바꾸기를 시작하려는 것은 아니길 바라네." 에드윈이 차를 들고 와 앉으면서 말한다. "나는 너무 늙었다네."

"철자 바꾸기가 아니에요." 베네딕트가 말한다. "하지만 실마리가 될 수 있어요. 자, 에드윈, 내가 '시뷰'라고 말하면 뭐가 떠올라요?"

"지독하게 우울한 연립 주택 건물." 에드윈이 말한다.

"바로 그거예요. 만약 랜스의 어머니가, 아니면 적어도 친척이 시뷰 코트에 살았다면요? 만약 그분이 페기와 베로니카를 알았다면요? 만약 내닫이창이 있었다면요? 시뷰 코트에 내닫이창이 있어요. 페기 집에 있었어요."

"그래서 랜스가 페기를 알게 됐을지도 몰라요." 나탈카가 말한다. "그는 어떻게 페기를 알았는지 끝내 얘기하지 않았어요."

"우리가 하빈더에게 말해야 해요." 베네딕트가 말한다. "이게 그들의 관련성이에요."

"나는 이제 하빈더를 다시는 못 보겠네요." 줄리가 상당히 속상한 투로 말한다. 그녀는 아서의 사진을 보고 기운을 내려는지 전화기를 꺼낸다.

에드윈은 여정의 마지막 구간에 차를 바꿔 타고 그들과 같이 간다. 덩컨은 줄리를 호브에 있는 집까지 데려다준 후에 근처 여관에서 하룻밤 자고 다음 날 아침에 애버딘으로 돌아갈 예정이다. 그들 대부분이 하루 종일 그에게 들은 설명이다.

여정의 시작처럼 마무리도 에드윈과 함께하니 친밀하고 아늑한 분위기가 감돈다. 그들이 새벽에 출발해서 인물 맞추기를 하고 사랑의 도피처인 그레트나그린에 대해 이야기했을 때가 6일 전이 아니라 훨씬 오래전 일 같다. 베네딕트는 그 주에 시체를 발견했고 날아오는 총알을 막으려 몸을 던졌고 섹스를 했다. 어떤 책에서도, 범죄 소설 작가가 쓴 책에서도, 상당히 인상적일 며칠이었다. 그는 조수석 거울에 비친 자기 모습을 바라보면서 내부의 변화가 다른 사람에게도 보일지 궁금해진다.

"뭣 때문에 웃고 있나?" 에드윈이 뒷좌석에서 말한다. "나도 웃으면서 살아야 하는데." 에드윈은 시뷰 코트로 돌아간다고 생각하니 상당히 우울한가 보다.

"그냥 그동안 일어난 모든 일을 생각하고 있어요."

"그래, 참 이상한 며칠이었네." 에드윈이 말한다.

"아주 즐거웠어요." 나탈카가 말한다.

드미트로를 찾았기 때문이겠지. 베네딕트가 생각한다. 하지만 나탈카의 긍정적인 평가에 지난밤이 한몫했다고 여기면 좋겠다.

"과연 랜스 포스터에게 무슨 일이 일어났는지 우리가 알 날이 올지 모르겠군." 에드윈이 말한다. "보아하니 해리스 경위는 하빈더에게 진행 상황을 계속 알릴 생각이 없더군. 잘 듣게나, 그가 내 조언이 소중하다고 분명히 말했다네……."

"인물 맞추기 할까요?" 베네딕트가 말한다.

처음에 놀이 방법을 드미트로에게 알리느라 시간이 좀 걸리고 M25 고속 도로를 달리는 대부분의 시간이 베네딕트가 고른 새미 데이비스 주니어를 설명하느라 소요된다. 이어서 에드윈이 마찬가지로 오랜 시간 동안 조앤 베이크웰로를 설명해서 성공한다. 이제 그들은 멀리 먹색 바다가 보이는 쇼어햄로를 달린다.

"누나가 사는 곳을 빨리 보고 싶어 못 참겠어." 드미트로가 말한다.

"별거 아냐." 나탈카가 말한다. "그래도 너 간다고 하니까 주인 아주머니가 엄청나게 기다리고 있어. 주인아저씨는 너한테 우크라이나에 대해서 질문을 무지 많이 할 거야."

베네딕트의 가슴이 철렁 내려앉는다. 나탈카는 셋방에 그를 내려주고 갈 테고 그러고 나면 이 모험은 끝날 것이다. 그와 나탈카는 예전의 친구 사이로 돌아갈 테고, 오두막 카페에서 날마다 만나 동지다운 대화를 나누며 카푸치노를 마시겠지.

첫 번째 들른 곳은 시뷰 코트이다. 에드윈은 꽤 슬픈 표정으로 슈트케이스를 끌고 정문으로 올라가지만 비밀번호를 누르고 나서 돌아보고는 쾌활하게 손을 흔든다.

"가여운 에드윈." 나탈카가 말한다. "지금부터 외로울 거예요. 우리가 신경 써서 돌봐야 해요."

그녀는 정말로 천사이다.

나탈카는 주차장에서 후진으로 나오면서 하품한다. 거의 11시다. 너무 빨리 베네딕트의 아파트 앞에 도착한다.

"다음에 또 봐요, 베니." 나탈카가 말한다.

"그래요." 베네딕트가 트렁크에서 글래드스턴 백을 꺼낸다. 그녀는 차에서 나오지도 않을 셈일까?

하지만 그가 열쇠를 찾아 주머니를 뒤적이는 순간, 나탈카가 그의 옆에 서 있다. 그녀는 그의 뺨에 입을 맞춘다.

"오늘 밤 당신이 그리울 거예요." 그녀가 속삭인다.

"나도요." 베네딕트가 말한다. "언제 꼭 다시 함께 밤을 보내요."

"그래요." 나탈카가 말한다. "이제 우리는 연인이에요." 그리고 그녀는 차로 들어가면서 손을 흔들어 인사한다.

베네딕트가 계단을 올라가는 동안 집은 조용하다. 그는 단칸 셋방으로 가는 문을 연다. 달빛이 가득 쏟아지는 그곳은 이제 가능성으로 가득 찬 황홀하게 멋진 정원의 나무 그늘처럼 보인다. 그는 샤워를 하지만 거의 자정인데도 잠이 오지 않는다. 창밖을 내다보니, 등대의 빛줄기가 항구를 쭉 훑고 지나가면서 배와 돛대와 어두운 물을 비춘다. 아마 기도를 해야 할 것이다. 어쨌든 그가 감사해야 할 많은 일이 있다. 갑작스러운 애정이 치솟으면서 수도원에서의 저녁 기도, 저녁에 치는 종, 찬양 기도, 주님에 대한 감사가 기억난다. 그는 무릎을 꿇지 않지만 책상 앞에 앉은 채로 꿈꾸듯 앞을 응시한다. 책상 위는 평소처럼 깔끔하고 책과 메모지와 책갈피만 하나씩 놓여 있다. 책은 실라 앳킨스의 『감사 단식』이고 메모지에는 한 단어만 적혀 있다. '프랑스?' 사실 책갈피는 초록색 옷을 입고 토끼풀과 지팡이를 들고 있는 성 패트릭의 그림이다. 기억난다. 페기의 책, 총을 든 남자가 뺏어간 그 책에서 떨어진 책갈피이다. 성 패트릭이 공식적으로 성인으로 공표되지는 않았지만 베네딕트는 항상 아일랜드의 수호성인인 성 패트릭을 좋아했기 때문에 그 책갈피를 챙겼다. 그는 상본도 좋아한다. 다른 가족들에 비해 약간 더 충실한 가톨릭교도이던 그의 할머니는 상본을 수집했다.

불빛이 사진을 비춘다. 성 패트릭. 우리를 위해 기도하소서. 그때 베네딕트는 페기의 목소리를 듣는다. 종교는 인민의 아편이다. 왜 정식 종교를 경멸하던 페기가 상본을 책에 넣어뒀을까?

나탈카의 목소리: **마리아가 단서는 책 속에 있다고 말했어요.** 베네딕트는 『감사 단식』을 처음부터 끝까지 다 읽었지만 별다른 점이 없었다. 그런데 단서가 실제로 책 **속에** 있었다면? 패트릭 자체가 단서였다면?

탐조등이 움직이면서 방이 어둠에 잠긴다.

34장
하빈더: 교회 종

하빈더가 일찍 잠에서 깨어보니 엄마는 이미 주방에서 아침 식사를 준비하고 있다. 아빠는 식탁에 앉아 달리아* 죽을 먹으면서 어제 온 지역 신문을 읽고 있다. **덱스 살해: 당혹스러운 경찰.** 술탄은 아빠 옆에 앉아 용케 인내심을 발휘하고 있다. 술탄은 아침 산책을 기다리는 중이다.

"간병인이 원래 아침에 와야 되지 않나요?" 하빈더가 커피를 끓이려고 주전자를 불에 올리며 말한다. 엄마는 차나 할디 두드만 만든다. 하빈더는 초등학교 때 선생님이 전형적인 아침 식사를 서술해보라고 한 때를 여전히 생생히 기억한다. "먼저 아키 로티를 만들어서……." 케빈 브루스터가 너무 많이 웃어서 교실에서 쫓겨났다.

---

* 여러 종류의 밀을 도정한 곡물.

"며칠 동안 마리아를 못 봤어." 비비가 말한다. "아프지 않아야 할 텐데. 퍼트리샤가 나중에 비키를 보내려고 노력해본대. 아니면 퍼트리샤가 정오에 직접 올지도 모르고. 참 친절한 사람이야."

"왜 가게에 안 나가셨어요?" 하빈더가 묻는다. 7시 30분밖에 안 됐지만 가게는 7시에 연다.

"쿠시가 가게를 보고 있어." 아빠가 말한다. "나는 키안이 축구 하는 걸 보러 갈 거야." 그는 무심한 척 말하려고 애쓰지만 하빈더는 이미 안다. 아빠는 축구하는 손자를 보는 것을 대단히 좋아한다. 키안은 여덟 살이지만, 유명한 축구 전문가인 하빈더 엄마의 말에 따르면, '이미 스카우트'됐다. 이상하게도 디팩은 동화되려고 너무 기를 쓰는 인도인들을 혹평하면서도 일요일 아침에 축구를 보면서 사이드라인에서 소리 지르고 심판에 대해 불평하는 것을 세상에서 가장 좋아한다. 하빈더는 그보다 더 전형적인 영국인의 취미가 있을까 싶다.

"고모가 사랑한다고 전해주세요." 그녀는 조카들을 아주 사랑한다. "키안한테 해트 트릭을 하라고 하세요."

비비가 눈을 굴린다. "그 애는 '수비수'야, 히나."

"나 출근해요." 하빈더가 말한다.

"일요일에?" 비비가 가족들을 모두 미사에 끌고 가려는 독실한 가톨릭 신자라도 되는 양 말한다.

"살인사건을 수사 중이에요." 하빈더가 말한다. "간병인들이 안 오면 나한테 전화하세요. 그리고 엄마, 마리아가 오면 즉시 나한테 전화하세요."

"왜?" 디팩이 신문에서 눈을 떼고 고개를 들며 묻는다. 술탄이 얼른 목줄을 가지러 간다.

"마리아랑 할 말이 있어요." 하빈더가 단호하게 말한다.

닐과 도나는 둘 다 경찰서에 나와 있다. 도나는 아침 식사용 도넛을 다 먹어가고 닐은 이두박근에 힘을 줘 과시하고 있다.

"아름다운 스코틀랜드는 어땠나?" 도나가 말한다. "우리 줄 쇼트브레드 사 왔어?"

"죄송해요." 하빈더가 말한다. 그녀는 거의 아무 데도 안 가지만 간다고 해도 항상 선물을 챙기는 것을 잊어버린다. 닐은 당일치기로 보그너만 가도 달콤한 주전부리를 챙겨 온다.

"너한테 온 거야." 닐이 안에 충전재가 대어 있는 우편물 봉투를 내민다. "폭탄이 들어 있을지 몰라서 열어봤더니 그냥 책이네."

"네가 안전 수칙을 잘 지키는 것을 보니 참 좋네." 하빈더가 말한다.

그 책은 덱스 챌로너의 『살인이라는 이름의 마을』 문고본이다. 안에는 홍보 담당자 피파 싱클레어-루이스가 적은 메모가 들어 있다.

약속한 대로 덱스의 살인 시리즈 첫 권을 보내요. 재미있게 보세요!

안녕히 계세요.

피파

하빈더는 고맙다고 생각하지만 이렇게 두꺼운 책을 읽을 시간이 언제 날지 모르겠다. 그녀는 책을 가방에 넣는다.

"마리아에 대해 뭐 좀 알아냈어?" 그녀가 질문한다.

닐이 수첩을 펼친다. 그는 모든 것을 큼직한 글씨로 꼼꼼하게 적는다. 하빈더는 닐의 그런 습관 때문에 미치겠지만 가끔 유용할 때가 있다.

"마리아 할로웨이, 결혼 전 성은 립스카. 서른다섯 살이고, 남편은 리 할로웨이, 카펫 설비사. 폴란드 코즐로보 출생인데 영국에서 10년째 거주 중. 프린세스 로열 병원 간호사였어. 거기서 좋은 추천서를 받았어. 퍼트리샤 크리브 말로는 마리아가 애들하고 더 많은 시간을 보내려고 간호사를 그만뒀대. 마리아랑 리 사이에 자녀가 세 명이 있어. 마이클, 루시, 제이미. 큰애들 둘은 스테이닝에 있는 세인트 마크에 다니는데 화요일부터 학교에 가지 않았어. 리는 쇼어햄 카펫 킹덤에서 일하는데 그 사람도 출근하지 않았고. 스테이닝 바로 외곽에 살아. 순찰차를 보내서 밤새 집을 감시했는데 인기척이 없었어."

인기척이 없었다라. 하빈더는 해변과 항구가 내다보이는 창가의 의자에 앉아 있는 페기를 생각한다. 전 간호사인 마리아가 그녀를 죽였을까? 그렇다면 왜?

"마리아가 페기의 계좌에서 돈을 빼돌렸을 수 있어." 그녀가 말한다. "덱스의 말에 따르면 늘 베로니카는 사람들이 자기를 속인다고 생각했어. 어쩌면 그녀의 생각이 맞았을지도 모르지. 아마 마리아가 그녀의 돈을 훔치고 있었을 거야."

"그런데 왜 덱스를 죽여?"

"마리아가 덱스의 어머니를 죽였다는 사실을 그가 알아냈을지도 모르지. 마리아가 나탈카에게 한 말 기억나? 페기가 베로니카의 죽음에 대해 뭔가 알았다는 말?"

"그렇지만 마리아가 베로니카를 죽인 장본인이라면 왜 그런 말을 하겠나?" 도나가 말한다. 그녀는 노트북으로 마리아의 페이스북 사진을 빤히 쳐다보고 있다. 마리아는 두 아이를 두 팔로 감싸고 있다. 머리를 풀어 내린 채 느긋한 표정으로 웃고 있다. 이어서 도나는 CCTV 정지 화면을 클릭한다. 머리를 하나로 묶은 마리아가 차가운 눈빛으로 카메라를 똑바로 보고 있다.

"마리아가 0시 10분에 덱스를 찾아갔습니다." 하빈더가 말한다. "사망 시간과 일치합니다."

"그렇긴 한데 마리아가 덱스를 쐈을까?" 닐이 말한다. "내 말은, 그래, 마리아가 할머니 둘을 죽일 수는 있겠지. 주사를 놓든 뭘 하든 해서. 그렇지만 잔인하게 총을 쏴서 남자를 죽였다는 것은……."

닐은 여자들이 극단적인 폭력을 쓸 수 있다고 생각하지 않는다. 상당히 귀엽지만 정확하지 않은 생각이다.

"마리아가 랜스 포스터도 죽였을까?" 도나가 말한다.

"가능성이 있습니다." 하빈더가 말한다. "호텔 접수 담당자의 말로는 사건 현장 근처에 청소부들이 있었습니다. 마리아가 간병인 옷을 입고 청소부인 척했을 수 있습니다."

"나이절 스미스는 어때?" 도나가 말한다. "돈이 동기라면 그가 페기의 죽음으로 가장 득을 보는 사람이지."

"그리고 페기의 친구 조앤은 나이절이 페기의 돈을 다 가로챘다고 말했습니다." 닐이 말한다. "그는 착한 아들이 아니었다, 그녀가 그렇게 말했습니다."

"나이절이 랜스의 사망 시점에 애버딘에 있었다는 것은 확실한가?" 도나가 말한다.

"그렇습니다." 하빈더가 말한다. "에드윈이 틀림없이 봤다고 했고 그는 나이절을 상당히 잘 압니다. 베네딕트도 랜스와 점심을 먹으러 가는 나이절을 봤습니다. 나이절과 랜스가 동창이었다고 했고요."

"금요일에 나이절을 찾아갔습니다." 닐이 말한다. "집에 없더라고요. 부인은 그가 프랑크푸르트에 있다고 했습니다. 출장을 갔다고요."

"샐리는 모르고 있을 수도 있지." 하빈더가 말한다. "아니면 뭘 숨기고 있거나. 일단 가서 그녀를 다시 만나보자. 그리고 돌아오는 길에 마리아의 집에 들러서 이웃 사람들하고 이야기 좀 해보고. 그녀가 있을 만한 곳을 알아보자고."

"좋아." 닐이 말한다. 하빈더는 그가 그 완벽한 동네를 다시 보고 싶어 하는 거라고 생각한다.

그들이 스미스의 집에 가까워지는 사이에 교회 종이 울린다. 하빈더는 앰브리지*를 제외하면 사람들이 여전히 동네 교회에 다니는 유일한 곳이 여기라고 생각한다. 엄마는 등장인물들을 하나도 구별하지 못하면서도 가끔 〈아처스〉를 듣는다. 그 연속극에 나오는 술라와 비슷한 스타일인 샐리가 일요일 아침 예배에 참석하고 있을까? 아니다. 초인종 소리가 들리자마자 샐리가 오지만디아스의 목줄을 잡은 채로 문을 연다. 그녀는 무릎까지 오는 장화를 신고 있고 분명히 개를 산책시키러 갔다가 방금 돌아온 모양이다.

"아." 그녀가 말한다. "당신이군요." 정중하게 짓고 있던 미소에 금이 가기 시작한다.

"들어가도 될까요?" 하빈더가 말한다. "안녕, 오지." 그녀는 개를 쓰다듬는 동시에 밀어내려고 시도한다.

"지금은 그다지 적절한 때가 아니라서……" 샐리가 말한다. 그러나 닐과 하빈더는 이미 아침 식사용 식탁에 앉아 있고 오지만디아스가 그들 주위를 팔짝팔짝 뛰어다니고 있다.

"오늘 나이절은 어디에 있습니까?" 하빈더가 묻는다.

"동료 경찰관님에게 말씀드린 대로 그이는 프랑크푸르트에 있어요. 출장이요."

장화를 벗고 푹신한 분홍색 양말만 신고 있는 그녀는 어쩐지 좀 왜소해 보인다. 그녀는 차나 커피를 권하지 않는다.

"지난주 화요일과 수요일에 애버딘에서 나이절을 본 사람이 몇 명 있습니다." 하빈더가 말한다. "그가 그곳에서 무엇을 하고 있는지 아십니까?"

---

* BBC 라디오 연속극 〈아처스〉의 배경인 가상의 마을.

"그이는 애버딘에 가지 않았어요." 샐리가 말한다. 하지만 그녀는 그들을 외면하고 꽃병 속의 장미를 만지작거린다. 그녀는 거짓말에 아주 서툴다.

"스미스 부인." 하빈더가 말한다. "샐리. 우리는 나이절이 애버딘에서 랜스 포스터를 만난 사실을 압니다. 우리는 나이절과 랜스가 동창이었다는 사실을 압니다. 랜스가 수요일 저녁에 살해됐습니다. 남편이 유력한 용의자가 되기를 원치 않는다면, 나이절이 애버딘에서 무엇을 하고 있었는지 말하는 것이 좋을 겁니다."

샐리가 돌아본다. 그녀의 뺨에 진흙이 묻어 있고 갑자기 그녀가 작고 연약해 보인다. 현관의 뻐꾸기시계가 열 번 울린다. 귀에 거슬리고 왠지 불길한 불협화음이다.

"말하지 않겠다고 약속했어요."

아무 말도 하지 마. 하빈더가 닐에게 조용히 경고한다. 그냥 기다려.

시계가 계속 똑딱거린다. 오지만디아스가 밥을 더 달라는 표시로 빈 밥그릇을 핥는다.

"나이절이 책을 썼어요." 샐리가 갑자기 입을 연다. 하빈더와 닐은 서로 눈짓을 주고받는다. 하빈더가 전혀 예상하지 못한 말이다.

"단 몇 주 만에 완성했어요." 샐리가 말한다. "그런데도 아주 잘 썼어요. 나이절은 이 일을 사람들에게 알리고 싶어 하지 않았어요. 그이는 약간 미신적이었죠. 책이 실제로 출간될 때까지 아무도 모르길 바랐어요. 내가 교정을 봤는데 나는 제대로 된 편집 조언을 할 만큼 똑똑하지 않잖아요. 그래서 나이절이 랜스를 머리에 떠올렸어요. 당신이 말했듯이, 두 사람은 동창이었어요. 그들은 친한 친구가 아니었지만 계속 연락하고 지냈고 랜스가 그 책을 읽어보겠다고 했거든요. 물론 돈을 받고요. 나이절이 랜스에게 원고를 보냈고 며칠 후 랜스가 체크할 사항들을 적어 보냈어요. 나이절은 직접 만나서 의논하고 싶어 했어요. 그이는 자기가 책에 담고 싶은 내용을 랜스가 제대로 이해하지 못했다고 여겼어요."

"그 원고의 제목이 '대필자'인가요?" 하빈더가 묻는다.

이제 닐과 샐리 둘 다 그녀를 빤히 쳐다본다.

"도대체 어떻게 알았어요?" 샐리가 묻는다. 조금 겁먹은 것 같다.

"마일스 테일러가 그 원고에 대해 얘기했습니다." 하빈더가 말한다. "그는 그 원고가 덱스 챌로너가 준비 중이던 책과 아주 비슷하다고 생각하더군요. 나이절이 페기와 덱스가 책에 대해 의논하는 소리를 우연히 들었습니까?"

"그랬을지도 모르죠." 샐리가 침착한 태도를 되찾는다. "하지만 '대필자'는 완전히 독창적인 작품이었어요."

좋을 대로 생각해요. 하빈더는 속으로 중얼거린다. 그녀는 나이절이 의도적으로 덱스의 아이디어를 모방했는지, 아니면 그가 그 책이 엄청나게 천재적이고 독특한 작품이라고 자신과 부인을 확신시켰는지 모른다.

"나이절이 그 원고를 마일스에게 보냈어요." 샐리가 말한다.
"참 좋은 사람이에요. 어머니도 그를 좋아했어요. 있잖아요, 마일스가 일전에 내가 당신에게 말한 그 학생들 중 하나였어요. 어머니가 러시아에서 도운 학생들이요. 나이절은 익명으로 마일스에게 원고를 보냈어요. 그래야 마일스가 부담감을 느끼지 않을 테니까요."

혹은 그래야 마일스가 덱스와 연관 지어서 생각하지 않을 테니까. 하빈더가 생각한다. 나이절은 마일스가 엄청난 부담감을 느끼기를 바랄 거야. 그녀는 거의 확신한다.

"나는 마일스가 나이절에게 그 원고에 대해 어떤 제안을 하리라고 기대해요." 샐리가 말한다. "나이절은 우리가 꽤 많은 선금을 받을 거래요. 정말이지, 우리는 그 돈이 필요해요."

정말로? 하빈더가 주방을 둘러보면서 생각한다. 고전적인 아가* 옆에 자리 잡은 초현대적인 찬장. 샐리와 나이절이 돈에 쪼들린다면, 틀림없이 가난에 대한 그들의 정의는 보통 사람들의 것과 아주 다르다. 그러다가 조앤이 머리에 떠오른다. **그 아이가 페기의 돈을 다 가로챘어. 그 아이는 페기가 도박을 너무 많이 한다고 말했어. 그녀도 도박을 해. 페기가 그렇게 말했어.** 여기서 말하는 '그녀'가 누구일까? 샐리?

"다 끝났나요?" 샐리가 말한다. "나는 이제 정말로 일어나야 하거든요."

---

* 무쇠로 만든 영국산 레인지의 상표.

무엇을 하려고? 하빈더가 큰 소리로 말한다. "고맙습니다. 많은 도움이 됐습니다. 우리가 알아서 나가겠습니다."

하지만 오지만디아스가 모두 좋은 친구라는 명백한 착각에 빠져 그들을 문까지 배웅한다.

그들이 시골길을 달려 마리아의 집으로 가는 도중에 닐이 말한다. "솔직히 나는 가끔 네가 마녀 같아, 하빈더. 도대체 그 책에 대해서 어떻게 알았어?"

하빈더는 흐뭇해질 수밖에 없다. "마일스 테일러가 그 책에 대해 나한테 얘기했어. 나는 그가 러시아의 그 학생들 중 하나라는 것도 알고 있었어."

그녀는 총기를 소지한 우크라이나 남자 안드리와 그의 복수심에 대해 설명한다.

"짐 해리스, 애버딘의 그 경위는 텍스의 살인과 랜스의 죽음에 관련성이 없다고 보지만 나는 있다고 봐. 내 생각에 그 관련성은 여기 쇼어햄에 있어."

"마리아 말이야?"

"아마도. 여기가 그녀의 집이야?"

이곳은 작고 획일적인 집들이 다닥다닥 붙어 있는 스테이닝의 변두리 동네이다. 사실 클레어의 집과 아주 가깝다. 하지만 클레어는 뜬금없이 서식스 전원 지대에 건설된 고급 타운하우스에 사는 반면에 이곳의 집들은 작은 상자 모양이며, 벽은 작은 자갈을 박아 마무리했고 목조 부분은 새 페인트칠이 필요해 보인다.

마리아의 집에는 격자 구조물을 타고 올라간 장미가 눈에 띄는 앞마당이 있고 몇 송이는 아직 피어 있다. 이웃집에는 진입로에 녹슨 자동차 두 대가 있고 건너편 집에는 암탉들이 대충 지어놓은 닭장 속에서 꼬꼬댁거리며 운다.

"나라면 이런 데서 안 살아." 예상대로 닐이 말한다.

"이 정도 형편밖에 안 되나 보지." 하빈더가 말한다. 그래서 마리아가 돈을 훔쳤고 살인까지 했을까? 중고차 판매원과 닭을 기르는 농부에게서 벗어나려고? "이웃 사람들이랑 이야기해봤어?"

"직접 하지는 않았어. 순경 두어 명이 들렀을 거야."

"지금 이야기해보자."

진입로에 자동차 두 대가 세워진 집에는 아무도 없지만 닭을 키우는 집에서는 문 두드리는 소리를 듣고 여자가 나온다.

"다른 경찰들한테 벌써 말했는데." 그녀가 말한다. "마리아랑 리를 며칠 동안 못 봤어요."

"어디 놀러 간다거나 하는 말을 하지 않던가요?"

"아니요. 이상한 일이죠. 우리는 사이가 좋거든요. 보통 그 집 식구들이 집을 비우면 우리가 그 집 고양이 퍼즐을 돌봐요."

"지금은 누가 퍼즐을 돌보고 있습니까?"

"데리고 갔지 싶어요." 여자의 얼굴이 약간 붉어진다. 하빈더 또래의 이 젊은 여자는 머리가 짧고 팔뚝에 문신이 있다. "나한테 그 집 열쇠가 있어서 고양이가 괜찮은지 보려고 들어가봤어요. 고양이를 데리고 간 것 같더라고요. 고양이 바구니가 원래 있던 자리에 없었어요."

흥미롭다. 고양이를 데리고 갈 정도라면 상당히 심각한 상황이라는 뜻이다.

"그들이 어디에 갔는지 전혀 모르겠고요?"

"네. 다른 경찰관들에게도 말했어요. 리의 부모가 켄트의 어딘가에 사는데 별로 가까운 사이가 아닌 것 같아요. 마리아의 가족은 다 폴란드에 있어요. 별일이 없어야 할 텐데. 참 좋은 사람들이에요. 아이들도 얼마나 귀여운데요. 마이클은 가끔 달걀을 거두는 것을 도와줘요. 내가 달걀 하나당 10페니씩 줘요."

하빈더와 닐은 차에 앉아 플리스라는 이름의 그 여자가 닭에게 모이 주는 모습을 지켜본다.

"마리아가 진짜 도망간 것 같네." 닐이 말한다. "가책을 느꼈나 보지."

"아니면 겁을 먹었거나." 하빈더가 말한다.

"정말 샐리와 나이절이 돈에 쪼들릴까?" 그녀가 잠시 있다가 묻는다.

"물론 아니지." 닐이 말한다. "그 아가 봤어? 켈리는 그런 제품을 정말로 갖고 싶어 할 거야. 요리를 전혀 못 하는 나도 갖고 싶더라."

"그것이 있다고 저절로 요리가 되나." 하빈더가 중얼거린다. "조앤이 누군가 도박을 했다고 말했어. 에드윈은 그 누군가가 페기가 아니라고 그랬고. 혹시 샐리가 아닐까?"

"조앤은 제정신이 아니었어, 불쌍한 할머니. 잠깐. 문자 왔네."

닐이 서툴게 전화기를 만지작거리며 작은 손으로 화면을 누른다. 하빈더는 늘 그 모습이 짜증스럽다. 그는 보통 사람처럼 엄지손가락을 써야 한다. 그녀는 한 줄로 길게 늘어선 집들, 죽어가는 장미, 녹슨 자동차들을 내다본다. 한 손에 달걀 바구니를 든 플리스가 하빈더가 내다보는 것을 보고 손을 흔든다.

"하빈더." 닐이 말한다. 심상치 않은 목소리에 그녀가 즉시 돌아본다.

"백만장자로에서 CCTV를 몇 개 더 확보했어." 그가 말한다. "덱스의 집 앞에 있는 사람이 누군지 좀 봐."

사진이 선명하지 않지만 틀림없다. 퍼트리샤 크리브이다. 손에 총을 들고 있다.

"퍼트리샤가 지금 어디 있지?" 닐이 묻는다.

하빈더가 시계를 본다. 12시다.

"우리 엄마랑 있어." 그녀가 대답한다.

35장
하빈더: 인디언 서머

하빈더가 집에 전화하지만 아무도 받지 않는다. 엄마는 휴대폰이 없고 아빠는 어린이 축구 경기를 보러 나갔다. 그녀는 쿠시에게 전화지만 가게 일 때문에 바쁜지 받지 않는다. 이어서 그녀는 신고 전화를 하고 그녀의 집 주소로 경찰관을 보내달라고 말한다.

그러는 동안 닐은 속도를 올려 쇼어햄을 향해 차를 몬다. 그들은 클레어의 집과 오래된 시멘트 공장을 지나간다. 평평하고 푸른 들판, 정차한 자동차들, 1층 버스, 착 달라붙는 옷을 입고 도로 주행용 자전거를 타는 사람들을 지나간다. 사이렌이 울리고 있어서 앞을 막는 차가 없다.

"더 빨리." 하빈더가 말한다.

"걱정하지 마." 닐이 양팔로 운전대를 반듯이 잡으며 말한다. "10분 후에 도착할 거야."

그러나 10분이면 퍼트리샤가 그녀의 엄마에게 치명적인 주사를 놓기에 충분한 시간이다. 비비는 그 주사를 왜 놓는지 물어보지도 않을 것이다. 그녀는 골칫거리가 되고 싶지 않을 것이다. 아마 그녀는 주사를 놓으라고 스스로 소매를 걷어 올릴 것이다. 하빈더는 주먹을 꽉 쥔다. 만약 퍼트리샤가 엄마에게 해를 끼친다면 그녀는 퍼트리샤를 갈기갈기 찢어발길 것이다. 기꺼이 그렇게 할 것이다.

"진정해." 닐이 말한다. "너 지금 으르렁거리는 소리를 내고 있어."

우회 도로 옆 로터리는 평소처럼 지독하게 혼잡하다. 그 난장판의 한가운데에서 말들이 주변을 전혀 의식하지 않은 채 풀을 뜯는다. 닐이 차선을 바꿔 바깥 차선으로 들어가 액셀을 힘껏 밟는다. 하빈더는 그가 이렇게 운전할 수 있는 줄 몰랐다.

하지만 시내로 들어가자 속도를 내기가 불가능하다. 모든 도로가 꽉 막혀 있다. 시내 중심가가 추수 감사제 행사 때문에 진입 금지였다. 하빈더는 이를 갈면서 교회와 행사와 살아 있는 모든 인간에게 욕을 퍼붓는다. 닐이 방향을 바꿔 골목으로 들어가니 재활용 차가 골목을 막고 있다.

하빈더가 문을 연다. "뛰어가는 것이 더 빠르겠어. 최대한 빨리 따라와."

그녀는 재활용 차를 지나 교회 경내로 들어가 풍선과 토피 사과를 들고 있는 아이들을 팔꿈치로 밀어제치고 뛰어간다. 그녀의 엄마는 항상 이 행사에 그들을 데리고 갔다. 비비의 사리와 디

430

팩의 터번 때문에 사람들이 그들에 대해 수군거렸지만, 비비는 찾아낼 수 있는 모든 지역 행사를 즐기기로 이미 작정한 터였다. 그녀는 회전목마까지 시도했다. 그녀는 활짝 웃고 있는 색칠한 말에 올라타 한 손으로 사리를 잡고 다른 손으로 열심히 손을 흔들었다. 그때 하빈더는 부끄러워서—신이여 용서해주소서—엄마와 같이 말을 타지 않았다. 엄마 옆의 말에 앉은 사람은 아비드였다. 아비드는 같은 반 친구들 모두가 긴 머리를 정수리 위로 틀어 올린 소년인 자신을 비웃으면서 손가락질하는 것을 신경 쓰지 않았다. 엄마가 이번에 살아남으면 하빈더는 엄마와 어디든 갈 것이다. 해리 포터 월드나 시크교 예배당이라도.

마침내 그녀가 길모퉁이에 다다라 나탈카와 레드와인을 마신 술집을 지나간다. 집 앞에 차가 세워져 있다. 퍼트리샤의 차일까? 그녀가 휘청거리며 길을 건너는데 나탈카의 차가 다가와 서고 베네딕트가 급하게 튀어나온다. 그가 작은 그림을 마구 흔들면서 횡설수설한다.

"패트릭. 퍼트리샤. 그녀예요. 내가 당신한테 전화했는데 안 받아서."

"이럴 시간 없어요, 베네딕트." 하빈더가 열쇠를 찾으려고 숄더백을 뒤지지만, 아니나 다를까 생전 처음으로 열쇠가 그 안에 없다. 하빈더는 가게 창을 쾅쾅 친다.

"쿠시! 집 문 좀 열어줘."

오빠가 미쳐버릴 정도로 느리게 계산대 뒤에서 나온다.

"무슨 일이냐, 동생아? 간병인이 엄마랑 있어. 아까 올라가는 것을 봤어. 덩치랑 키가 큰 여자."

"그 간병인은 사이코패스야." 하빈더가 헐떡인다. "나 좀 들여보내줘."

그녀의 말투에서 급박한 기색을 감지했는지 쿠시가 문을 열 뿐만 아니라 그녀를 따라 위층으로 올라간다. 베네딕트도 맨 뒤에 따라붙어 가면서 여전히 성 패트릭에 대해 횡설수설한다.

"엄마?" 하빈더가 외친다. "엄마!"

침묵.

"엄마!" 쿠시가 소리친다. 분명히 사랑하는 아들의 목소리는 비비를 깨우고도 남을 텐데 계속 침묵이 흐른다.

하빈더가 거실로 잽싸게 뛰어 들어간다. 엄마가 꼼짝 않고 의자에 앉아 있다.

"엄마!" 하빈더는 맥박을 재고, 다행히도, 맥박이 뛴다. 엄마의 피부도 따뜻하다. 그녀가 눈을 뜬다.

"하빈더. 쿠시. 너희들 여기에서 뭐 하니?"

"퍼트리샤는 어디 있어요? 간병 회사에서 온 여자요."

"주방에서 차를 만들고 있어."

"엄마랑 같이 있어." 하빈더가 쿠시에게 말하고 주방문을 밀어젖힌다.

그러고서 퍼트리샤 크리브가 조리대에 막혀 더 이상 뒤로 못 가고 있고 술탄이 건너편에서 으르렁거리고 있는 것을 발견한다.

"아직도 안 믿어져." 닐이 말한다. "나는 퍼트리샤가 좋은 사람인 줄 알았어." 그들은 경찰서로 돌아와 피자를 먹고 있다. 퍼트리샤 크리브는 덱스 챌로너 살인 혐의로 기소됐지만 하빈더는 그녀가 페기 스미스와 랜스 포스터도 죽였다고 시인하리라고 확신한다. 아마 베로니카 챌로너도.

"퍼트리샤는 돈이 필요했어." 하빈더가 말한다. "도박을 한 사람은 퍼트리샤였어. 그래서 사무실을 내놓고 집에서 회사를 운영해야 했지. 퍼트리샤는 수년 동안 베로니카의 돈을 빼돌렸는데 그 노부인이 의심하기 시작하니까 죽인 거야. 페기는 뭔가 수상쩍다고 여겼겠지. 살인과 음모를 생각해내는 데 아주 뛰어났다고 하잖아. 그런데 증거가 없었겠지. 페기는 베로니카의 죽음이 의심스럽다고 마리아에게 말했어. 단서가 『감사 단식』 속에 있다고 말했지만 책 자체가 아니라 그 안에 있는 성 패트릭의 그림을 뜻한 거였어. 패트릭Patrick. 퍼트리샤Patricia."

"그냥 경찰에 알렸다면 훨씬 나았을 텐데." 도나가 말한다.

"페기는 확신이 없었을 겁니다." 하빈더가 말한다. "아무런 증거가 없었으니까요."

"그럼 퍼트리샤가 페기 스미스의 집에서 나탈카와 베네딕트를 위협한 총을 든 남자였어?" 닐이 말한다. "그들은 범인이 확실히 남자라고 했잖아."

"퍼트리샤는 키가 큰 여자야." 하빈더가 말한다. "우리 오빠가 아까 말했잖아. 그리고 그녀의 발 사이즈는 270밀리미터일 거야. 덱스의 집 창밖에서 발견된 발자국이 그 크기였으니까. 과학수사대 족적 전문가를 불러야겠어." 그녀는 그럴싸하게 들리는 이 직업명을 기억하고 있어 흐뭇하다.

"마리아가 렉스를 찾아갔어." 닐이 말한다. "그래서 그 집에서 CCTV에 찍혔지."

"응." 하빈더가 말한다. "페기의 죽음, 그리고 장례식에서 렉스와의 만남이 예전에 페기가 한 말을 마리아에게 상기시켰겠지. 아무래도 베로니카의 죽음이 의심스럽다는 말을. 마리아는 렉스의 집에 가서 그에게 그 말을 전했는데 페기가 의심한 사람이 바로 퍼트리샤라는 것은 미처 몰랐어. 렉스는 즉시 퍼트리샤에게 전화했고. 이유는 글쎄. 그저 마리아를 믿어도 되는지 물어보려고 했겠지."

"그의 전화기는 바로 옆 소파에 있었어." 닐이 말한다. "거기서 전화한 거야. 퍼트리샤가 곧바로 와서 그를 쐈고."

"그녀는 명사수였어." 하빈더가 말한다. "본인 입으로 나한테 그렇게 말했어. 브라이턴 부두에 있는 소총 사격장에서 항상 상품을 탔대."

"그럼 마리아는 범인이 퍼트리샤라는 것을 몰랐네?" 닐이 말한다.

"응." 하빈더가 말한다. "하지만 그녀는 살인범이 주변에 있다는 것을 알았고 겁을 먹은 거지."

마리아가 발견됐다. 그녀는 애시포드에 있는 시댁에 피신해 있었다. "나는 무서웠어요." 그녀는 켄트 경찰에게 말했다. "그래서 도망쳤어요. 미안해요. 나는 살인자가 노리는 다음 목표가 나라고 생각했어요. 나는 그들 모두를 알았으니까요. 페기, 베로니카, 덱스." 하빈더는 마리아의 그 예상이 옳았으리라고 생각한다.

"랜스 포스터는?" 도나가 묻는다.

"그의 어머니가 페기와 베로니카의 친구였습니다." 하빈더가 말한다. "방금 베네딕트가 저한테 말했어요. 그 노부인들이 자기들을 베이 윈도 세트라고 불렀다는 겁니다. 그들이 시뷰 코트에서 창가에 앉아 경치를 즐겼기 때문이에요. 랜스는 자기 책의 감사의 말에서 그들을 언급합니다. 아마 거기에 관련성이 있을 거예요."

"퍼트리샤가 시간에 맞춰서 애버딘에 도착할 수 있었을까?" 도나가 질문한다.

"가능합니다." 하빈더가 말한다. "쇼어햄에서 애버딘까지 몇 시간이면 갈 수 있어요. 공항 보안 검색대 직원이 간호사들이 자주 비행기를 탄다고 말했습니다. 퍼트리샤를 떠올리면서 그 말을 했는지도 모르죠. 퍼트리샤는 그날 아침에 예전의 간호사복을 입고 이동했을 겁니다. 애버딘까지 비행기를 타고 가서 랜스를 죽이고도 충분히 자정 전에 집에 도착했겠죠."

"되게 잔인하네. 인정머리 없어." 닐이 말한다.

"퍼트리샤는 인정머리라고는 없는 사람이었지." 하빈더가 말한다. "간병인 소개소는 그저 돈벌이 수단이었어. 그녀는 항상 돈이 부족하다고 말했어. 또 도박 중독이고. 그때 조앤이 우리에게 하려던 말이 그것일 거야."

"나머지 것들은 다 뭐야?" 도나가 말한다. "익명의 편지, 그녀를 감시하던 남자들?"

"그 남자들은 우크라이나인 학생들인 것으로 밝혀졌습니다."
하빈더가 말한다. "그들 중 하나가 덱스의 편집자가 됐습니다.
그리고 나이절 스미스도 자기 책을 출간하고 싶어 하나 봅니다."

"왜 모두 책을 쓴다고 난리야?" 도나가 말한다. "내가 보기에
는 하나도 매력 없는 일인데."

"시간이 잘 가니까 그렇겠죠." 하빈더가 말한다. "일종의 탈출
구예요"라고 말하던 줄리가 생각난다. 그녀는 브라이턴의 카페
에 앉아 수다를 떨고 있는 낯선 사람들 사이에서 자신만의 찬란
한 세계에 빠져 있는 줄리를 상상한다.

"자네 피곤해 보이는군." 도나가 말한다. "그만 퇴근하도록 해."

"내가 태워다 줄게." 닐이 말한다.

"부모님이 아직도 개를 위한 파티를 하고 있을 거야." 하빈더
가 말한다.

하지만 그녀가 집에 도착하자 엄마는 벌써 잠들었고 아빠와
술탄만 자지 않고 그녀를 기다리고 있다.

"이리 와서 옆에 앉아라, 히나." 디팩이 말한다. 그는 뉴스를 보
고 있다. 아직 10시밖에 안 됐다.

하빈더는 아빠 옆에 앉아 깨끗한 리넨과 애프터셰이브 로션의
익숙한 향기를 들이마신다. 잠시 후 그녀는 아빠의 어깨에 머리
를 기대면서 너무 피곤해서 그런다고 속으로 중얼거린다.

"완전히 지쳤겠구나." 디팩이 말한다. "아주 고생했어. 축구를

보고 왔더니 네가 엄마의 목숨을 구했다고 하더라."

"사실은 술탄이 구했어요. 술탄이 퍼트리샤를 주방 조리대 앞에서 꼼짝 못 하게 했어요."

그녀는 아빠의 가슴이 부풀어 오르는 것을 느낀다. "술탄이 잘했지? 분명히 녀석이 모든 상황을 이해한 게야. 그 소름 끼치는 여자를 처음부터 의심한 게지. 그래서 그 여자가 차를 만들 때 으르렁거리기 시작한 것일 테고. 녀석은 정말로 최고의 경비견이야."

당장 술탄한테 노벨 평화상이라도 주자고요. 하빈더가 생각한다. 그래도 그녀는 술탄의 귀를 쓰다듬으려고 손을 뻗는다. "술탄은 영웅이었어요." 그녀가 말한다.

그들은 잠시 조용히 텔레비전을 본다. 일기 예보관이 영국 남부에 인디언 서머*가 계속될 것이라고 말한다. "인디언 서머라." 디팩이 말한다. "그 말 자체가 인종 차별적이야." 그가 잠시 조용히 있다가 다시 입을 연다. "있잖아, 나는 네가 아주 자랑스러워, 히나. 너도 그것을 알면 좋겠다. 나는 늙은 부모랑 살기가 때로 아주 힘들다는 것을 알아."

"사실 그 정도는 아니에요." 하빈더가 말한다.

"쉽지 않지. 이제 너는 성인이야. 책임이 막중한 직장에 다니는 여성이지."

어렵쇼. 이 말을 글로 적어놔야 하는 것 아니야?

---

* 가을에 한동안 비가 오지 않고 날씨가 따뜻한 기간.

"나는 네가 늘 마음 편히…… 친구들을 여기로 초대하면 좋겠어."

하빈더의 가슴이 철렁 내려앉는다. 지금 아빠가 하는 말이 그녀가 생각하는 뜻이 맞을까?

"너는 언제라도 남자 친구를 집에 초대해도 된단다. 혹은 여자 친구를."

어이쿠. 그녀가 무슨 말을 해야 할까? 그냥 조용히 있는 것이 최선이겠지.

디팩은 이 말을 꽤 오랫동안 준비했나 보다.

"우리는 그저 네가 행복하기만 하면 돼. 남자를 만나든 여자를 만나든 상관없단다."

하빈더의 심장이 하늘로 날아가기라도 할 것처럼 마구 파닥거린다. 전화기가 울려서 보니 줄리가 보낸 문자이다.

언젠가 브라이턴에서 산책할래요?

하빈더와 아빠는 유럽을 덮친 고기압의 확장세를 보여주는 화면을 빤히 쳐다본다.

36장

베네딕트: 바닷가 숙녀의 일기

시뷰 코트의 관리인인 앨리슨이 페기의 집이 팔렸다고 베네딕트에게 말한다. "당신이랑 나탈카가 그 집에 페기의 남은 물건이 있는지 확인해보고 싶을 것 같아서. 아들과 며느리가 대부분 가져갔지만 상자 한두 개가 남아 있나 봐."

"그들은 아무 소용없는 물건만 남겨놨을 거예요." 나탈카가 말한다. "나는 그 둘이 어떤 사람들인지 잘 알아요."

"항상 당신은 말하죠. 자기가 사람들의 가장 나쁜 것만 생각한다고." 베네딕트가 말한다. "그런데 사실 당신은 그렇지 않아요."

그는 이제 이런 말을 나탈카에게 해도 된다고 느낀다. 그들은 대략 2주 동안 거의 날마다 만나고 있다. 드미트로는 애버딘으로 돌아갔고 나탈카는 거의 매일 밤 베네딕트의 집에서 지내고 있다. 그들은 같이 살 집을 얻는 것에 대해 잠시 이야기하기까지 했다.

"페기 집에 남은 것이 없을 텐데." 나탈카가 말한다. "가치 있는 것은 아무것도요."

그러나 그들이 익숙한 집의 문을 열자 거실 한가운데에 커다란 상자가 있다. 대부분 오래된 공책들로 꽉 차 있다. 베네딕트는 공책들을 꺼내서 바닥에 늘어놓는다. 내닫이창으로 들어오는 햇살이 가득한 이곳에 다시 와 있으니 기분이 묘하다. 베네딕트는 페기의 장례식, 어두운색 정장을 입은 사람들로 꽉 찬 거실, 따로 떨어져 언짢은 표정을 하고 서 있던 나이절을 생각한다. 그는 계단을 올라오는 발소리와 총이 자신들을 겨누었던 위험한 순간을 생각한다. 복면을 쓴 사람이 정말로 퍼트리샤 크리브였을까? 하빈더는 그렇다고 말한다. 베네딕트는 여전히 납득하기 어렵다. 하지만 퍼트리샤는 손에 총을 들고 있는 모습이 CCTV에 찍혀 덱스 챌로너의 살해 혐의로 기소됐다. 하빈더는 더 많은 혐의가 추가될 것이라고 말한다. 새로운 관리자를 찾을 때까지 나탈카와 마리아가 케어포유를 운영하고 있다.

"이것 좀 봐요." 베네딕트가 엽서를 자세히 살펴보고 있는 나탈카에게 말한다. "페기의 수사 수첩이에요. 그렇지 않아도 이게 어디 있는지 궁금했는데. 페기가 여기에 이렇게 적어놨어요. **바닷가 숙녀의 일기.**" 그 제목은 동글동글한 글씨체로 적혀 있고 창백한 해양 생물들의 그림으로 둘러싸여 있다.

베네딕트는 페이지를 재빨리 넘기고 페기의 또박또박 쓴 글씨와 조깅을 하는 사람, 자전거를 타는 사람, 개를 데리고 나온 사람을 꼼꼼하게 적은 목록을 보면서 감탄한다. 2018년 9월, 이 세상에서 폐기의 마지막 달. 그녀가 정말로 심장 마비로 죽었을까, 아니면 퍼트리샤가 그녀를 죽였을까? 하빈더의 말에 따르면, 인슐린 중독은 부검하지 않으면 입증하기가 불가능하다.

2018년 9월 10일. 폐기가 죽은 날. 폐기는 그날 무엇을 봤을까?

유모차를 미는 여자×2

아이스크림을 먹는 신부(목사?)×1

개를 산책시키는 사람×11: 혼자 나온 여자×6: 마구 섞인 잡
　종×4, 퍼그×1, 잭 러셀×1

그레이하운드와 남자×1, 푸들 잡종과 커플×2

자전거 타는 사람×5

조깅하는 사람×6

외바퀴 자전거 타는 사람×1

베네딕트는 목록을 다시 본다. '개를 산책시키는 사람×11: 혼자 나온 여자×6: 마구 섞인 잡종×4, 퍼그×1, 잭 러셀×1.'

"나탈카?" 그가 말한다. "줄리의 개가 무슨 종이죠?"

"잭 러셀이요." 나탈카가 말한다. "줄리가 우리에게 사진을 보여줬잖아요."

"여기 좀 봐요." 그가 말하면서 그녀에게 목록을 보여준다.

"외바퀴 자전거." 나탈카가 읽는다. "브라이턴에서 온 듯."

"아니요. 잭 러셀을 데리고 혼자 나온 여자."

"누구든 거기에 해당할 수 있어요."

"알아요. 그런데 줄리가 페기를 만난 적이 없다고 말했잖아요. 그리고 자꾸 신경이 쓰이는 다른 점이 있어요."

"뭔데요?" 나탈카가 묻는다. 몹시 짜증이 난 목소리지만 그래도 애정이 담겨 있다.

"내가 줄리의 책『당신 때문에 저지른 짓이에요』를 읽을 때, 그 책이 뭔가와 비슷하다는 생각이 자꾸 들었어요. 그것이 뭐였는지 방금 깨달았어요. 줄거리가『감사 단식』의 줄거리와 매우 흡사해요."

"총을 든 남자가 가져간 책."

"맞아요."

나탈카가 그를 바라본다. 바닥에 앉아 있던 두 사람이 이제 벌떡 일어나 있다.

"줄리가 어디에 살죠?" 베네딕트가 묻는다.

"호브요." 나탈카가 답한다. "하지만 오늘 그녀는 외출했어요. 하빈더랑 데이트하러 갔어요."

집 앞에 세워진 나탈카의 차를 가지러 간 그들은 드미트로와 그의 매력에 대해 이야기하고 싶어 하는 데비에게 한참 잡혀 있다. 그들은 출발하고서도 토요일 오후 해안 도로의 교통 혼잡에 다시 가로막힌다. 나탈카는 차선을 이리저리 바꾸고 베네딕트는 하빈더와 줄리에게 계속 전화를 건다. 둘 다 전화를 받지 않는다.

"당신은 정말로 줄리가 페기를 죽였다고 생각해요?" 나탈카가 지붕 없는 이층 버스를 앞지르면서 말한다. "그녀는 아주 좋은 사람 같았어요."

"수단과 동기." 베네딕트가 말한다. "줄리에게 그 두 개가 다 있어요. 그녀가 랜스도 죽였을 수 있어요. 그녀는 바로 그 호텔에 있었어요."

"그리고 지금 하빈더가 그녀와 데이트 중이에요." 나탈카가 말한다. "나는 그들이 어디로 갈지 알아요. 하빈더는 그들이 개를 산책시킬 거라고 말했어요. 에드윈이 말하길 줄리는 항상 평화 조각상부터 부두까지 산책한대요."

"그럼 그들이 요즘 계속 만난 거예요? 줄리와 하빈더가?"

"이번이 첫 데이트예요. 하빈더는 데이트가 아니라고 우기지만요. 그렇지만 내가 보기에 둘이 서로 좋아해요. 나는 코브 베이에서 처음 눈치챘어요. 줄리의 손목이 부러졌을 때."

"나는 짐작도 못 했네요. 줄리가 동성애자인 줄도 몰랐어요. 당신이 말할 때까지 하빈더가 동성애자인 것도 알아차리지 못했어요."

"나는 이런 것을 잘 감지해요. 내가 남자하고도 여자하고도 자봤다고 말했잖아요."

"그래요. 고마워요. 들을 때마다 아주 좋네요."

"빈정대지 마요, 베니. 주차할 곳이나 찾아봐요."

말처럼 쉬운 일이 아니다. 호브의 해변 산책로는 화창한 가을 날씨를 즐기는 사람들로 꽉 차 있다. 마침내 나탈카는 오토바이 한 대가 빠져나간 공간으로 비집고 들어간다. 그녀는 주차를 제대로 하지 못하는 여자들에 대한 온갖 농담을 무색하게 한다. 베네딕트가 그런 농담을 믿는 것은 아니다. 그는 항상 여성이 우월한 성이라고 생각한다. 평화의 천사 조각상, 카페, 거대한 해양 생물의 뼈대 같은 웨스트 부두의 잔해를 지나친다. 널빤지를 깐 산책로가 베네딕트가 어린 시절 자주 오던 때 이후로 많이 달라졌다. 이제 아름답게 꾸며져 있고 잘 관리되어 있다. 콘크리트에 박은 자갈, 스케이트보드 구역, 농구대, 조개로 만든 동물과 드림 캐처를 파는 가게. 개를 데리고 있는 여자가 셀 수 없이 많지만 줄리와 아서는 보이지 않는다.

"그들을 절대 못 찾겠어요." 베네딕트가 지붕에 분홍색 플라스틱 바닷가재가 달린 골뱅이 가판대 옆에 멈춰 서서 가쁜 호흡을 가다듬는다.

"저기 봐요." 나탈카가 말한다.

하빈더가 벤치에 홀로 앉아 바다를 바라보고 있다. 그녀는 작은 개에게 달린 목줄을 잡고 있다. 베네딕트와 나탈카는 하빈더를 향해 자갈길 위를 휘청거리며 걷는다. 하빈더가 고개를 들지만 그들을 보고 놀란 기색이 없다. 개도 마찬가지이다. 나탈카와 베네딕트가 그녀의 양쪽에 앉는다.

"줄리에 대해 할 말이 있어요." 베네딕트가 말한다.

"그녀는 여기 없어요." 하빈더가 감정 없는 목소리로 말한다. "그녀는 경찰서에 있어요."

베네딕트와 나탈카가 그녀를 빤히 쳐다본다. 하빈더가 여전히 바다를 응시하면서 말을 잇는다. "나는 줄리가 폐기를 죽였다는 것을 알아요. 랜스 포스터까지요. 퍼트리샤는 덱스를 죽였어요. 퍼트리샤가 베로니카의 돈을 훔쳤다는 사실을 마리아가 덱스에게 말했다고 생각했기 때문이에요. 하지만 짐이 옳았어요. 그 살인은 다른 두 살인과 아주 달랐어요. 그 책을 훔친 사람이 왼손에 총을 들고 있었다는 것을 나중에 떠올렸어요. 줄리는 오른쪽 손목이 부러졌는데도 자판을 두드릴 수 있었죠.『감사 단식』도 읽어봤어요. 줄리가 그 책의 줄거리를 모방해서 첫 번째 책을 썼더군요. 틀림없이 페기는 그 사실을 알았을 거예요. 에드윈의 말에 따르면 페기는 줄리에게 첫 번째 책에 대해 조언하지 않았어요. 페기는 나중에야 그 책을 읽었을 거예요. 그러니까 페기가 마일스에게『감사 단식』을 읽어봤는지 물었겠죠. 마일스가 줄리에게 그 말을 전했을 테고요. 그래서 줄리가 페기를 죽인 거예요."

"단지 그런 이유로요?" 나탈카가 말한다.

"그 책은 줄리의 삶을 바꿔놓은 결정적인 기회였어요." 하빈더가 말한다. "유일하게 큰 성공을 거둔 책이었습니다. 비밀을 지키기 위해서라면 살인도 불사했겠죠."

"그래서 그녀가 랜스를 죽인 것이 맞아요." 나탈카가 말한다. "랜스가 페기에 대해 줄리에게 질문했어요. 그가 의심한 것이 분명해요. 그리고 그는 토론에서『감사 단식』을 거론했어요. 줄리를 겨냥해서 한 말이었겠죠."

"맞아요." 베네딕트가 말한다. "그는 구체적으로 실라 앳킨스의 줄거리 구상 기술을 언급했어요. 하지만 줄리가 그 줄거리를 표절했다면 누군가 언젠가 알아내리라는 것을 확실히 예상했을 텐데요."

"아마도요." 하빈더가 말한다. "아무튼 그 순간이 왔을 때 그녀는 놀랄 만큼 쉽게 페기를 죽였습니다."

"줄리는 간호사였어요." 나탈카가 말한다. "에드윈이 나한테 말했어요. 그러니 그녀는 인슐린 주사를 놓는 방법을 알았겠죠."

"브라이턴 경찰이 지금 그녀를 취조하고 있어요." 하빈더가 말한다. "내가 아서를 그녀의 친구들에게 데려다주겠다고 말했어요. 그녀는 정말로 아서를 걱정했어요."

베네딕트가 그 작은 개에게 손을 뻗지만 개는 그를 무시한다.

"그녀는 자백할 겁니다." 하빈더가 여전히 아무 감정 없는 야릇한 목소리로 말을 잇는다. "다른 증거도 있을 거예요. 마제스틱 호텔의 CCTV. 객실의 현장 감식."

베네딕트는 창가 의자에 앉아 있던 랜스를 생각한다. 랜스는 줄리가 페기에 대해 이야기하기 위해 오리라고 짐작했을지라도, 줄리가 문 앞에 나타났을 때 위협을 느끼지 않았을 것이다. 그는 대화를 기대하면서 의자에 앉았을 것이다. 그때 줄리가 그의 팔에 주삿바늘을 찔러 넣었을까? 하빈더의 말대로 현장 감식이 진실을 드러낼 것이다.

"내가 짐한테 다 말했어요." 하빈더가 말한다. "내가 그 사람의 사건을 해결한 것이 이번이 두 번째네요. 그가 고마워하지는 않지만요."

잠시 동안 그들은 해변을 바라보며 앉아 있다. 아주 푸른 바다에 작고 하얀 파도가 드문드문 보인다. 10월인데도 사람들이 수영을 하고 있다. 제트 스키가 물살을 가르고 나아간다. 무너지지 않은 부두 쪽에서 음악과 웃음소리가 들려온다.

"괜찮아요?" 나탈카가 말한다.

"그럼요." 하빈더가 말한다. "적어도 이제 우리 부모님은 내가 동성애자라는 것을 아세요. 꽤 오래전부터 아셨나 봐요. 내 장래 여자 친구는 살인자로 밝혀지지 않으면 좋겠어요."

그들은 아무 말 없이 앉아서 사람들이 가득한 푸른 바다를 바라본다.

37장
하빈더: 인플루언서

"그럼 이 줄리라는 사람이 랜스 포스터뿐만 아니라 페기까지 죽였다고 자백했나?" 도나의 말투에 짜증스러운 기색이 서리는데 토요일에 출근해야 했기 때문일 것이다.

"그랬나 봅니다." 하빈더가 말한다. 하빈더는 평화 조각상 옆에서 기다리되 그녀가 신호를 줄 때까지 접근하지 말라고 브라이턴 경찰에 요청했다. 앞에 테이블을 내놓은 카페는 장사가 잘돼 북적였지만 하빈더는 남은 자리를 하나 찾아서 앉아 기다렸다. 하빈더가 줄무늬 상의와 파란색 바지 차림의 줄리가 잔뜩 신난 하얀 개를 데리고 다가오는 모습을 보는 동안 이 모든 것이 사실이 아니라는 희망이 갑자기 맹렬하게 치솟았다. 줄리는 그저 개를 산책시키는 삼십 대의 여성이었다. 하빈더가 부모에게 허락받은 첫 번째 성인 애인이 될 수 있는 매력적이고 지적인 삼십 대의 여성. 줄리의 팔목에는 여전히 깁스가 돼 있었고 그녀는 왼

손으로 아서의 목줄을 잡고 있었다. 줄리가 손을 흔들며 미소를 지었고 하빈더 앞에 도착하자 양쪽 볼에 입을 맞췄다. 하빈더의 가슴이 철렁 내려앉았다. 그녀는 기독교 신자가 아니었지만 예수를 배신한 유다가 예수에게 입을 맞추려고 다가왔다는 것을 기억했다.

"내가 늦었나요? 미안해요."

"당신은 늦지 않았어요. 내가 일찍 왔어요." 이제 무슨 말을 해야 할까? **당신이 페기 스미스를 죽였나요? 당신이 랜스 포스터를 죽였고, 그러고 나서 안전 가옥에서 이틀 동안 웃고 이야기를 나누고 카드를 하면서 화기애애하게 지냈나요?**

"잘 지냈어요?" 줄리가 말하면서 하빈더의 옆에 앉았다. 아서가 계속 산책하고 싶어서 목줄을 잡아당겼다.

"그래요. 아직 그 사건을 열심히 수사하고 있어요." 그저 그녀의 상상이었을까, 아니면 진짜로 그녀 옆의 줄리가 멈칫했을까?

"그 사건은 해결된 줄 알았는데요. 그 간병 회사의 사장이 한 짓이었잖아요. 당신이 그녀가 CCTV에 찍혔다고 그랬어요."

"우리는 덱스의 집에 있는 퍼트리샤 크리브의 CCTV 영상을 확보했어요. 그녀가 그를 죽인 것이 맞아요. 그런데 나탈카와 베네딕트를 총으로 위협한 사람의 CCTV 영상도 찾았습니다. 다른 사람입니다."

하빈더는 그때 줄리가 아무 말도 하지 않았다는 것을 기억한다.

"당신이었어요, 줄리. 당신이 총을 가지고 페기의 집에 갔어요. 모형 총이었겠죠. 그리고 그 책을 훔쳤어요. 어차피 절판된 책이라 별로 남아 있지 않았고 당신은 걸리적거리지 않게 그 책을 없애버리고 싶었어요. 당신은 이미 페기를 죽였어요, 안 그래요?"

줄리가 마침내 한 말은 이것이었다. "증거가 없잖아요." 그리고 하빈더의 마지막 한 줄기 희망이 사그라졌다. 무고한 사람은 그런 말을 하지 않는다.

"증거는 늘 있기 마련이에요." 하빈더가 말했다. "페기의 집에서 나오지 않는다면, 랜스의 호텔 객실 현장 감식에서 나올 겁니다. 당신도 알잖아요. 우리는 항상 뒤에 흔적을 남깁니다. 하긴 당신의 책에는 경찰 수사 절차가 별로 나오지 않아요, 그렇죠? 또한 실라 앳킨스의 책에도."

이어서 하빈더는, 당일치기 여행자들 사이에 섞여들려고 나름대로 노력하고 있지만 그녀의 눈에는 빤히 보이는 순경들에게 손짓을 한다. 그들이 취조를 위해 경찰서로 그녀를 데려갔다.

하빈더는 아서를 줄리의 친구들에게 데려다준 후에 따라가겠다고 말했지만, 사실 그녀는 산책로를 조금 걷다가 벤치에 앉아 바다를 바라보고 있었다. 베네딕트와 나탈카가 그곳에서 하빈더를 찾았다.

그녀는 홀랜드 로드 경찰서에서 도나에게 전화했다.

지금 도나와 닐은 이 최근의 전개를 이해하려고 노력하는 중이다.

"줄리 먼로가 옛날 살인 추리물의 줄거리를 모방해서 책을 썼다는 사실을 페기가 알았기 때문에 줄리가 페기를 죽였다고?"

닐이 귀가 먼 사람들을 위해서 자막을 넣는다.

"그래." 하빈더가 말한다. "나는 입증하기가 불가능하겠다고 봤어. 부검을 하지 않았고 그 후로 너무 많은 사람들이 그 집을 드나들었으니까. 그런데 줄리가 자백했어. 내가 호브 경찰서에 도착해서 보니 이미 시인했더라. 랜스의 살인도 자백했어. 둘 다 인슐린 주사로 죽였대. 줄리를 면담한 범죄 심리학자는 줄리가 자기 어머니도 죽였을 거라고 말했어. 그 살인에서 아이디어를 얻었겠지. 줄리의 첫 번째 책에서 피해자가 그 방식으로 살해를 당해. 인슐린 주사로. 그녀가 어렵지 않게 살인한 것도 당연하지."

"너는 알았어?" 닐이 묻는다. "내 말은, 네가 이 줄리라는 사람을 상당히 잘 알았을 테니까. 다 같이 안전 가옥에 갇혀 있었잖아, 안 그래?"

그가 평소의 불안정한 다람쥐의 시선과 달리 아주 골똘히 그녀를 쳐다본다.

"의심은 좀 했지." 하빈더가 말한다.

"그렇다면 그 의심을 우리와 공유했어야지." 도나가 말한다. 그래도 말투는 상당히 부드럽다.

"그냥 의심이었습니다." 하빈더가 말한다. "어젯밤에 『감사 단식』을 다 읽기 전에는 짐작하지 못했습니다."

"독서를 많이도 하네." 닐이 말한다. "이러다가는 곧 북클럽에 들어가겠어, 하빈더."

"혹시 내가 그러면." 하빈더가 말한다. "네가 나를 총으로 쏴

버려."

하빈더는 초저녁 즈음 집에 도착한다. 아빠가 가게에 있어서 하빈더는 엄마를 도와 저녁 식사를 준비하고 술탄은 침을 질질 흘리며 지켜보고 있다. 하빈더는 줄리와 데이트한다는 말을 엄마에게 하지 않아서 정말 다행이지 싶다. 비비는 편견을 가지지 않는다는 것을 보여주고 싶어 안달하며 딸의 장래 여자 친구에게 장미 꽃잎과 인도 전통 과자를 아낌없이 바칠 것이다. 오빠들이 집에 여자 친구들을 데려왔을 때보다 더 심할 것이다.

하빈더는 저녁을 먹은 후 부모님과 토요일 저녁의 텔레비전을 보면서 〈브리튼스 갓 탤런트〉에 대한 그들의 습관적인 논평을 듣는다.

"저것 좀 봐요, 디팩. 나는 저렇게 못 해요."

"당신이 저걸 왜 하려고 해요, 비비?"

하빈더는 최대한 빨리 자리를 떠 위층으로 올라간다. 그녀는 샤워를 한 후 전화기를 들다가 다시 내려놓는다. 그녀는 판다팝을 끊으려고 노력하는 중이다. 그녀는 닐이 독서에 대해 한 말을 기억한다. 어쩌면 지금 그녀에게 필요한 것이 독서일지도 모른다. 책을 읽으면서 오늘 오후에 하빈더를 바라보던 줄리의 얼굴을 머리에서 지우자. 이번 일이 벌어지지 않았다면 하빈더가 줄리와 사귀었을까? 아마도. 그리고 첫 말다툼 후 줄리는 약물을 넣은 주사기를 들고 하빈더에게 다가왔을 것이다. 그녀는 싱글로 지내는 것이 더 안전하다.

읽을거리를 찾아 방을 둘러보지만 고등학교와 대학교 시절의 책을 제외하면 제임스 허버트의 공포물 시리즈밖에 없다. 하지만 오늘 밤은 공포 소설을 볼 기분이 안 든다. 책상 위에 피파 싱클레어-루이스가 보낸 봉투가 있고 그 속에는 덱스 챌로너의 첫 번째 책 『살인이라는 이름의 마을』이 들어 있다. 그녀는 책을 꺼내 페이지를 획획 넘긴다. 죽음, 총, 섹스, 살인. 완벽하게 위로가 되는 읽을거리 같다. 그녀가 첫 챕터를 펼치자 엽서 한 장이 떨어진다. 피파 싱클레어-루이스가 '재미있게 보세요! P'라고 적어 놨다. 하빈더는 엽서를 돌려 뒷면에 적힌 글을 읽는다. **우리가 당신을 찾아간다.**

하빈더는 토요일 저녁에 모르는 번호의 전화를 받지 않겠지 싶지만 피파는 전화를 받는다.

"너무 늦게 전화해서 미안합니다."

"괜찮아요. 나는 올빼미과랍니다. 책을 읽고 있었어요."

"나도요. 『살인이라는 이름의 마을』을 읽고 있었습니다."

"아, 잘됐네요. 재미있나요?"

"아직 본격적으로 읽기 시작하지는 않았습니다. 그냥 쭉 훑어보는데 책에서 엽서가 떨어졌어요. '우리가 당신을 찾아간다'라고 적혀 있네요."

놀랍게도, 피파가 소리 내어 웃는다. "아, 다코타의 아이디어였어요. 내가 다코타, 그 젊은 새 홍보 담당자에 대해 말한 것을 기억하죠? 음, 그녀는 『추심업자』라는 데뷔작의 교정본이랑 같이 보내려고 그 카드를 만들었어요. 사실 미친 짓이죠. 카드에 책 제목조차 적혀 있지 않으니까요. 게다가 그녀는 책을 보내기 전에 카드를 보냈어요. '입소문'을 일으키려는 의도였을 거예요."

입소문이라는 단어에 꼼꼼하게 인용 부호를 붙이는 피파의 모습이 상상된다.

"누구에게 그 카드를 보냈습니까?"

"아, 그 책에 대해 이야기할 만한 사람들에게요. 혹은 우리가 표지에 인용문으로 게재할 수 있는 평을 하는 사람들에게요. 평론가들, 블로거들, 작가들."

"텍스 챌로너, 랜스 포스터, J. D. 먼로 같은 사람들이요?"

"네. 그런 사람들이죠. 인플루언서, 알죠?"

"압니다." 하빈더가 말한다. "그럼, 시간을 그만 뺏어야겠군요. 안녕히 계세요."

"안녕." 피파가 말한다. "재미있게 읽어요."

하지만 하빈더는 독서처럼 위험한 짓을 할 뜻이 전혀 없다. 그녀는 불을 끄고 곧바로 잠든다.

38장
에드윈: 시간과 세월

에드윈은 시간을 때우려고 맨날 써먹는 그 방법을 다시 쓴다. 틀에 박힌 일상을 막 시작하려는데 『맥베스』의 구절이 계속 머리에 떠오른다.

무슨 일이 있어도,
아무리 힘든 날이라도 시간은 가고 세월은 흐른다.

에드윈은 니키와 함께 에든버러 축제에서 실험적인 연극을 보러 간 때를 기억한다. 닭 의상을 입은 브레이크 댄서들이 마녀들을 연기했다. 그는 이 대사가 연극의 어느 부분에서 나오는지 잘 생각나지 않지만 분명히 맥베스가 힘든 하루를 보낸 후였다. 살해할 사람은 너무 많고, 시간은 너무 적고. 에드윈은 가진 시간이 너무 많다. 그의 시간이 모래시계 속에서 한 번에 한 알갱이씩 부드럽게 흘러내린다. 하지만, 무슨 일이 있어도, 결국 시간은 흐를 것이다. 매주 미사에 가는 습관이 생겼기 때문에 일요일은 견딜 만하다. 그는 브렌던 신부를 좋아하고, 교구의 충실한 신자들이 이제 그의 이름을 아는 데다가 읽기 자료에 나오는 어려운 이름 의 발음에 대해 그에게 조언을 구한다는 사실이 마음에 든다. 그 리고 일요일 아침 미사와 그곳에 오고 가는 산책의 가장 좋은 점 은 짧으면 두 시간, 미사가 끝나고 남아서 커피를 마시면 세 시간 을 잡아먹는다는 것이다.

문제는 그가 너무 이른 새벽 5시쯤에 일어난다는 것이다. 그 래서 평일에 무료하게 보내야 할 시간이 지나치게 많이 남아 돈다. 죽여야 할 시간들. 그는 애버딘에 다녀온 후 영어의 잔인 한 속성을 알아차리고 있다. 시간 죽이기Killing time. 만취Getting slaughtered. 억측A stab in the dark. 운에 맡기기Taking a pot shot. 퍼트 리샤는 덱스를 쐈고, 줄리는 페기를 주삿바늘로 찔렀다. 에드윈 은 자신이 좋아한 이 여자들이 그런 일을 할 수 있었다는 것이 여 전히 믿어지지 않는다. 하지만 『맥베스』는 여자들을 무시하려면 위험을 각오하라고 경고하지 않나?

에드윈은 일부러 6시까지 잠자리에서 일어나지 않는다. 이어 서 차 한 잔과 토스트 한 쪽을 만들어서 베네딕트처럼 미쳐버릴 정도로 천천히 먹는다. 그러고 나면 욕실로 갈 시간이다. 그가 작 정하고 애쓰면 아침 샤워를 두 시간까지 질질 끌 수 있다. 어쨌 든, 세월이 갈수록, 물에 젖는 것은 위험하다. 그는 항상 미끄럼 방지 매트가 제자리에 놓여 있는지 확인하고, 죽을 날을 앞둔 사

456

람들을 위한 우아한 사회 복지 시설로 프리뷰 코트를 개조한 이들이 사려 깊게 설치한 손잡이를 꽉 붙잡는다.

이어서 에드윈은 옷을 갈아입는다. 그는 항상 옷차림에 각별히 신경을 쓴다. 잘 다린 바지, 광을 낸 구두, 색깔별로 정리한 스웨터. 늙은 나이는 꾀죄죄해 보이는 핑계가 될 수 없다. 에드윈은 오래전부터 늘 자신의 패션 감각을 자랑스럽게 여긴다. 그는 절대로 베네딕트처럼 볼품없는 스웨터와 맞지 않는 청바지를 입고 돌아다니지 않을 것이다. 그래도 베네딕트가 나탈카를 만나면서 외양이 엄청나게 나아졌다. 이제 베네딕트는 천연 섬유로 제대로 만든 옷, 눈동자 색깔을 부각시키는 초록색과 파란색 옷을 입는다. 그는 안경까지 새로 맞췄고 머리도 잘라서 이제는 거울을 보지 않고 손톱 가위로 자기가 직접 자른 것처럼 보이지 않는다. 확실히 베네딕트는 완전히 새사람이 됐다. 진작 그랬어야지. 에드윈은 흐뭇하게 생각한다. 그는 베네딕트와 나탈카 사이에 연애 감정이 싹튼 것은 순전히 자신의 공이라고 멋대로 자부한다.

에드윈이 깔끔하게 맨 크라바트나 타이로 마무리해서 완전히 차려입고 나면 베네딕트의 오두막 카페에 갈 시간이다. 이때가 에드윈이 하루 중에 가장 좋아하는 시간이다. 조금만 걸어가면 그가 항상 따뜻한 환영을 받고 맛있는 커피가 있고 친구들과 대화할 수 있는 장소가 있다는 것은 생각만 해도 즐겁다. 위험은 그 시간을 오래 지속하고 싶다는 마음이다. 결국 베네딕트는 다른 손님들을 맞아야 한다. 에드윈은 절대로 30분 이상 머무르지 않기를 원칙으로 삼고 있다. 게다가 그보다 오래 피크닉용 테이블에 앉아 있기에는 너무 춥다. 요즘 날씨가 계속 좋지만 지금은 10월이고 아침 공기가 약간 쌀쌀하다.

하지만 오늘 아침에는 에드윈이 어깨를 움츠려 코트를 입는 찰나 문을 두드리는 소리가 들린다. 이 자체로 상당히 걱정스러운 일이다. 대체로 사람들이 현관 인터폰을 누르면 거주자가 그들을 들여보내준다. 문을 두드린다는 것은 낯선 사람이 이미 건물 안에 있다는 뜻이다. 잠시 에드윈은 총을 든 남자를 맞닥뜨리는 상상을 한다. 이는 베네딕트와 나탈카에게 두 번이나 일어난 상황이다. 그는 딱히 그들이 부럽지는 않지만 자신이 같은 상황에서 어떻게 반응할지 호기심은 생긴다. 그래, 이제 그 궁금증이 풀릴 것이다.

에드윈이 쓸데없는 허세를 부리며 문을 확 열어젖히고 보니 샐리 스미스가 문 앞에서 기다리고 있다.

"안녕하세요, 에드윈." 샐리는 빨간색 재킷과 베레모 차림인데 그 모습이 갑자기 가슴 사무치게 페기를 생각나게 한다.

"외출하시려는 참이에요?" 샐리가 에드윈의 코트와 모자를 가리키며 말한다.

"그냥 길 건너 베네딕트의 카페에 가는 길이라네." 에드윈이 말한다. 그는 차마 그곳을 오두막이라고 부를 수 없다. 어쨌든 입 밖에 내어 말할 수는 없다.

"그러시구나." 샐리가 말한다. "이제 베네딕트랑 나탈카가 커플이라는 말이 사실이에요? 앨리슨이 슬쩍 이야기하더라고요."

"그렇다네." 에드윈이 대답하면서 이상한 표현이라고 생각한다. 뜻밖에 '우리는 멋쟁이 커플이라네'의 선율이 머릿속에 흐른다. 그는 흥얼흥얼 콧노래를 부르지 않도록 스스로를 억제해야 할 것이다.

"잘 됐어요." 샐리가 말한다. "나탈카가 좋은 남자를 찾아서 참 기뻐요. 그녀는 어머니에게 아주 다정했어요."

"베네딕트는 아주 좋은 남자라네." 에드윈이 말한다.

"경찰이 어머니가 살해됐다고 하는 것을 아세요?" 샐리가 말한다. "끔찍한 일이죠?"

"정말로 끔찍하지." 에드윈이 말한다.

"나이절이 아주 속상해해요." 샐리가 말한다. "그이는 글쓰기에 파묻혀 있어요."

에드윈이 들은 바에 따르면, 나이절의 글은 완전히 파묻히는 것이 낫다. 나이절 스미스가 돌연 작가로 변신한다니 상당히 불길하다.

"아무튼, 어머니 집을 팔았다는 말을 하려고 들렀어요." 샐리가 말한다.

"그래." 에드윈이 말한다. "앨리슨이 나에게 말했다네." 물론 언젠가 일어날 일이라는 것을 알았지만 막상 닥치고 보니 느닷없이 슬퍼진다.

"새 주인인 셰퍼드 씨가 며칠 안에 이사 올 거예요." 샐리가 말한다. "그 전에 나탈카랑 베네딕트와 그 집에서 마지막 다과회를 하시면 어떨까요? 어머니에게 작별 인사를 하는 의미로요. 나탈

459

카가 아직 열쇠를 가지고 있지 싶어요. 다과회가 끝나고 열쇠를 부동산 중개인에게 보내면 돼요."

"내가 열쇠를 가지고 있는 것을 그녀가 어떻게 알았는지 궁금하네요." 조깅용 옷을 입고 있는 나탈카가 말한다. 그녀는 의자처럼 평범한 곳에 앉기에는 너무 힘이 넘치는 운동 체질이라는 듯 피크닉용 테이블 위에 걸터앉아 있다.

"앨리슨이 말했겠지." 에드윈이 말한다. "그녀는 모르는 것이 없는 듯하니. 어쨌든 나는 다과회가 상당히 좋은 아이디어라고 생각했다네."

"내가 케이크를 좀 가져갈게요." 베네딕트가 부서진 브라우니들을 담은 접시를 들고 오면서 말한다.

"하빈더를 부를까요?" 나탈카가 말한다.

"하빈더는 어떻게 지내나?" 에드윈이 말한다. "줄리 일도 있고 해서."

"괜찮은 것 같아요." 나탈카가 답한다. "그녀는 강해요."

"그래도 그녀는 충격을 받았어요." 베네딕트가 말한다. "사실, 우리 모두 그랬죠."

"그랬지." 에드윈이 말한다. "나는 정말로 줄리를 좋아했어."

"나는 절대 그녀를 믿지 않았어요." 나탈카가 말한다. 그녀가 이 말을 한 것은 처음이다. "그녀는 나랑 같이 방을 쓸 때 잠꼬대를 했어요."

이런, 제2의 맥베스 부인이로군. 에드윈이 생각한다.

"하빈더를 초대하는 것이 좋겠어요." 베네딕트가 말한다. "페기는 우리가 사건의 끝을 함께 축하하기를 바랄 거예요. 그녀는 미진한 부분을 제대로 매듭짓지 않고 끝내는 범죄 소설은 질색이라고 항상 말했어요."

"우리가 이 이야기에서 그 미진한 부분이 아닐까 싶구먼." 에드윈이 말한다.

"아니에요." 나탈카가 말한다. "우리는 주인공이에요."

에드윈은 프리뷰 코트로 돌아가는 길에 나탈카의 말을 생각한다. 그는 자신의 삶에서 주인공이었을까? 그의 이야기가 영화로 만들어진다면 니키와 어머니가 가장 큰 부분을 차지할 것이다. 혹은 적어도 그 두 역이 오스카상을 받을 가능성이 가장 클 것이다. 뭐, 어쨌든 페기 미스터리는 흥미로운 마지막 챕터가 될 것이다. 아니, 끝에서 두 번째 챕터, 그는 단호하게 혼잣말을 한다.

집에 가면 뭘 해야 할까? 11시밖에 안 됐고 점심을 먹기에는 너무 이르다. 신문이 배달됐으면 십자말풀이를 할 것이다. 아리송한 단서를 풀려고 머리를 굴리는 것은 페기에게 경의를 표하는 일종의 의식이다. 그는 철자 바꾸기에 대해 생각한다. 올바른 글자, 하지만 뒤바뀐 순서. 십자말풀이에 꽤 자주 나오는 단어가 몇 개 있다. 에드윈은 그동안 목록을 만들어왔다.

직불 카드Debit card － 신용 불량bad credit
관현악단Orchestra － 짐마차 말carthorse
기숙사Dormitory － 더러운 방dirty room

교사Schoolmaster – 교실the classroom

천문학자Astronomer – 달을 보는 사람moon starer.

그는 건물에 들어가 현관 탁자에 쌓인 신문 더미에서《가디언》을 집어 든다. 앞에 대문자로 '에드워드 피츠허버트'라고 적혀 있다. 신문 보급소는 절대 그의 이름을 제대로 못 적는다. 늘 이런 식이지.

그가 계단을 올라가는 찰나 누군가 그의 이름을 부른다. 그의 이름을 정확하게. 에드윈이 고개를 돌린다. 앨리슨이 사무실 출입구에 서 있다.

"안녕하세요, 에드윈." 그녀가 말한다. "어떻게 지내세요?"

"그저 그렇다네." 에드윈이 말한다. "불평할 수야 없지." 글쎄, 불평할 수야 있지만 누가 들어주겠는가?

"새 입주자에 대해 생각 중이었어요." 앨리슨이 말한다. "페기의 집에 이사 오는 부인이요. 그분의 이름은 벨린다 셰퍼드예요. 런던에서 내려오고, 최근에 사별했어요. 라디오4에서 근무했대요. 나중에 어르신이 그분 집에 들르면 좋을 것 같아요. 처음에는 적적하실 테니까요. 두 분 다 BBC에서 일했으니 공통점이 있을 거예요."

"내가 베네딕트의 브라우니를 좀 가져다주면 되겠군." 에드윈이 말한다.

"그럼 정말 좋겠네요."

시간과 세월. 에드윈은 집을 향해 미끄럼 방지 고무가 붙은 계단을 올라가면서 생각한다. 시간과 세월. 하지만 이제 그 단어들은 경쾌하고 쾌활한 운율 같다.

39장
나탈카: 일상으로 복귀

나탈카는 매일 아침 달리기를 하려고 노력한다. 날씨가 여전히 좋고, 반짝반짝 빛나는 푸른 바다를 배경으로 해변 위 길을 따라 쿵쾅거리며 뛰는 것은 큰 즐거움이다. 나탈카는 코브 베이, 해안으로 들어오는 낚싯배, 물수제비를 뜨는 베네딕트, 공포에 질려 감긴 그녀의 눈, 이어서 눈을 뜨니 마치 꿈처럼 앞에 서 있는 드미트로가 보인 순간을 생각한다. 그녀는 세상에 의지할 곳 하나 없는 외로운 몸이라고 생각했고 매일 밤 예금 계좌를 빤히 쳐다보고 있었으며 이름 모를 적들에게 쫓겼지만, 이제는 쌍둥이나 마찬가지인 남동생이 있다. 그들은 날마다 문자를 주고받고 스카이프로 통화한다. 행복해서 어쩔 줄 모르는 엄마는 그들을 보러 영국에 올 예정이다.

그리고 남자 친구가 생겼다. 그것이 나탈카가 베네딕트를 머릿속에서 부르는 호칭이다. 다샤와 아나스타샤가 생각나고 그들이 십 대에 또래 남자 친구들을 끊임없이 사귀다 버리다 하던 것도 생각난다. 그녀는 그들에게 전화해서 베네딕트에 대해 말하고 싶어서 미칠 지경이다.

하지만 그것이 달리기를 하는 또 다른 이유이다. 그녀는 베네딕트와 사귀면서 너무 안일해진 것이 걱정된다. 그녀는 원래 매일 아침 요가를 했지만 이제는 그녀의 차를 준비하는 베네딕트를 침대에 누워 바라보기 일쑤이다. 그는 카페에 신선한 페이스트리가 있는데도 그녀의 크루아상을 사러 나가기까지 한다. 그들은 여전히 베네딕트의 단칸 셋방에서 대부분의 시간을 보내지만 나탈카는 함께 살 그들만의 집을 찾아야 한다고 생각한다. 그녀의 새 사업에 비용이 들어가고 있지만 둘이 합하면 돈이 충분하다.

나탈카는 케어포유를 운영하고 있다. 사장이 살인자로 밝혀졌다는 이유로 고객들을 고생시키는 것은 옳지 않기에 나탈카가 맡았다. 나탈카는 관리직이 상당히 적성에 맞다. 마리아가 굉장한 도움을 주고 있다. 또한 나탈카는 간병인을 몇 명 더 고용했고 매번 먼저 신원을 조회했다. 그녀가 퍼트리샤에게 돈을 주고 완전히 인수하거나, 아니면 동업자로 투자만 하고 마리아에게 운영을 맡겨야 할 것이다. 혹은 완전히 다른 일을 해야 할까? 베네딕트는 우크라이나를 방문해야 한다는 말을 계속한다. 나탈카는 엄마가 영국에 올 예정이기 때문에 그럴 필요가 없다고 말한다. 나탈카는 베네딕트의 부모님을 두 번 만났고, 그들이 베네딕트가 여자를 만난다는 사실에 안심하는 기색이 너무 역력해 좀 곤

란하긴 했지만 그 외에는 다 좋았다.

"우리는 그 아이가 당신 같은 사람한테 걸릴 줄 생각도 못 했어요." 베니의 바보 같은 형인 휴고가 말했다. 나탈카를 바이러스처럼 표현했지만 분명히 칭찬의 의미였다. "베니는 눈에 띄지 않는 훌륭한 자질을 많이 가진 사람이에요." 나탈카가 휴고에게 말했고, 그는 이 말을 듣고 기뻐하지 않았다.

그녀가 오두막에 도착했다. 손님들이 줄을 서 있다. 그가 소위 전념해서 커피를 만든다는 고집을 꺾지 않기 때문이리라. 사실 그 방식은 보통 사람보다 두 배의 시간이 걸린다는 뜻이다. 하지만 나탈카는 다가가면서 자기도 모르게 빙그레 웃고 있다. 모든 것을 최고의 방법으로 하려고 노력하는 사람과 자는 것에 대해서는 할 말이 많다. 탄트라 섹스는 그에 비하면 아무것도 아니다.

"이봐, 베네딕트, 사랑스러운 여자 친구가 왔어." 단골손님이 말한다. 노인에게 뭘 숨겨봤자 소용없다. 나탈카가 간병인으로 일하면서 배운 교훈이다. 에드윈만 봐도 안다. 에드윈은 그녀와 베네딕트가 커플이라는 것을 그들이 깨닫기도 전에 알았다.

"도대체 그녀가 자네를 왜 좋아하는지 모르겠네." 야구 모자를 쓴 활기찬 팔십 대 손님이 장난스럽게 말한다.

"저도 모르겠어요." 베네딕트가 나탈카에게 특유의 멋진 미소를 보내며 말한다. 그는 그녀가 딱 좋아하는 스타일로 에스프레소를 추가해서 카푸치노를 만들어냈다. 또한 그는 항상 우유 거품에 하트를 그린다. 그는 오래전부터, 사실 그들이 처음 만났을 때부터 그랬다고 말한다. 그렇다고 해도 나탈카는 얼마 전에야 알아채기 시작했다.

"오래 못 있어요." 나탈카가 다리 스트레칭을 하는 동안 커피를 마시면서 말한다. "처리해야 할 서류 작업이 많아요." 그녀는 사무실을 새로 얻었다. 퍼트리샤의 오싹한 방에서 일하지 않는다.

"3시에 페기의 집에서 만나기로 한 것 잊지 말아요."

"당연하죠." 나탈카가 말한다. "일상에 복귀."

어느 날 그녀가 베네딕트에게 이 말을 했고 이제 이 말은 두 사람 사이의 표어가 됐다. 나탈카는 영어 표현을 틀리는 것을 아주 싫어하지만 베네딕트가 놀리는 것은 왠지 신경 쓰이지 않는다. 사랑의 힘이지. 그녀가 생각한다. 하지만 그녀는 지금 이 순간조차 과연 자신이 사랑을 믿는지 잘 모르겠다.

나탈카는 옷을 갈아입으러 집에 들른다. 그래서 그녀가 페기의 집에 도착하니 다른 사람들은 이미 다 와 있다. 그녀는 베네딕트에게 미리 열쇠를 줬고 그는 접의자, 피크닉용 깔개, 내닫이창 주변에 단 꼬마전구로 빈 거실을 상당히 안락하게 꾸며놨다. 나탈카가 문을 여니 샴페인 코르크 마개가 열리는 펑 소리가 나고, 그 소리는 일순간 마제스틱 호텔 바를 생각나게 한다.

"페기의 건강을 위해 건배하면 좋겠구나 싶더군." 에드윈이 말한다. "페기는 버블리*를 아주 좋아했다네. 아, 이건 그녀가 쓰는 말이야, 내가 아니라." 그가 급히 덧붙인다.

---

* 샴페인을 일상적으로 일컫는 말.

에드윈은 요즘에 훨씬 쾌활해 보인다. 나탈카는 이 변화가 새이웃이 생긴다는 기대 때문이라고 생각한다. 그리고 미사에서 듣는 모든 노부인들의 과찬도 한몫을 할 것이다. 베네딕트의 말에 따르면 에드윈은 성당에서 상당히 유명 인사가 됐다.

"안전 가옥 동지들의 모임이군." 에드윈이 말한다.

"즐거운 날들이었죠." 하빈더가 건조하게 말한다. 나탈카는 그녀가 피곤해 보인다고 생각한다. 하지만 그녀의 눈이 아주 까맣고 움푹하기 때문일지도 모른다. 혹은 그저 빨간색 스웨터와 대조되기 때문일 수도 있다. 나탈카는 하빈더가 검은색이 아닌 옷을 입은 것을 처음 본다.

그들은 페기에 대해 이야기한다. 한때 그녀의 사진들이 걸려있던 흔적이 벽에 남아 있고 특별한 커피 가루의 그윽한 향기가 여전히 감도는 것 같은 이곳에 있으니 처음에는 기분이 묘하다. 하지만 마치 페기가 여전히 이곳에 있는 것처럼 곧 자연스럽게 느껴진다. 베네딕트는 그들에게 인터넷에서 찾아 출력한 사진을 보여준다. 일종의 크리스마스 파티 장면이다. 페기는 분홍색 종이 왕관을 쓴 채로 카메라를 똑바로 바라보면서 미소 짓고 있다. "페기 옆에 있는 분이 베로니카 챌로너 같아요." 베네딕트가 말한다. "랜스의 어머니도 이 사진 속에 있을 거예요."

"베로니카를 직접 만났으면 좋았을 텐데." 나탈카가 말한다. "그녀가 들려주는 전쟁 이야기를 즐겁게 들었겠죠."

"페기는 전쟁에 대해 다 알았다네." 에드윈이 말한다. "나보다 훨씬 많이. 물론 나는 페기보다 열 살 어렸으니까." 그가 서둘러

덧붙이고 나서 계속 말한다. "페기는 중동에 대해서도 소상하게 알았지. 발칸반도에 대해서도. 요즘 세상에 누가 발칸반도를 알겠나."

"도무지 이해할 수 없는 점이 있어요." 베네딕트가 말한다. "페기가 어떻게 그런 것들을 다 알았을까요? 그녀는 러시아에 대해 알았어요. 마리아의 말로는 폴란드에 대해서도 자세히 알았대요. 그녀는 세상 곳곳의 소식을 들었어요. 그러나 사실 여행은 별로 하지 않았지요. 그 러시아 휴가가 아마 유일한 해외여행이었을 거예요."

"페기의 남편이 여기저기 많이 다녔지." 에드윈이 말한다. "그는 해군에 있었다네."

"페기가 남편의 군복 단추 하나를 책상에 보관했나 봐요." 나탈카가 말한다. "베니랑 내가 저번에 여기 왔을 때 발견했어요. 총을 든 남자가, 아, 내 말은 줄리가 난입했을 때요. 나는 그 단추를 내 주머니에 넣었어요. 행운이 오라고요."

"그리고 그 단추가 자네에게 행운을 가져다줬구먼." 에드윈이 그녀를 보고 싱긋 웃는다.

"페기가 그 모든 지식을 남편에게서 얻지는 않았을 거예요." 하빈더가 말한다. "내 생각엔 책에서 지식을 얻었을 것 같아요."

"그 말이 맞네." 에드윈이 말한다. "책 속에서 세계를 여행할 수 있지." 나탈카는 그가 BBC 프로그램에서 그 말을 한 적이 있을 것이라고 생각한다.

"책 이야기가 나와서 말인데요." 베네딕트가 말한다. "내가 뭘 발견했어요."

나탈카가 웃음을 참는다. 베니는 탐정 일보다 더 즐거워하는 것이 없고, 그가 좋아하는 드라마 속 탐정들처럼 최대한 극적으로 비밀 알리기를 좋아한다.

"뭔데 그러나?" 에드윈이 묻는다. "나는 평생 겪을 충격을 이번에 다 겪었다네."

"딱히 충격적인 일은 아니에요." 베네딕트가 말한다. "하지만 놀라운 일이에요. 내가 실라 앳킨스에 대해 조사를 좀 했어요. 『감사 단식』을 쓴 작가 말이에요."

"굳이 제목을 대지 않아도 다 알아요, 베니. 우리는 그 책을 영영 잊어버리지 못할 거예요." 나탈카가 말한다.

"인터넷에는 그녀에 대한 정보가 없어요." 베네딕트가 말한다. "그래도 이 책을 도서관에서 찾았어요."

그는 바로 이 순간에 자랑하며 내놓으려고 책을 가져왔다.

"제목은 『황금기의 여주인공들』이에요." 베네딕트가 말한다. "잊힌 여성 범죄 소설 작가들에 대한 내용이에요. 그들 중 한 명이 실라 앳킨스예요. 자, 들어봐요. '앳킨스는 이른 나이인 이십대에 많은 책을 썼다. 그녀는 제2차 세계 대전 동안 첩보 활동을 한 것으로 잘 알려져 있다. 1955년에 데이비드 포스터와 결혼해서 외동아들 랜슬롯을 낳았다.'"

그는 극적인 효과를 위해 말을 멈춘다. 에드윈이 가장 먼저 이해한다. "세상에. 랜스 포스터. 실라 앳킨스가 그의 어머니였군."

"네. 그다음에 이렇게 나와요. '랜슬롯은 후에 작가가 됐고 첫 소설『라오콘』은 부커상 최종 후보에 올랐다.'"

"왜 그가 우리에게 말하지 않았을까요?" 나탈카가 묻는다.

"랜스는 말했을 거예요." 베네딕트가 말한다. "우리가 약속대로 만나서 술을 마셨다면요. 나는 랜스에게 실라 앳킨스의 책을 읽었냐고 물었을 때 그가 웃던 것을 기억해요. 그리고 랜스는 그녀가 그에게 아주 소중한 분이라고 말했어요. 실라는 이곳 시뷰코트에 들어와서 살았고 페기의 친구였을 거예요. 물론 실라가 더 나이가 많았고요. 그녀는 백 살까지 살았어요."

"내가 이곳에 대해서 처음 들은 말이 그것이었어요. 입주자 중 한 명의 탄생 100주년을 축하했다고요." 하빈더가 말한다.

"랜스의 글솜씨가 어머니한테 물려받은 것이로군." 에드윈이 말한다. "그는 한 권밖에 안 썼지만."

"사실." 하빈더가 말한다. "피파 싱클레어-루이스가 세븐스 실에서 랜스 포스터의 유작을 출간한다고 했어요. 『보 윈도 세트』라는 책이고 요양원에 사는 노부인들에 대한 내용이래요. 피파는 이 책이 아주 성공할 것이라고 기대한대요. 코지 크라임이라고 부르더군요."

"코지 크라임이라." 에드윈이 말한다. "말하자면, 모순 어법이로군."

"그래도 페기가 흐뭇해했을 거예요." 베네딕트가 말한다. "나는 이 창 앞에 앉아 수사 수첩에 기록하고 있는 페기를 늘 기억할 거예요."

"페기의 살인사건을 해결하게 도운 것이 그 수첩이었죠." 나탈카가 말한다.

"글쎄, 사실 하빈더였어요." 베네딕트가 말한다.

"아니에요. 페기였어요." 하빈더가 말한다. 그녀는 플라스틱 샴페인 잔을 들어 올린다.

"페기를 위하여." 하빈더가 말한다.

"페기를 위하여." 다른 사람들도 따라 말한다. 그리고 햇빛이 내닫이창으로 비친다.

감사의 말

『살인 플롯 짜는 노파』는 어느 정도는 감사의 말에 대한 책이 며 내가 감사해야 할 사람이 많다. 먼저 훌륭한 편집자 제인 우 드, 봉쇄령이 내려진 가운데 이 책을 출간하기 위해 대단히 열심 히 노력한 퀘커스 북스의 모든 직원들에게 고마움을 전한다. 특 히 해나 로빈슨, 엘라 페텔, 케이티 새들러, 베단 퍼거슨, 데이비 드 머피, 플로렌스 헤어에게 감사한다. 나는 이 책에서 교열자는 거의 감사의 말에 거론되지 않는다고 언급한다. 그래서 나는 이 자리에서 꼼꼼하고 모든 것을 아는 리즈 해더렐에게 감사한다 는 말을 꼭 하고 싶다. 또한 미국 HMH의 편집자인 나오미 기브 스가 베푼 기여와 지원에도 감사한다. 놀라운 에이전트 레베카 카터와 잰클로 앤드 네즈빗의 전 직원에게 고맙다. 잰클로 US의 커비 킴에게도 감사한다.

이 책에는 실제 장소와 완전히 허구인 행사가 나온다. 애버딘

473

처럼 쇼어햄은 진짜 있는 장소이며 두 도시 사이의 장소들도 마찬가지이다. 애버딘에서 그래니트 누아라는 멋진 범죄 소설 축제가 열리지만 이 책에 나오는 축제와는 유사한 점이 없다. 마제스틱 호텔은 가상의 장소이다. 그렇지만 나는 책 홍보차 올리비아 미드와 애버딘에 갔고 정말로 그때의 방문과 은빛 도시에 대한 멋진 추억이 있다. 우리 둘 다 '교육, 구원, 지옥행'에 대해 말해준 택시 기사 빌리 밥을 결코 잊지 못할 것이다.

또한 쇼어햄에 아름다운 성당이 있지만 베네딕트의 성당과 교구 신부는 가상의 장소와 인물이다.

나는 등장인물들의 배경을 최대한 그럴듯하게 만들려고 노력했다. 이 점에서는 라디카 홀스트럼, 하프리트 카우어, 발윈더 카우어 그르월, 그 외 많은 이들에게 마음에서 우러나온 감사를 전한다. 실수와 오류는 모두 내 책임이다. 비트코인에 대해 말해준 존 리카즈와 에드 제임스에게 감사한다. 다시 말하지만, 모든 실수는 내 책임이다.

이 책은 출판을 다룬 책이기도 하거니와 출판계에 종사하는 모든 친구들에게 받은 큰 도움에 진심으로 감사를 표한다. 이 책에 나온 모든 출판사와 작가는 전적으로 가상의 산물이다. 이런 점에서 엄청나게 많은 지원과 격려와 우정을 베풀어준 훌륭한 에이전트 레베카 카터에게 『살인 플롯 짜는 노파』를 바친다.

내 남편 앤드루와 우리 아이들 알렉스와 줄리엣에게 항상 사랑하고 고맙다고 말하고 싶다. 평성가에 대해 말해준 알렉스와 바닷가 바위 사이의 작은 웅덩이에 대한 정보를 준 줄리엣에게 감사한다. 자녀들이 부모보다 훨씬 많이 안다는 것은 멋진 일이다.

PS 방금 내 키보드를 밟고 지나간 거스에게 감사한다.

2020년 EG

살인 사건 범인을 찾아 떠난
아마추어 탐정들의 여정

『살인 플롯 짜는 노파』는 추리 소설을 즐겨 읽는 아흔 살 노파의 죽음으로 시작한다. 이어서 그 노파에게 책을 헌정한 유명한 추리 소설 작가까지 사망하자, 평소 노파와 가까이 지내던 간병인과 카페 주인과 노인이 범인을 찾아 나선다. 영국에서 스코틀랜드까지 자동차를 타고 가는 여정, 또 다른 작가의 죽음, 범죄 조직의 일당으로 보이는 자들의 미행, 안전 가옥으로의 피신까지 일련의 사건들이 숨이 막힐 정도로 급박하고 흥미진진하게 펼쳐진다. 이 과정에서 아마추어 탐정 삼총사는 우왕좌왕하면서도 하나씩 실마리를 찾아가고 형사들의 수사도 더해져 서서히 사건의 실체가 밝혀진다.

비밀스러우면서 유쾌하고 아기자기한 이 이야기는 일단 사건의 단서가 모두 책과 관련돼 있다는 점에서 색다르다. 다양한 추리 소설들이 등장하고 그 추리 소설을 쓴 작가들이 죽음을 당한다. 당연히 출판계의 뒷이야기도 요소요소 배치돼 있어 조금이나마 그쪽 생리를 엿볼 수 있다. 범인이 훔쳐간 결정적인 단서가 오래된 추리 소설이라 과거 황금기 추리 소설들도 등장한다.

무엇보다 등장인물들이 실제로 우리 주변인처럼 느껴질 정도로 생생하게 그려지고 그들의 관계가 발전하는 과정이 흥미롭다. 인도인 부모를 둔 이민 2세대이자 동성애자인 하빈더 경사, BBC에서 오랜 세월 근무했고 두어 명의 연인과 잠깐 만난 때를 제외하면 평생 홀로 살아온 동성애자 에드윈, 자칫 외국인이라고 선입견을 가지고 보는 사람들이 있지만 알고 보면 능력 있고 돈 많은 나탈카, 수도사로 살다가 수도원에서 나와 부자 부모 덕에 카페 사장이 된 베네딕트. 나이도 성 정체성도 직업도 출신도 다른 이 네 사람의 경험과 장점이 어우러져 사건을 풀어나간다.

얼기설기 얽힌 미스터리를 풀어가는 맛이 있고 범인이 누군지 궁금해서 마지막 반전까지 책에서 손을 놓지 못하게 하는 힘이 있다. 더불어 수사가 진행되면서 점차 변하고 성장하는 아마추어 탐정 세 사람을 보는 재미가 쏠쏠하다. 소심하고 열등감에 젖어 있던 베네딕트는 내재된 탐정의 기질을 한껏 발휘하면서 적극적이고 용감하게 변하고, 에드윈은 사람들과 함께 여행하고 모험하면서 세월과 함께 잃어버린 열정과 활력을 되찾으며, 나탈카는 처음의 당당하고 강한 모습 뒤에 가려진 상처와 두려움을 드러내면서 진정한 행복을 찾아간다.

노인들을 따뜻한 시각으로 보면서도 상식을 깨고 독특하게 그린다는 점도 특이하다. 미스 마플을 연상시키면서도 킬러 본성을 가진 페기 스미스와 전직 암살자이자 스파이로 추정되는 베로니카, 여기에 폴란드 전쟁과 냉전 시대의 스파이전에 이어 현재의 우크라이나 전쟁이 결합돼 신비로운 분위기가 감돈다. 어린 시절 애거사 크리스티의 광팬으로서, 오래간만에 처음부터 끝까지 단숨에 내달린 소설이다. 추리 소설을 좋아하는 사람이라면 누구나 그럴 것이다. 이 작가가 쓴 유명한 루스 갤로웨이 시리즈도 찾아서 읽어야겠다.

신승미

옮긴이 **신승미**

조선대학교 국어국문학과를 졸업하고 잡지 기자로 일했다. 국문학에 대한 이해와 지식을 바탕으로 소설, 인문, 에세이 등 다양한 분야의 책을 우리말로 옮기며 전문 번역가로 활동하고 있다. 옮긴 책으로『파친코』(전2권)『삶, 죽음, 그리고 세상에서 가장 신비로운 물고기』『여보세요, 제가 지금 죽고 싶은데요』『진홍빛 하늘 아래』『인형의 집』『몽키 마인드』『나는 나부터 사랑하기로 했다』『살며 사랑하며 글을 쓴다는 것』『언브로큰』(전2권) 등이 있다.

The Postscript Murders

살인 플롯 짜는 노파

초판 1쇄 발행 2022년 12월 23일
초판 2쇄 발행 2022년 2월 6일

지은이 엘리 그리피스
옮긴이 신승미
펴낸이 이수철
주 간 하지순
교 정 박은경
디자인 권석중
마케팅 안치환
관 리 전수연

펴낸곳 나무옆의자
출판등록 제396-2013-000037호
주소 (10449) 경기도 고양시 일산동구 호수로 358-39 동문타워1차 202호
전화 02) 790-6630 팩스 02) 718-5752
전자우편 namubench9@naver.com
페이스북 www.facebook.com/namubench9

ISBN 979-11-6157-143-0 03840